前夜
父与子

Накануне Отцы и дети

〔俄〕屠格涅夫 / 著
丽尼 巴金 / 译

名著名译丛书

人民文学出版社

И. ТУРГЕНЕВ
НАКАНУНЕ　ОТЦЫ И ДЕТИ

图书在版编目(CIP)数据

前夜　父与子/(俄罗斯)屠格涅夫著;丽尼,巴金译. —北京:人民文学出版社,2016 (2024.11重印)
(名著名译丛书)
ISBN 978-7-02-011589-1

Ⅰ.①前… Ⅱ.①屠…②丽…③巴… Ⅲ.①长篇小说—小说集—俄罗斯—近代 Ⅳ.①I512.44

中国版本图书馆 CIP 数据核字(2016)第 094910 号

责任编辑　欧阳韬　李丹丹
装帧设计　刘　静　陶　雷
责任印制　苏文强

出版发行　人民文学出版社
社　　址　北京市朝内大街 166 号
邮政编码　100705

印　　刷　三河市中晟雅豪印务有限公司
经　　销　全国新华书店等

字　　数　329 千字
开　　本　890 毫米×1290 毫米　1/32
印　　张　12.125　插页 3
印　　数　24001—27000
版　　次　1979 年 10 月北京第 1 版
印　　次　2024 年 11 月第 6 次印刷

书　　号　978-7-02-011589-1
定　　价　39.00 元

如有印装质量问题,请与本社图书销售中心调换。电话:010-65233595

屠格涅夫

屠格涅夫(1818—1883)

俄国杰出的现实主义作家,心理分析和风景描写大师,对俄罗斯文学和世界文学产生了很大影响。代表作有短篇小说和随笔集《猎人笔记》、长篇小说《罗亭》《贵族之家》《前夜》《父与子》。

《前夜》(1860)、《父与子》(1862)在屠格涅夫创作中占有重要位置。前一部描写贵族出身的叶连娜嫁给贫寒的保加利亚革命者,决心同他一起为保加利亚的民族解放共同战斗的故事。后一部描写俄国农奴制改革前夕新旧思想的斗争,塑造了新一代人的代表、平民知识分子巴扎罗夫的鲜明形象。

译 者

丽尼 (1909—1968),原名郭安仁,湖北孝感人。二十世纪三十年代曾担任报社编辑、英文教员。定居上海后,参加中国左翼作家联盟,从事创作和文学翻译工作。1935年与巴金等创办文化生活出版社,后在福建、四川等地担任大学教授。二十世纪五十年代起从事编辑工作。1956年调广州暨南大学任中文系教授。译著有契诃夫戏剧《万尼亚舅舅》《海鸥》和屠格涅夫的《前夜》等。

巴金 (1904—2005),原名李尧棠,字芾甘,中国作家、翻译家、社会活动家、无党派爱国民主人士。四川成都人,二十世纪二十年代初开始文学创作和文学翻译工作。新中国成立后曾任中国文联副主席,中国作家协会主席。译著有赫尔岑的《往事与随想》、屠格涅夫的《处女地》《父与子》和中短篇小说等。

出 版 说 明

人民文学出版社从上世纪五十年代建社之初即致力于外国文学名著出版，延请国内一流学者研究论证选题，翻译更是优选专长译者担纲，先后出版了"外国文学名著丛书""世界文学名著文库""二十世纪外国文学丛书""名著名译插图本"等大型丛书和外国著名作家的文集、选集等，这些作品得到了几代读者的喜爱。

为满足读者的阅读与收藏需求，我们优中选精，推出精装本"名著名译丛书"，收入脍炙人口的外国文学杰作。丰子恺、朱生豪、冰心、杨绛等翻译家优美传神的译文，更为这些不朽之作增添了色彩。多数作品配有精美原版插图。希望这套书能成为中国家庭的必备藏书。

为方便广大读者，出版社还为本丛书精心录制了朗读版。本丛书将分辑陆续出版。

人民文学出版社
2015 年 1 月

目 录

前夜 ………………………………… 丽尼 译 001

父与子 ……………………………… 巴金 译 167

前　夜

丽尼 译

И. С. ТУРГЕНЕВ
НАКАНУНЕ

根据 Constance Garnett 英文译本 On the Eve(William Heinemann, London, 1906)转译；并据苏联国家文学出版社 1953 年出版《屠格涅夫选集》第三卷校订。

一

　　一八五三年夏天一个酷热的日子里,在离昆采沃①不远的莫斯科河畔,一株高大的菩提树的荫下,有两位青年人在草地上躺着。其中一位,看来约莫二十三岁,身材高长,面色微黑,鼻子尖而略钩,高额,厚嘴唇上浮着矜持的微笑,正仰身躺着,半睁半闭的灰色小眼睛沉思地凝望着远方;另一位,则俯身趴着,长着鬈曲的浅黄头发的脑袋托在两只手上,也正向着远处凝望。比起他的同伴来,他其实年长三岁——可是,看起来却反而年轻很多;他的胡须才不过刚刚茁出,颏下仅有些许拳曲的软毛。在那红润的、圆圆的脸上,在那温柔的褐色眼睛里,在那美丽地突出的唇边和白白的小手上,全有着一种孩子似的爱娇和动人的优美。他身上的一切全都焕发着健康的幸福和愉快,洋溢着青春的欢欣——无忧无虑、得意洋洋、自爱自溺和青春的魅力。他转动着眼珠,微笑着,偏着脑袋,好像小孩子们明知别人爱看自己就故意撒娇似的。他穿着一件宽大的好像罩衫的白色上衣;一条蓝色的围巾绕着他的纤细的颈项,一顶揉皱的草帽扔在他身旁的草地上。

　　和他比,他的同伴就似乎是位老人了;看着他那呆板的身体,谁也想不到他也正自感觉着幸福,怡然自得。他笨拙地躺着;上阔下削的大脑袋拙笨地安置在长脖子上;就是他的手、他的紧裹在太短的黑上衣里的身体、他的翘着膝盖的蚱蜢后腿似的长腿,所有它们的姿态也无一不显着拙笨。虽则如此,却也不能不承认他是一个颇有教养的人;他整个朴拙的身体都显示着"可敬"的迹印,而他的面孔,虽然不美,甚至有点儿滑稽可笑,却表现出深思的习惯和善良的天性。他的名字叫做安德烈·彼得罗维奇·别尔谢涅夫;他的同伴,那位浅黄头发的青年,则名叫帕维尔·雅科夫列维奇·舒宾。

------

①　莫斯科西部地区,在莫斯科河右岸。

"你干吗不像我这么样趴着呢?"舒宾开始说,"这样可好多啦。尤其当你把脚这么翘起来,把脚跟并拢的时候——像这么的。青草就在你鼻子底下;要是老看着风景觉得无聊,也可以看看肥大的甲虫在草叶上不慌不忙地爬,或者看一只蚂蚁那么忙忙碌碌地奔波。真的——这样可好多啦。可你瞧你,却摆出了那么个拟古的架势,活像个芭蕾舞的舞娘,一个劲儿靠着纸糊的岩壁。你可得记住:你现在完全有休息的权利啦。第三名毕业,这可不是闹着玩儿的!请休息吧,先生;请不用那么紧张,请舒展舒展你的肢体吧!"

舒宾用一种半慵懒、半玩笑的声音,从鼻孔里哼出了他的整个演说来(娇养惯了的孩子对于给他们带了糖果来的父执们,就是像这样说话的),而不等回答,就又继续说道:

"蚂蚁诸君、甲虫诸君以及别种昆虫先生们,它们挺教我奇怪的就是它们那一份惊人的严肃劲儿:它们那么俨乎其然地跑来跑去,好像它们的生命真有什么了不起似的!怎么着,我的天!人为万物之灵,至高的存在呀,可是,你尽管给它们瞪眼吧,它们可睬也不睬你;你瞧,小小的蚊子竟也可以跑到万物之灵的鼻尖儿上来,居然把万物之灵当作面包来享用啦。这真是可恼。可是,话说回来,它们的生命又有哪一点不如我们的呢?我们要是可以俨乎其然,它们又为什么不可以俨乎其然呢?喏,这儿,哲学家,请给我解决这个问题!——你怎么默然不语呀?呃?"

"什么?……"别尔谢涅夫怔了一怔,说。

"什么!"舒宾重复道,"你的朋友把自己最深奥的思想披沥在你的面前,可是你竟是充耳不闻啦。"

"我在欣赏风景呢。瞧,阳光底下的田野,是多么灼热,多么光辉啊!"(别尔谢涅夫说话有点儿大舌头。)

"那不过是些明丽的色彩罢了,"舒宾回答说。"一句话,那是大自然!"

别尔谢涅夫摇了摇头。

"对于这,你该比我更受感动才对。那是你的本行:你是艺术家呢。"

"对不起,老兄;这可不是我的本行,"舒宾回答着,把帽子戴到后脑勺上。"我是个屠夫呢,老兄;肉才是我的本行——我塑着肉呀,肩呀,手臂呀,大腿呀,可是,在这儿,却没有形态,没有个完整的东西,乱七八糟……你试试看能捕捉到什么呀?"

"可是,要知道,在这儿也有美呢,"别尔谢涅夫说,"啊,说起来,你那个浮雕完成了么?"

"哪一个?"

"《孩子与山羊》。"

"去它的!去它的!去它的吧!"舒宾唱歌似的叫起来,"我看一看真货色,看一看前人的名作,看一看古董,就不由得把我那一块废料给摔得粉碎啦。你给我指出大自然,还说什么'这儿也有美'。当然啊,无论什么里面,全有美,哪怕是尊驾您的鼻子,也有美——可是,你总不能把各种的美都追求遍吧?古人——他们就不刻意求美;可是美却不知从哪儿——天知道,也许是从天上吧——自然而然地掉到他们的作品里来啦。整个世界都是属于他们的;可我们的网就不能撒得这样宽:我们的手太短啦。我们只是在一个小池子里垂钓,干瞪着眼。要是碰上那么一个上钩呢,那可是托天之福!要是碰不上……"

舒宾于是把舌头一伸。

"得啦,得啦,"别尔谢涅夫回答说,"这全是似是而非的议论。要是你对美没有共鸣,随时随地遇见美却并不爱它,那么,就是在你的艺术里,美自然也不会来的了。如果美的风景、美的音乐,全不能感动你的灵魂,我是想说,如果你没有共鸣……"

"哈,你呀,好一个共鸣家!"舒宾打断了他的话,对自己新造的字,不禁得意地大笑起来,可是,别尔谢涅夫却又坠入了沉思。"不呢,我的老兄,"舒宾继续说道,"你是个聪明人、哲学家、莫斯科大学第三名毕业生,跟你争论可困难哩,尤其像不才我,这么个中途退学的大学生;可是,我告诉你吧:除了我的艺术以外,我所爱的美只在女人身上……在少女身上;就是这,也还是近来的事呢……"

他翻过身来,把两手枕在头下。

几分钟沉默地过去了。酷热的午昼的静寂,重压着闪耀的、沉倦的大地。

"啊,说到女人,"舒宾又开始道,"为什么就没有人管管那个斯塔霍夫呢?你在莫斯科见过他么?"

"没有。"

"老家伙简直昏了头。他整天坐在他那奥古斯丁娜·赫里斯季安诺夫娜家里,无聊得要死,可是还是坐。你看着我,我望着你,笨透啦!……那样子简直叫人作呕。你想想吧,上帝赐给了这人怎样的一个家庭;可是,不,他还非找个奥古斯丁娜·赫里斯季安诺夫娜不可!我真没有见过比她那副尊容还要讨厌的东西了,活像一只鸭子!前天,我给她塑了个漫画像,丹唐①式的。倒很不错。待一会儿我给你瞧吧。"

"叶连娜·尼古拉耶夫娜的胸像呢?"别尔谢涅夫问道,"有进展么?"

"没有,我的老兄,搞不下去啦。就是那脸庞儿,也够叫我没有一点办法。你一眼望过去,那些线条全是那么纯洁、严肃、端正;想着,弄像总不难吧。可是,完全不是那么回事……就像神话里的珠宝,可望而不可即。你可注意到她是怎样来听人说话的?脸上一丝神色也不动,可是那双眼睛的表情却在不断变化,而整个面孔,也就跟着变化了。一个雕塑家,尤其像我这么个低能的雕塑家,对于那样的脸,能怎么办呢?她真是个不可思议的人……奇怪的人。"沉默一会儿以后,他又补充说。

"是的;她真是个不可思议的姑娘。"别尔谢涅夫重复说。

"可她竟是尼古拉·阿尔捷米耶维奇·斯塔霍夫的女儿!要说血统,要说族系,这又从哪儿说起呢?有趣的是,她正是他的女儿,她像他,也像她母亲安娜·瓦西里耶夫娜。我从心坎儿里尊敬安娜·瓦西里耶夫娜,她是我的恩人;可是,她简直是一只母鸡。叶连娜是从哪儿得来那么美丽的灵魂的呢?是哪一个点燃了她那心灵的火把的呢?呐,哲学家,这儿又给你提出了个问题!"

---

① 丹唐(1800—1869),法国雕塑家、漫画家。

可是"哲学家"却仍和先前一样,一言不答。一般说来,别尔谢涅夫是绝不会失于多言的,就是当他说话的时候,他也说得很拙讷、不流畅,加上不必要的手势;尤其在此刻,他更感觉着一种奇特的平静落到他的灵魂上来了,有如倦怠,也像忧愁。在城里,他经过了长久的艰苦工作,每天用功好几小时,是新近才搬到城外来的。生活的闲适,空气的温柔和清洁,达到了目的地的感觉,友人的奇想的、无拘无束的放谈,一个突然浮现的可爱的面影,所有这些印象,不同而又好像相同,在他心里融成了一种总的情绪,既使他安慰,又使他兴奋,而终于,使他感觉着疲倦……他本来就是一个非常神经质的青年人。

菩提树下,清凉而且寂静;蝇和蜂飞到荫下时,它们的嗡嗡声也似乎变得分外地温柔;油绿色的青草,不杂一点金黄,鲜洁可爱,一望平铺着,全无波动;修长的花茎兀立着,也不动颤,似乎已经入了迷梦;菩提树的矮枝上面悬着无数黄花的小束,也静止着,好像已经死去。每一呼吸,芳香就沁入了肺腑,而肺腑也欣然吸入芳香。远远的地方,在河那边,直到地平线上,一切都是灿烂辉煌;不时有微风掠过,吹皱了平野,加强着光明;一层光辉的薄雾笼罩着整个田间。鸟声寂然:在酷热的正午,鸟向来是不歌唱的;可是,纺织娘的唧唧鸣声却遍于四野。听着这热烈的生之鸣奏,使得安静地坐在清幽的荫下的人们感觉着十分的愉悦:它使人们沉倦欲睡,同时,又勾引着深幻的梦想。

"你可注意到,"别尔谢涅夫突然开始说,用手势辅助着自己的话,"大自然在我们心里所唤起的,该是多么奇妙的感情啊!在大自然里,一切都是那么完全,那么明确,我的意思是说,一切都是那么满足于自己;我们明白这一点,也赞美它,可是,同时,至少在我,它也往往引起一种不安,引起一种悼惑,甚至忧郁。这是什么意思呢?是不是在大自然面前,和大自然相对的时候,我们就更明白地感觉到自己的不完全、自己的不明确呢?或者是,大自然所有的那种满足,我们却没有,而另一方面,我的意思是说,我们所需要的,大自然却正缺乏呢?"

"嗯,"舒宾回答说,"我告诉你吧,安德烈·彼得罗维奇,我告诉你那是怎么个来由。你所描写的,是一个孤独的人的感觉,这种人并不是在活着,却只在出神地观望着。观望有什么意思呢?生活吧,生活起来,那就好极啦！任你怎样叩着大自然的门,它总不会用清楚的言语回答你的,因为它是个哑子。好像竖琴的弦,它会发出一个音响或者一声呻吟,可是,别想它会唱出一支歌。惟有一颗活着的心——特别是女人的心——喏,它才会给你真的回答。所以,我亲爱的朋友,我劝你还是给自己找个心坎儿上的人儿吧,那么,你的什么苦恼,什么忧愁,马上都会烟消云散啦。我们'需要'什么？就'需要'这个。你可知道,所有这种惶惑,这种忧郁,都不过是一种饥饿。给你的肚皮装进真正的食物去,那么所有一切就马上不成问题啦。我的老兄,放胆生活,得其所哉,这就成啦。再说,'大自然'到底是个什么东西呢？大自然有什么用处呢？你听听:爱情……多么有力、多么热烈的字眼儿！大自然……这可多么冷酷、多么学究气呢！那么,来吧,(舒宾唱了起来)'万岁呀,玛丽亚·彼得罗夫娜,'哦,不,"他又说,"不是玛丽亚·彼得罗夫娜,可是,什么全是一样！Vous me comprenez。①"

别尔谢涅夫抬起身来,把紧握着的手支着下巴颏。

"有什么可以嘲笑的呢？"他说,并不望他的同伴,"为什么要揶揄人呢？是的,你说得对:爱情是个伟大的字眼,是种伟大的感情……可是,你说的是哪一种爱情呢？"

舒宾也抬起身来。

"哪一种爱情？你高兴哪种就是哪种吧,只要有。我老实跟你说吧,照我看,就根本不会有几种几样的爱情。如果你爱……"

"就得一心一意地爱。"别尔谢涅夫插嘴说。

"当然,那是不待言的了；心,可不比苹果:它是分割不开的。如果你爱,那你就对啦。我可也没有揶揄人的意思。就说现在,我心里可真有一份柔情,简直柔得要化啦……我只想解释一下,大自然对我们究竟为什么有你所说的那种影响。那就是因为它在我们心里唤起了爱情的欲望,可又不能满足它。大自然把我们轻轻地向别的活人的怀抱里推,可是,我们不了解它,却只是向它本身去寄托我们的要求。啊,安德烈,安德烈,瞧这阳光,这天空,该多美呀,所有一切,我们周围的这一切,也

---

① 法语:你会了解我的。

全都多美呀,可你还忧愁;可是,如果说,在此刻,你手里握着的是你心爱的女人的手,如果那只手和那整个女人全是属于你的,如果你不是用你自己的眼睛看,却用她的眼睛来看,不是用自己的孤寂的心情去感受,却用她的心情来感受——那么,安德烈,大自然就不会叫你忧郁,也不会叫你惶惑,而你也就不会来观察大自然的美了;大自然它自己就会欢乐起来、歌唱起来的;它自己就会来应和你的歌声,因为,在那时节,你自己就会给它——给那哑口的大自然赋予生花的舌头啦!"

舒宾一跃而起,来回走了两次,可是别尔谢涅夫却垂着头,脸上浮出一抹淡淡的红晕。

"我可不能完全同意你的话。"他开始说,"大自然可并不往往把我们指向……爱情。(他不能马上说出'爱情'这个字眼来。)大自然也威胁着我们;它也使我们想起那种可怕的……是的,不可解的神秘。它难道不是终于要吞掉我们,从古以来就一直要把我们吞掉的么?在大自然里,有生,也有死;在大自然里,死亡的声音也正和生活的声音一样强烈呢。"

"在爱情里,一样有生也有死。"舒宾插嘴说。

"那么,"别尔谢涅夫继续道,"当我,比方说,站在春天的森林里,站在翠绿的丛薮里的时候,当我似乎听到了奥白龙①的仙角的神秘的鸣奏的时候,(别尔谢涅夫,当他说出这样的话的时候,觉得有点儿害羞。)难道那也是……"

"那也不过是爱情的渴慕,幸福的渴慕,如此而已!"舒宾打断了他的话。"那种仙乐,我也知道的;在林荫里,在森林深处,或者在田野里,当黄昏来到,夕阳沉落,河上的轻雾从矮林后面升起的时候,我的灵魂也同样感觉着柔情和期待。可是,无论是森林,是河流,是田野,是天空,或是每一朵云,每一根草,都不外使我期待着幸福,要求着幸福,在这一切里,我所感觉的只是幸福的临近,听见的只是幸福的呼声!'啊,我的上帝呀,光明而愉快的上帝!'我就用这样的句子开始我的一首诗;你得承认,这开头的第一句可够伟大的啦,可是我怎么也诌不出第二句来。幸福!幸福!只要我们还在有生之年,只要我们的肢体还

---

① 法国古代传说中的仙王,居于森林中。

能运动,只要我们还在走上坡路,不是在走下坡路!去它的吧!"舒宾怀着突如其来的热情继续说道,"我们还年轻,我们不是怪物,也不是傻子:我们自己来争取自己的幸福吧!"

他摇了摇他的鬈发,以一种自负的、几乎是挑战的神气望了望天空。别尔谢涅夫也抬起眼睛来,望着他。

"难道就没有什么比幸福还崇高的么?"他轻轻地说。

"比方说?"舒宾问道,又打住了。

"比方说,你和我,像你所说的,都还年轻;可以说,我们都是好人;我们各人都在追求各人的幸福……可是,'幸福'这个字眼,难道是一个能使我们团结、给我们鼓舞、让我们互相握起手来的字眼吗?它难道不是一个自私的字眼,我是说,难道不是一个使人分裂的字眼么?"

"你难道还知道有什么使人团结的字眼?"

"有的;还很不少;你自己当然也知道它们的。"

"有哪些?无妨试说一二吧。"

"就说艺术吧——因为你是个艺术家——还有祖国、科学、自由、正义。"

"爱情呢?"舒宾问。

"爱情,当然,那也是个使人团结的字眼;可是,那却不是你现在所渴望的那种爱情;不是那种为了享乐的爱情,却是一种要求自我牺牲的爱情。"

舒宾皱了皱眉。

"对于德国人,这是很好的;可是我需要的只是为我自己的爱情;我需要的是做第一号。"

"第一号,"别尔谢涅夫重复说,"可是,依我看,我们的生命的整个意义倒是应该把自己放在第二位呢。"

"如果每个人都照着尊驾您的高见做去,"舒宾说着,做出了一个可怜相的怪脸,"那么,世界上谁也不会吃菠萝啦;谁都会把它们奉献给别人啦。"

"那也就是说,菠萝本来也不是非吃不可的;可是,别吃惊吧:也有不少爱吃菠萝的人,为了菠萝甚至不惜把别人口里的面包也给掏出来的呢。"

两位朋友暂时之间沉默了。

"前不久我又碰见英沙罗夫了,"别尔谢涅夫开始说,"我约过他到我这儿来;我很想把他介绍给你……和斯塔霍夫家族。"

"英沙罗夫是谁呀?哦,是啦,就是你跟我说过的那个塞尔维亚人,或者保加利亚人?就是那个爱国志士?就是他把这些个哲学思想灌到你的脑子里来的?"

"也许是吧。"

"是个了不起的人物吗?"

"是的。"

"聪明?有才能?"

"聪明?……是的。有才能?……我不知道,那可很难说。"

"不是吗?那么,有什么了不起呢?"

"你将来会看见的。可是,现在,我想我们该走了吧。安娜·瓦西里耶夫娜也许在等着我们。几点钟了?"

"三点了。咱们走吧。多闷热!这一回谈话叫我的血都沸腾起来了。曾经有一个时候你也……我可不是白白地做了艺术家的;什么我都观察到的。照直说吧,你心里可有了一个女人?……"

舒宾想窥探一下别尔谢涅夫的脸,可是他却已经转过身去,走出菩提树荫了。舒宾紧跟在后面,潇洒地迈着他的那双小脚。别尔谢涅夫走路十分拙笨,耸着肩膀,颈项也向前伸着;可是,虽则如此,看起来,他却比舒宾显得有教养得多;也可以说,绅士得多,假如"绅士"这个称呼在我们中间没有变得如此唐俗。

二

两个年轻人走下莫斯科河,沿着河岸走着。河水散发出清凉的气息,微波的温柔的私语使人感觉着爱抚。

"我真想再洗一回澡,"舒宾说道,"可是我怕来不及了。瞧这河水:它像在朝我们招手呢。要是古希腊人,一定会以为那里面有个仙女吧。可是我们不是希腊人。啊,仙女!……我们不过是厚皮的粗野不文的人罢了。"

"我们也有美人鱼呢。"别尔谢涅夫说。

"得啦吧,你那美人鱼!那些恐怖的、冷冰冰的想象的产物,那些从闷窒的茅屋、从黑暗的冬夜里所产生的幻象,对于我,一个雕塑家,有什么用呢?我所要的是光明,是空间……我的上帝呀,什么时候我才到得了意大利?什么时候……"

"你是想说,才到得了小俄罗斯①么?"

"你不害羞么,安德烈·彼得罗维奇,来责备我一时的糊涂!就是你不这样,也够我痛悔的了。当然,我的行为也真傻透啦:安娜·瓦西里耶夫娜,最仁慈的女人,给我钱让我到意大利旅行去,可是我却跑到那些顶髻毛儿②们那儿去啦,去吃汤团,去……"

"请别往下说了吧。"别尔谢涅夫打断了他的话。

"可是,老实说,钱也没有白花。我在那儿看见了那么美的典型,尤其是,女人的典型……当然,我也知道:除了到意大利,再也没有别的办法!"

"你就是到意大利去,"别尔谢涅夫说,并不回过头来,"也不会做出什么事来的。你只会拍拍翅膀,可是,总也不飞。我们是知道您的。"

"斯塔瓦瑟尔③可飞啦……还不止他一个。如果我不飞,那就证明我不过是一只企鹅,没有翅膀罢了。这儿把我闷死啦,我要到意大利去,"舒宾继续说,"那儿有阳光,那儿有美……"

正在这时,一个年轻的女郎,戴着宽边草帽,肩上放着一柄粉红色的小阳伞,出现在两位朋友走着的小路上。

---

① 俄罗斯人对乌克兰的蔑称。
② 乌克兰人的绰号。
③ 斯塔瓦瑟尔(1816—1850),俄国著名雕塑家。

"我看见了什么呀?就是在这儿,也有美来迎接我们来啦!——一个卑微的艺术家给迷人的卓娅姑娘敬礼!"舒宾忽然喊叫起来,演戏似的挥了挥自己的帽子。

被欢呼的少女停下脚步,向舒宾威吓地伸了伸手指,等到两位朋友走近了来,就以响亮的、微带喉音的声音说道:

"怎么啦,先生们,怎么还不来吃饭呢?早都摆好啦。"

"啊!我听见了什么呀?"舒宾又说道,双手一拍,"难道是您,娇滴滴的卓娅姑娘,在这么大热天冒暑出来,亲自来找我们来吗?我可以这样大胆地来领会您的意思吗?告诉我,是这样的吗?哦,不,请别说'不是':说出来,会叫我当场就难过死啦。"

"哟,您得啦吧,帕维尔·雅科夫列维奇。"女郎微嗔地回答,"您怎么从来就不肯正正经经地跟我讲话?我要生气啦。"她补充说,卖俏似的耸了耸眉毛,撅了撅嘴唇。

"您不会生我的气的,我的天使般的卓娅·尼基京什娜:您怎么能忍心把我扔到黑暗的绝望的深渊里去!我不会正正经经地讲话,因为我就不是个正经人。"

女郎耸了耸肩膀,转向了别尔谢涅夫:

"瞧,他老是那样的:老把我当作小孩子;我已经十八岁啦。我已经是大人啦。"

"我的天哪!"舒宾喃喃地说,翻了个白眼;别尔谢涅夫却默默地微笑了。

女郎顿了一顿她的小脚。

"帕维尔·雅科夫列维奇,我真会生气啦!……爱伦①原来也跟我一道儿来的,"她继续说,"可是在花园里就留下啦。她怕热,可是我就不怕热。来吧。"

她沿着小路走了,每一步都轻轻摇曳着她那苗条的身体;她那戴着黑手套的美丽的小手,不时从脸上把那柔软的长鬈发掠到鬓后去。

两位朋友跟着她(舒宾一会儿默默地按了按自己的心房,一会儿

---

① 叶连娜的法语变音。

又高高地扬了扬手),一刻以后,就来到环绕着昆采沃的许多别墅中的一家别墅门前了。一座带着粉红色阁楼的木造小住宅立在花园中央,从碧绿的浓荫后面天真地露出头来。卓娅第一个推开园门,跑进花园里去,高声叫道:"我把流浪的人们给找回来啦!"一个脸庞苍白而富于表情的少女从小路旁边的椅子上站了起来,门槛上则出现了一位穿着紫色绸衣的太太,她用一条细麻布绣花手绢搭在头上遮着阳光,慵懒地、倦怠地微笑了。

三

安娜·瓦西里耶夫娜·斯塔霍娃,本姓舒宾,在七岁上就成了孤女,可是却继承了相当大的家产。她有极富的亲戚,也有极穷的亲戚:穷的属于父方;富的则属于母系:例如,枢密官沃尔金和奇库拉索夫公爵一家。她的法定保护人阿尔达利翁·奇库拉索夫公爵把她送进了莫斯科一家最优良的女塾,而在她离开女塾以后,又把她接到他自己家里来。他交游广阔,每到冬天必举行盛大的舞会。安娜·瓦西里耶夫娜的未来丈夫,尼古拉·阿尔捷米耶维奇·斯塔霍夫,就是在一次这样的舞会上把她的心俘虏了的。那晚上,她穿的是一件"玫瑰色的漂亮晚礼服,还戴了一束小朵玫瑰花的花环"。这花环她是一辈子都珍藏着的……尼古拉·阿尔捷米耶维奇·斯塔霍夫是一位在一八一二年①负过伤、在彼得堡干过邮差的退役上尉的儿子,十六岁就进了士官学校,毕业后就参加了近卫军。他相貌英俊,身材匀称,在中流人家的晚会上可以算得几乎是最风流的美男子,他也多半只能出入于中流社会;上流社会可还没有他的份儿。从青年时代起,他就抱有两个梦想:其一,是做一位侍从武官;其二,是发一笔妻财。第一种梦想,他不久就放弃了,可是对于第二种,却抓得更紧。就是怀着这种目的,他每年冬天才必到

---

① 指一八一二年俄国抵御拿破仑入侵的卫国战争。

莫斯科来。尼古拉·阿尔捷米耶维奇,法文说得不坏,并且还有哲学家的美誉,那就是说,因为他并不纵饮作乐。当他还不过是个准尉的时候,他就已经爱好辩论,执着地讨论着各种问题,例如:一个人一生能不能够把整个地球游遍?或者,人能不能够知道海底下究竟是怎样的情形?——而他的一贯的主张则是:绝不可能。

尼古拉·阿尔捷米耶维奇"钓上"安娜·瓦西里耶夫娜的时候,正是二十五岁;他于是就退了役,到乡下来经营产业。可是,乡下生活他不久就讨厌了,而且,农民的劳役既已是代役租制的,他就决心迁到莫斯科来,住在他妻子的家里。在年轻的时候他什么牌也不爱玩,可是现在却变得热衷于洛托①了,当洛托被禁以后,则又热爱叶拉辣什②。在家里他感觉无聊,因此,就和一个德国血统的孀妇发生了关系,几乎一直和她在一起。在一八五三年他没有随家来到昆采沃,却留在莫斯科,口里说的是为了便于洗矿泉浴,实际上却是不愿和他那孀妇离开。其实,他和她也并没有多少话可谈,所谈论的多半也不过是能否预测天气之类的问题。有一次,不知谁说他是一个 frondeur③——这头衔可使他大为高兴。"对啦,"他想了想,满心高兴地拉下嘴角,并且晃了晃脑袋,"我可是不容易对付的;你别想随便欺骗我。"其实,尼古拉·阿尔捷米耶维奇的 frondeur 主义也不过如此:比方,如果别人说到"神经",他就说:"什么是神经呀?"或者,如果有人和他谈起天文学上的成就,他就说:"您相信天文学呀?"而当他想要彻底粉碎他的论敌的时候,他就说道:"那都不过是废话罢咧!"我们得承认,诸如此类的论证,在某些人看来(在过去,并且直到现在),倒好像真是难以驳倒的;可是,尼古拉·阿尔捷米耶维奇怕是做梦也没有料到,他的奥古斯丁娜·赫里斯季安诺夫娜,在给自己的表妹费奥多林达·彼得济留斯写的信里,竟然把他叫做了:"Mein Pinselchen.④"

---

① 一种牌戏。
② 一种牌戏。
③ 法语:投石党。(源出 17 世纪法国贵族及资产阶级反对专制制度的运动。转义为不满而对抗。)
④ 德语:我的小傻瓜。

尼古拉·阿尔捷米耶维奇的妻子安娜·瓦西里耶夫娜是一位瘦弱的小妇人，玲珑娇小，善感而又多愁。在女塾里上学的时候，她曾经热衷于音乐，爱读小说，但不久以后却把这些全都舍弃，开始来讲求装饰了，而再不久之后，连装饰也不再讲求；她致力于女儿的教育，可是，这也使她厌倦，于是，就把女儿交给了家庭女教师；结果，她就只好终日困坐在感伤和沉默的忧郁里了。生叶连娜·尼古拉耶夫娜损坏了她的健康，使她再也不能生育；尼古拉·阿尔捷米耶维奇就往往暗示着这一事实，来回护自己和奥古斯丁娜·赫里斯季安诺夫娜之间的私情。丈夫的不忠使得安娜·瓦西里耶夫娜深深伤心；而最使她伤心的就是他曾用欺骗的手段把她安娜·瓦西里耶夫娜自己马厩里的一对灰色马送给了他那德国婆娘。她从不当面责难他，可是私下里，却轮流地向家里的每个人，甚至向自己的女儿，埋怨他。安娜·瓦西里耶夫娜不爱出门，却高兴有客人来陪她坐坐，跟她谈天；当她独自一人的时候，她马上就会生病。她的心地非常温柔慈爱；可是生活却很快就把她搞垮了。

帕维尔·雅科夫列维奇·舒宾是她远房的内侄。他父亲曾在莫斯科干过差事。他哥哥们都已进了士官队；只有他最小，又是他母亲的爱子，加之生得娇弱，所以留在家里。他们预备将来让他进大学，费尽心力，好容易才维持他念完了中等学校。他从小就表现了对于雕塑的兴趣；那位肥胖的枢密官沃尔金，有一天在舒宾的姑母家里看见了这位小雕塑家塑的一座小塑像（那时，舒宾还不过十六岁），当时就宣称他要来保护这位青年的天才。可是，舒宾的父亲的突然死去，几乎把这青年人的未来命运完全改变。枢密官，就是那位天才的保护者，仅仅给天才送来一座半身的荷马石膏像，这就完了；幸而安娜·瓦西里耶夫娜帮助了他不少的钱，而在十九岁那一年，勉勉强强，他总算进了大学医科。帕维尔对于医学原也没有什么兴趣，但是依照当时的大学分科制度，他实在也进不了什么别的科系；况且，在医科里，他反正还可以学学解剖。可是，他到底没有学会解剖；只在第一学年终了，不等考试，他就离开了大学，来专一地献身于自己的事业了。他热忱地工作，可是时曝时寒；他常在莫斯科近郊闲荡，素描或塑造农女们的肖像，结识了各种各样的朋友，不论年龄的老少或地位的高低，有意大利模型制造者，也有俄罗斯艺术家;他极端讨厌学院,也不愿有所师承。他有着不可否认的才能;在莫斯科,也渐渐知名起来了。他的母亲出身巴黎名门,生性善良而且聪慧,教会了他精通法语;她昼夜为他奔劳、操心,引他为自己的骄傲;还在盛年,她就死于肺病,临死时她请求安娜·瓦西里耶夫娜代她照顾她的儿子。那时,他已是二十一岁。安娜·瓦西里耶夫娜执行了他母亲的最后的嘱托:而他于是就在那家族的别墅里享有了一个小小的房间。

四

"来吧,我们吃午饭去吧。"主妇用怨诉似的声音说,于是,大家来到了餐室。"您挨着我坐,卓叶①,"安娜·瓦西里耶夫娜又说,"你,爱伦,你陪着我们的客人;你呀,保尔②,我请你别闹,别逗卓叶。我今儿头痛!"

舒宾又把眼睛翻向了天上;卓叶却回答他以浅笑。这个卓叶,或者更准确地说,卓娅·尼基京什娜·米勒,是一个漂亮的俄德混血的黄发女郎,眼睛稍有些斜视,鼻子小而鼻端微阔,嘴小唇红,身体非常丰美。她唱俄国歌唱得很不坏,在钢琴上能弹各种小曲,无论轻快的或者伤感的,都弹得很正确;装束雅致,可是打扮得往往有些孩子气,甚至过分整洁。安娜·瓦西里耶夫娜本来是要她来作女儿的女伴的,可是,却几乎总是让她伴着她自己。叶连娜对这也并不抱怨:当她和卓娅单独相对的时候,她反倒不知道和她说什么的好。

午餐持续了不少的时间;别尔谢涅夫和叶连娜谈大学生活,谈他自己的计划和希望;舒宾一言不发地听着,吃着,做出夸张的馋相,不时还对卓娅装出毫无办法的滑稽怪相来,而卓娅,则和先前一样,只是报他

---

① 卓娅的法语变音。
② 帕维尔的法语变音。

以浅笑。饭后,叶连娜陪着别尔谢涅夫和舒宾到花园里去;卓娅目送着他们,微微耸了耸肩,就坐到钢琴边来。安娜·瓦西里耶夫娜问道:"您怎么不也去散散步呢?"可是,不等回答,就又说道:"给我弹点儿什么吧,要忧郁的……"

"《La dernière pensée》de Weber?①"卓娅提议。

"啊,对啦,韦伯②,"安娜·瓦西里耶夫娜回答,于是就坐到一张安乐椅里,而眼泪就浮闪在她的睫毛上了。

同时,叶连娜已把两位朋友引到了一座刺槐树亭子里,亭子中央有一个小小的木桌,四围放着椅子。舒宾转眼四顾,跳了几跳,细声说道:"等一等!"就跑回自己的房里,拿来了一块黏土,开始塑着卓娅的肖像,一面摇着头,一面对自己喃喃着,笑着。

"又是他那套老把戏。"望望他的作品以后,叶连娜说着,转向别尔谢涅夫,和他继续午餐时已经开始的谈话。

"我那套老把戏,"舒宾重复道,"这简直是个取之不尽的题材呢。特别是今儿,她真叫我忍无可忍啦。"

"那为什么呢?"叶连娜问,"别人会以为您说的是个什么可恶的、讨厌的老怪物呢。她可是一个漂亮的年轻姑娘呀……"

"当然,"舒宾打断她的话说,"她漂亮,很漂亮;我相信无论哪个过路人,只要把她瞟上那么一眼,一定会想:这姑娘……跟她跳个波利卡舞真好啊;我也相信,她自己也知道这一点,并且还自以为得意呢……那么,干吗还装出那种羞答答的浅笑,还要来那么一套淑女经呢?哪,您自然明白我的意思,"他又含糊地加了一句,"可是,这会儿,您心里可有别的心事,顾不上啦。"

于是,舒宾把卓娅的胸像弄碎,马上又把黏土死命地揉着,塑着,好像很生气。

"那么,您的志愿就是做个教授么?"叶连娜问别尔谢涅夫。

"是的,"他回答说,把发红的手夹在膝间,"这是我多年的梦想。

---

① 法语:韦伯的《最后的思想》好吗?
② 韦伯(1786—1826),德国作曲家。著有歌剧《魔弹射手》《欧里安特》《奥白龙》,这些作品确定了德意志民族浪漫派歌剧的方向。

当然,我很清楚,我还差得远,还够不上那么崇高的……我是说,我的造诣还不够;可是,我希望能得到许可,出国去留学;如果必要,我打算待上三四年,以后……"

他止住了,垂下了眼睑,可是很快又抬起眼睛来,露出困惑的微笑,理了理自己的头发。别尔谢涅夫在和女性谈话的时候,说话就更缓慢,发音也更不清楚了。

"您想做个历史教授么?"叶连娜问。

"是的,或者哲学教授,"他补充说,声音低下来,"如果可能的话。"

"他现在已经是精通哲学啦,"舒宾插嘴说,一面用指甲在黏土上划出深深的线痕,"还要到外国去干什么呀?"

"您会完全满足于您的地位么?"叶连娜又问,把头依着臂肘,直视着他的面孔。

"完全满足,叶连娜·尼古拉耶夫娜,完全满足的。还有什么比这更高尚的事业呢?啊!追随着季莫费·尼古拉耶维奇①……只要一想到这样的一种事业,我就充满了欢喜和惶惑……是的,惶惑……其所以惶惑,就由于意识到我自己不行。先父就曾祝望过我,要我献身给这样的事业……我永远也不能忘记先父的遗言。"

"您父亲是去年冬天去世的么?"

"是的,叶连娜·尼古拉耶夫娜,在二月间。"

"听说,"叶连娜继续说道,"他留下一部很出色的遗稿,是真的么?"

"真的。先父是个了不起的人。您一定会喜欢他的,叶连娜·尼古拉耶夫娜。"

"我相信我会的。那部著作的内容是什么呢?"

"要用几句话把那内容告诉您,叶连娜·尼古拉耶夫娜,确实是不大容易。先父是一个很有学问的人,一个谢林②派;他的用语有时是

---

① 指格拉诺夫斯基教授(1813—1855),俄国历史学家和教育家,在十九世纪四十年代任莫斯科大学世界史(主要是中世纪史)教授,公开传播进步思想和人道主义,揭露农奴制,与当时进步思想家如别林斯基、赫尔岑等均有交往,亦为屠格涅夫的好友。

② 谢林(1775—1854),德国唯心主义哲学家。

不大明白的……"

"安德烈·彼得罗维奇,"叶连娜打断了他的话,"请原谅我的无知;所谓谢林派到底是什么意思呢?"

别尔谢涅夫微微笑了。

"谢林派,就是德国哲学家谢林的信徒;谢林的学说就是……"

"安德烈·彼得罗维奇!"舒宾忽然叫了一声,"看在上帝的分上!你可是要给叶连娜·尼古拉耶夫娜来上一堂关于谢林的讲座呀?饶了她吧!"

"一点儿也不是讲课,"别尔谢涅夫吃吃地说着,涨红了脸,"我是想……"

"讲课又怎样呢?"叶连娜插嘴道,"您和我,帕维尔·雅科夫列维奇,我们全都非常需要听讲课呢。"

舒宾瞪眼望着她,忽然哈哈大笑起来。

"您笑什么?"她冷冷地、几乎是严厉地说。

舒宾呆住了。

"得啦,别生气吧,"他停顿了一下,终于说,"是我的不是。可是,老实说,这是什么瘾头啊,我的天,在这样的时刻,这样的天气里,在这样的树下,怎么还有心谈哲学哟?不如谈谈夜莺,谈谈玫瑰,谈谈美丽的眼睛和青春的笑颜吧。"

"嗯,还有法国小说,和女人的服装。"叶连娜按了下去。

"那可不,"舒宾回答说,"要是服装漂亮,有什么不可以谈?"

"那可不!可是,如果我们不高兴谈女人的服装呢?您一向自命为自由艺术家,那么,为什么要来妨碍别人的自由呢?让我问问您:您的趣味既然是这些,那您为什么还要攻击卓娅呢?跟她去谈服装,谈玫瑰,难道不是特别合适?"

转眼之间,舒宾变得满脸通红,从椅子上跳了起来。

"啊,是这样的吗?"他开始说,声音颤抖着,"我明白您的用意;叶连娜·尼古拉耶夫娜,您是要把我撵到她那儿去。换一句话说,我在这儿是多余的?"

"我可没想撵您走。"

"您可是说,"舒宾激动地继续说,"我不配跟别人攀交情,我跟她正相配,我也跟那个腻人的德国姑娘一样空虚,一样愚蠢,一样浅薄。是不是呀,小姐?"

叶连娜皱眉了。

"您平时可不是像这样说她的,帕维尔·雅科夫列维奇。"她说。

"啊,您责骂吧,只管责骂!"舒宾叫道。"是的,我不隐瞒,曾有那么一刹那,的的确确,不过是一刹那,她那鲜艳庸俗的脸庞儿……可是,如果我回敬您两句,也给您提醒提醒……回头见,"他突然加了一句,"我怕我会胡说八道起来啦。"

于是,他把已经塑成一个脑袋的黏土狠命打了一拳以后,就跑出花亭,回到自己的房里去了。

"真是小孩子。"叶连娜说着,目送着他。

"一位艺术家呢,"别尔谢涅夫默默含笑地说,"所有的艺术家都是这样的。人们得原谅他们的任性。那是他们的特权。"

"是的,"叶连娜回答,"可是,无论从哪一方面看,帕维尔目前还不能说就有权利享受这种特权。直到此刻,他做出了什么成绩来呢?让我挽着您的手,我们沿着这林荫路走下去吧。他打乱了我们的谈话。我们刚才谈的,是您父亲的著作。"

别尔谢涅夫挽住叶连娜的手臂,傍着她走过花园,可是,那中途夭折的谈话却再也不能恢复了;别尔谢涅夫于是又从头开始叙述他对于教授的事业和自己的前途的意见。他傍着叶连娜缓缓走着,笨拙地迈着步子,笨拙地挽着她的手臂,有时自己的肩甚至碰上了她的肩头,可是,却一次也不曾望她;他的话,如果还不能说完全自由地、至少也可以说是比较流畅地流涌着,谈得简单、明确,而他的眼睛,当它们徐缓地掠过树干、砂子路和草叶的时候,也闪烁着从崇高的心情所生出的宁谧的感动;而他的沉静的声音,也显示着一种到底在所爱的人面前倾吐了自己的积愫的喜悦。叶连娜非常关切地听着他,微微侧身向他,眼睛一直注视着他的稍显苍白的面孔;她也注视着他的变得温柔而且亲切的眼睛,虽然它们却闪避着她的视线。她的心灵渐渐开展了;一种温柔、正直、善良的情感,似乎注入了她的深心,又好像正从她的心底萌芽。

五

直到夜间,舒宾一直不曾离开自己的房间。天已经很暗了;月亮还没有圆,高高地悬在天空,银河灿然闪耀,繁星密布在天空;这时,别尔谢涅夫,在告辞了安娜·瓦西里耶夫娜、叶连娜和卓娅之后,就来到他的友人的门前。他发现门已经锁了,于是,在门上敲了两下。

"谁?"舒宾的声音响了。

"我。"别尔谢涅夫回答。

"你有什么事?"

"让我进来吧,帕维尔,别任性了;你难道不害羞?"

"我一点儿也没有任性;我睡觉啦,我正梦见卓娅呢。"

"别来那一套吧,我求你。你又不是个小孩子。让我进来。我要跟你谈谈。"

"你跟叶连娜难道还没有谈够?"

"好啦,好啦,让我进来!"

舒宾只回报了他一阵假装的鼾声。别尔谢涅夫耸了耸肩膀,于是转到回家的路上。

夜是温暖的,似乎异样的静寂,好像宇宙万汇都在谛听着,期待着;而别尔谢涅夫,被包围在这无边的静夜里,就不自主地站住了,也开始谛听着,期待着。从近处的树梢不时有轻微的飒飒声传来,有如女人的裙裾的窸窣声,在别尔谢涅夫的心里唤起一种似甜而又似难受的感觉,几乎近于恐怖。他的面颊感觉着微微的痉挛,一丝眼泪使他的眼睛感觉着寒凉;他宁愿完全无声地走过,在黑暗中蹑足摸索。一阵冷风忽然从侧面向他袭来:他微微抖了一下,于是,悚然伫立;一只沉睡的甲虫从枝头跌下来了,铿然落在路径上,别尔谢涅夫不禁低低"啊"了一声,于是,又一次站住了。可是,当他一想起叶连娜,所有这些瞬间的感觉就立刻消逝了;所留下的只是由暗夜的清新和夜行所产生的新鲜的印象;

而一个少女的面影就浮现在他的整个灵魂里来了。别尔谢涅夫低头前行,回忆着她的话语、她的询问。忽然,他觉得在他身后传来急促的脚步声。他谛听着:是有谁在他身后奔跑,追赶他;他听见喘息的声音,猛然间,从一株大树的一团黑影中间,舒宾出现在他的眼前了,蓬乱的发上没有戴帽子,面孔在月光下面显得异常苍白。

"我真高兴你也走这条路,"他喘息着说道,"如果我追不上你,我会整晚都睡不着的。把你的手给我吧。你是回家去吗?"

"是的。"

"那么,我送你。"

"可是,你连帽子也没有戴,怎么行呢?"

"没有关系。我连领带也没有打呢。今晚上很暖和。"

两位朋友向前走了几步。

"我今儿非常傻,是不是?"突然,舒宾问。

"坦白说,是的。我真不了解你。我从没有见过你像那样的。你究竟恼些什么呢,呃?不过为了一些小事?"

"哼,"舒宾喃喃道,"你以为是小事,可是,在我,才不是小事呢。你瞧,"他继续说道,"我不能不告诉你,我……任你把我想作个什么吧……我……啊,我爱着叶连娜!"

"你爱着叶连娜!"别尔谢涅夫重复说,突然停下脚步。

"是的,"舒宾装出满不在乎的样子,继续说,"那叫你吃惊吗?我还得告诉你:直到今晚,我还希望着,也许,有一天她会爱我。可是,今天,我看清楚了:我没有一点希望。她已经爱了别人。"

"别人?谁?"

"谁?就是你呀!"舒宾喊道,拍了拍别尔谢涅夫的肩膀。

"我?"

"是你呀。"舒宾又说了一遍。

别尔谢涅夫倒退一步,呆然木立了。舒宾目光炯炯地注视着他。

"那又叫你吃惊么?你是个老成的青年。可是她就爱你。请你放心好啦!"

"你尽扯些多么无稽的话呀!"终于,别尔谢涅夫以一种困恼的神情抗议了。

"不,一点儿也不无稽。可是,我们这么呆站着干什么呀?咱们往前走吧。边走边谈,那轻松得多。我认识她不算不久,难道我还不清楚她?我不会错的。你这种人就正合她的心意。曾经有过一个时候,她也喜欢过我来的;可是,第一,在她看来,像我这样的青年到底太轻浮啦,可是你呢,你却是个老成持重的人,无论在心理上,在生理上,都是规规矩矩的角色,你……等着,我还没说完呢,你就是天生的忠厚热忱,真正典型的科学祭司,那种人——啊,不是那种人,是那种性格——就正是俄国中层贵族公正地引以自豪的呀!其次,有一天,叶连娜撞见我在吻卓娅的手!"

"卓娅的?"

"可不是,卓娅的。你可叫我怎么办?她那肩膀太漂亮啦。"

"肩膀?"

"哼,不错,肩膀儿、手膀儿,不全都一样?这种不检点的行为,在饭后给叶连娜撞见了,恰好就在饭前我还当着她骂过卓娅来。真不幸,叶连娜竟不懂得这种矛盾该有多么自然。就在这个节骨眼上,你就上场来啦:你有信念……谁知道你信个什么鬼……你会红脸,会难为情,会和人家谈席勒,讲谢林(她就老是搜索着鼎鼎大名的人物的),这么一来,你就成了胜利者啦,只苦了我这可怜的倒霉鬼,尽在别人面前开玩笑,可是……终归……"

舒宾突然迸出眼泪来,转过身去,坐在地上,抓住自己的头发。

别尔谢涅夫走到他身边。

"帕维尔,"他开始道,"你这该多么孩子气!真的!你今儿是怎么回事?上帝才知道你那脑袋里装进了什么样的糊涂思想,你还哭呢!老实说,我觉得你是在装假。"

舒宾抬起头来。在月光下面,他颊上的泪珠的确在闪烁,可是,脸上却浮着一抹微笑。

"安德烈·彼得罗维奇,"他说道,"任你把我想作个什么吧。我甚至可以承认我此刻的确有点儿歇斯底里;可是,上帝见证,我爱着叶连娜,叶连娜却不爱我。不过,我答应过送你回家,我还是履行我的诺言。"

于是,他站了起来。

"是怎样的夜呀!银灰的、暗黑的、青春的夜!对于有了爱情的人,这是多么美呀!对于他们,不去睡觉,该是多么快乐呀!你要睡觉吗,安德烈·彼得罗维奇?"

别尔谢涅夫一言不答,只是加快了脚步。

"你这么急着往哪儿去呀?"舒宾继续说道,"相信我的话吧:这样的夜,在你的一生是不会再来的。可是,你家里有谢林等着呢。老实说,他今天可给你帮忙不小;可是,你还是不用这么急。唱歌吧,如果你会唱,就唱得比平日更响些吧;不会唱么?——那么,就把帽子摘下来,抬起头来,望着星星笑吧。它们都望着你呢,就望着你一个人,星星都只会望着有了爱情的人,所以,它们才能那么美丽……你难道不是有了爱情吗,安德烈·彼得罗维奇?……你不回答我……你干吗不回答我呢?"舒宾又说道。"哦,如果你觉得自己幸福,那就别响吧,别做声!我所以这么乱嚷嚷,不过因为我是个倒霉鬼罢了,没有人爱我,我不过是个耍把戏的、卖艺的、丑角儿;可是,要是我知道有人爱了我呀,那么,在这样良夜的清风里,在这样灿烂的星光下,我就会畅饮着怎样不可言说的欢情啊!……喂,别尔谢涅夫,你幸福么?"

别尔谢涅夫仍然沉默,在平坦的路上快步走着。从前面树林中间,他居留的小村里,开始有灯光闪射出来;那村里有约莫十来幢小小的消夏别墅。在村头,道路右侧两株华盖似的桦树底下,有一间小小的客店;店窗已经全都关闭,可是,从那开着的门口却有一条宽阔的光带成扇形地射了出来,落在被人踏坏的草上;光带射向树间,分明地照映着密叶的灰白的底面。有一个好像是婢女的少女,站在店内,背靠着门柱,正在和店主讲着价钱;从她搭在头上、用光光的手指扣在颔下的红色头巾底下,可以隐隐地看见她的圆圆的面颊和纤细的颈项。两个青年走进光带里来;舒宾朝店里望了一眼,突然站住,叫了一声:"安奴什卡!"少女急忙掉转身来,他们于是瞧见一张稍嫌宽阔然而十分娇艳的脸儿,配着一对快乐的褐色眼睛和两道浓黑的眉毛。"安奴什卡!"舒宾又叫了一声。那少女谛视着他,不禁露出吃惊和害羞的样子,不等买卖做成,就跑下阶沿,飞也似的溜过去,几乎头也不回,从通向左边的路上跑掉了。店主人是个大胖子,正和所有的乡村小店主们一样,对一切世事全都无动于衷,只是望着她的背影哼了两声,打了一个大呵欠,可是舒宾却转向别尔谢涅夫,一边说道:"这个……这个……你瞧……这儿有我认识的一家人……就在他们家里……你可别以为……"不等说完,就跑去追那个已经跑走的少女去了。

"至少,把你的眼泪先揩干了吧。"别尔谢涅夫在他身后叫着,自己也不禁笑了。可是,当他回到家里,他的脸上却没有愉快的表情;他不再笑了。他一刻也不曾相信过舒宾对他说的话,可是,舒宾说的话却深深地浸入了他的灵魂。"帕维尔是在愚弄我呢,"他想……"可是,总有一天,她会爱上什么人的……她会爱谁呢?"

在别尔谢涅夫的房里有一架钢琴,这琴不大,也不新,音调虽不十分纯,然而,却很柔和动听。别尔谢涅夫坐在琴边,试敲了几个和弦。正和所有俄国贵族一样,他从小就学过音乐,也正和几乎所有俄国贵族一样,他也弹得很不高明;可是,他却热爱音乐。严格说来,他并不爱音乐这门艺术和它的表现形式(交响乐、奏鸣曲、甚至歌剧,都使他感到沉闷),他所爱的只是音乐里的诗意:他爱那些由音响的组合和抑扬婉转在心灵里所唤起的模糊而又甜蜜的、无定型而又无所不包的情绪。一点多钟之久,他不曾离开过钢琴;他把同样的和弦再三冉四地重复着,笨拙地寻觅新的和弦,然后,停下来,让那些音响在短调七度音上缓缓消逝。他心里觉着苦恼,眼里不止一次充满了眼泪。他并不感觉羞愧;他让眼泪在黑暗里流着。"帕维尔说得对,"他想道,"我已经预感到:这样的夜晚是不会再来的。"终于,他站起来,燃起 根蜡烛,穿上寝衣,从书架上取下罗墨尔的《霍亨斯托芬家的历史》①的第二卷——在叹息了两次之后,就开始勤勉地研读起来。

---

① 罗墨尔(1781—1873),德国自由主义派历史学家。《霍亨斯托芬家的历史》为其巨著之一。

六

　　同时，叶连娜则已回到自己的私室，坐在开着的窗前，把头托在手上。每晚，在自己的私室里，凭窗坐上一刻时光，这已经成了她的习惯。在这时候，她就自己对自己默省着，将过去的一日省察一过。不久以前她才满了二十岁。她身材修长，面色苍白带暗，弯弯的眉毛下面闪着一对灰色的大眼睛，眼周略有细小的雀斑，前额和鼻子全都端正，嘴唇紧闭，下颏稍显尖削。栗色的发辫低垂在她的纤细的颈上。在她的全身，从那专注而微似惊怯的面部表情，那清澈而变幻莫测的目光，以至那似乎紧张的微笑和那柔和而又似急促的声音，全可感到一些神经质的、电似的、匆遽而又激烈的什么，总之，是决不能使人人都喜欢、甚至还会使某些人发生反感的什么。她的手是狭长的，作蔷薇色，手指很长；她两足也是狭长，步履迅速，甚至可以说急骤，行动时身体微向前倾。她是很奇怪地成长起来的；在最初，她崇拜她的父亲，其后，则热烈地依恋母亲，而最后，则对于父母都变冷淡了，尤其对于父亲。近来，她对待母亲好像对待一个病弱的祖母；而她的父亲，在她幼年，当她被称赞为杰出的孩子的时候，他也曾以她为自己的骄傲，及至她成长起来，他却渐渐地害怕她了，甚至称她为一个狂热的共和政体的拥护者，天知道是学的谁的样！软弱使她反感，愚昧令她愤怒，而欺骗，则是她"永生永世"也不能饶恕的；她的严格是超乎一切的，甚至在祈祷时，她也不止一次地夹杂着斥责。一个人一旦失却了她的尊敬——她下判断是十分迅速的，往往过于迅速——那人在她心里就永远不再存在了。所有的印象全都深深地沉入她的心底，生活对于她，是绝不同于儿戏的。

　　她的家庭女教师，就是受安娜·瓦西里耶夫娜委托来完成她女儿的教育的——那教育，我们可以附带说一句，甚至不曾被那百无聊赖的贵妇人开始过——是一个俄国人，一位因受贿被撤职的官员的女儿，公立女塾的毕业生，一个多情善感、善良而又善于撒谎的女人；她一辈子都在闹恋爱,结果是在五十岁上(那时叶连娜已经十七岁了)嫁给了一位什么军官,可是,这位军官即刻就把她抛弃了。这位家庭女教师很爱文学,自己也写写小诗;她给叶连娜培养了读书的兴趣,可是,仅仅读,是不能满足这位姑娘的:从儿时起,她就渴慕着行动,积极的善行;乞丐,饥饿的、病弱的人们,使她思念,使她不安,使她苦恼;她常常梦见他们,也向她所有的相识的人询问关于他们的事;她诚心诚意地布施,带着不自主的庄严,甚至情绪的悸动。所有被虐待的动物,瘦瘠的看家狗、要死的猫、从巢里掉下来的麻雀以至昆虫和爬虫,全可以得到叶连娜的支持和保护:她亲自饲养它们,一点也不感觉嫌憎。母亲从不干预她;可是,父亲对于她那种——用他的话说——庸俗的婆心,却往往非常生气,并且宣称道:猫啊狗啊的挤满了一屋子,连转身的地方都没有了。"列诺奇卡①,"他常常对她叫道,"快来,这儿有蜘蛛吃苍蝇啦;快来救救这可怜的小命吧!"而列诺奇卡,果真就慌慌忙忙跑过来,救出了苍蝇,还把那纠结着的蝇腿也给解开了。"呐,现在,让它咬咬你吧,你既然那么慈悲,"父亲就这么讽刺地说;可是,她却全不在意。在十岁的时候,叶连娜结识了一个小乞女卡佳,常常偷偷地到花园里去会她,带糖果给她吃,送给她手帕和十戈比的银币——玩具卡佳是不要的。她常常和她并坐在茂密的荨麻背后,灌木丛中的干土上,以一种喜悦的、谦虚的感动,啃着她的发硬的面包,听着她的故事。卡佳有个婶母,是个凶狠的老妇人,常常责打她;卡佳恨她,总说有一天她会从她婶母那里逃走,去完全听凭上帝的意旨生活;叶连娜以隐秘的崇敬和惊愕谛听着那些新奇的、不曾听过的话语,睁大眼睛注视着她的同伴,而在那种时候,卡佳身上的一切——她那乌黑的、灵活的、近似野兽的眼睛,她那黝黑的手,她那粗哑的声音,甚至她那破烂的衣裳——对于叶连娜就全都变为特殊的、甚至是神圣的了。叶连娜回到家里,许久许久还想着乞丐的生活和上帝的意旨;她梦想着她将怎样给自己砍来一根榛木的手杖,背上一个行乞者的口囊,和卡佳一同逃走;她将怎样戴上野菊的花冠(她有次看见卡佳戴过那种花冠),流浪在村野的路上。在这

---

① 叶连娜的小名。

种时候,要是她家里有什么人走进房来,她就会张皇起来,并且显得羞怯。一天,她冒雨跑去会卡佳,将衣服溅得满是污泥;父亲瞧见了她,就管她叫邋遢小孩、乡下妞儿。她满脸都涨红了,心里生出了恐怖的、不可思议的感觉。卡佳爱哼一曲兵士们常唱的粗野小调;叶连娜也从她那里把它学会了……安娜·瓦西里耶夫娜有一天偶然听见她正在唱那支小调,登时就十分生气。

"你从哪儿学来的这种下流东西呀?"她问她的女儿。

叶连娜只是看了看母亲,一言不发:她觉得宁可让自己碎尸万段,也不能把自己的秘密宣泄出来,而同时,在她心里,她又不自主地感觉恐怖和甜蜜了。然而,她和卡佳的友谊却不曾长久:那可怜的小女孩患了恶性热病,几日之间就死去了。

听到卡佳的死讯,叶连娜感到十分悲哀,有许多夜晚,她都不能入睡。那幼小乞女的最后的话语在她耳边不断回响,她感觉那声音正在向她召唤……

岁月流逝,年复一年;迅速地,无声地,有如雪下的水,叶连娜的青春暗暗流着,从外表看来,似乎是平静无事,但在内心里,却经历着不安和苦斗。她没有朋友;所有到斯塔霍夫家来的姑娘们,她一个也合不来。父母的权威从来也没有使叶连娜感到重压,到十六岁,她就几乎完全独立了;她开始过着她自己的生活,然而,是多么寂寞的生活啊!她的灵魂在寂寞里燃烧,而火焰又在寂寞里熄灭;她像笼中的鸟儿似的挣扎着,而笼,其实是没有的:没有人压迫她,也没有人拘束她,可是,在内心里,她却感到烦恼和苦闷。有时,她连自己对自己也不能了解了,甚至对自己感到害怕。在她周围的一切,她觉得全是无意义的,不可理解的。"没有爱,怎么能活呢?可是,就没有一个人可以爱!"她想着;而一想到这一点,感到这一点,她又不自主地感觉恐怖了。十八岁的时候,她染上了恶性热病,几乎死去;她本来健壮的整个机体,因此受到了严重的影响,许久许久还不能完全恢复;最后的病象终于消失了,可是,叶连娜·尼古拉耶夫娜的父亲却还是时常多少带着恶意地说她神经质。有时,她感到:她所要求的也许在整个俄国就不会有一个人要求,不会有一个人梦想到。后来,她平静下来了,甚至自己笑自己,于是,日子一天又一天地无忧无虑地过去,可是,突然间,一种强烈的、无名的、不可控制的力,却又在她的心底沸腾起来,大声要求着自己的出路。一阵风暴过去了,疲乏的翅膀,在未曾飞升之前,又低垂了,可是,这些情感的风暴却使她的心灵受尽了煎熬。虽然她多方隐瞒自己的心情,可是,那受尽折磨的灵魂的苦恼,就是在她那外表的平静里,也不自主地显露出来;因此,她的双亲不时耸耸肩膀,感觉惊讶,而终于还是不能明白她的"奥妙",那也就不是偶然的了。

在我们的故事开始的那一天,叶连娜比往日更晚还不曾离开窗前。她的思想萦绕着别尔谢涅夫,回忆着她和他所谈的话。她喜欢他;她相信他的感情的温暖和志向的纯洁。在这以前,他从来没有像在那天傍晚那样和她谈过话。她回忆着他那胆怯的眼神和他的微笑——而她自己也微笑了,于是,沉入了深思,可是,这深思却不再是关于他的了。她凭着开着的窗,注视着窗外的黑夜。许久许久,她凝望着那暗黑的、低沉的天空;于是,她站起来,摇摇头,把头发从脸旁甩到脑后,而同时,自己也不知道为什么,把自己的裸露的、冰冷的手臂伸出去,伸向天空;接着,她把手臂垂下来,跪在床边,把脸偎在枕上;尽管她极力想要抑制着汹涌的激情,但是,奇异的、不可思议的、燃烧似的热泪,却不由自主地从她的眼里流出来。

七

次日午间十二时,别尔谢涅夫坐着回程马车到莫斯科去。他要到邮局取点钱,买点书,并且,还想趁这机会和英沙罗夫见见面,和他谈谈。在前次和舒宾谈话的时候,别尔谢涅夫就想起要把英沙罗夫接到自己的别墅里来住,可是,费了许多周折,他才找到了他;英沙罗夫已经从旧寓迁到另外的地方去了,而这地方却很不容易找:它原来是在阿尔巴特街和波瓦尔街之间,一所彼得堡式的颇为难看的砖屋的后院里。别尔谢涅夫从这个肮脏的门前跑到那个肮脏的门前,询问了司阍者,又来请教陌生的过路人,可是完全没人理会。就是在彼得堡,司阍者对于来客的问讯,也照例是装作没有听见的,而在莫斯科,情形则尤甚:谁也不来回答别尔谢涅夫的呼唤;只有一个好事的裁缝,穿着坎肩,肩上搭着一缕灰线,从高高的小窗洞里不动声色地探出毫无表情的、没有刮过的脸和一只被打伤的眼睛来;此外,也还有一只正在攀着垃圾堆的无角的黑山羊,这时也回过头来,哀哀地咩了两声之后,就更起劲地继续反刍去了。一个穿着破旧外衣和后跟已经磨平的皮靴的女人终于对别尔谢涅夫发了慈悲,给他指点了英沙罗夫的寓所。别尔谢涅夫发现他正在家里,寓所的房东原来就是刚才从窗洞里那样漠不关心地俯视向他问路的不速之客的那位裁缝;房间倒很宽大,几乎空无所有,四壁暗绿,有方窗三扇,房间的一隅放着一张小床,另一隅摆着一只小小的皮沙发,天花板下悬着一只大鸟笼,笼里曾经养过一只夜莺。英沙罗夫在别尔谢涅夫一跨过门槛的时候就迎上前来,但他并不叫道:"啊,是您呀!"或者,"啊,我的上帝,是什么风把您吹来的呀!"他甚至也不说"您好!",只是紧紧地握住朋友的手,把他引到房间里惟一的一张椅子上去。

"请坐。"他说,自己则坐在桌子的边沿上。

"您瞧,我这儿还是乱七八糟呢,"英沙罗夫继续说,指着地板上堆积的文件和书籍,"什么也没有整理好。简直腾不出时间。"

英沙罗夫的俄语说得完全正确,每一个字都说得一丝不苟,清楚明白,可是,那略带喉音、然而也十分悦耳的发音,却始终可以听出不是纯粹的俄国味。英沙罗夫的异国血统(他是保加利亚人)从外貌上可以看得更明显一些:他是一个约莫二十五岁的青年,身体瘦长而强韧,平胸,骨节粗大的手指;面部轮廓分明,鼻梁微弯,头发浅黑笔直,前额低,眼睛深而小,目光锐利,眉毛粗浓;当他微笑的时候,粲然的白牙齿就从那薄而硬,而且线条过于分明的嘴唇下面倏然闪现。他穿着一件虽旧然而整洁的常礼服,纽扣一直扣到颈边。

"您怎么从您先前的寓所搬出来了呢?"别尔谢涅夫问他。

"这儿房租贱些;离大学也近些。"

"可是,现在是假期啊……您何必暑天还住城里!一定要搬,您也该租个别墅才是。"

英沙罗夫对这种说法没有回答,只把烟斗递给别尔谢涅夫,一边说道:"请原谅,我没有烟卷,也没有雪茄。"

别尔谢涅夫点燃了烟斗。

"可是我,"他继续说道,"我在昆采沃附近租了一幢小屋。很贱,也很舒适。真的,楼上还有多余一间房呢。"

英沙罗夫依然不作回答。

别尔谢涅夫把烟斗抽了一口。

"我甚至想,"他又开始说,吐出一缕轻烟来,"如果,比方说,能有个什么人……比方说,就是您……我就是这么想的……要是愿意的话……答应住到我那楼上去……那该多好!您觉得怎样,德米特里·尼卡诺雷奇?"

英沙罗夫抬起他那不大的眼睛望了望别尔谢涅夫。

"您是提议要我住到您的别墅里去么?"

"是的,我那儿楼上还多余一个房间。"

"非常谢谢您,安德烈·彼得罗维奇;可是,我怕我的经济情况不会容许我。"

"您是说不容许什么?"

"不会容许我住别墅。维持两处住房,在我是不可能的。"

"可是,我当然……"别尔谢涅夫已然开始说,却又停下,"您也不会有任何额外的花费,"他继续说,"您现时的寓所,我看一样可以留下;再说,那边什么东西都很贱;我们甚至还可以筹划一下,比方说,一道儿搭伙食。"

英沙罗夫仍然沉默着。别尔谢涅夫可感到有点儿窘了。

"至少,您什么时候到我那儿去走走吧。"停顿了一会儿以后,他又开始说。"我旁边,相隔没两步远,住着一个家族,我很想把他们介绍给您。真的,英沙罗夫,您真不知道那家里有一位怎样了不起的姑娘!那儿也住着我的一个很要好的朋友,一个很有才华的人;我相信您也会和他十分相投的。(俄国人就爱做东道主——如果没有什么别的可以飨客,就连自己的朋友也端出来了。)真的,一定来吧。可是,最好还是，您能搬到我那儿去住，真的。我们可以一道儿工作、念书……您知道，我近来正研究历史和哲学。这些，您也一样感到兴趣，并且，我也有很多的书。"

英沙罗夫站起来，在房间里踱着步。

"请问，"他终于说，"您那别墅付多少租金？"

"一百银卢布。"

"有多少房间？"

"五间。"

"那么，算下来，每间应该是二十卢布？"

"是的，算下来固然是……可是，我真的用不着呀。空着也是空着。"

"也许是；可是，您听我说，"英沙罗夫补充说，断然地、同时也是率直地摇了摇头，"要是您答应我照样摊房钱，我才能接受您的好意。二十卢布我还付得起，况且，照您所说的，在那边，在别的事上我还可以节省。"

"是的；可是，那真叫我心里不安。"

"不然，就不成，安德烈·彼得罗维奇。"

"唔，随您的意思吧；可是，您真够多么固执啊！"

英沙罗夫再一次地沉默了。

两个青年人于是议定了英沙罗夫搬家的日子。他们招呼房东来，可是，最初他派了自己的女儿来，那是一个年约七岁的小女孩，头上包着过大的花布头巾；她注意地、几乎吃惊地听着英沙罗夫给她所说的一切，于是，默默地走掉了；其后，是她的母亲，一个将近临盆的妇人，跑来了，头上也包着头巾，不过，她的一条却太小。英沙罗夫告诉她，说他要住到昆采沃附近的别墅里去，但是，这儿的房间还保留，什物也请他们照料；裁缝的女人却也像吃了一惊，同样默默地退出了。最后，是房东亲自出马了：他似乎从起始就明白了一切原委，不过沉思似的问道："在昆采沃附近吗？"可是，忽然之间，却打开房门，大声叫道："那么，房间还要不要呢？"英沙罗夫让他安了心。"可不是，总得问问呀，"裁缝严肃地又说了一次，就走掉了。

别尔谢涅夫告辞回来,对于自己的提议得到成功,感到十分满意。英沙罗夫把他送到门口,那种亲切的礼貌,在俄国人中间是不大常见的;而在只留下自己一人之后,他就小心地脱下上衣,着手整理起自己的文件来了。

八

当天傍晚,安娜·瓦西里耶夫娜坐在自己的客厅里,差不多要哭出来了。客厅里,还有她的丈夫和一个叫做乌瓦尔·伊万诺维奇·斯塔霍夫的,这人是尼古拉·阿尔捷米耶维奇的一位远房叔父,退役的骑兵少尉,年约六十,胖得几乎不能行动,肿胀的黄脸上长着一对浑黄沉睡的小眼睛和两片没有血色的肥厚的嘴唇。自从退役以来,他就一直住在莫斯科,靠着商人家庭出身的妻子遗留下来的一笔小小的款子,生利过活。他什么事也不做,脑子会不会想大概也很成问题;就是想吧,想些什么就只有他自己知道。他一辈子只有一次变得大为兴奋,表现了从来未有的活跃,那就是:有一天他从报纸上看见伦敦国际博览会上有一种新乐器,叫做什么"低音大号",于是就想给自己定购一具这种乐器,居然还打听过是何处经理,货款该寄到什么地方。乌瓦尔·伊万诺维奇穿着宽大的鼻烟色上衣,系着白色领结,常常吃而且吃得很多,每当他大为困窘的时候,那就是说,当他需要发表什么意见之际,他就得把右手的手指在空中抽筋似的扭动起来,先从拇指扭到小指上来,然后又从小指扭回拇指上去,而同时就艰难地发言道:"呒,照讲呢……理当这么的,那么的……"

乌瓦尔·伊万诺维奇坐在凭窗的安乐椅上,沉重地喘着气,尼古拉·阿尔捷米耶维奇两手插在口袋里,在房间里大踏步来回走着;他的脸上表现出不满的神色。

终于,他站住了,摇了摇头。

"是的,"他开始道,"在我们那时候,青年人的教养可大不相同啦。

青年人就不许可对长辈那么放肆。(他从鼻孔里把'放'字哼了出来,颇有法国人的味道。)可是,这如今呢?我就只能愣着眼瞧着这种大改变!也许,我全错啦,他们全对;也许是吧。可是,对于事情我究竟有我自己的看法呀:我又不是天生的糊涂虫。您觉得怎么样,乌瓦尔·伊万诺维奇?"

乌瓦尔·伊万诺维奇可是只能瞪着眼望着他,大扭其手指。

"比方说,就说叶连娜·尼古拉耶夫娜吧,"尼古拉·阿尔捷米耶维奇继续说,"对于叶连娜·尼古拉耶夫娜,我就莫测高深。当然啰,我哪够得上她的水平呀?她的心胸该多么博大,万象万汇,无不包容,以至于最不足道的蟑螂和田蛙,总之,一切一切,可是就没有她自己的亲父亲。自然啰,那全都好极啦,我知道,我也不用多嘴。什么神经呀、学问呀、海阔天空任翱翔呀,这我都是外行。可是,舒宾先生呢……就算他是个艺术家吧,天才的、非凡的艺术家——这一点,我不反对;可是,对于自己的长辈,对于一个对他总算多少有些恩德的人,却竟敢那么放肆——这,我老老实实地说,dans mon gros bon sens① 可不能轻易放过。我这个人,天生的并不挑剔,可是,凡事都得有个限度呀。"

安娜·瓦西里耶夫娜激动地按了按铃,一个小厮走进来。

"帕维尔·雅科夫列维奇怎么不来呀?"她说道,"怎么着,我请他都请不动啦?"

尼古拉·阿尔捷米耶维奇耸了耸肩膀。

"请问,您找他来干什么?我从来没有要求过,连想也没有想过要找他来。"

"您还问干什么吗,尼古拉·阿尔捷米耶维奇?他打搅了您;多一半,他妨碍了您治病。我得找他来说个明白。我倒要知道知道他怎竟敢惹您生气。"

"我再一次告诉您,我没有要求过这样。再说,您是怎么回事呀……devant les domestiques……②"

安娜·瓦西里耶夫娜微微地涨红了脸。

---

① 法语:以我的良知来说。
② 法语:当着下人们面前。

"您用不着说这些话,尼古拉·阿尔捷米耶维奇。我可从来没有……devant……les domestiques……去吧,费久什卡,去给我把帕维尔·雅科夫列维奇马上找来。"

小厮就出去了。

"那是完全多余的,"尼古拉·阿尔捷米耶维奇含糊地喃喃着,又开始来回踱起步来,"我说那一番话,难道是想找他来把他怎么样吗?"

"我的天!Paul 本该给您道歉呀!"

"我的天,我要他道歉做什么?道歉又怎么样?废话罢咧!"

"做什么?您得教训教训他呀。"

"要教训,您自己教训吧。他倒是会听您的教训的。说到我,我对他并没有什么抱怨。"

"不,尼古拉·阿尔捷米耶维奇,自从您今儿到家,您的神气就有些不对。照我看,您近来更瘦了。我怕您的治疗对您全没用处。"

"我的治疗一刻也不能少,"尼古拉·阿尔捷米耶维奇回答,"我的肝又不好啦。"

正在此刻,舒宾走了进来。他脸色疲倦。唇上浮着一抹近似讥嘲的微笑。

"是您找我来着,安娜·瓦西里耶夫娜?"他说。

"是呀,可不是我找你来。Paul,真的,这真可怕。我很不满意你。你怎么敢对尼古拉·阿尔捷米耶维奇放肆来着?"

"是尼古拉·阿尔捷米耶维奇对您抱怨我来着么?"舒宾问着,瞟了斯塔霍夫一眼,唇间仍然留着那一抹讥嘲的微笑。

斯塔霍夫却转过头去,把眼睛低下了。

"是的,可不是他抱怨你。我不知道你怎样得罪了他,可是,你得马上给他道歉,因为他的健康这会儿又受到很大的损害啦。再说,在我们年轻的时候,无论怎样,我们总得尊敬我们的恩人。"

"哎,什么逻辑呀。"舒宾想着,转向斯塔霍夫。

"我这就给您道歉,尼古拉·阿尔捷米耶维奇,"他说着,恭恭敬敬地躬了躬腰,"要是我真是怎样冒犯了您。"

"我一点儿也不……我可全没有那种意思,"尼古拉·阿尔捷米耶维奇说,仍和起先一样闪避着舒宾的眼睛,"可是,我很愿意饶恕您,因为,您知道,我可不是个爱挑剔的人。"

"啊,那是绝无任何疑问的!"舒宾说。"可是,请原谅我的好奇心,让我问问:安娜·瓦西里耶夫娜知不知道我究竟错在哪里吗?"

"不,我什么都不知道。"安娜·瓦西里耶夫娜回答说,把脖子伸长了。

"啊,我的天哪,"尼古拉·阿尔捷米耶维奇急忙叫道,"我该请求过、哀告过多少次,我该说过多少回,我多么讨厌这种种解释和肉麻场面!一个人出外一辈子,这才跑回家来,无非想休息休息,像人家所说的:一家人,intérieur,团聚团聚,像个有家有室的人的样子——可是,偏偏总有这些个肉麻的、叫人不痛快的把戏。就不让你安静一分钟。这简直是把人往俱乐部里,或者……或者别的地方赶不是?人是活的呀,他有他的生理,有生理就有生理的要求,可是这儿……"

不等说完,尼古拉·阿尔捷米耶维奇就冲出去,砰然一声把门带上。安娜·瓦西里耶夫娜目送着他。

"去俱乐部!"她心酸地咕噜着,"您才不是真上俱乐部,浪子!俱乐部里才没有人要你送马呢!把我的马,我自己马房里的马偷出去给人——还是灰色马呢!我多么心爱的毛色。是的,是的,轻浮汉,"她补充说,提高了嗓音;"您才不是上俱乐部去呢。你呀,Paul,"她继续说着,站起来,"你难道自己不害臊?看样子,你不是小孩子啦。哪,哪,我的头又痛起来了。卓娅在哪儿呀,你可知道?"

"在楼上吧,在她自己的房里。在风暴将临的时候,懂事的小狐狸难道还不晓得躲到自己的洞里去?"

"好啦,得了吧,得了吧!"安娜·瓦西里耶夫娜四处搜寻起来。"我那个盛洋姜丝的小杯子你见过吗?Paul,做做好事,往后别惹我生气,好不好?"

"我哪儿敢惹您生气呢,姑姑?让我吻吻您的小手吧。您的洋姜丝我瞧见是在您自己房里小台子上的。"

"达里娅老是把它随手乱扔。"安娜·瓦西里耶夫娜说着,走出去,绸衣裙发出一阵阵窸窣的响声。

舒宾正要跟着她出去,可是,忽然听见乌瓦尔·伊万诺维奇的慢吞吞的声音,就站住了。

"便宜了你小崽子……你活该挨揍。"退役的骑兵少尉断断续续地嘟哝着。

舒宾走上前去。

"请问,我为什么该挨揍呢,最可敬的乌瓦尔·伊万诺维奇?"

"为什么?年纪轻轻,应该尊敬人。是的,真的。"

"尊敬谁呀?"

"谁?你自然知道谁。你还耍贫嘴。"

舒宾把两手交叉在胸前。

"啊,您是集体因素的代表,"他叫道,"您蕴藏有强大的威力,您是社会结构的基础!"

乌瓦尔·伊万诺维奇的手指扭动起来了。

"得啦,小崽子;别惹我发火。"

"瞧吧,"舒宾仍然继续说道,"这位看来已经不甚年轻的贵族,心里倒藏着多么幸福、多么孩子气的信心呢!尊敬!您可知道,您这原始的人,您可知道尼古拉·阿尔捷米耶维奇干吗跟我生气来着?哪,今儿整个早晨,我跟他都在他那德国婆娘家里;哪,我们三个还一道儿唱歌呢:《请莫离开我》,您没听见吗?要是听见,您准会感动的。我们唱着,唱着,我的老爷——咳,我叫厌烦起来啦;我一看:有点儿不大对劲;太肉麻呢。对不起,我就开始挖苦他们两位啦。我居然很成功。首先,是她生我的气了;跟着,又生他的气了;再往后,是他生她的气啦,还告诉她说,除了在家里,他在哪儿都不幸福,他说,他的家就是一座乐园;她就骂他缺德;我可用德国话给她哼了一声'啊哈!',结果,他跑掉了,我可依然留下来;他跑到这儿来啦,那就是说,跑到他的乐园里来啦,可是,乐园却又叫他倒胃口。所以,他就抱怨起来啦。哪,现在,您看看,老爷,是错在哪一个呀?"

"当然,在你。"乌瓦尔·伊万诺维奇回答。

舒宾把眼睛瞪着他。

"我可不可以斗胆地问问您,最可敬的骑士,"他用一种故示逢迎的腔调说道,"您这么抬举小的,给小的说出了这么费解的话来,这到底是作为您那思维天赋的活动的结果呢,或者只是您一时心血来潮,硬要让空气振动振动,发出一点儿所谓声音什么的来呢?"

"你别惹我发火,我告诉你!"乌瓦尔·伊万诺维奇呻吟着。

舒宾却大笑一声,跑出去了。

"咳,"一刻钟之后,乌瓦尔·伊万诺维奇这才大叫起来,"来人哪……来一杯烧酒。"

一个小厮用托盘端了一杯烧酒和一些小吃来。乌瓦尔·伊万诺维奇慢吞吞地把酒杯从盘里擎起,出神地把杯子端详了很久,好像不大明白手里拿的究竟是什么东西。于是,他望望小厮,问了问他的名字是不是叫瓦西卡。于是,他才做出一种受难的表情,喝了烧酒,吃了鲱鱼,又慢吞吞地掏着口袋,搜索手帕。直到小厮早已把酒杯连着托盘端走,把剩下的鲱鱼吃掉,甚至已经蜷在老爷的大衣里酣然入睡了,乌瓦尔·伊万诺维奇的叉开的手指可还拈着手帕,举在面前,他那出神的目光也还时而瞪着窗外,时而又瞪着地板和墙壁。

九

舒宾回到自己房里,翻开了一本书。尼古拉·阿尔捷米耶维奇的侍仆却鬼鬼祟祟地溜进他房里来,递给他一张摺成三角形的短简,上面盖有颇为堂皇的带徽章的印章。"我希望您,"短简上面写道,"作为一个诚实的人,对于今早所谈的那张支票,连一字也不要提起。足下深知道我的处境和我的规矩,且款数甚微,殊不足道,此外,也有他种原因;总之,若干家庭秘密是必须加以尊重的,而家庭内部的和睦尤为神圣不可侵犯,只有那种 êtres sans coeur① 才能安心将其排斥,但我实无理由把足下也算在此类人之列。(阅后原简掷还。)——尼·斯"

---

① 法语:没有良心的人。

舒宾拿起铅笔,在信后画了几个字:"请放心——我是个正派人,不会揭人隐私!"于是把短简给回了仆人,再把书本拿起。可是,不久之后,书本却从他的手里溜下来了。他望了望赤红的晚霞和两株离群耸立的青松,于是悠然想道:"在白天,松树是青苍的,可是,在晚间,它们却是何等巍然翠绿!"——想着,就来到了花园,暗自希冀着也许可以在这里碰见叶连娜。他果然没有失望。在他前面,灌木丛中的径路上面,她的衣衫正飘动着。他尾追着她,而当和她并齐的时候,他就说道:

"别望我这边,我可够不上您的青睐。"

她瞟了他一眼,倏然一笑,继续走向花园深处。舒宾跟随着她。

"我请您别望我,"他开始道,"可是我又跟您讲话:天人的矛盾!可是,有什么关系?我自己打自己的嘴巴,这也不是第一回。我刚刚想起来,我还没好好儿地跟您道歉呢,为了昨儿我的愚蠢的行为。您生我的气了吗,叶连娜·尼古拉耶夫娜?"

她突然立定,可并没有马上回答他——不是因为她真的生了气,只是因为她的思想是在遥远的地方。

"不,"她终于说道,"我一点儿也不生气。"

舒宾咬了咬自己的嘴唇。

"多么入神……又是多么冷淡的脸儿呀!"他喃喃地说。"叶连娜·尼古拉耶夫娜,"他继续说着,提高了声音,"让我告诉您一段小小的故事吧。我有个朋友,我那朋友自己也有个朋友。我那朋友的朋友本来倒是个规矩人,可是,后来却喝上了酒。那么,有一天大清早,我的朋友在街上恰好碰上了他的朋友(请注意,那时候他们俩早就绝交啦),碰头啦,却发现他的朋友喝醉啦。我那朋友呢,于是乎转身就走。可是他那朋友却偏偏赶上前去,说道:'您要是干脆不理我,我反而不恼;可是,您干吗转身就跑呢?也许,我是活该这样倒霉吧?愿我的白骨安宁!'"

舒宾忽然住了口。

"就是这吗?"叶连娜问。

"就是这。"

"我可不明白您的意思。您暗示的什么呢？您可不是刚刚还要我别望您？"

"是的,可是现在,我是跟您说,转身就跑该叫人多难受啊。"

"难道我是……"叶连娜开始说。

"难道您不是？"

叶连娜的脸微微红了,于是,把手伸给了舒宾。他把它紧紧地握着。

"您好像认定了我有什么恶意似的,"叶连娜说,"其实您的猜疑是不公平的。我甚至想也没有想到要回避您。"

"就算是那样吧,就算是那样吧。可是,您总得承认,在这一瞬间,您实在有千万种思想藏在心里,可是,一种也不想对我说。怎么样？我可是说得正对？"

"也许对吧。"

"可是,为什么不能跟我谈谈呢？为什么呢？"

"我想的什么,我自己都不清楚。"

"那么,就更应该和别人谈谈,"舒宾插嘴说,"可是,还是让我告诉您真的为了什么吧。您就瞧我不起。"

"我？"

"是的,您。您想象着,我浑身上下,没有一处不带半分儿戏,因为我是个艺术家；您想象着,我不独什么事都不能做——这一点,也许您想得正对吧——甚至连一点儿真的、深的感情都没有；您甚至想着连我的眼泪也不会是真心的,我不过是个话匣子、造谣专家而已——所有这些,都不过因为我是个艺术家。啊,这么说起来,我们这班艺术家们,该是多么不幸的、天杀的倒霉鬼啊！譬如说,您,我敢打赌,您就甚至不相信我的忏悔。"

"不,帕维尔·雅科夫列维奇,我相信您的忏悔,我也相信您的眼泪。可是,照我看,甚至您的忏悔,也只是您自己跟自己闹着玩儿的,还有您的眼泪,也是。"

舒宾战栗了一下。

"唔,我看这就是像医生们所说的：不治之症, casus incurabilis。我只能低头,屈服。可是同时,啊,上帝呀,难道说,有这样一个高贵的灵魂生活在我的身边,我当真还能永远只是自己跟自己闹着玩儿么?这难道会是真的么?我也知道谁也不会看得透那个高贵的灵魂,谁也不会了解它为什么忧,为什么喜,它是怎样在骚动,它有些什么愿望,它是往哪儿去……告诉我,"他沉默了片刻之后,又问道:"您是永远不会,无论在什么情况下也不会爱上一个艺术家的么?"

叶连娜直直地望着他的眼睛。

"我想我不会的,帕维尔·雅科夫列维奇;不会。"

"这就是我要证明的,"舒宾说着,带着一种滑稽的沮丧,"那么,我看我还是不要妨碍了您的孤寂的漫步吧。要是一位大学教授,他就会问您:'根据什么论点,您说不会?'可是,我不是教授,侬您的意见,我不过是个小孩子;可是,记着,就是对小孩子,也不能转身就跑啊。再见!愿我的白骨安宁!"

叶连娜本想留住他,可是,想了一想,也说道:

"再见。"

舒宾走出了前院。在离开斯塔霍夫家的别墅不远的地方,他碰到了别尔谢涅夫。他正匆匆地走着,低着头,帽子推在脑后。

"安德烈·彼得罗维奇!"舒宾喊道。

他停了下来。

"走吧,走吧,"舒宾继续喊道,"我不过是叫叫,并不想留下你——你一直往花园里溜吧,——叶连娜正在那儿。我看,她正等着你……总之,是在等一个人吧……你可知道这句话的力量吗:她正在等着!好兄弟,你可知道这种惊人的奇事?你想想,我跟她在一幢房子里已经同住了两年了,一直在爱着她,可是,只在刚才,只在一分钟以前,我这才——不是了解了她——而是真的看清了她啦。我看清了她,那么,我就只有愕然撒手了。别那么望着我,我求你,别跟我装出那种瞧不起人的假笑,那跟你的老成持重的丰姿是不相称的。啊,我明白啦,也许,你是想向我提起安奴什卡吗?这又算什么?我并不否认。像我这样的可怜虫,当然只好去配安奴什卡们呀。安奴什卡们万岁!卓娅们万岁!甚至于奥古斯丁娜·赫里斯季安诺夫娜们,也万岁!你这是到叶连娜那儿去吧,我可要到……你以为是到安奴什卡那儿去? 不呢,我的老兄,比那还糟:我到奇库拉索夫公爵那儿去。他是喀山鞑靼人里的米岑纳特①、沃尔金一流的人物。你可看见这请帖,这些字母:R. S. V. P.②? 就是在乡下,我也不得安宁! Addio。③"

别尔谢涅夫默默地听着舒宾唠叨,一言不发,好像有点儿替他害羞的样子,随后,他进了斯塔霍夫家别墅的前院。而舒宾,则果真到奇库拉索夫公爵那儿去了,而且对着公爵以最亲切的态度说了些极放肆的挖苦的话。那位喀山鞑靼人里的米岑纳特哈哈大笑了,米岑纳特的客人们也都笑了,然而却没有一个人感觉愉快,而一当散场之后,人人都大发脾气。同样,我们可以看见:在涅瓦大街,如果有两位似曾相识的老爷碰了面,陡然之间,两人就都露露牙齿,挤挤眼睛,皱皱鼻头,鼓鼓腮巴,做出要笑的样子,可是,一经互相走过之后,各人马上又恢复了原先的冷漠的、或者阴郁的、多半则是像痔疮发作了似的表情。

十

叶连娜亲切地接待了别尔谢涅夫,可是不在花园里,却在客厅里,而立刻,几乎迫不及待地,就再一次展开了前天的谈话。客厅里只有她一人:尼古拉·阿尔捷米耶维奇早已偷偷溜掉了,安娜·瓦西里耶夫娜正躺在楼上,头上缠着一块湿头巾。卓娅坐在她身旁,裙裾叠得非常齐整,小手按在膝上;乌瓦尔·伊万诺维奇也安息在顶楼上的一张宽大而舒适的、绰号叫做"催眠榻"的沙发上。别尔谢涅夫又谈起他的父亲:那记忆,在他,是十分神圣的。那么,关于这位父亲,我们也无妨介绍一

---

① 米岑纳特(公元前74?—前4),古罗马政治家、作家,他曾保护一个诗人团体,利用该团体有利于帝国的诗作,并给以物质援助。以后米岑纳特的名字成了科学与艺术卫护者的代名词。
② 法语:Répondez s'il vous plaît 的缩写,意思是"盼复"。
③ 意大利语:再见。

下吧。

　　作为八十二个魂灵①的所有者（这些魂灵，他在死前都解放了），"明灯运动者"②，哥丁根③的老留学生，遗稿《精神在世界之显现或现形》的著作者（说起这部著作来，它是谢林主义、斯威敦堡④主义和共和主义的极奇怪的综合）——这位父亲，在妻子刚刚死去、别尔谢涅夫还是小孩的时候，就把儿子带到莫斯科，并且亲自从事于他的教育。他亲自给儿子准备每一节课，虽然苦心孤诣，然而，却全无成功：他是一位梦想家、学究、神秘主义者，声音沉闷而且讷于言辞，用的多是一派模糊不清的、不着边际的术语，爱用隐喻，对于自己热爱的儿子甚至也会羞怯起来。因此，儿子在上课的时候只能眨着眼，毫无进展，那也并非奇怪的事了。老人（那时他已经五十岁，他结婚本来很迟）终于恍惚觉得事情有些不妙，于是，就把他的安德留沙⑤送进了一所寄宿学校。安德留沙虽然进了学校，可是，并不曾脱离父亲的监督；他父亲不断来看他，并用许多训诲和谈话把校长麻烦得要死；连教师们也被这位不速之客麻烦不堪：他不断给他们带来许多在他们看来好像天书的教育名著。甚至学生们，一见到这位老者的微黑的麻脸和他那终年如一地裹在窄小的灰色燕尾服里的瘦削身材，也全都感觉狼狈。孩子们真想不到，在这道貌岸然、从无笑颜、鹤步、长鼻的长者心里，其实对于他们每一个，几乎正和对于自己的儿子一样，也是怀着满心关切和无限疼爱的呢。有一次，他曾想对他们讲一讲关于华盛顿的事情："年轻的学生们！"他开始道，可是，一听见他发出那古怪声音，年轻的学生们就马上跑掉了。这位忠厚的哥丁根留学生，可并不是躺在蔷薇花丛上的：历史的行进，各种问题和思想，不断将他压倒。当年轻的别尔谢涅夫入了大学以后，他也时常和儿子一同前来听讲；可是，他的健康已经开始崩溃。一八四

---

① 指男性的农奴。
② 一种秘密宗教结社。
③ 德国著名学府，十八世纪末曾为德国"狂飙运动"的中心。
④ 斯威敦堡（1688—1772），瑞典科学家和神学家，他起初研究自然科学，后来陷入神秘主义而成为神智学者。
⑤ 安德烈的小名。

八年的事件①使他彻底震动（他不得不把他的著作重新写过），而一八五三年冬，他就死去了，虽然不曾亲见自己的儿子在大学卒业，但是，却能预先祝贺他的学位，并且勖勉他终生致力于科学。"我把火炬传给你，"在临死之前两小时他对他这么说道，"我一直尽力握着它，而你，愿你也不要让它熄灭，坚持到底。"

别尔谢涅夫对叶连娜谈了许久，关于他的父亲。他在她面前所感到的不安已经消失，并且，也不再那么厉害地口吃。谈话又转到了大学生活。

"请告诉我，"叶连娜问他，"在您的同学中间，可有什么出色的人么？"

别尔谢涅夫记起舒宾的话来。

"不，叶连娜·尼古拉耶夫娜，老实跟您说，在我们中间，出色的人一个也没有。真的，哪里会有呢？据说，莫斯科大学也曾经有过自己的黄金时代！②可是，现在却不行啦。现在，它已经不像个大学，倒像个小学呢。跟我的同学们在一起，我其实是很苦闷的，"他补充说，声音低下来。

"苦闷？……"叶连娜低声说。

"可是，"别尔谢涅夫又说道，"我也得除开一个例外。我认识一个同学——虽然他不和我同班——他倒的确是个非凡的人。"

"他叫什么名字？"叶连娜问着，感到有兴趣。

"英沙罗夫，德米特里·尼卡诺雷奇。他是保加利亚人。"

"不是俄国人？"

"不，不是俄国人。"

"那么，他为什么住在莫斯科？"

---

① 一八四八年，在欧洲史上是一个革命的年代。《共产党宣言》于是年出版。在法国，二月革命后，发生了六月的巴黎工人起义。全欧各地，革命运动风起云涌。俄国沙皇尼古拉一世忠实地履行了"欧洲宪兵"的任务，除协助镇压西欧的革命运动以外，并在俄国实行极反动的统治，惟恐受到革命浪潮的波及。

② 十九世纪三十年代，莫斯科大学为当时先进的社会、政治、哲学、文学思想的中心，莱蒙托夫、别林斯基、赫尔岑、奥加辽夫、斯坦凯维奇等，当时均在校，成立了自己的"小组"。

"他到这儿来念书的。您可知道,他念书的目的是什么?他只有一个思想:解放自己的祖国。他的身世也是奇特非凡的。他父亲是一个相当富裕的商人,原籍是特尔诺伏。特尔诺伏现下不过是一个小城,可是,在往时,当保加利亚还是一个独立国的时候,它可曾做过保加利亚的首都。① 他在索菲亚经商,和俄国也有亲戚关系;他的妹妹,就是英沙罗夫的姑母,就嫁给基辅中学校里的历史科主任教员,现在还住在那边。在一八三五年,那就是说,十八年前,一件可怕的罪行发生了:英沙罗夫的母亲突然失踪了;一星期以后,发现她被人杀掉了。"叶连娜颤抖了一下。别尔谢涅夫停住了。

"说下去吧,请说下去吧。"她说。

"据谣传,她是给一个土耳其的官员糟蹋了,杀掉了;她的丈夫,就是英沙罗夫的父亲,查出了实情,要为她报仇,可是,结果只能用匕首刺伤了那个官员……他给枪毙了。"

"枪毙?没有经过审判?"

"是的。那时候,英沙罗夫刚刚八岁。他被收留在邻人家里。那位妹妹听到了哥哥家里的不幸,就要把侄儿接到自己家里来。他被人送到敖德萨,从那里,转到基辅。他在基辅住了整整十二年。所以,他的俄语说得那么好。"

"他说俄语么?"

"说得和您我一样好。当他二十岁的时候(那是一八四八年初),他就想要回到他自己的祖国。他到过索菲亚和特尔诺伏,走遍了整个保加利亚,从东到西,从南到北;他在保加利亚住了两年,重新学习他祖国的语言。土耳其政府迫害他,当然,在那两年之间,他受的危险一定够大的了;有一次,我瞧见他颈上有一条很宽的疤痕,那一定是伤痕;可是,他点不高兴谈到这些。他有他自己特有的缄默。我设法问过他许多回——他什么也没有说。要说,也只说一般的事情。他的固执是惊人的。一八五〇年他又回到俄国,来到莫斯科,为了完成他的学业,并

---

① 此指伊凡·阿森一世定都于特尔诺伏(1185);至伊凡·阿森二世(1218—1241),保加利亚国势大盛,据说当时特尔诺伏的文明可以媲美君士坦丁堡。特尔诺伏于一三九三年为土耳其人所陷。

且和俄国人多有接近,那么,等他在大学卒业以后……"

"以后就怎样呢?"叶连娜插口说。

"那就只有看上帝的意思吧。对于未来,是不容易预言的。"

许久许久,叶连娜没有把视线从别尔谢涅夫身上移开。

"您的话叫我感到很大的兴趣,"她说,"他长得怎样,您这位朋友——他叫什么?……英沙罗夫?"

"我该怎么跟您说呢?依我看,他长得并不难看。不久以后,您自己会看见他的。"

"那是怎么回事呢?"

"我会把他带到这儿来见您的。后天他就会到我们的小村里来,还跟我同住在一幢房子里。"

"真的吗?可是他肯来看我们吗?"

"他一定肯的。他会很高兴来的。"

"那么,他也不骄傲?"

"他?一点儿也不。那就是说,要说骄傲,他也骄傲的,可是,不是您说的那种骄傲。比方说,他就从来不跟任何人借钱。"

"他穷吗?"

"是的,并不富。当他回保加利亚的时候,他收拾了他父亲劫后所余的些许产业,同时,他姑母也帮助了他一些;可是,总共起来,也还是很少。"

"他一定是个性格非常坚强的人。"叶连娜说。

"是的。他是一个钢铁似的人。可是同时,虽然他那么专心自己的事业,甚至行动隐秘,可是,他也很天真,很坦率的,您将来自然知道。当然,他那种坦率,可不比我们这种不值钱的坦率,不比那些根本没有什么可以隐藏的人的坦率……总之,我不久就会把他带到您这儿来的,您等着吧。"

"他对人也不羞怯么?"叶连娜又问。

"不,他对人一点儿也不羞怯。只有那种自负的人,才会对人羞怯。"

"那么,您也是那种自负的人么?"

别尔谢涅夫变得迷乱了,只摆了摆手。

"您真引起我的好奇心来啦。"叶连娜继续说。"可是,告诉我,他到底对那个土耳其官员复仇了没有呢?"

别尔谢涅夫微笑了。

"复仇是只有在小说里才有的呢,叶连娜·尼古拉耶夫娜;况且,十二年已经过去了,那官员早死了也说不定。"

"可是,英沙罗夫先生就什么也没有对您说起过么?"

"什么也没有说。"

"那么他为什么到索菲亚去?"

"他父亲在那儿住过的呀。"

叶连娜变得沉思起来。

"解放自己的祖国!"她说道,"啊,多么伟大、说起来就多么叫人战栗的话啊!……"

正在这时,安娜·瓦西里耶夫娜来到客厅,谈话也就结束了。

当晚,在回家的路上,奇异的情感在别尔谢涅夫心里骚动着。他并不后悔他想让叶连娜认识英沙罗夫的计划,他感到他对于那位保加利亚青年的叙述在她心里会产生出深刻的印象来,其实是十分自然的……他自己岂不是也曾努力去增强那种印象的么! 只是一种隐秘的、阴暗的情感,却偷偷地袭进他的心底了;他感到一种忧愁,而这种忧愁实在是不能认为高尚的。然而这忧愁却也不曾妨碍他照样拿起《霍亨斯托芬家的历史》来,就从前晚中断的那一页起,继续读了下去。

十一

两天以后,英沙罗夫果然依照约言,携着行李,来到别尔谢涅夫住的地方。他没有仆人,可是,无须助手他就把他自己的房间整理好了,安置了家具,掸了灰尘,并且扫了地板。只有写字台可特别麻烦,许久许久,它硬不肯归就那指定给它的墙角;可是英沙罗夫,以他特有的沉默的坚韧,终于使它完全就范。安置停当之后,他请别尔谢涅夫预先收他十个卢布,于是擎起一根粗棍,就出去视察新居的环境去了。三小时后,他回家来;别尔谢涅夫请他共餐,他回答说,他今天并不推辞朋友的好意,可是,他已经和房东太太说妥,以后他将在她那儿搭伙了。

"啊呀,"别尔谢涅夫回答说,"那您会吃得很糟的:那老太太根本就不会料理饮食。您为什么不肯跟我一块儿吃呢?用费我们可以对半平分。"

"我的经济情况怕不容许我像您吃一样的。"英沙罗夫回答,平静地一笑。

在那平静的一笑里,就可以看出有着令人不能往下争执的什么;别尔谢涅夫也就不往下说了。饭后,他向英沙罗夫建议,说是要领他到斯塔霍夫家去;可是他却回答,他想拿今晚的时间给他的保加利亚朋友们写信,所以请求把对斯塔霍夫家的访问移到明天。英沙罗夫的不屈的意志,别尔谢涅夫是早已知道的;可是,只有当他和他同住在一幢房子里以后,他这才充分了解:英沙罗夫决不会变更自己的决定,也正和他决不会不履行自己的诺言一样。在别尔谢涅夫,一位彻头彻尾的俄国人,这种比德国人更甚的严格,初看起来似乎是很奇怪的,甚至是可笑的;可是,不久以后,他也就习惯了,而终于觉得,这种严格,如果说不上值得尊敬,至少,对彼此都很方便。

移居之后的次日,英沙罗夫在晨间四时就起了床,几乎把昆采沃全都走遍,在河里洗过澡,喝过一杯冷牛奶之后,他就开始工作了;他手头的工作很不少:他正在研究俄国历史、法律和政治经济学,翻译保加利亚的歌曲和编年史,搜集关于东方问题的材料,还在编纂一部保加利亚人用的俄文语法和一部俄国人用的保加利亚文语法。别尔谢涅夫来到他的房里,和他谈起费尔巴哈①。英沙罗夫留神倾听着,间或也发表一点意见,意见虽然不多,但是非常中肯;从他的谈话里显然可以看出他是在寻找一个结论:他到底是需要研究费尔巴哈呢,或者,暂不研究也

---

① 费尔巴哈(1804—1872),德国哲学家,马克思以前最杰出的唯物主义者,著有《黑格尔哲学批判》、《基督教的本质》等书。

行。别尔谢涅夫于是把谈话转到英沙罗夫的工作上去,并且问他可不可以把他的成绩给他一点看看。英沙罗夫就给他念了他所译的两三首保加利亚歌谣,并且希望听取他的意见。别尔谢涅夫认为翻译是很忠实的,可是,还不够生动。英沙罗夫十分注意地倾听着他的批评。从歌谣,别尔谢涅夫又谈到保加利亚的现状,这时,他第一次注意到,只要一提到祖国,英沙罗夫就起了怎样的变化:并不是他的面孔立刻通红了,声音顿时提高了——不是!只是他的全身似乎马上就表现了无限的力量和强烈的激动,他的嘴唇的线条变得更分明、更坚决了,而在他的眼瞳深处,则燃烧起一种沉郁的、不可熄灭的火焰。英沙罗夫并不高兴絮述他自己在祖国的旅行,可是,关于保加利亚一般的事情,他却乐于和任何人谈起。他不厌其详地谈着土耳其人,控诉他们的压迫,诉说他自己同胞的悲哀和苦痛和他们所怀的热望;在他所说的每个字里,都可以听出一种惟一的、永远燃烧着的激情,和专心致志的思考。

"啊,是的,不会错的,"同时,别尔谢涅夫思忖着,"我敢说,那害死了他母亲和父亲的土耳其官员,已经得到他自己应得的惩罚了。"

英沙罗夫来不及把要说的话说完,门就开了,舒宾在门口出现了。

他以一种近于夸张的随便而高兴的神气,走进房来;别尔谢涅夫是深知他的,一眼就看出他心里其实是颇不自在。

"我不客气地自我介绍吧,"他脸上带着一种愉快而爽朗的表情开始说道,"我姓舒宾;我就是这位青年人(他指了指别尔谢涅夫)的朋友。我想,您就是英沙罗夫先生吧,是吗?"

"我是英沙罗夫。"

"那么,让我握您的手,咱们做个朋友吧。我不知道别尔谢涅夫跟您谈起过我没有,可是,他跟我是时常谈起您的。您也伴到这儿来了吗?好极啦!我这么瞅着您,请您别介意。我是个以雕塑为业的人,也许不多久以后我就会请求您的许可,来塑造您的头像啦。"

"我的头随时可以供您使用。"英沙罗夫说。

"我们今儿做点儿什么呢,呃?"舒宾又开始说,突然坐到一只矮椅子上,两腿叉开,手肘撑在膝上,"安德烈·彼得罗维奇,您阁下对于今儿可有什么好计划?天气好极啦;阵阵干草和草莓的香味,好像……叫人好像喝着润滑汤药似的。我们总得畅快一下吧?对于我们的昆采沃的新客,我们总得把这儿的无数美景给他介绍介绍吧?('他真有些不大对头了,'别尔谢涅夫不断自忖着。)怎么啦,你怎么不响呢,吾友霍拉旭①?请开您那智慧的尊口吧。我们是畅快一下呢,还是不呢?"

"我不知道英沙罗夫觉得怎么样,"别尔谢涅夫说道,"我看他像要开始工作了。"

舒宾在椅子上转过身来。

"您要用功吗?"他问,声音好像是从鼻孔里发出来的。

"不,"英沙罗夫回答,"今天,我是可以用来散步的。"

"啊,"舒宾感叹地说,"那好极啦!来乎,吾友安德烈·彼得罗维奇,请在您博学的头上戴上帽子,我们信目所之,向前进吧。我们的眼睛是年轻的——它们可以看得很远。我知道一间极糟糕的小吃店,在那儿,我们可以得到一顿不成话说的小吃;可是,我担保我们能够尽情快乐。来吧。"

半点钟之后,三人就沿着莫斯科河畔走着了。英沙罗夫戴了一顶相当怪的、长耳朵的帽子,看着这奇怪的帽子,舒宾不禁感到并不十分自然的欢喜。英沙罗夫不慌不忙地漫步,他向四周观看,并且同样平静地呼吸着、谈笑着;他已经决心牺牲这一天来娱乐,所以也就尽情享受。"就像规矩的孩子们在星期天出来玩一样。"舒宾对别尔谢涅夫这么附耳私语。至于舒宾自己,他却一路之上大装丑角,跑在前头,学着著名雕塑的姿势,还在草上大翻斤斗;英沙罗夫泰然自若的神情不一定是令他恼怒,可是却使他忍不住要装疯卖傻。"你怎么这么淘气呀,法国佬!"别尔谢涅夫这样对他叫了两次。"是的,我正是个法国佬,半法国佬,"舒宾回答,"可是你呢,正像一个侍役常对我说的,在玩笑和正经中间,执其中庸之道!"青年人折过河畔,来到一段深而狭的洼地,两边壁立着丰茂的金黄色的裸麦;从一边的麦地上,蓝色的阴影投到他们身上来;灿烂的阳光似乎是在麦穗上面浮漾。云雀歌唱着,鹌鹑也在鸣叫;草上,一望无际,尽皆光闪闪的翠绿;温暖的微风飘荡着,吹拂着草

---

① 莎士比亚悲剧《哈姆雷特》中的人物。

叶,颤动着花枝。经过长久的漫游,其间也有休息和闲谈(舒宾甚至还拉住了一个已经没有牙齿的过路老农民来玩跳背游戏,那农民只是嘻嘻地笑,不管老爷们把他怎么摆布),青年人们终于来到那"极糟糕的"小吃店了。侍役几乎把他们每一个都撞倒,真的给了他们一顿不成话说的小吃,酒,也是一种巴尔干式的葡萄酒;然而,尽管如此,这却不曾妨碍他们尽情快乐,正如舒宾所预料。他自己,就是闹得最凶,然而,却是最不快乐的一人。他为那其详不可考的、然而伟大的维涅林①的健康干杯,同时,也为那生于混沌初开之时的保加利亚之王克鲁木②、赫鲁木,也许是赫罗木吧,高呼万岁。

"是在九世纪。"英沙罗夫纠正他。

"九世纪吗?"舒宾叫道,"啊,多么幸福啊!"

别尔谢涅夫留意到:舒宾,虽然在胡闹,顽皮装傻,也像在不住地探试英沙罗夫,他好像是在探测对方的深浅,同时自己心里却又十分慌乱,——可是,英沙罗夫却一直是平静的、泰然的,一如平日。

终于,他们回到家里,换了衣服,为了使晚间也能像早间一样尽兴,就决定当晚去拜访斯塔霍夫家。舒宾抢先跑来,宣告客人们的来到。

十二

"英雄英沙罗夫马上就光临啦!"他装模作样地高声喊着,跑进斯塔霍夫家的客厅;恰好,这时候,客厅里只有叶连娜和卓娅。

"Wer?③"卓娅用德语问道。在猝不及防的时候,她的本国话往往就脱口而出。叶连娜端坐起来。舒宾唇间浮着戏弄的微笑,注视着她。

---

① 维涅林(1802—1839),俄罗斯语言学家,著名的保加利亚研究者。
② 保加利亚开国雄主之一,曾于八一一、八一三及八一四年大败东罗马帝国军,次年,且进军君士坦丁堡,死于军中。
③ 德语:谁?

她感到有些愠恼,可是,没有做声。

"您可听见,"他重复道,"英沙罗夫先生就要到啦。"

"我听见啦,"她回答说,"我也听见您在怎样称呼他。我真奇怪您,真的。英沙罗夫先生的脚还没有踏进屋子里来,您可就想把他扮成丑角啦。"

舒宾立刻变得沮丧了。

"您是对的,您总是对的,叶连娜·尼古拉耶夫娜,"他嗫嚅着说,"可是,天知道,我可并没有恶意。我们今儿陪他游了一整天,我敢给您担保,他真是个特出非凡的人物。"

"我可没有问您那些。"叶连娜说着,就站了起来。

"英沙罗夫先生年轻么?"卓娅问。

"他呀,今年一百四十四岁!"舒宾回答,露出一副愠怒的神气。

小厮通报两位友人的来临。他们走了进来。别尔谢涅夫介绍了英沙罗夫。叶连娜请他们坐下,她自己也坐下来,卓娅则上楼去了:她得把客人们的来临报告给安娜·瓦西里耶夫娜去。一场泛泛的谈话开始了,正和所有初次的晤谈一样。舒宾坐在一个角落里,默默观察着;可是,也并没有什么可观察的。他观察到,在叶连娜脸上,有一种对他舒宾的抑制着的忿怒,如是而已。他也观察了别尔谢涅夫和英沙罗夫,并且以雕塑家的眼光比较了他们的面孔。"两位全不算漂亮,"他想道,"保加利亚人有一副富有特征的脸,颇适宜于雕塑,并且,现在恰好是满被着光华;可是,那大俄罗斯人却更适宜于绘画:没有线条,却自有风度。据我看,无论这一个或者那一个,全都有可爱的地方。她可还没有恋爱,可是,如果要爱,就一定会爱上别尔谢涅夫。"他自己心里这样决定着。安娜·瓦西里耶夫娜来到客厅,谈话于是就完全转为纯粹别墅式的了,名副其实的别墅式的,而不是村居式的。从话题的丰富上看来,那谈话的确也是多趣的,可是每隔两三分钟,总会突来一次短暂的、无趣的间歇。在某一次这种间歇中间,安娜·瓦西里耶夫娜望了望卓娅。舒宾可了解这种无言的暗示,马上就做出一副怪相,可是卓娅却已经坐到钢琴旁边,把她所会的歌曲全都弹唱了一过。乌瓦尔·伊万诺维奇也曾在门边晃过一晃,可是,痉挛地扭扭手指之后,又退出去了。

随后,茶上来了;接着,全体都来到花园里……外面,天已开始暗黑,客人们于是告辞归去。

老实说,英沙罗夫在叶连娜心里,的确没有产生她所期待的那么深的印象,或者更准确地说,他并没有产生她所期待的那种印象。她喜欢他的坦然和毫无拘束,她也喜欢他的脸;但是,英沙罗夫的整个性格,那平静的镇定和平凡的单纯,却和她从别尔谢涅夫的叙述里在心里所构成的形象多少不大调和。叶连娜所预期的(连她自己也没有意识到),实在比这更为"严重"一些。"可是,"她想道,"今儿他没有说什么话,那只能怪我自己——我没有问他;只好等下一次吧……可是,他的眼睛却是富于表情的、诚实的!"她觉得,在他面前她并没有自卑的意思,却只是像朋友一样,想向他仲出手去 这可使她迷惘:对于像英沙罗夫这样的人们,对于"英雄"们,她所想象的完全不是这样。提到"英雄",又使她记起舒宾的话,在她躺到床上的时候,她的脸也红了,甚至生起气来。

"对于您的新朋友们,您觉得怎样?"在归途上,别尔谢涅夫这样问英沙罗夫。

"我很喜欢他们,"英沙罗夫回答,"特别是那女孩子。她一定是个很好的姑娘。她好像容易激动,可是在她,那是很好的激动。"

"您该常去看看他们。"别尔谢涅夫说。

"是的,应该。"英沙罗夫回答,于是,一直到家都不曾再说什么。回家之后,他立刻把自己关在自己的房里,但是,他的蜡烛一直燃着,直到午夜过去许久以后。

别尔谢涅夫还没有来得及读完一页罗墨尔,忽然在他的窗上有谁投了一把细砂,发出了沙沙的声响。他不由自主地怔了一怔,推开窗户,却瞧见了舒宾,面色苍白,有如一片白纸。

"真是多么捣乱的小鬼呀,你这夜猫子!"别尔谢涅夫开始说。

"嘘……"舒宾截断了他,"我是偷偷到你这儿来的,好像马克斯来会阿加特①。我非跟你偷偷说两句话不可。"

---

① 马克斯和阿加特是德国作曲家韦伯所作歌剧《魔弹射手》中的人物。

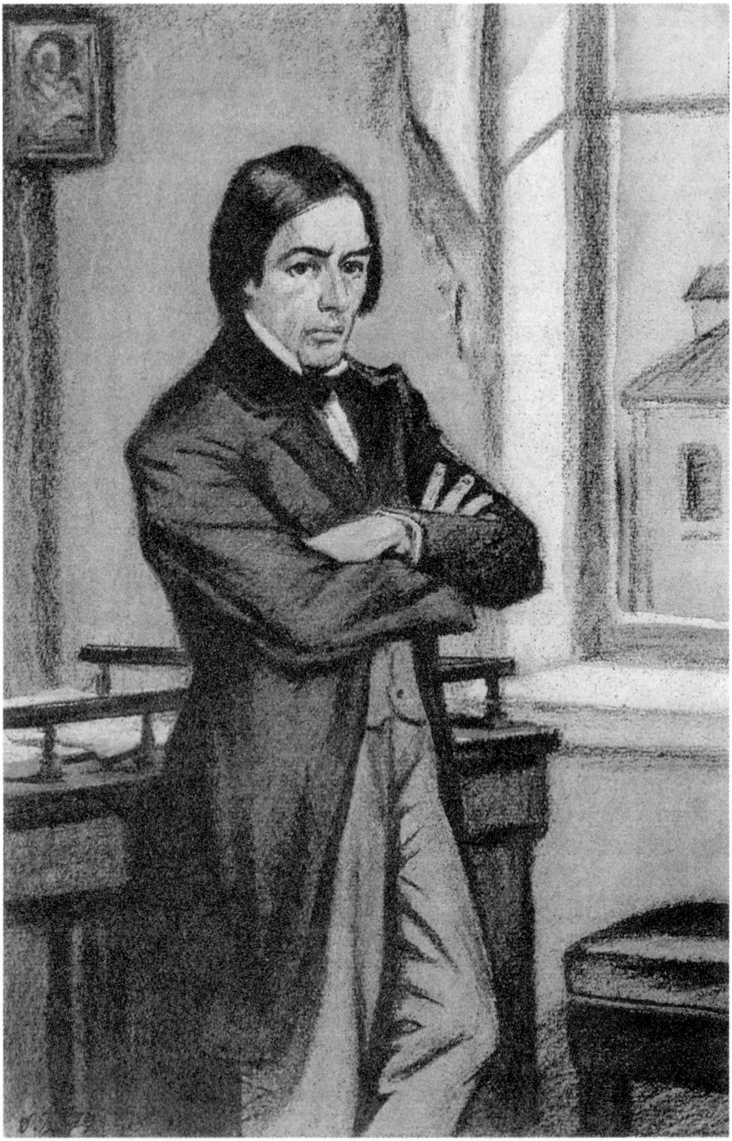

"那么，进里边来吧。"

"啊，那倒不必，"舒宾回答着，就将手肘支在窗台上面。"像这样更有趣些，更多一点儿西班牙的情调。第一，我恭喜你：你现在是身价百倍了。至于你那抬上了天的了不起的人物，对不起，可是一落千丈。这，我可以给你担保。并且，为了给你证明我的大公无私，那么，请听：英沙罗夫先生的鉴定表，全在这里。天才，没有；诗情，无；工作能力，不小；记忆力，无限；智力，不深也不广，可是健全而且敏捷；枯燥乏味；刚强有力；如果谈到他那令人索然之极的（咱们私下这样说吧）保加利亚什么的，他甚至还有一份辩才。如何？你以为我不公平么？还有一点：你一世也做不到和他你我相称，谁也不曾和他有过这种交情；我，作为一个艺术家，当然是叫他讨厌的，这一点，我倒引以为荣。枯燥，枯燥，可是，他会好好地收拾咱们。他真是全心全意献身给自己的祖国——不像我们的这些个口头爱国者，只会拍拍人民的马屁，只会空口吹牛：'啊，向我们流溢吧，你活命的水！'可是，当然，他的使命容易得多，也明白得多：只要把土耳其人赶跑，那就是惊天动地的事业！可是，所有这些气质，谢谢上帝，却不讨女人的欢喜。没有魅力，没有诱惑力；在这方面，你我都比他强多啦。"

"你就你，干吗把我也扯在里面？"别尔谢涅夫喃喃地说，"况且，别的话，你也说得不对：他一点儿也不讨厌你，并且，他和他自己的同胞一向就是你我相称……那我是知道的。"

"那可是另一回事！对于他们，他是个英雄；可是，老实说，我对于英雄的观念就完全不同：英雄就不该会说话；英雄就该像公牛一样哞；它把角一触，墙登时就坍倒。它自己就不必知道它干吗要触，只是触就罢了。可是，也许，在我们的时代，是需要另一种英雄的吧。"

"可是，为什么英沙罗夫叫你那么感兴趣呢？"别尔谢涅夫问道。"你跑到我这儿来，难道就是单单为了给我描写他的性格来的么？"

"我跑到这儿来，"舒宾说道，"因为我在家里苦死了。"

"真的吗？可是又想哭吗？"

"你只管笑吧！我到这儿来，因为我恨不得要咬我自己一口，因为绝望、懊恼、嫉妒在啃着我的心……"

"嫉妒？嫉妒谁？"

"嫉妒你，嫉妒他，嫉妒每一个人。一想到这，我就苦恼，要是我早一点儿了解了她，要是我早一点儿就知道怎样着手进行……可是，有什么可说的！结果，我只有笑，只有装傻，只有像她所说的扮丑角，以后，就上吊完事。"

"啊，上吊？不会吧？"别尔谢涅夫说。

"在这样的良夜，当然不会；可是，只让我活到秋天吧。在这样的夜晚，人们当然也可以死的，不过，是幸福得要死罢了。啊，幸福！每一根树枝投到路上的每一片阴影，这会儿好像都在低声说道，'我知道幸福在哪儿啦……可要我告诉你？'我倒想约你去散散步，可是现在，你是被散文迷住了。睡觉吧，愿你有无数的数学数字来到你的梦里！可是，我的心却要碎了。你们，可敬的先生们，你们瞧着一个人在笑，那么，依你们看来，他就一定非常自在；你们就可以给他证明他不过是在自己跟自己过不去，换言之，就是他全没有苦恼……得了吧！上帝祝福你们！"

舒宾倏然离开了窗前。别尔谢涅夫不禁想在他后面喊一声"安奴什卡！"，可是，他却抑制住自己：舒宾真是异常苦恼。一两分钟之后，别尔谢涅夫甚至觉得他听到了啜泣的声音；他站起来，打开窗户，一切全都寂然；只在远远的地方，有谁，也许是一个过路的农民，在低吟着《摩兹多克的原野》。

十三

英沙罗夫住在昆采沃附近的最初两周，他拜访斯塔霍夫家不过才四五次；而别尔谢涅夫却是每隔一日一定去的。叶连娜总是高兴地接待他，他和她之间总有生动而有趣的谈话，然而，当他回家去的时候，他却常常是面带愁容。舒宾几乎不露面；他正以狂热的干劲埋头于自己的艺术：要就是整日关在自己房里，只间或披着涂满黏土的工作服从房里出来,要就是一连多日都在莫斯科,在那里,他有一间工作室,模特儿们、意大利模型商们、他的朋友和教师们,多半是到那里去找他。叶连娜不曾一次像自己所希望的那样和英沙罗夫谈得痛快;当他不在眼前的时候,她准备问他许多事情,可是,在他来到以后,她又为自己准备要问的事感到羞愧。正是英沙罗夫的镇静使她迷惘;她感到她没有权利强迫他披沥他自己的胸襟,那么,她就只有等待机会,可是,不管这一切,她仍然觉得,在每一次访问里,无论他们中间所交换的谈话是怎样无关重要,他却一次比一次对她产生更大的吸引力;然而她却没有机会和他单独晤谈——但是,要和一个人建立亲密的友谊,至少一次的单独晤谈却是必要的。她和别尔谢涅夫谈过不少关于他的话。别尔谢涅夫看得见,叶连娜的心事是被英沙罗夫触动了。他的朋友并没有如舒宾所断言的"一落千丈",使他感觉高兴;他热心地给她絮述他所知道的关于他的一切事情,以至于最微末的细节(当我们想要取悦于某人的时候,我们往往在和他谈话时赞扬自己的朋友,因此,无意之间也抬高了我们自己的身价),只是有时,当叶连娜的苍白的面颊忽然浮起淡淡的红晕,她的眼睛也忽然放出光彩而且睁大了,他这才感到一阵心痛,正和不久以前他所体验到的那种阴郁的苦恼一样。

一天,别尔谢涅夫来到斯塔霍夫家,并不是在惯常的拜访时间,却在晨间十一时。叶连娜在大厅里接待了他。

"想想吧,"他勉强地微笑了,开始道,"我们的英沙罗夫失踪了。"

"失踪了?"叶连娜问。

"是的,失踪了。前天晚上,他不知道到什么地方去了,一直就不见回来。"

"他没有告诉过您他上哪儿去?"

"没有。"

叶连娜沉到一把椅子里。

"大概是到莫斯科去了吧?"她说着,极力想装作冷淡,同时,对于自己为什么竟想装作冷淡,连自己也不禁感到奇怪。

"我看不是,"别尔谢涅夫回答说,"他不是一个人去的。"

"那么,同谁?"

"前天午饭以前,有两个什么人,大概是他的本国人,到他这儿来。"

"保加利亚人吗?您怎么知道的?"

"因为,我恍惚听见他们的谈话,那语言是我不懂的,可是,显然属于斯拉夫语系……叶连娜·尼古拉耶夫娜,您常说英沙罗夫是没有什么神秘的;那么,还有什么比这种访问更神秘的呢?想想吧:他们一进他房里——就大声嚷着,争论着,那么粗暴、那么凶狠地争吵……他自己也大喊大叫。"

"他也喊叫?"

"是的。他对他们大声嚷喊。他们好像是在互相抱怨。您真想不到那两个客人是怎样的人!黑黑的、平板的脸,高高的颧骨,鹰钩鼻子,两个人都是四十上下,衣服破旧,满面风尘,看样子好像是手艺人……严格地说,又不像手艺人,也不像绅士……天知道是些什么人。"

"他就跟他们一道儿走了?"

"是的。他让他们吃了东西之后,就跟他们一道走了。我们的女房东说,他们两个吃了一大锅荞麦粥。她说,他们两个,简直是狼吞虎咽,好像比赛似的。"

叶连娜微微笑了。

"您看,"她说道,"这些事,往后一说明白,就会很平凡了。"

"但愿如此!可是,平凡这个字,您可用错了。在英沙罗夫身上,是绝没有平凡的事的,虽然舒宾可当真认为……"

"舒宾!"叶连娜打断了他的话,耸了耸肩膀,"可是,您不是说那两位先生狼吞虎咽地吃荞麦粥……"

"地米斯托克利①在萨拉米海大战的前夜,不是也进食的么?"别尔谢涅夫说着,微笑了。

"是的;可是,第二天,海战就发生了。可是,无论如何,如果他回来了,请您一定告诉我。"叶连娜补充说,想把话题转到另外的事情上

---

① 地米斯托克利(公元前约528—前约462),古雅典民主派领袖和统帅。公元前四八〇年在希腊波斯战争时期,在萨拉米海战中,率其舰队大败波斯舰队。

去,但是,谈话却始终不见进展。

卓娅出现了,在房间里踮着脚尖儿走路,这就暗示了他们,安娜·瓦西里耶夫娜还没有醒。

别尔谢涅夫告辞了。

当天晚间,他给叶连娜一封短简。"他回来了,"他告诉她,"脸色焦黑,满面风尘,但是他去过什么地方,去做了什么事情,我却无从知道;您可以打听一下么?"

"您可以打听一下!"叶连娜自语道,"好像他会跟我谈起似的!"

十四

翌日二时许,叶连娜正站在花园里小狗舍前面,在这里,她养了两条小狗。(一个园丁发现它们被遗弃在篱下,因为听见洗衣妇人说过年轻的女主人对于所有的禽兽全都慈悲,就把它们带到她这儿来了。他的打算果然不错:叶连娜给了他二十五戈比的酒钱。)她检查了狗舍,看见小狗们还活着,活得很好,并且,已经换上清洁的干草,于是,转过身来,几乎发出一声惊叫:英沙罗夫,独自一人,在那林荫道上正朝着她走来了。

"您好。"他说着,走到她面前,并且脱了帽。她留意到,近三日来,他确实给太阳晒得黑多了。"我本想和安德烈·彼得罗维奇一道儿来的,可是,他不知为什么那么慢;所以,我不等他就先来了。您家里没有人,全在睡觉或者出外散步去了,所以我就到这儿来。"

"您像在道歉呢,"叶连娜回答,"这是完全用不到的。我们大家都高兴见到您……我们就在树荫底下的凳子上坐吧。"

她坐下来。英沙罗夫坐在她身旁。

"近几天您好像没有在家,是么?"她开始道。

"是的,"他回答说,"我出去了……安德烈·彼得罗维奇告诉过您?"

英沙罗夫看着她,微笑着,开始转弄自己的帽子。当他微笑的时候,他的眼睛直眨,嘴唇也突了出来,这给他的脸一种非常和悦的表情。

"安德烈·彼得罗维奇大约还告诉过您,说我跟两个什么的……两个不像样子的人,一道儿出去了。"他说着,仍然浮着微笑。

叶连娜有点儿迷乱,可是,她马上感觉到,对于英沙罗夫,应该永远说真话。

"是的。"她坚决地回答说。

"那么,您觉得我是怎样的人呢?"他突然问她。

叶连娜抬起眼来望着他。

"我觉得……"她说,"我觉得您总是知道您自己做的是怎样的事,并且,您是决不会做出不好的事来的。"

"唔,谢谢您的好意。您瞧,叶连娜·尼古拉耶夫娜,"他开始说,信任地把自己向她那边更挪近了一点,"在这儿,我们的人有一个小小的团体,在我们中间,有些人,是没有什么教养的,可是,大家都坚决地献身给一个共同的事业。不幸,争端是不能免的;他们大家全知道我,相信我;所以,他们来找我,去解决一个争端。我就去了。"

"离这儿远么?"

"我走了大约六十俄里①,到了特罗伊茨基。城郊在那边修道院附近,有些我们的人。我总算没有白忙;我把问题解决了。"

"事情很麻烦么?"

"麻烦是有的。有一位,非常固执。他不肯把钱退回来。"

"怎么,为钱争吵?"

"是的,还是数目不多的钱。可是,您以为原来为什么呢?"

"您跑了六十里,就是为了这么一点儿小事么?还耽误了三天的时间?"

"这不是小事,叶连娜·尼古拉耶夫娜,如果这是关系到自己同胞的事。推辞这样的事,就是罪过。瞧吧,我看见您就是对于小狗也不辞帮助,为这,我对您是非常钦敬的。至于耽误我的时间,那也没有关系,

---

① 1俄里合1.067公里。

以后反正可以弥补的。我们的时间原来就不属于我们。"

"属于谁呢,那么?"

"属于所有需要我们的人。我一下子把这些都告诉您,因为我尊重您的见解。我可以想象到,安德烈·彼得罗维奇一定叫您多么奇怪了!"

"您尊重我的见解,"叶连娜低声说,"为什么?"

英沙罗夫再一次微笑了。

"因为您是个好姑娘,没有贵族气……就是这样的。"

接着是短时间的沉默。

"德米特里·尼卡诺雷奇,"叶连娜说道,"您可知道,您对我这样坦率,这还是第一次。"

"怎么见得呢?我可觉得,我总是对您说出我心里所想的话来的。"

"不,这是第一次,我很高兴。我自己,也想对您坦率起来。可以么?"

英沙罗夫笑了,并且说道:

"可以的。"

"我得警告您,我是很好奇的。"

"不要紧。请说吧。"

"安德烈·彼得罗维奇常常跟我谈起您的身世,您的青年时代。我听说过一个情况,一个可怕的情况……我知道,后来,您又回过您的祖国……如果您觉得我的问题不妥当,就请为了上帝的缘故,不用回答我吧,可是,我总是被一种思想苦恼着……请告诉我,您可遇见过那个人?……"

叶连娜沉住了呼吸。她对自己的大胆感觉惭愧,也感觉恐怖。英沙罗夫注视着她,微微眯起眼睛,用手指摸了摸下巴颏。

"叶连娜·尼古拉耶夫娜,"他终于开始说,声音较之平日更低,这几乎使叶连娜害怕,"我明白您指的是什么人。没有,我没有碰见他,谢谢上帝!我没有去找他。我不找他,并不是因为我不认为我有权利杀掉他,——我可以问心无愧把他杀死,——只是因为,现在不是报私仇的时候了;现在的问题,是整个民族的公仇……啊,也不是,话不该这么说……现在的问题,是整个民族的解放。民族的解放和个人的私仇是互相妨碍的。可是如果前一样成功了,后一样自然也不能逃……是的,不能逃的。"他重复说着,点着头。

叶连娜侧着脸注视着他。

"您热爱您的祖国么?"她胆怯地问。

"那也难说,"他回答,"当我们中间谁为了祖国而死,那才可以说他是热爱祖国的。"

"那么,如果您完全被剥夺了回到保加利亚的可能,"叶连娜继续说道,"您在俄国会感觉非常痛苦么?"

英沙罗夫垂下了眼睑。

"我想,如果那样,我会不能忍受。"他说。

"请告诉我,"叶连娜又开始道,"保加利亚语难学吗?"

"一点不难。一个俄国人不懂保加利亚语,该是一种羞耻。俄国人应当懂得所有的斯拉夫语言。您高兴我给您带几本保加利亚语的书来么?您可以看到,它是多么容易。我们有着怎样的民谣呀!不比塞尔维亚的坏。等一等,我这就给您译一首。那是关于……可是,关于我们的历史,您至少总该知道一点吧?"

"不,我完全不知道。"叶连娜回答。

"等等我会给您带本书来。您至少可以从那里知道一些重要的史实。现在,请听这首民谣……可是,我不如给您拿个书面的翻译来。我相信您会爱我们的;因为您爱所有的受压迫者。如果您知道我们的祖国是多么富饶的土地啊!可是,他们却蹂躏了它,践踏了它。"他继续说着,不自主地打着手势,同时,他的面色也阴暗了;"他们剥夺了我们的一切,一切:我们的宗教,我们的法律,我们的土地;可恶的土耳其人驱赶着我们,如同牛马,他们屠杀我们……"

"德米特里·尼卡诺雷奇!"叶连娜叫起来。

他停住了。

"请原谅我。说着这样的事,我就没法冷静。您刚才问我,我可爱我的祖国?在世界上,一个人还能爱别的什么呢?除了上帝以外,还有什么别的能像祖国这样永远不变,不容疑惑,值得我们信仰?何况,正当这个祖国需要你的时候……请您注意:在保加利亚,连最贫苦的农民,最贫苦的乞丐,也都和我一样——我们全有着一个共同的要求。我们大家只有一个共同的目标。您当然可以理解,它给我们的是怎样的力量,怎样的信心!"

英沙罗夫沉默了一刻,于是,又开始谈起保加利亚来。叶连娜以出神的、深沉的、悲哀的注意,倾听着他。当他说完以后,她再一次问他道:

"那么,无论怎样,您是不会留在俄国的么?"

在他去后,她还许久许久凝视着他的背影。在那一天,他在她的心里完全变成了另外的一个人。她送走的人,已经不是两小时以前她所迎接的人了。

从那一天起,他开始来得更密,而别尔谢涅夫则来得越来越疏了。在两个朋友之间,一种奇妙的感情开始产生出来。这种感情,他们两人都能深深感到,但是,却都无以名之,并且,也不敢有所解释。像这样,一月时光就过去了。

十五

安娜·瓦西里耶夫娜,如读者们所既知,是喜欢待在家里的;可是,有时却完全意想不到地,忽而表现出一种不可克制的欲望来,想出点非常的花样,来一次不平凡的 partie de plaisir①;这种 partie de plaisir 越麻烦,所需要的安排和准备越繁重,安娜·瓦西里耶夫娜就越激动,而她所得到的快乐也就越多。如果这种心情是在冬日光临,她就会预订两三个并排的包厢,遍邀亲友,到戏院去,甚或去赴假面跳舞会;如果是在夏天呢,她就会到野外郊游一回,去得越远越好。待到翌日,她就会抱

---

① 法语:行乐。

怨头痛,呻吟起来,不能起床;可是,不到两月,那同样的对于"非常事物"的渴望,却又在她的心里燃烧起来了。现在,就恰好碰到了这样的时候。不知道是谁,给安娜·瓦西里耶夫娜提起了察里津诺①的绝妙风景,于是她就忽然宣布后天就要去察里津诺。整个邸宅顿时闹翻了天:派专人疾驰赴莫斯科,接尼古拉·阿尔捷米耶维奇回来;同时,另一仆人也匆匆赶去采购酒、饼和各种给养;舒宾的差事是去雇一乘敞篷马车(光是一乘箱式马车还不够用)和备办骏马;一个小厮跑到别尔谢涅夫和英沙罗夫那里去了两回,分送了两份请帖,一份是俄文的,另一份是法文的,都出自卓娅的手笔;至于安娜·瓦西里耶夫娜自己,则忙于姑娘们出行的打扮。可是,在中途,苦心筹备的 partie de plaisir 却几乎弄成个不欢而散:尼古拉·阿尔捷米耶维奇从莫斯科跑回来,神情酸涩,心绪恶劣,满脸不满,要找岔的神气(他还在和奥古斯丁娜·赫里斯季安诺夫娜闹别扭);及至知道原来是这么一回事情以后,就毅然决然宣称恕不奉陪;并且说,从昆采沃赶到莫斯科,再从莫斯科冲到察里津诺,又从察里津诺跑回莫斯科,再从莫斯科拖回昆采沃,这简直是胡闹;最后,他还补充说,"谁要是能先给我证明,在这地面上,有什么一块地方能比另外的一块更快乐,那我就去。"当然,这是谁也证明不了的,而安娜·瓦西里耶夫娜,既然没有可靠的护卫,几乎就要把这次 partie de plaisir 取消了,可是,忽然之间,她却记起了乌瓦尔·伊万诺维奇来,于是伤心地打发人到他房里去找他,并且说道:"快淹死的人,连一根草梗也抓呢。"他们把他叫醒;他走下楼来,一言不发地听着安娜·瓦西里耶夫娜的提议,而出乎大家意料之外,他扭扭手指之后,竟然答应去了。安娜·瓦西里耶夫娜禁不住吻了他的面颊,并且喊他为乖乖;尼古拉·阿尔捷米耶维奇却轻蔑地笑了,并且说道:"Quelle bourde!②"(间或,他也喜欢用用"俏皮"的法国字眼)——于是,次日清晨,在七点钟的时候,满装满载的箱式马车和敞篷马车,就滚出斯塔霍夫别墅的前庭了。箱式马

---

① 察里津诺,离莫斯科约十八公里,有叶卡捷琳娜二世未完成的宫殿城堡。
② 法语:多么荒唐!

车里,坐着太太小姐们、婢女和别尔谢涅夫;英沙罗夫坐在御者座上;敞篷马车里,则坐着乌瓦尔·伊万诺维奇和舒宾。这原是乌瓦尔·伊万诺维奇自己扭动着手指,把舒宾招到自己身边来的;他明知舒宾一路之上不会饶他,可是在这位"拥有强大威力"的人和青年艺术家之间,却不知怎样地发生了一种奇妙的交情,一种不打不成相识的契合。可是,这一次,舒宾却饶了他的肥胖的朋友,让他一路安静:他只是缄默着,好像心不在焉,而且十分温厚。

当马车驰抵察里津诺古堡的废墟的时候,太阳已经高升于无云的碧空,荒芜的城堡,虽在日午,景象也十分惨淡而且萧索。全体下了马车,来到草地上,立刻就向公园走去。走在前面的是叶连娜、卓娅和英沙罗夫;梢后,是安娜·瓦西里耶夫娜,手臂上挽着乌瓦尔·伊万诺维奇,脸上浮着非常幸福的微笑。乌瓦尔·伊万诺维奇摇摆着,喘着气,他的新草帽紧勒着他的前额,两脚在长统靴里好像火烧,可是,他仍然感觉十分快乐;舒宾和伯尔森涅夫殿后。"我们会成为预备队呢,兄弟,像老兵似的,"舒宾对别尔谢涅夫小声说,"现在是保加利亚热的时代啦。"他补充说,朝叶连娜那边扬扬眉毛。

天气是灿烂的。周围一切,全都发出芳香,嗡鸣着,歌唱着;远处,闪耀着湖光水色;轻快的、节日的情怀充满了每个人的心胸。"啊,多美呀!啊,多美呀!"安娜·瓦西里耶夫娜不住发出赞叹;对于她的热情赞叹,乌瓦尔·伊万诺维奇也不住地首肯,有一次,他甚至哼了出来:"真的!说不出!"叶连娜和英沙罗夫偶尔交换一言半语;卓娅用两个指尖擎着自己的宽边帽,穿着淡灰色圆头皮鞋的小脚从粉红色轻纱的衣裾下面卖俏似的伸出来,眼睛一时望望身旁,一时又瞟瞟身后。"啊哈,"舒宾突然低声喊道,"卓娅·尼基京什娜好像是在找人呢。我得陪陪她去。叶连娜·尼古拉耶夫娜现在是瞧不起我的,可是,她一向不是瞧得起你,安德烈·彼得罗维奇么?可是,又有什么两样?我要走了;我闷得够啦。我看你,老兄,你顶好是采点植物标本吧,就你的处境,只有这么做才挺相宜,从学术的观点看来,这也很有用处。回头见!"说着,舒宾就跑到卓娅跟前,把手臂伸给她,并且说道:"Ihre

Hand, Madame, ①"于是,把她的手挽起来,一道儿走上前去。叶连娜停下来,招呼了别尔谢涅夫,也挽了他的手臂,可是,却继续和英沙罗夫谈话。她问他,用他本国的语言,铃兰、枫树、橡树、菩提树等等,该怎么说。("保加利亚热呢!"可怜的安德烈·彼得罗维奇想着。)

忽然间,一声锐叫从前方传来;大家全都抬起头来:原来是舒宾的烟匣子飞进一处灌木丛里,是卓娅给扔出去的。"等等吧,我会跟您算账的!"他叫着,爬进丛林,找到了烟匣;他正待回到卓娅跟前,可是,还没有挨近她的身边,烟匣却又飞过路那边去了。这种把戏重复了五次之多,他一直高声笑着,威吓着她,可是卓娅却只是忍住笑,把身体蜷缩起来,好像一只狸猫。终于,他抓住了她的手指,紧紧地一捏,她就尖声大叫起来,后来还好一会儿吹着自己的手指,假装发脾气,但舒宾却凑着她的耳朵,对她低低地嘀咕了一些什么。

"青年人,真淘气呢!"安娜·瓦西里耶夫娜对乌瓦尔·伊万诺维奇快乐地说。

老人则仅仅扭了扭手指,作为回答。

"卓娅·尼基京什娜真是怎样的姑娘呀!"别尔谢涅夫对叶连娜说。

"那舒宾又算什么?"她回答说。

同时,全体已经来到所谓"妙观亭"的亭上,于是就停下来,观赏察里津诺诸湖的美景。大小诸湖连绵着,亘数里之遥;苍郁的林木笼罩着湖的彼岸。在最大一湖的边岸,山麓上铺展着如茵的绿草,湖水里映出了鲜丽无比的翠玉般的颜色。水平如镜,甚至在湖边也全无水沫,全无涟漪的波动。湖水有如巨块坚硬的玻璃,灿烂而沉重地安息于巨盆之中;天幕似乎沉入了湖底,而繁密的树木则正静静地凝视着透明的湖心。全体都沉醉在美丽的风景里了,作着无言的、长久的赞叹;甚至舒宾也安静了;甚至卓娅也变得沉思起来。终于,全体不约而同地生出了游湖的愿望。舒宾、英沙罗夫和别尔谢涅夫在草地上争先恐后地往下跑。他们找到一只涂了油彩的大游艇,上面还有两个船夫,于是,就把

---

① 德语:您的手,小姐。

太太小姐们招呼过来。太太小姐们下来了；乌瓦尔·伊万诺维奇也跟着小心翼翼地走了下来。当他走下船，落座下来的时候，全体都大笑起来。"留神呀，老爷！别把我们淹死啦！"一个狮子鼻的、穿着印花布小衫的青年船夫，这样说。"哼哼，小子！"乌瓦尔·伊万诺维奇回答说。船开动了。青年人拿起桨来，但是，他们里面只有英沙罗夫一人会划船。舒宾提议大家合唱一曲俄国民歌，自己首先唱起来：《沿母亲伏尔加河而下……》别尔谢涅夫、卓娅，甚至安娜·瓦西里耶夫娜，全都合唱起来（英沙罗夫不会唱），可是，他们却唱得参差不齐；唱到第三节的时候，歌手们就全都乱了。只有别尔谢涅夫还在用低音接唱："波中无所见。"可是，不久之后，连他也难乎为继。两个船夫相对眨了眨眼睛，默默地狡笑。"怎么着，"舒宾转过身来，对他们说，"你们以为老爷们唱不来么？"穿着印花布小衫的青年船夫只是摇了摇头。"等着瞧吧，翘鼻子小子，"舒宾又说，"我们马上唱给你听。卓娅·尼基京什娜，给我们唱个尼德迈耶尔①的《Le lac》②吧。别划啦，小子们！"湿淋淋的桨叶平放在船边，如同鸟翼，静止着，只有水珠零落地滴下，发出滴答的响声；游艇稍稍向前浮进，于是，天鹅般地在水上略一回旋之后，也静止了。卓娅起初还扭捏了一阵……安娜·瓦西里耶夫娜却温和地催了一声："Allons！③"卓娅于是摘下帽子，开始唱道："Olac！l'année à peine a fini sa carrière……④"

她的不高的、然而清脆的歌声，似乎在明镜般的湖上飞翔：在遥远的彼岸的树林里，每一个字都得到回响，好像是，在那边，也有谁在歌唱，声音是那么清脆、神秘、非人间、不属于斯世。当卓娅正要唱完的时候，一阵雷鸣般的喝彩声就从岸边的一个亭子里传来了，接着，从里面跑出一群红脸的德国人，他们也是到察里津诺来玩乐的。他们中间有几个没有穿上衣，也没有结领带，甚至没有穿背心；他们那么拼命地喊

---

① 尼德迈耶尔（1802—1861），法国作曲家。
② 法语：《湖》。
③ 法语：来吧！
④ 法语：啊，湖呀，年岁忽已暮……

着 bis!① 使得安娜·瓦西里耶夫娜不得不吩咐船夫赶紧把船划到湖对岸去。可是,在小舟还不曾到达彼岸之前,乌瓦尔·伊万诺维奇却再一次使得自己的朋友们吃了一惊:他看出树林的某一处回声来得特别清晰,就出人不意地做起鹌鹑叫来了。起初,每个人都怔了一怔,可是,立刻,大家可听得真正高兴起来,尤其因为乌瓦尔·伊万诺维奇叫得那么准确而且神似。这使他非常得意,于是,他又学起猫叫来,可是,猫叫却并不怎么成功;于是,再学过一次鹌鹑叫以后,他就把大家瞭了一眼,沉默了。舒宾扑过去,想去吻他,他却把他推开。正在这时,小舟抵了岸,全体也就舍舟登陆了。

  同时,车夫同着男仆和女婢,已经把筐篮从车上搬下来,于是就在老菩提树下的草地上摆好了午餐。大家围着铺好的台布落座下来,一齐享用面饼和别的食物。每个人胃口都极佳,可是安娜·瓦西里耶夫娜还是频频地劝自己的客人们努力加餐,并且给他们保证道,在露天野宴是非常有裨于健康的;她甚至用这样的话奉劝了乌瓦尔·伊万诺维奇。"不用客气,"他哼哼着,口里已经塞得满满的了,"这样可爱的天气,真是天赐的呀。"她不断这样反复说。她好像完全变了一个人:足足年轻了二十岁。当别尔谢涅夫这样告诉她的时候,她说道:"是呀,是呀,在我年轻的时候我也出过风头来的呢;说到漂亮上,我总不出前十名。"舒宾坐在卓娅身旁,不断给她斟酒;她不肯喝,可是他一定要她喝,结果,总是自己喝下去,立刻又要她再干一杯;他甚至要求让他把头枕在她的膝上,可是,她却无论如何也不肯让他"这么放肆"。只有叶连娜好像最严肃,可是,在她心里,她却有着一种奇妙的平静的感觉,这是她许久不曾体验到的。她觉得她心里充满着无限的善意,她不只希望把英沙罗夫,也希望能把别尔谢涅夫,经常留在自己身边……安德烈·彼得罗维奇隐隐悟到了这是怎么一回事情,于是悄悄地叹息了。

  时间飞逝着;夕暮已经临近。安娜·瓦西里耶夫娜突然惊慌起来:"啊,天哪,已经多晚了呀!"她叫道。"先生们,美景难留;这是应该回家的时候啦。"她开始忙乱起来,大家,也就随着骚然起立,向着古堡走

---

  ① 德语:再来一个!

去;马车是等在那里的。在走过湖滨的时候,他们全都停步伫立,惜别似的又赞赏了一次察里津诺的美景。明丽的晚霞如火,照着各处;晚天赤红;初起的晚风吹动着树叶,一时幻出万变的色彩;湖水微微荡漾,闪着金光;点缀在公园里的红亭和赤塔,和苍翠的树林分明映照。"再见吧,察里津诺,我们永远也不会忘记今天的郊游!"安娜·瓦西里耶夫娜说道……正在这时候,好像为了要证实她的惜别之辞似的,一件奇特的事情发生了,这事情,倒真是不大容易忘记的。

事情原来是这样的:安娜·瓦西里耶夫娜对于察里津诺的惜别致辞还不曾完毕,突然,在离她数步远近的地方,一丛高大的丁香树后,发出一串嘈杂的叫声、笑声和闹声来——一大群乱七八糟的汉子,就是那班歌唱热爱者,曾经那么热烈地对卓娅的歌声鼓掌的人,忽然拥到小路上。这班音乐爱好者好像有了十分醉意。一见到太太小姐们,他们就停下来;可是,其中之一,一个有着公牛般的颈子和公牛般的血红眼睛的高大个儿,却超过了自己的同伙们,蹒跚着来到已经惊呆了的安娜·瓦西里耶夫娜的前面,蠢笨地鞠了一躬。

"Bonjour, madame,①"他粗声叫着,"您好?"

安娜·瓦西里耶夫娜向后倒退了。

"是干吗的,"大个儿用拙劣的俄语继续说道,"我们给你们大喊 bis,大声叫好,你们是干吗的不 bis?"

"对啊,对啊,是干吗的?"他的同伙们也齐声喊起来。

英沙罗夫正待走上前去,可是舒宾却阻止了他,自己来把安娜·瓦西里耶夫娜掩护起来。

"请允许我,"他开始道,"可尊敬的不相识者,请让我向您表示,您的行为使我们大家实在感到惊讶。据我判断,您该属于高加索人种的萨克逊支;因此,我们不得不设想您也该懂得一点社交上的礼节,可是,您竟不客气地对一位未经介绍的太太说起话来啦。请相信我,在别的时候,我个人当以结识您引为莫大的欣慰;因为,我在您身上发现了惊

---

① 法语:日安,太太。

人的筋肉发达——biceps,triceps,deltoïdeus,① 如果您惠然肯作我的模特儿,那么,我,作为一个雕塑家,将认为无上的幸福;可是,在这一回,请让我们安静吧。"

"可尊敬的不相识者"一直听完舒宾的演说,脑袋轻蔑地偏向了一边,两手叉腰。

"您说的什么呀?咱啥也不懂,"他终于说话了,"您以为咱是个皮鞋匠或者钟表匠?咳!咱是军官呀,是官儿呀,咳!"

"那我决不怀疑。"舒宾又开始说……

"咱说,"不相识的朋友继续说道,有力的手把舒宾一把推到一旁,好像扔掉一根树枝似的,"咱说:咱们喊了 bis 你们干吗不 bis?咱马上就走,马上,立刻,可是,只要这位,只要这位 fräulein②,不是那位太太,不是,咱不要她,是这位,或者那位,(他指了叶连娜和卓娅)给咱亲个嘴,用咱们德国话说,就是 einen Kuss;老实的,亲一个;呃,怎么样?这不要紧的。"

"对呀,einen Kuss,这不算什么。"同伙们又喊起来。

"Ih! der Sakramenter!③"其中一个德国人,显然已经有了十分醉意,笑得透不过气来,大声叫道。

卓娅抓住英沙罗夫的手臂,可是他却挣开了,径直站到那无礼的大个儿前面。

"请你滚开。"他用不高的、然而严厉的声音说。

德国人却哈哈大笑起来。

"滚开?哈哈,咱才爱听这个呢!咱难道不能随便走走?什么叫'滚开'?咱干吗要滚开?"

"因为您竟敢惊动别人家的小姐,"英沙罗夫说着,脸色突然变白了,"因为您灌醉了。"

"什么?咱灌醉啦?可听见么?Hören Sie das, Herr Provisor?④ 咱

---

① 法语:二头筋,三头筋,三角筋。
② 德语:小姐。
③ 德语:哈哈,真是个怪物!
④ 德语:听说了吧,药剂师先生?

是个军官呢,他竟敢……现在,咱可得要求 Satisfaction！ Einen Kuss will ich！①"

"您要是再上前一步……"英沙罗夫开始说。

"唔？你敢怎么样？"

"我就把您扔到水里！"

"水里？Herr Je！② 就是这样吗？来吧,咱们瞧瞧,那倒很好玩呢,扔到水里！……"

军官先生于是扬起手来,走上前去,可是,忽然间,一桩不平常的事发生了：他叫了一声,整个庞大的身体晃了几晃,就飞离了地面,双足腾空,不等太太小姐们有时间发出尖叫,谁也来不及看清是怎么搞的,军官先生的整个笨重的身体就扑通一声栽倒在湖里了,随即消失在那还打着漩的水里。

"啊！"太太小姐们异口同声地尖叫起来。

"Mein Gott！③"从另一方面也发出了喊叫。

一瞬间时光过去了……于是,一个披满了湿发的圆脑袋露出水面；那只脑袋,它还吐着泡沫呢,两只手在嘴唇旁边痉挛地乱抓着……

"他会淹死啦,救救他,救救他吧。"安娜·瓦西里耶夫娜向英沙罗夫喊道；英沙罗夫正叉开两腿立在岸上,沉重地呼吸着。

"他会爬出来的,"他以轻蔑的、全无同情的冷淡回答说,"我们走吧,"他补充说,于是挽起安娜·瓦西里耶夫娜的手臂,"走吧,乌瓦尔·伊万诺维奇,叶连娜·尼古拉耶夫娜。"

"啊……啊……噢……噢……"只听见那倒霉的德国人在悲号,他已经抓住岸边的芦苇。

大家跟着英沙罗夫,并且要从那一帮德国人面前经过。可是领头的一经打倒以后,喽啰们也就服帖了,全都不响；只有其中最大胆的一个威吓地摇着头,一边嗫嚅道："唔,等着……上帝知道……咱们走着瞧吧；"可是另一个则甚至脱下了帽子。在他们眼里英沙罗夫是可怖

---

① 德语：满足！非亲一个不可！

② 德语：天哪！

③ 德语：我的上帝！

的，那也并不是没有理由：在他的脸上，的确可以看出凶狠的、危险的神情。德国人急忙跑去打捞他们的同伴去了；而那位同伴，当他的两脚一经着陆以后，就哭哭啼啼地咒骂起那帮"俄国流氓们"来，并在他们背后高声叫道，他要去告状，要去告诉冯·基兹里茨伯爵大人本人去……

可是，"俄国流氓们"对于他的叫骂却全不理会，只是赶紧来到了古堡。在走过公园的时候，大家全都保持沉默，只有安娜·瓦西里耶夫娜轻轻地叹了两口气。可是，当他们到达马车旁边，全都站定以后，一阵不可抑止的、荷马的天人似的哄笑就不自主地迸发出来了。最先发动的是舒宾，疯子似的大笑起来；接着，别尔谢涅夫也豆落皮鼓似的嗡嗡笑了；于是，卓娅也珠落玉盘似的格格笑了；安娜·瓦西里耶夫娜扑哧一声，也笑了出来；叶连娜也不禁露出笑容；最后，连英沙罗夫自己也无法抑制了。可是，笑得最响、最长久、最厉害的，却是乌瓦尔·伊万诺维奇：他一直笑得肚皮发痛，呼吸窒塞，甚至打出喷嚏来了。他稍停一停，眨着笑出了眼泪的眼睛，说道："我……刚想着……怎么回事……扑通……他就……下去啦！"可是，就随着那痉挛地逼出的最后的一个字，一阵新的哄笑又发作了，使得他的整个身体再一次地震动起来。卓娅还故意逗他，"我瞧见他的腿，"她说道，"腾空起来……""是的，是的，"乌瓦尔·伊万诺维奇接碴道，"他的腿，腿……一下子……扑通……他可就通……通……下去啦！""他究竟是怎么弄的呢？那德国佬可不是可以抵他三个？"卓娅又说。"我，我告诉你，"乌瓦尔·伊万诺维奇揩着眼睛回答说，"我瞧见的：他一只手抓住他的腰，这么一扳，他就扑通下去啦！我听见一声扑通……怎么回事……他可已经通下去啦！……"

马车启行了许久，察里津诺城堡也早已望不见，可是，乌瓦尔·伊万诺维奇仍然不能平静下来。舒宾又是和他同坐在敞篷马车上，终于斥责起他来了。

可是英沙罗夫却感到了不安。他坐在箱式马车里，正和叶连娜相对（别尔谢涅夫却坐到御者座上去了），他不曾说话；她也沉默着。他想她在对他不满；其实，她并不曾对他不满。在最初的瞬间，她的确很觉恐惧；随后，他脸上的表情也使她吃惊；而最后，她一直在沉思。她沉思的什么,她自己也不十分清楚。白天她所体验的感情,已经消失了,这一点,她是明白的;可是代替那感情的是什么,她却还不充分了解。Partie de plaisir 拖得太久:黄昏已经不知不觉地变成了暗夜。马车疾速地向前滚动,一时经过已熟的麦地,在那里,空气充满着浓郁的小麦的芳香,一时又经过辽阔的草原,在这里,忽然又有冷洁的夜气轻拂着人们的脸。天是低沉的,地平线上似乎笼罩着烟雾。终于,月亮上来了,昏晕而且赤红。安娜·瓦西里耶夫娜在打盹;卓娅把头伸出窗外,凝望着道旁。叶连娜终于发觉自己有一点多钟没有和英沙罗夫说话。她就转向他,对他发出了一两个琐屑的问题;他立刻回答了她,心里感觉着十分宽慰。模糊的声响开始从夜空传来,好像有千万个声音在远处谈话;莫斯科在欢迎他们了。远处,有灯光闪烁,渐渐地灯光益见频繁;终于,石砌的街路在车辆下面辚辚地震响起来。安娜·瓦西里耶夫娜醒了;车里的人也开始谈起话来,虽则谁也不能听清谁说的话:所有的语声全被两乘马车和三十二只马蹄在街石上面的震响湮没了。从莫斯科到昆采沃的旅程似乎特别悠长而且令人厌倦;全体的人,有的入睡了,有的沉默着,所有的脑袋全都倒向各自的角落;只有叶连娜不曾阖眼,她的眼睛一直不曾离开英沙罗夫的朦胧的身形。一种忧郁的心情临到了舒宾心里:和风拂着他的眼睛,使他烦恼;他裹在自己的外衣领子里,几乎要流下泪来。乌瓦尔·伊万诺维奇幸福地打着鼾,左右摇晃着。马车终于停下了。两个男仆把安娜·瓦西里耶夫娜搀下马车,她简直快累死了;当她和她的游伴们告别的时候,她宣称道,她已经"半死不活"了;他们向她道谢,可是她却只是重复道:"半死不活啦!"在分别的时候,叶连娜(第一次地)握了英沙罗夫的手;在解衣就寝以前,她在窗前默坐了许久;舒宾,当别尔谢涅夫临去的时候,却找到了机会和他低低地说了这样的话:

"哪,他怎么不是英雄:他能把喝醉了的德国人扔到水里!"

"可是,你就连这也不能。"别尔谢涅夫回答着,就和英沙罗夫就了归道。

两位朋友到达寓所的时候,天色已经微明。太阳还没有升起,可是,空气里却已弥漫着寒气,草上也已覆盖着灰色的露水;早起的云雀在半明半暗的云空高啭着歌喉,遥远的、遥远的天际,一颗巨大的最后的晨星正凝视着,有如一只孤寂的眼睛。

十六

认识英沙罗夫不久之后,叶连娜就(第五次、也许第六次地)开始记日记了。这里,是日记里的若干片断:

"六月……安德烈·彼得罗维奇给我带了些书来,可是我总没有心情念。我不好意思对他明说;可是,我也不愿意把书还给他,对他撒谎,说我念过。我感到,那会叫他十分难受的。他常常关心着我。好像是,他对我很有些依恋。安德烈·彼得罗维奇真是一个好人呢。

"……我要的是什么呢?我的心为什么是这么沉重,这么怠倦?为什么我看着鸟儿飞过,心里也感觉着羡慕?我真想跟它们一道儿飞去呢——飞到哪儿去,自己也不知道,只是远远地、远远地离开这儿吧。这种愿望不是有罪的么?这儿,我有母亲、父亲和家。难道我不爱他们?不,我并不像我应当爱的那样爱他们。把这样的话写下来,是可怕的,可是,这是真话。也许,我是个大罪人吧;也许,就为这,我才这么忧愁,我的心才这么不宁静吧。好像是,有一只手搁在我头上,重压着我。我好像是给关在狱里了,狱墙像马上要朝我倒塌下来。为什么别人并不感觉这些呢?如果我对我自己的家人也是这么冷淡,我还能爱谁呀?很显然,爸爸是对的了:他就老是怨我除了猫狗以外什么也不爱。我得把这细想一想。我很少祈祷;我得祈祷……啊,我想我是知道怎样去爱的!

"……对于英沙罗夫先生,我还是老感到羞怯。我不知道为什么;我相信,一般说我是并不怎么女孩子气的,而他,也那么质朴,那么善良。有时,他的表情果然十分严肃。他当然无暇顾及我们。我觉着这个,所以,也就不好意思来占用他的时间了。对于安德烈·彼得罗维奇,那可完全是另外一回事。我可以跟他闲谈整日。可是,他也老是跟我谈起英沙罗夫。并且,谈的是怎样可怕的事啊!在昨晚的梦里,我梦见他手里握着匕首。他好像对我说道:'我要杀死你,也把我自己杀死!'多么痴傻啊!

"……啊,要是有人能对我说:'这,这就是你应该做的!'……心肠好——这还不够;要做好事……对的,这才是人生里的大事。可是,要怎样做好事呢?啊,要是我能知道怎样控制我自己啊!我不明白我为什么这样常常想到英沙罗夫先生。当他来了,在这儿坐着,注意地听着,但是一点儿也不勉强,一点儿也不慌乱,我瞧着他,心里就感觉愉快——不过是这样罢了;可是,当他走后,我却不断回味他的话,怨恨自己,甚至激动……我说不出这是为了什么。(他的法语说得不好,可是并不觉得难为情——这一点我很喜欢。)可是,我也时时想着许多别的人。在跟他谈话的时候,我突然想起我们的管家瓦西里,有一次他从一间失火的茅屋里救出一个无足的老人来,自己几乎也给烧死了。爸爸夸他是个好汉子,妈妈给了他五卢布,而我却真想跪在他的脚前。他的脸也是质朴的,甚至有些傻气,后来,他却变成一个酒徒了。

"……今天,我给了半戈比给一个乞妇,她对我说道:'你怎么那么忧愁呀?'我是从来也没想到过我会有忧愁的样儿的。我看,这一定由于孤独,永远的孤独,无论好坏,总是我孤单单的一个人。我能向谁伸出手去呢?到我这儿来的,不是我所需要的;而我所需要的……却从我的身边走过去了。

"……我不知道我今天是怎么的了;我的头脑乱极了,我真想跪下来,祈祷,乞求怜悯。我不知道是谁、是什么好像在折磨着我,我心里只想反抗、号叫;我流着眼泪,不能安静……啊,我的上帝,我的上帝呀!请抑制我心灵里的这种汹涌吧!只有你能帮助我,所有别的全是无用的:我的可怜的布施,我的学习,所有一切、一切、一切,全不能给我帮助。我真想跑到什么地方去做个女用,真的;这会叫我安心得多的。

"青春是为了什么?活着是为了什么?我为什么有一个灵魂?这一切都为了什么?

"……英沙罗夫,英沙罗夫先生——真的,我不知道怎么写才好——仍然叫我感觉兴趣。我真想知道在他的心里,在他的灵魂里,他想的是什么。他好像是那么坦率,那么容易接近,可是,对于他,我却仍然什么也看不见。有时,他以那么一种侦查似的眼睛望着我……也许,这只是我的幻想?保尔不断逗我——我是很恼保尔。他要什么呢?他爱着我……可是,我要他的爱做什么?他也爱着卓娅呢。我对他是不公平的;昨儿他告诉我,说我连百分之五十的不公平都做不到……这是实在的。这该多么不好啊!

"啊,我感到一个人必须有些不幸,或者贫困,或者疾病,不然,他就会马上自满起来。

"……安德烈·彼得罗维奇今天为什么要来跟我说起那两个保加利亚人呢?他来告诉我,好像是有什么存心似的。英沙罗夫先生跟我有什么关系呢?安德烈·彼得罗维奇这么做,真叫我生气。

"……提起笔来,不晓得怎样开始。今儿,在花园里,他是多么突如其来跟我谈起话来了啊!态度是那么亲切并且信任!事情发生得多么快呀!好像我们本是很老、很老的朋友,不过刚刚才互相认出来似的。在这以前,我怎么竟没有了解他!现在,他和我却是多么接近!并且,这是多么奇怪,我现在心里竟平静多了。这真可笑:昨儿我还恼着安德烈·彼得罗维奇,也恼着他,甚至称他英沙罗夫先生,可是,今天……这儿,终于,是有一个真正的人,一个可以信赖的人了。这个人不撒谎,这是我所遇见的从不撒谎的第一个人:所有别的人,全都撒谎,他们全都撒谎。安德烈·彼得罗维奇,亲爱的、善良的朋友,我为什么要委屈您呢?不!安德烈·彼得罗维奇也许比他更有学问,也许甚至更多智慧……可是,不知道为什么,一和他比较起来,却显得那么渺小了。当他一说到自己的祖国,他好像就长大了,长高了,他的姿容就立刻焕发了,他的声音也变得像纯钢了,啊,不,好像是,在这世界就没有一个人能够使他低下头去。他也不只是空谈——他行动,还会永远行动下去。我要问他……他是怎样突然就转向我来,对我微笑了啊!……只有亲兄弟才能像那样微笑的。啊,我是多么高兴!当他初来我们这儿的时候,我做梦也没有想到我们竟能这么快就互相了解。现在,就是想到我当初对他的冷淡,我也是欢喜的……冷淡?难道我现在就不冷淡了么?

"……我许久没有感觉过这种内心的平静了。我的心是这么静、这么静。没有什么可记的。我时常看见他,如此而已。还有什么可记的呢?

"……保尔把自己关了起来,安德烈·彼得罗维奇也慢慢地不常来了。可怜的人!我想象他是……可是,那是决不会的。我高兴和安德烈·彼得罗维奇谈话:他从不谈自己,谈的往往是有意义的、有用的事。和舒宾截然不同。舒宾漂亮得像一只蝴蝶,并且自夸着自己的漂亮;这是连蝴蝶也不做的。可是,无论是舒宾或者安德烈·彼得罗维奇……我知道我要说的是什么。

"……他很高兴到我们这儿来,我看得出。可是,为什么呢?他在我身上发现了什么呢?确实,我们的趣味是相投的:他和我,我们俩都不爱好诗歌;我们对于艺术也都没有什么理解。可是,他比我强多少啊!他是平静的,可是我却永远彷徨;他已经选定了自己的道路,自己的目标——可是我,我在走向哪儿去?哪儿是我的家?他是平静的,可是所有他的思想却是遥远的。有朝一日,他会永远离开我们,回到他自己人那里去的,在那边,在海的那边。怎么办呢?愿上帝祝福他吧!无论如何,当他在这儿的时候我认识了他,那总是令我快慰的。

"他为什么不是一个俄国人呢?不,他不可能是一个俄国人。

"妈妈也喜欢他呢;她说,'他是个谦逊的青年人。'亲爱的好妈妈!她并不了解他。保尔沉默了;他猜到我并不高兴他的暗示,可是,他是嫉妒着他的。坏孩子!你可有什么权利?难道我曾经……

"这全都无聊透啦!我怎么会想到这些事上来的?

"……这可是奇怪的事:直到现在,已经二十岁了,我还从来没有爱过谁!我相信,德(我要叫他德,我喜欢这个名字:德米特里)其所以能有那么纯洁的灵魂,就是由于他是完完全全地把自己献给了自己的事业、自己的理想。他还有什么可烦恼的呢?当一个人完全地……完全地……完全地献身之后,他就没有忧愁,也没有负累了。这样,就不是我要怎样怎样,而是它要怎样怎样了。啊,说起来,他和我都爱着同样的花。今早我摘了一朵玫瑰花,一叶花瓣落了下来,他就把它拾起……我把整朵玫瑰花全给了他。

"……德常到我们这儿来。昨晚他在这儿坐了很久。他要教我保加利亚语。跟他一道儿,我感觉愉快,完全像在自己家里。比在自己家里还好。

"……日子飞一般地过去……我愉快,同时,也有一点点疑惧;我想感谢上帝;眼泪也好像已经不远了。啊,这些温暖的、愉快的日子啊!

"……我还是和以前一样愉快,只是,有时候,有时候有那么一点点忧郁。我是幸福的。我幸福么?

"……昨儿的郊游,我将久久也不会忘记。多么不可思议、新奇而可怕的印象啊!当他突然抓住那高个儿,扔球一般地把他扔到水里去的时候,我也并不惊吓……可是,他自己却使我惊吓了。后来——他的脸又是多么凶狠啊,几乎是残酷的!他是怎样说的啊:'他会爬出来的!'那简直叫我惊呆了。显然,我没有了解他。而过后,当他们全都笑着,我自己也笑着的时候,我心里又多么为他难过啊!他有些羞愧了,我觉得的,他在我面前有些羞愧。后来,在马车里,在黑暗中,当我想认真看他一看而又怕看他的时候,他是像这样告诉我的。是的,他是一个不容小视的人,同时也是一个勇敢的保卫者。可是,为什么要那么狠,嘴唇也那么战栗,眼睛也发着怒火呢?也许,那是不可避免的么?难道做一个人,做一个战士,就不能依旧温柔,依旧和善么?'人生就是粗暴的,'前不久他还对我说过这样的话。我把这话告诉安德烈·彼得罗维奇,他却并不同意德的说法。他们两个,到底谁对呢?可是,那一天是怎样开始的啊!我是多么愉快啊,在他的身旁走着,甚至沉默着的时候,也是快乐的……可是,虽然发生了那样的事情,我也高兴。我觉得那是十分当然的。

"……又是不安啦……我感觉不大舒服。

"……这么许多日子在这本子上我什么也没有写,因为我没有心思写。我觉得:无论我写下什么,那都不是我心里的话……那么,我心里的是什么呢?我跟他作过一次长谈,从谈话里我明白了许多事情。他把他的计划告诉了我。(顺便说,我现在才知道他那颈上的伤疤的由来……上帝呀,当我一想到他竟被判过死刑,只是九死一生才逃脱,并且受了伤……)他预料到战争将要爆发,还为这高兴。可是,我也从来没有见过德像这样抑郁。他……他!……他有什么可以抑郁的呢？爸爸从城里回来，正碰上我们两人在一起，很奇怪地望了我们一眼。安德烈·彼得罗维奇也来过：我注意到他变得很瘦、很苍白。他责备我对舒宾太冷酷、太不关心了。真的，我已经完完全全把保尔忘记了。见到他的时候，我应当弥补我的过失。现在，他对我已经算不了什么了……世界上任何人对我也全不算什么。安德烈·彼得罗维奇以一种怜悯的神气和我谈话。这全是干什么呀？为什么在我的周围，在我的内心，一切都是这样黑暗？我感到在我的周围和我的心里，都在进行着一种谜似的什么，对于这谜，我得找出一个确实的解答……

"……整晚不曾入睡，头痛。为什么还要写呢？今儿他走得那么快，可是我正想跟他谈话呢……他好像在躲避我。是的，他是在躲避我。

"……答案找到了，事情已经明白！上帝呀！怜悯我吧……我爱他！"

十七

就在那一天，当叶连娜在自己的日记上写下那最后的、决定性的话语的时候，英沙罗夫正坐在别尔谢涅夫的房里，别尔谢涅夫则站在英沙罗夫面前，脸上带着困惑的表情。英沙罗夫刚宣布要在翌日回莫斯科去的决定。

"怎么！"别尔谢涅夫叫道，"夏天最美丽的时候刚刚开头呢！您回莫斯科去做什么呢？多么意想不到的决定呀！也许，您得到了什么消息么？"

"我没有得到什么消息，"英沙罗夫回答，"可是，我把事情仔细想了想，我是不能再留在这里了。"

"这怎么成呢？……"

"安德烈·彼得罗维奇，"英沙罗夫说道，"做好事，别勉强找，我求您。离开您,我自己也很难过,可是,没有办法。"

别尔谢涅夫定睛地注视着他。

"我知道,"他终于说,"那是没法勉强您的。那么,事情就算决定了?"

"绝对决定了。"英沙罗夫回答,就站起来,走了出去。

别尔谢涅夫在房间里踱了几步,于是,拿起帽子,就往斯塔霍夫家去了。

"您有什么事情要告诉我?"当屋子里只剩他们两人的时候,叶连娜马上问他。

"是的;您怎么猜到的?"

"这没有关系。请说吧,是什么事?"

别尔谢涅夫将英沙罗夫的决定告诉了她。

叶连娜的脸变得惨白了。

"那是什么意思?"她困难地说道。

"您知道,"别尔谢涅夫说,"德米特里·尼卡诺雷奇对于自己的行动向来是不喜欢解释的。可是,据我想……我们坐下吧,叶连娜·尼古拉耶夫娜;您好像不大舒服……我想,我也许可以猜到这种突然走开到底是为了什么。"

"什么,为了什么?"叶连娜重复说,不自觉地把别尔谢涅夫的手紧紧地握在自己的已经冰冷的手里。

"唔,您瞧,"别尔谢涅夫开始说,忧郁地一笑,"叫我怎样跟您解释呢?我得回溯到去年春天,那时候,我跟英沙罗夫才刚刚接近起来。当时,我常在一个亲戚家里碰到他,那家有一个女儿,一个很漂亮的少女。据我看,英沙罗夫对她是有意思的,我并且把这感觉对他说了。可是,他却大声笑了,回答我说,我错了;他说,他的心并没有感到痛苦,可是,如果有那么一类的事情发生,他就会立刻走掉,因为——用他自己的话说——他不愿意为了个人情感的满足就不忠于自己的事业和自己的义务。'我是保加利亚人,'他说,'我不需要一个俄国女人的爱……'"

"唔……那么……您以为现在……"叶连娜低语着,不由自主地转过头去,好像在准备接受一个打击,可是,仍然不放松她牢牢握住的别尔谢涅夫的手。

"我想,"他说,声音低沉了,"我想那时我瞎猜的事,现在是果真发生了。"

"那就是说……您想……啊,别折磨我!"叶连娜不自主地叫了。

"我想,"别尔谢涅夫急忙继续道,"英沙罗夫现在爱上了一个俄国少女,而为了忠于他自己的誓言,他就决心走掉。"

叶连娜把他的手握得更紧,她的头也垂得更低,好像是,她想要对一个外人隐藏那突然涌到她整个面孔和颈项上来的燃烧似的羞愧的红晕。

"安德烈·彼得罗维奇,您真像天使般的善良啊,"她说,"可是,您看他会来跟我们告辞么?"

"据我看,他会来的;他一定会来的,因为,他并不愿意离开……"

"告诉他,请告诉……"

可是,在这里,那可怜的少女却无法自持了:眼泪如川水般地涌出她的眼睛,她从屋子里跑出去了。

"那么,她就是这样爱着他的呀。"在缓步回家去的路上,别尔谢涅夫想道。"这可是我意料不到的;我没有料到她的爱情已经这样深。她说,我是善良的,"他继续回想着……"可是,谁知道是怎样的情感、怎样的动机驱使我把这些告诉叶连娜的啊!不是善良,啊,不是善良。不过是那可咒诅的欲望,想来确定匕首究竟是不是刺在伤口罢了。我也该满足啦——他们互相恋爱,我给他们帮了忙……'科学和俄国大众间的未来中介人',舒宾这么称呼过我;好像是,我生来就命定要作个中介人的。可是,也许是我弄错了吧?不,我不会错的……"

安德烈·彼得罗维奇的心是酸苦的,罗墨尔再也不能钻进他的脑子里去了。

翌日二时,英沙罗夫来到斯塔霍夫家。像是有谁故意安排了似的,恰好这时在安娜·瓦西里耶夫娜的客厅里坐着一位客人,一位近邻的大祭司的太太;这是一位极好的、极可尊敬的太太,只是曾经和警察方面发生过一点点小纠纷,因为这位太太想着要在赤日当头的正午跳到一个路旁的小塘里去洗澡,而这条路,则正是一位颇显赫的将军的家族常要经过的。有个局外人在场,在最初,对于叶连娜甚至是一种帮助,因为一听到英沙罗夫的脚步声,她的面孔立刻变得煞白;可是,一想到他也许不及和她单独谈一句话就会走掉,她的心又沉落下去。他,好像也有些心乱,并且闪避着她的目光。"他真会马上就告辞么?"叶连娜想着。确实,英沙罗夫正要转身和安娜·瓦西里耶夫娜辞行;叶连娜却急忙站了起来,把他唤到窗口去。大祭司的太太吃了一惊,也想转过身来;可是她的腰却束得那么紧,每动一下她的胸衣就吱吱地响,于是就只好不动了。

"听我说,"叶连娜急促地说道,"我知道您为什么来的;安德烈·彼得罗维奇已经把您的决定告诉了我;可是,我请您,求您,今儿别跟我们辞行吧。明儿早点儿来——十一点钟左右。我得跟您说一两句话。"

英沙罗夫默默地低下了头。

"我不会留下您的……您答应我么?"

英沙罗夫又低下头来,可是,什么也没有说。

"列诺奇卡,这儿来,"安娜·瓦西里耶夫娜叫道,"瞧大祭司太太有个多么漂亮的手提袋哟!"

"我自家儿绣的呢。"大祭司的太太答应着。

叶连娜从窗口走过来。

英沙罗夫在斯塔霍夫家停留了不过一刻时光。叶连娜偷偷地注意着他。他在座位上不安地移动着;和以前一样,他不知道把眼睛朝哪儿望去的好;而忽然之间,他就奇特地一下子走掉了,好像是忽然消逝了。

这一天,在叶连娜看来,过得很慢;那悠长的、悠长的夜,尤其是过得迂缓。叶连娜有时坐在床上,两手抱膝,头也支在膝上;有时,她又走向窗前,把发烫的前额紧贴着冷玻璃,想着,想着,把同样的思想反复想着,直到自己完全疲倦。她的心好像已经变作了化石,又像已从她的胸腔消逝;她已经不能感觉它的跳动了;只有热血在她的脑子里痛苦地汹涌着,她的头发令她感觉像火热,嘴唇发干。"他会来的……他还没有跟妈妈辞行……他不会欺骗……难道安德烈·彼得罗维奇的话是真的?那是不会的……他没有答应过他会来……难道我会和他永别了么?"这种种思想不曾离开过她,实实在在地不曾离开过她:它们并不是去了又来,来了又去——它们只是在她的脑海里一直盘旋,如同一团迷雾。"他爱我!"这思想忽然闪光似的掠过她的全身,于是,她就直直地凝注着黑暗;一抹秘密的、谁也看不见的微笑,使她的嘴唇张开了……可是,她又急忙摇了摇头,把手反扣在颈后,而原来的那些思想,就再一次在她的周围迷雾似的笼罩着了。在晨前她才解衣就寝,可是,她不能入睡。第一道强烈的阳光射入了她的房里……"啊,如果他真爱我啊!"她突然叫起来,张开自己的手臂,虽然有那照耀着她的全身的阳光,她也不觉羞报……

她起了床,穿上衣服,下楼去。屋子里还没有一个人醒来。她走进花园;但在花园里,一切却是那样平静、青翠、新鲜,鸟儿是那么自得地啭着歌喉,花儿也都那么喜悦地做着凝视,使她感觉着惊愕。"啊!"她想着,"如果是真,那么就没有一草一叶会像我这么幸福啦;可是,这会是真的么?"她回到自己房里,为了消磨时间,就开始换衣裳。可是,所有一切都从她的手边滑掉了,当她被喊去喝早茶的时候,她还只是衣衫半整地立在妆台前面。她下了楼,母亲看出她的面色苍白,可是却仅仅说道:"你今儿多漂亮呀!"在端详了她一会以后,又继续说道:"这衣裳,你穿着真合式;你要想给人好印象,就该老是穿这件衣裳。"叶连娜没有回答,落座在一个角落里。同时,钟已敲过九下。离开十一点还有两小时呢。叶连娜一会儿读读书,一会儿绣绣花,一会儿又拿起书来;于是,她给自己约誓着,要在那同一条林荫道上来回走一百次,并且果真走了一百次;于是,久久地看着安娜·瓦西里耶夫娜在那里无聊地玩着纸牌……再望一望钟,还不到十点呢。舒宾来到了客厅。她想跟他谈谈话,并且求他原谅她,原谅什么,她自己也不知道……她所说出的每一个字并不一定使她感觉吃力,但是,却在她心里引起一阵迷惘。舒宾俯身向她。她想着他定会向她露出嘲笑,于是抬起眼来,可是,看到的却是一副悲哀而同情的面孔……她向那面孔微笑了一笑。舒宾也向她默默微笑,然后,轻轻走开了。她想留他,可是,一时却记不起该怎样称呼。终于,十一点敲了。她开始等着,等着,而且谛听着。她再也不能做什么了;她甚至停止了思念。她的心又活跃了,开始越来越响地跳着,说来奇怪,时间却开始飞也似的过去。一刻钟过去了,半点钟过去了,也许又过去了几分钟,叶连娜想着;可是,她忽然一怔:时钟并不是敲着十二点,却在敲着一点了!"他不会来了,他不辞而别了……"这思想,随着血液,冲上她的脑里来。她感觉着她的呼吸将要窒塞,她几乎就要抽咽起来……她跑回自己的房间,就倒在床上,把脸藏在紧握的双手里。

她一动不动地躺了半小时;眼泪从她的指缝里淌到枕上。突然,她抬起身子,坐起来;一种奇特的思想浮现在她的心里:她的面容变了,润湿的眼睛自然而然地干了,而且发出了光彩;眉毛蹙了,嘴唇也咬得更紧。又是半点钟过去了。叶连娜最后一次竖起耳朵:那熟悉的声音是否在向她飘来?她站起来,戴上帽子,套上手套,披上披肩,于是,在人们不注意的时候溜出屋子,沿着通向别尔谢涅夫寓所的道路,快步走去。

十八

叶连娜低垂着头,眼睛牢牢地直视,向前走着。她什么也不害怕,什么也不顾忌;她只要再见英沙罗夫一面。她向前走着,没有注意到太阳早已隐入浓黑的云端,风在树间阵阵怒吼,吹乱了她的衣衫,尘阵也突然飞扬起来,在路上回旋滚动……大滴的雨点落下来,她也没有注意;可是,雨下得更骤、更猛了,天空打着闪,响着雷。叶连娜停下来,环顾四周……幸而在离开暴风雨袭击她的地方不远,一口荒废的井旁,有一座年久颓败的小教堂。叶连娜向教堂奔去,躲在低矮的檐下。大雨洪流般倾泻着;整个天宇完全暗澹。以无言的绝望,叶连娜凝睇着那急雨的密网。和英沙罗夫再见一面的最后希望,在她的心头消逝了。一个贫苦的老乞妇也走进小教堂里来,自己抖了抖身子,鞠了一躬,说道:"来躲雨啦,好姑娘,"于是,叹息着,呻吟着,坐到井台旁边。叶连娜探手到自己的口袋里;老妇人看出这个动作,于是,她那皱缩而惨黄的、然而曾经是美丽的脸,就闪出光彩来。"多谢你,善心的小姐,我亲爱的。"她开始说。不巧,叶连娜的口袋里没有带着钱袋,可是,老妇人的手已经伸出来了……

"我没有带钱,姥姥,"叶连娜说,"可是把这个拿去吧,也许会有点儿用的。"

她把自己的手绢给了她。

"啊—啊,我美丽的姑娘,"老乞妇说,"你把你这小手绢儿给我作什么呢?给我孙女儿做陪嫁用么?上帝报答你的好心!"

一阵暴雷响过。

"啊,救主耶稣基督,"乞妇喃喃着,给自己画了三次十字,"可是,我不是在哪儿见过你的么?"略略停顿之后,她又说,"你不是曾经用基督的名义给过我布施的么?"

叶连娜瞅了老妇人一眼,认出她来了。

"是的,姥姥,"她回答说,"你还问过我为什么那么忧愁。"

"是的,亲爱的,是的。我就是这样认识了你的。此刻,你好像也有点儿忧伤吧?瞧,你的小手绢儿还是湿的呢,可不是泪花儿浸湿了的?哎,你们年轻姑娘们呀,全都有这种忧愁,这种可怕的苦难!"

"什么忧愁呢,姥姥?"

"什么忧愁?哎,我的好小姐,你可瞒不了像我这样的老婆子的!我知道你心里为什么难受;你的忧愁可并不特别。真的,我亲爱的,我自个儿也年轻过来的呢,我自个儿也亲自尝过那种苦恼。真的,为了报答你的好心,我给你说说吧:你找着个好人啦,那不是个轻浮男子,你就靠定他一个人吧;比死还要靠得紧。如果成,就成啦;不成,那也是上帝的旨意。是的。你望着我奇怪吗?我就是个算命的呢。我就把你的苦恼跟你这小手绢儿一齐带走吧,好吗?我把它带走,也就完啦。瞧,雨小了;你再待一会儿吧,我可得走啦。我给淋得精湿,这也不是第一回。记着吧,我亲爱的:你有忧愁,那忧愁可是完啦,你会再也记不起它啦。啊,慈悲的上帝,怜悯我们吧!"

乞妇从井边站起来,出了教堂,就缓缓走上了自己的路。叶连娜迷惘地目送着她。"这是什么意思呢?"她不自主地喃喃着。

雨渐渐稀了,停了,太阳一时也从云端里显露出来。叶连娜正要离开自己的避雨处……忽然,在离开教堂十来步远近的地方,她看见了英沙罗夫。他裹着一件外衣,正在叶连娜走过来的路上走着;他好像是在赶回家去。

她用手抓住阶台上腐旧的栏杆;她要呼唤他,可是,叫不出声来……英沙罗夫头也不抬,已经走过去了……

"德米特里·尼卡诺雷奇!"她终于喊道。

英沙罗夫猝然止步,回头一看……在这第一个刹那,他并没有认出叶连娜来,可是,马上,就朝着她的身边走了过来。

"是您,您在这儿!"他也叫了。

她默默地退回到小教堂里。英沙罗夫跟随着她。

"您在这儿!"他又说道。

她仍然沉默着,只是以一种悠长的、温柔的目光,凝视着他。他垂下了眼睑。

"您从我们家来?"她问他。

"不是……不是从你们家来。"

"不是?"叶连娜重复说,想要做出一个微笑,"您就是像这样履行您的诺言的么?我从清早起,就等着您。"

"我昨儿并没有答应过您,叶连娜·尼古拉耶夫娜,如果您还记得。"

叶连娜再一次勉强地微笑了,于是,用手摸了摸脸。她的手和脸都是那么苍白。

"看起来,您是安心跟我们不辞而别?"

"是的。"英沙罗夫粗声地,几乎是厉声地说。

"什么?在我们既已成了朋友,在我们已经谈过那些话,在所有这一切以后……那么,要是我今儿没有恰好在这儿碰上您(叶连娜的声音开始发抖了,她停止了片刻)……您就真会那么样就走了,连跟我最后一次握握手也不会,并且,您心里也不会难过……"

英沙罗夫转过头去。

"叶连娜·尼古拉耶夫娜,请别那么说,我求您。就是您不那么说,我也够难受的了。相信我吧,我的决定费了我很大的气力。要是您知道……"

"我不要知道,"叶连娜突然感到恐怖,打断了他的话,"我不要知道您为什么要走……看起来,那是必要的。看起来,我们是不能不分别的。您不会无端地叫您的朋友们心里难过。可是,既然是朋友,难道能够像这样分别的么?我跟您是朋友,不是么?"

"不是。"英沙罗夫说。

"什么?……"叶连娜喃喃地说。她的双颊不自主地罩上了淡淡的红晕。

"就因为我们不是朋友,我才不能不离开。请不要逼我说出我不愿意说的、我也不会说出来的话吧。"

"往日,您对我可是坦率的,"叶连娜略带嗔怒地说,"您记得吗?"

"那时候我可以坦率,那时,我没有什么要隐瞒的;可是现在……"

"可是现在?"叶连娜问。

"可是现在……现在我得走了。再见!"

如果在那一瞬间,英沙罗夫抬起眼来望一望叶连娜,他就可以看出,当他自己蹙眉苦恼之际,她的面容却变得越来越光彩了;可是,他却一直固执地注视着地面。

"唔,再见了吧,德米特里·尼卡诺雷奇,"她开始说,"可是,我们既然已经碰见了,现在,至少,请把您的手给我吧。"

英沙罗夫正要伸出手来。

"啊,不,连这,我也不能。"他说,于是,再一次转过身去。

"您不能么?"

"不能。再见吧。"

他于是朝教堂的出口走去。

"等一等,"叶连娜说,"您好像害怕我。可是,我却比您勇敢,"她补充说道,一阵隐隐的战栗突然掠过她的全身,"我可以告诉您……可以吗?……您怎么会在这儿碰见我?您可知道我要上哪儿去?"

英沙罗夫愕然注视着叶连娜。

"我正要上您那儿去。"

"上我那儿去?"

叶连娜掩住了自己的脸。

"您是要逼着我说:我爱您,"她低语着,"现在……我说出来啦。"

"叶连娜!"英沙罗夫喊道。

她垂下手来,望了他一眼,就投入了他的怀抱。

他紧紧地拥抱着她,沉默着。他用不着告诉她说他是爱她的。单从那一声叫唤,从他整个人的立刻变形,从她那么信任地偎依着的那胸脯的起伏,从他的手指在她的发上所做的爱抚,叶连娜就可以感到自己是被爱着的。他保持着沉默,而她也不需要言语。"这里是他,他爱我……还需要什么?"完全的幸福的平静,在暴风雨之后获得了安全港似的平静,达到了最终目的地似的平静,就是对于死亡本身也能赋予意义和美丽的那非人间的平静,以其神圣的波澜,充溢着她的整个灵魂了。她什么也不要求,因为她已经获得了一切。"啊,我的兄弟,啊,我的朋友,啊,我的爱人!……"她的嘴唇轻语着,她自己也不知道,那一颗在她的怀里那么幸福地跳着而且溶化着的心,到底是他的,抑或是她的。

他一动不动地站着,在自己的强有力的怀抱里拥着这向他委身的青春的生命,在心头感觉着新奇的、无限珍贵的负荷;一种强烈的柔情,一种不可言说的感激,将他的坚强的灵魂碾成了粉末,他从来还不曾体验过的眼泪,在他的眼里弥漫着了……

但她却不曾哭泣;她只是不断地重复道:"啊,我的朋友!啊,我的兄弟!"

"那么,你会随着我,到任何地方?"一刻钟以后他对她说,仍然把她拥在自己的怀里,支助着她。

"任何地方,天边,地极!你到哪里,我也到哪里。"

"你不是在欺骗自己?你知道你父母永远也不会同意我们的婚姻?"

"我不是在欺骗我自己;父母不会同意,我也知道。"

"你知道我贫穷,几乎是个乞丐?"

"我知道。"

"你知道我不是俄国人,我的命运不容我住在俄国,你将不能不和你的祖国、你的亲人,断绝一切联系?"

"我知道,我知道。"

"你也知道我已经献身给那艰苦的、不望感激的事业,我……我们不仅要经历危险,也许还要忍受贫困、屈辱?"

"我知道,一切我都知道……我爱你!"

"你知道你将不能不抛弃你所习惯的一切,在那边,独自一人,生活在陌生人中间,也许不能不亲手操作……"

她用手掩住了他的嘴唇。

"啊,我爱你,我的亲人!"

他开始火热地吻着她的纤细的、蔷薇色的手。叶连娜并不把手从他的唇边拿开,只是以孩子般的欢喜,以好奇的微笑,看着他热烈地亲吻着,一时吻在她的掌上,一时吻着她的指尖……

忽然,她感觉羞愧了,把自己的脸藏到他的胸前。

他温柔地托起她的头来,直视着她的眼睛。

"那么,欢迎呀,"他对她说道,"我的妻,在人们和上帝面前!"

十九

一点钟以后,叶连娜,一手挽着帽子,一手搭着披肩,缓缓地走进别墅的客厅里来。她鬈发微乱,两颊各有一朵小小的红晕,微笑仍然不愿离开她的唇边,她的眼睛眯着,半隐在睫毛底下,它们也在微笑。由于疲倦,她几乎走不动了,可是,这疲倦却使她感觉愉快:老实说,所有一切,全都使她感觉愉快。一切她都觉得是那么可爱,那么温存。乌瓦尔·伊万诺维奇正坐在窗前;她走上前去,把手搁在他的肩头,微微俯下身去,不知道为什么,不自主地笑了起来。

"笑什么?"他感到奇怪,问道。

她不晓得要说什么。她心里想吻一吻乌瓦尔·伊万诺维奇。

"扑通……"她终于说了。

可是,乌瓦尔·伊万诺维奇连眼也不眨,只是一直奇怪地盯着叶连娜。她把帽子和披肩全都放到了他身上。

"亲爱的乌瓦尔·伊万诺维奇,"她说道,"我要睡啦,我倦啦。"于是,又笑起来,沉到他身边的一张安乐椅里。

"哼,"乌瓦尔·伊万诺维奇咕噜着,开始扭动着手指,"那么,就该,是的……"

叶连娜却望了望自己的周围,想道:"不久以后我就得和这一切分别啦……也真奇怪:我没有恐惧,没有疑惑,也没有惋惜……不,我是舍不得妈妈!"于是,那小教堂又在她心里浮现了,他的声音又在她心里回响了,她感觉着他的手臂拥抱着自己。她的心快乐地跳着,可是,却是那么疲弱:她的心也感到幸福的困倦。她记起那年老的乞妇来。"她真把我的忧愁全带走了呢,"她想着,"啊,我是多么幸福!多么过分地幸福!幸福是来得多么快啊!"只要她稍稍地放任自己一点儿,她就会倾流出甜蜜的、无休止的眼泪来啦!她只能用笑来抑制它们。无论她做出一个怎样的姿态,她都觉得那是最自然的,最安适不过的;她好像是躺在摇篮里了。所有她的动作全都是缓慢的、温柔的;以前的那种急躁,那种僵硬,到什么地方去了?卓娅进来了:叶连娜觉得她确实从来也没有见过比这更迷人的小脸儿;安娜·瓦西里耶夫娜也进来了:叶连娜感到一阵心痛,可是,却用怎样的柔情拥抱了她善良的母亲,并且,吻了她那已近斑白的鬓发旁边的前额啊!于是,她回到自己的房里:在这里,一切也是怎样在向她微笑啊!她是以怎样的羞赧的胜利感,以怎样的平寂的心情,落座在那张小床上了啊!不过三小时以前,也就是在这张床上,她还经受过多么苦恼的瞬间!"唔,就在那时候,我也晓得他是爱着我的,"她想着,"是的,就是在那以前……啊,不!不!那是罪过。'你是我的妻……'"她低语着,用手掩住面孔,跪下了。

向晚的时候,她变得更为沉思。想到不能很快再看见英沙罗夫,她就感到悲哀了。他不能留在别尔谢涅夫那里,那是会引起怀疑的,所以,他和叶连娜就像这样决定了:英沙罗夫先回莫斯科去,在秋前,再来看她们两回;而她呢,她也约定了给他写信,如果可能,就和他在昆采沃

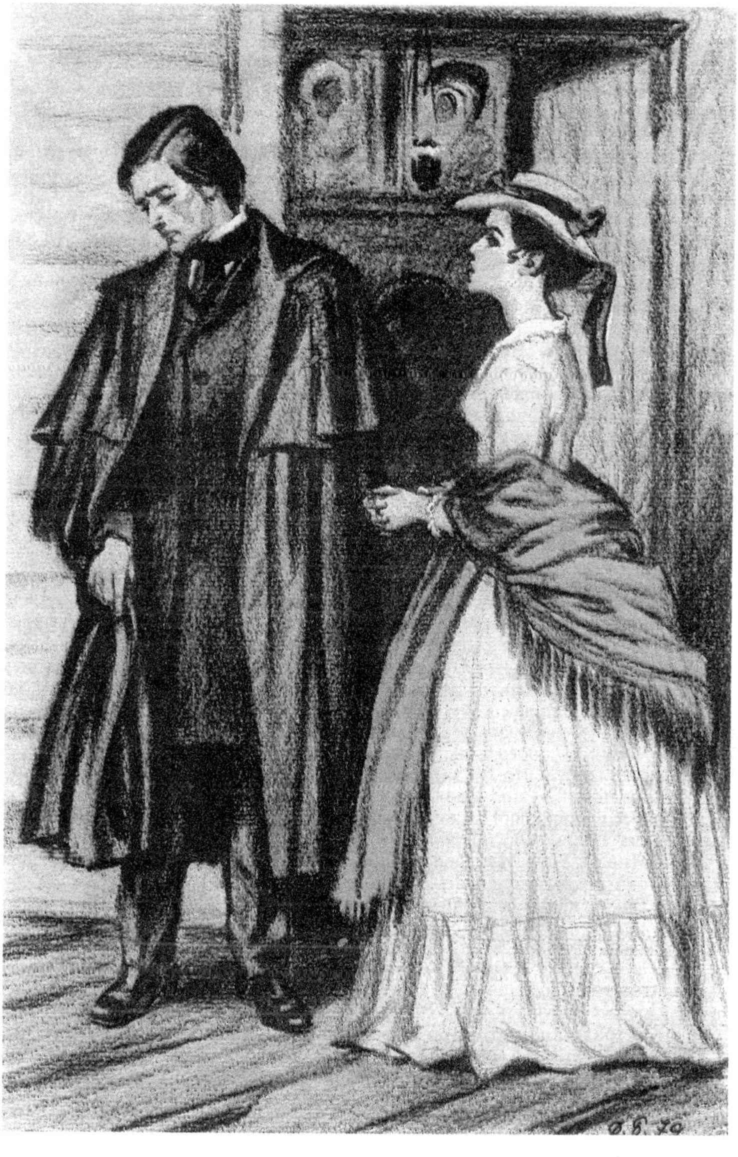

附近的地方约会。在喝茶的时候,她下到客厅里来,发现全家的人和舒宾都在那里;当她一出现的时候,舒宾就目光敏锐地望了她一眼;她想和以前一样,跟他朋友似的说说话儿,可是,她却害怕他的锐利的观察,同时,也害怕她自己。她觉得,这两星期来他不来打扰她,绝不是没有缘由的。不久,别尔谢涅夫也来了,转致了英沙罗夫对安娜·瓦西里耶夫娜的问候,并且,代达了他不及辞行就回莫斯科去的歉意。在那一天,这是叶连娜第一次听到英沙罗夫的名字;她感到自己的脸红了一红,同时,她也觉察到对于这么好的一位相识者的突然离别,自己也应当表示一下惋惜;可是,她不能勉强自己装假,只好继续不动也不言地坐着,而安娜·瓦西里耶夫娜却不断叹息着,并且感到遗憾。叶连娜只想挨近别尔谢涅夫;她不怕他,虽则他甚至知道她的一部分秘密;在他的翼护之下,她可以逃避舒宾的执着的盯视——虽然那盯视并不是嘲笑的,却是关切的。别尔谢涅夫,那天晚上也迷惘起来了:他本来料想着叶连娜会更忧郁一些的。幸而在他和舒宾之间发生了一场关于艺术的争论;她坐开一些,听着他们的声音好像是从梦里透了过来的一样。慢慢地,不只他们,连整个房间,她周围的一切,也都恍如一梦了——所有的一切:桌上的茶炊,乌瓦尔·伊万诺维奇的短坎肩,卓娅的光泽的指甲,墙上康斯坦丁·帕夫洛维奇大公的油画肖像,所有这一切都遥远了,一切都迷失在雾里,一切都不再存在了。只是,她对这一切却感到矜怜。"这一切存在是为了什么呢?"她想。

"你要睡了吧,列诺奇卡?"她母亲问她。

她却听不见母亲的问话。

"半真半假的暗示么,你可是说?……"这几个字,被舒宾尖锐地叫了出来,忽地引起了叶连娜的注意,"咳,"他继续说道,"整个趣味就在这里呀!完全真实的暗示叫人丧气——那是说不过去的;完全不真实的暗示,别人不睬你——那是傻的;可是,半真半假的暗示那才叫人不耐烦,叫人生气呢。比方说吧,如果我说叶连娜·尼古拉耶夫娜是爱上了咱们俩中间的某一个,那算是怎样的一种暗示呢,呃?"

"啊,麦歇①保尔,"叶连娜说道,"我倒真想跟您生生气,可是,老实说,我可没有那份气力。我疲倦得很呢。"

"那你干吗不去睡觉呢?"安娜·瓦西里耶夫娜说。她自己一到晚间就老爱打瞌睡,所以,也总想把别人打发去睡觉。"跟我说晚安吧,上帝祝你安睡;安德烈·彼得罗维奇会原谅你的。"

叶连娜吻了吻母亲,和大家行过礼后,就走了。舒宾陪着她走到门口。

"叶连娜·尼古拉耶夫娜,"在门口,他对她低声说,"您尽管折磨麦歇保尔,尽管把麦歇保尔无情踩践,可是,麦歇保尔却祝福您,和您的小脚儿,和您的小脚儿上的小鞋儿,和您的小鞋儿上的小鞋跟儿。"

叶连娜耸了耸肩膀,没奈何地向他伸出手——不是英沙罗夫曾经吻过的那只手——就回到房里,马上解衣上床,睡着了。她的睡眠是深甜的、宁静的……就是小孩子也少有像那样安甜的睡眠,只有病后复元的婴孩,有母亲守护在摇篮旁边,凝视着他,谛听着他的呼吸的时候,才能够像这样睡眠的。

二十

"到我房里来一会儿吧,"在别尔谢涅夫刚和安娜·瓦西里耶夫娜道过晚安之后,舒宾就对他说,"我给点儿东西你瞧。"

别尔谢涅夫随着他来到他的小房间。他大为惊讶地看见,有许许多多的习作、小塑像和胸像,用湿布遮盖着,罗列在房间的各个角落里。

"啊,我看你这一向是用功得很哪。"他对舒宾说。

"一个人总得干点儿什么的,"舒宾回答说,"一件事不成,就得试试另一件。可是我,倒真像个道地的科西嘉人,把复仇看得比纯艺术更

---

① 法语:先生。

重要。① Treme, Bisanzia!②"

"我不明白你。"别尔谢涅夫说。

"好,等着瞧吧。我亲爱的朋友和恩人,请朝这边看吧,我的复仇第一号。"

舒宾揭开一座塑像,别尔谢涅夫看见一座绝妙的英沙罗夫胸像,和本人极其神似。那面部的特征,舒宾捕捉得极其准确,而且十分细致,并赋予它极优美的表情:诚实、高贵、勇敢。

别尔谢涅夫不禁大为欣喜。

"这真妙极啦!"他叫道,"我祝贺你。这简直可以送去展览了!你为什么把这辉煌的杰作叫做你的复仇呢?"

"因为,老兄,我是预备把这个承您过誉的所谓的辉煌的杰作送给叶连娜·尼古拉耶夫娜,作为她的命名日礼物的。您可明白其间的寓意吗?我们不是瞎子,我们看得见在我们身边发生的事情,可是,我们是绅士,我亲爱的老兄,所以,我们就得像绅士那样复仇。"

"你瞧,这儿,"舒宾接着说,又揭开另一个小塑像,"依照现代的美学原则③,艺术家既可以享受那种可羡慕的特权,在自己身上体现各种的丑恶,把它们变成艺术创造的珍品,那么,不才我,在这一艺术珍品,复仇第二号里,就完全不是绅士式,而干脆是 en canaille④ 了。"

他敏捷地揭开了盖布,于是在别尔谢涅夫眼前出现了一座丹唐风格的小塑像,塑造的也是那同一个英沙罗夫。再也想象不出比这更聪明、更刻毒的东西了。那青年保加利亚人被表现成一只竖起前腿、举角待触的公羊。可笑的庄严、傲慢、顽固、愚蠢、褊狭,在那"细毛母羊之佳偶"的面相上,可以说表现得不遗毫发,而同时,它和英沙罗夫却又是那么惊人地相像,不容疑惑,这使别尔谢涅夫不禁哄然大笑。

"怎么样?有趣么?"舒宾说道,"认识这位英雄吗?是不是主张把

---

① 在科西嘉人中间,曾经流行仇杀的风气。
② 意大利语:战栗呀,彼桑齐亚!(语出意大利作曲家唐尼采蒂〔1797—1848〕所作歌剧《柏利沙里》。)
③ 舒宾大概是指早期自然主义的美学。
④ 法语:流氓式。

这个也送去展览展览？这一个,我亲爱的老兄,是预备留给我自己,作为我自己的命名日的礼物呢……亲爱的阁下,请让我开这么一次玩笑吧!"

舒宾跳了三跳,鞋跟在自己的臀部踢了三下。

别尔谢涅夫从地上把盖布拾起来,仍然扔到那塑像上去。

"啊,你,你真大量,"舒宾开始说,"在历史上,哪一位是以特别大量著称的呢?那且别管!可是,现在,"他继续说,庄严而又悲哀地揭开了第三堆相当大的黏土,"从这里你可以看出,你的朋友不才我,该是多么谦逊,该有着怎样的识力。同时,你也可以看得出,不才我,作为一个真正的艺术家,又是怎样深觉着自我鞭挞的必要和好处!请看!"

盖布揭开了,别尔谢涅夫于是看见两个头,紧紧挨着,好像原来就是长在一起似的……一时间,他不知道是怎么一回事,可是,仔细看过之后,他这才认出一个是安奴什卡,另一个,则正是舒宾自己。然而,这与其说是肖像,倒不如说是漫画。安奴什卡被画成一个肥胖的漂亮女郎,前额低蹙,眼睛眯在厚重的脂肪层里,鼻子则活泼地翘着。她的肥厚的嘴唇傲慢地微笑着;整个面部表现着情欲、放荡和大胆,虽然也不缺乏忠厚。至于舒宾自己,则被塑成一个憔悴不堪的色鬼,两颊塌陷,稀薄的头发无力地挂在脸上,眼光暗淡,做出漠然的表情,鼻子尖得像死人的鼻子一般。

别尔谢涅夫恶心地转过头去。

"很妙的一对儿呢,是不是,老兄?"舒宾说道,"您可否赐个合式的题目呢?那两个,我已经想好题目了。胸像可以题作:《志在拯救祖国的英雄》,立像可以题作:《当心腊肠贩子!》,这一个呢,你觉得这样题题如何?——《艺术家帕维尔·雅科夫列维奇·舒宾之将来》……好么?"

"得了吧,"别尔谢涅夫回答说,"值得浪费时间在这种……"一时他想不出适当的字眼来。

"你是想说,叫人作呕的东西么?不呢,好兄弟,原谅我,如果真有什么东西值得送到展览会去,那就该是这一座群像。"

"真是叫人作呕,"别尔谢涅夫重复说,"况且,这不是胡来吗?向这方面发展的倾向,到目前为止,在我们的艺术家身上,不幸是很多的;可是,在你身上,却绝对没有。你可真是自己糟蹋自己啦!"

"你觉得那样么?"舒宾阴郁地说,"如果我一直没有这种倾向,而今后竟有了的话,那也只是由于……一个人。你可知道,"他补充说,眉头悲惨地皱了,"我已经在试着喝酒。"

"撒谎的吧?!"

"我试过,真的,我试过,"舒宾说着,忽地又微笑了,容光焕发起来,"可是,那可不是味儿,兄弟,灌到喉咙里去,难受极啦,后来,脑袋里就像擂鼓一样!伟大的卢希欣——莫斯科最大的酒徒,据有些人说,还是大俄罗斯最伟大的酒徒哈尔兰皮·卢希欣——他自己就对我宣称过,我是怎么也出息不了的。据他的说法,酒瓶就跟我太没缘分。"

别尔谢涅夫正要去把那座群像打翻,可是舒宾却阻止了他。

"算了吧,老兄,别毁了它;留着给我作一次教训,作个吓鸟儿的草人也是好的呢。"

别尔谢涅夫笑了。

"既然这样,好吧,我就饶了你的草人吧,"他说,"永久的纯艺术万岁!"

"万岁!"舒宾也叫起来,"因为艺术,好的会更好,不好的,也不全糟!"

两位朋友热烈地握了手,就分别了。

二十一

醒来之后,叶连娜的第一个感觉就是一种愉快的惊愕。"那是可能的么?那是可能的么?"她问自己,她的心因为幸福而迷醉了。回忆在她的心中汹涌……她感觉自己已被它们淹没。于是,那幸福的、感激的平静,又将她笼罩起来。可是,早晨过后,叶连娜却渐渐感到不安的侵袭,而在以后的几天里,一直感觉着烦闷和倦怠。的确,现在她已经知道她需要什么了,可是,那也不能令她轻松。那永不能忘的会晤已经永远把她掷出生活的旧道了:她已经不是站在原来的地方,却已经远去了,可是,在她的周围,一切却仍然依着那原来的秩序,一切仍然遵循着那旧有的轨道,好像什么也不曾改变过;旧的生活照旧行进着,也照旧期待着叶连娜的参加和合作。她试着给英沙罗夫写信,可是,连信,也写不下去:话一经落到纸上,不是失去了生命,就是变成了虚假。她的日记,她早已在那最后的一行下面画上了一条粗线,作过结束了。那些都已成为过去,而她的一切思想,她的整个灵魂,现在都朝向了未来。她的心是沉重的。跟什么也没有猜测到的母亲坐在一块儿,听着她,回答她,和她谈话——在叶连娜看来,这就好像是在犯罪;她感觉着自己的虚伪,她心里苦恼,虽然她没有做过什么可以报颜的事;不止一次,有种几乎不可控制的欲望从她的心头涌起,她想把所有一切全无保留地说出来,不管以后会产生怎样的结果。"为什么呢,"她想,"为什么德米特里那时不就把我带出那个小教堂,带到他所要去的任何地方去呢?他可不是告诉了我,在上帝面前我是他的妻子了么?我留在这儿干什么呀?"于是,她突然对任何人都羞怯起来,甚至对乌瓦尔·伊万诺维奇也觉着羞怯。那肥胖的老人,近来是更现迷惑,手指也扭动得更多了。她周围的一切,在她看来,好像是既不可爱,也不可亲,甚至也不像梦境,却有如一个噩梦;它们以不动的、死般的沉重,压在她的心上;一切都好像在斥责她,恼怒她,并且理也不愿意理她……"不管怎样,你究竟是我们的呀。"她好像听见这样的话。甚至她的可怜的小动物们,那些受虐待的鸟兽,也是怀疑地、敌意地——至少,她自己是这样想的——瞪着她的。对于她自己的心情,她感觉着良心的不安和羞愧。"这总归是我的家呀,"她想道,"这总归是我的家人,我的祖国……""不,这再也不是你的祖国,不是你的家庭了。"在她心里,另一个声音又在这样坚持。恐怖的感觉控制了她,她对自己的软弱感觉恼怒。苦难还才开始呢,怎么就能失去耐心?……难道这是她所应许过的态度么?

她并没有很快就能控制自己。可是,一星期过去了,又一星期过去了。叶连娜开始稍稍平静下来,习惯了自己的新的处境。她给英沙罗夫写了两封短信，并且亲自送到邮局去——也许由于害羞，也许由于骄傲，她怎么也不能把这样的事情信托给她的婢女。她已经开始期待着他本人的到来……可是，一个晴朗的早晨，不是英沙罗夫，却是尼古拉·阿尔捷米耶维奇跑回家来了。

二十二

在退役近卫中尉斯塔霍夫家里，从没有人见过家主曾经像那天那样情绪恶劣，而同时又是那么自信而且俨然。他穿着大衣，戴着帽子，慢慢吞吞地大踏步走进客厅里来，脚跟蹬得咚咚响；他走到镜子面前，把自己端详了好半天，摇了摇头，于是以凛然不可犯的严肃咬了咬嘴唇。安娜·瓦西里耶夫娜以显明的激动和隐秘的欢喜迎接他（她从来不能以另外的态度迎接他的）；他甚至连帽也不脱，也不向她问好，只是一言不发地让叶连娜吻了吻他的麂皮手套。安娜·瓦西里耶夫娜问起他的治疗情况——他却全不理她；乌瓦尔·伊万诺维奇出来了——他也只瞥了他一眼，给了他一声："咦！"对于乌瓦尔·伊万诺维奇，他照例是冷淡而且倨傲的，虽则他也承认在他身上存在着"真纯的斯塔霍夫血统的痕迹"。如所周知，几乎所有的俄国贵族世家都相信特殊的、他们所独有的遗传特征之存在：我们不止一次地听到"在自己人中间"讨论着什么"波德萨拉斯金式"的鼻子呀，或者"佩列普列耶夫式"的后脑勺呀之类的事情。卓娅进来了，对尼古拉·阿尔捷米耶维奇请了安。他咕噜了一声，就沉到一张安乐椅里，要了咖啡，只在这时才脱下帽子。咖啡送来了，他喝了一杯，于是，眼睛把在座的人依次扫了一过，这才从牙齿缝里透露一点儿消息："Sortez, s'il vous plaît,①"于是，又转向他的妻子，补充道："Et vous, madame, restez, je vous prie.②"

---

① 法语：我请你们出去。
② 法语：您呢，太太，请您留下。

大家都离开了客厅,除了安娜·瓦西里耶夫娜以外。她的头已经激动得抖动起来。尼古拉·阿尔捷米耶维奇的这种若有其事的严肃,很使她吃了一惊。她期待着许有什么非常的事情。

"干什么呀?"门一闭上之后,她就喊道。

尼古拉·阿尔捷米耶维奇冷冷地扫了安娜·瓦西里耶夫娜一眼。

"没有什么特别的;您怎么马上就装出那种受罪的样子来啦?"他开始说,每说一个字都完全不必要地撇一下嘴。"我只是要预先警告您,今儿有个生客要在我们这儿吃饭。"

"谁呀?"

"库尔纳托夫斯基,叶戈尔·安德烈耶维奇。您不认识他。枢密院主任秘书。"

"他今儿到我们这儿来吃饭?"

"是。"

"就是为了跟我说这个,您就把所有的人都打发出去?"

尼古拉·阿尔捷米耶维奇又扫了安娜·瓦西里耶夫娜一眼——这一回,却带着讽刺的意味。

"那就叫您奇怪? 请稍等一等,再奇怪也不迟。"

他沉默了。安娜·瓦西里耶夫娜也沉默了一会。

"我倒很想。"她刚要开始说话……

"我知道,您一向都把我当作个'不道德'的人。"尼古拉·阿尔捷米耶维奇突然也开始说道。

"我!"安娜·瓦西里耶夫娜嗫嚅着,吃了一惊。

"也许,您是对的。我并不想否认,事实上,有时候,我的确给了您对我不满的正当理由('我的灰马哟!'忽然闪过安娜·瓦西里耶夫娜的头脑),可是,您,您自己也得承认,您当然也知道,像您那样的体质……"

"可是,我也并没埋怨您呢,尼古拉·阿尔捷米耶维奇。"

"C'est possible.①无论如何,我并没替我自己辩护的意思。时

---

① 法语:也许吧。

间会替我辩护的。可是,我认为我有义务向您证明:我知道我的责任所在,并且,我也知道怎样来顾全……顾全家庭的……那委托在我身上的家庭的……幸福。"

"说这些话是什么意思呢?"安娜·瓦西里耶夫娜想着。(她当然不知道,前晚在英吉利俱乐部吸烟室的一角里,关于俄国人缺乏演说才能的问题曾经引起过一场辩论。"我们中间有谁会演说呢?请举出一个来吧!"辩论者之一这么叫道。"哪,比方说,咱们就有斯塔霍夫。"另一个这么回答,还指了指尼古拉·阿尔捷米耶维奇;那时,他正站在旁边,高兴得差点大声叫出来。)

"比方说吧,"尼古拉·阿尔捷米耶维奇继续说,"就说我的女儿叶连娜。您不以为她已经到了应该在人生的路上采取决定步骤的时候……我是说,到了该当结婚的时候了。所有这些不着边际的空谈呀,慈善行为呀,好,固然是好,可是,总该有个限度,有个年龄的限制。到了她这样的年纪,也该摆脱掉那些虚无缥缈的东西,抛开那些什么艺术家呀、学者呀,以及黑山人①之流,像别人一样生活才是。"

"叫我怎样来理解您的话呢?"安娜·瓦西里耶夫娜问。

"唔,那么,就请您好好儿听着好了,"尼古拉·阿尔捷米耶维奇回答说,仍旧把嘴角拉了下来,"我可以明明白白地,不用绕弯儿地告诉您:我认识了,我接近了这位青年人——库尔纳托夫斯基先生,我希望,他可以做我的女婿。我胆敢这样想,当您看见他以后,您就决不会怨我有所偏爱,或者判断轻率。(尼古拉·阿尔捷米耶维奇一边说,一边得意自己的雄辩。)他受过极优良的教育,帝国贵族法学院毕业,人品极好,三十三岁,主任秘书,六品文官,颈子上挂的是斯坦尼斯拉夫勋章。您,我希望,总会平心静气地承认,我并不是那种丧心病狂,只想高攀的pères de comédie②之类的人;可是,您自己就跟我说过,叶连娜·尼古拉耶夫娜是喜欢实际的、有作为的人:那么,首先,叶戈尔·安德烈耶维奇在自己的事业上,就正是个顶有作为的能手;而在另一方面,我的女

---

① 此处系指英沙罗夫。
② 法语:喜剧里的父亲。

儿是醉心慷慨的行动的:那么,您就得知道,叶戈尔·安德烈耶维奇,当他一有了单靠自己的薪金就能过活的可能性——请您注意,可能性——的时候,他就马上,为了他的兄弟们的利益着想,把他父亲规定每年给他的那一笔钱,全都不要了。"

"他父亲是谁呀?"安娜·瓦西里耶夫娜问。

"他父亲?他父亲也是个在自己的事业上挺出名的人物,德高望重,un vrai stoïcien,①大概是一位已经退役的少校,是 Б 伯爵所有的领地的经管人。"

"啊!"安娜·瓦西里耶夫娜脱口叫起来。

"啊!啊什么?"尼古拉·阿尔捷米耶维奇插嘴说。"您可是抱有什么成见?"

"唉,我什么也没有说呢。"安娜·瓦西里耶夫娜反驳说。

"不,您说过;您说:'啊'……可是,无论怎样,我考虑再三,认为有把我的想法预先告诉您的必要,并且,我敢于认为……我敢于希望,我们该 à bras ouverts② 接待库尔纳托夫斯基先生。他可不是那种没有来历的黑山人。"

"当然哪;我只要把厨子万卡叫来,叫他多预备两样菜就是啦。"

"您明白,我可不管那些。"尼古拉·阿尔捷米耶维奇说着,站起来,戴上帽子,一面吹着口哨(他听什么人说过,只有在别墅里或者在跑马场里,才可以吹口哨),到花园里散步去了。舒宾从自己房间的小窗里望见他,就默默地向他伸了伸舌头。

在四点差十分的时候,一辆出租马车来到斯塔霍夫家别墅的阶前。一位先生,年纪还轻,仪表不俗,衣着大方而精致,走下车来,命令仆人前去通报。这就是叶戈尔·安德烈耶维奇·库尔纳托夫斯基。

翌日,在叶连娜给英沙罗夫的信里,除了别的话以外,写了下面的话:

---

① 法语:一位真正的斯多噶派。(斯多噶派为古代奴隶占有制社会的一个哲学派别,转意为"坚忍不拔的人"。)
② 法语:非常热烈地。

祝贺我吧,亲爱的德米特里,我有个求婚的人啦。他昨天在我们这儿吃饭;我猜想,是爸爸在英吉利俱乐部里认识了他,把他请来的。当然,昨儿,他并不是以一个求婚者的身份到我们家来的。可是,善良的妈妈(爸爸已经把自己的希望告诉了她)却在我耳边偷偷地告诉了我这位客人的来历。他名叫叶戈尔·安德烈耶维奇·库尔纳托夫斯基;现任枢密院主任秘书。首先,我给你描写一下他的风采吧:身材中等,比你稍矮,风度甚佳;五官端正,头发剪得很短,连鬓胡子。眼睛不大(跟你的一样),褐色,灵活;口扁阔;眼睛里和嘴唇上,常有照例的微笑,好像在做着例行的公事。举止大方,说话也清楚,在他身上一切好像都十分准确;行动,谈笑,饮食,也全像在办公事。"她把他研究得多么仔细啊!"也许,这时候,你是在这么想吧。是的;不研究清楚,怎样好来给你描写呢?况且,怎么能不研究自己的求婚人呢?在他身上有着钢铁般的……同时又是迟钝的、空虚的东西——并且,也很像个正人君子;据说,他的确是个正人君子呢。你,好像也是钢铁般的;可是,你却跟他不同。席间,他坐在我旁边,舒宾坐在我们对面。最初,谈话是关于商业经营一类的事情;据说,他对于企业经营很内行,曾经为了去经营一个大工厂,几乎弃官不为。可惜,他并没有当真这样做!舒宾于是谈起戏剧;库尔纳托夫斯基先生就宣称(我得承认,他这么宣称,是全无虚伪的谦抑的),他对于艺术之类的事情一窍不通。这使我想起你来……可是,我又想道:不啊,德米特里和我对艺术的无知,是和这位先生大不相同的。这位先生好像就是说:"我不懂艺术,而艺术也并不是必要的,可是,在一个秩序良好的国家里,艺术呢,却也可以容许。"然而,对于彼得堡社会和那般 comme il faut①,他又好像不大看得上眼:他有一次甚至称自己为一个无产者。我们,他说道,我们是劳动者! 我想道:如果德米特里说了这样的话,我就会不高兴的;可是,对于这一位呢,我且让他去说,让他去吹吧! 他对我很殷勤,可是,我总觉得,这好像是一位很大很

---

① 法语:体面人。

大的官儿,在对我屈尊地谈话呢。当他想要称赞某人的时候,他总说,某某是一个知法度的人——这是他的口头禅。他好像很自信,勤勉,也能自我牺牲(你瞧,我该是公正无私的吧?),那就是说,能够牺牲自己的利益;可是,他终归是个大大的专制魔王。落到他的手里,那就够苦的啦! 在席上,他们谈到了贿赂的事……

"我也知道,"他说,"在许多场合,受贿的人实在没有罪,因为,他也是没有办法。可是,如果被发觉了,也还是应当加以无情的惩治。"

我喊道:"惩治一个无罪的人!"

"是的;为了原则的缘故。"

"什么原则呀?"舒宾问。

库尔纳托夫斯基像是恼了,又像是吃惊,只是说:

"那不用解释。"

爸爸好像是崇拜他的,就插嘴说:当然不用呀;可遗憾的是,谈话到这儿就打住了。晚间,别尔谢涅夫来了,和他展开了一场剧烈的辩论。我从来也没有见过我们的善良的安德烈·彼得罗维奇像那样激动过。其实,库尔纳托夫斯基先生也完全没有否认科学、大学等等的作用,可是,我还是了解安德烈·彼得罗维奇的愤懑的。那位先生把这一切全看作体操之类的玩意儿。饭后,舒宾到我这儿来,跟我说:"这儿的这位和那另外的一位(他从来就不肯直说你的名字)都是讲求实际的人,可是,请看吧,多么不相同呀!那一位有着真实的、活的、献给生活的理想;可是,这一位呢,连义务感也没有,只是官僚气的正派,和什么内容也没有的事业心罢了。"舒宾真聪明,我记住了他的话,好来告诉你。可是,在我看来,你们中间有什么相同的呢?你有信念,那一位,可没有,因为,一个人是不能仅仅信仰自己的。

他直到很晚才走;可是妈妈却还来得及告诉我,说那位先生很喜欢我,爸爸因此也喜欢得了不得……我可不知道他可曾说过我是个"知法度"的女子? 我差不多要告诉妈妈,说我真是抱歉得很,因为我已经有个丈夫啦。爸爸为什么那么不高兴你呢? 妈妈那方面,我想我们不久就有办法了……

啊,我的亲爱的!我这么不厌其详地给你描写这位先生,只是为了抑制我的苦恼。没有你,我不能生活;我不断地看见你,听见你……我期待着跟你见面,不过不是在我们家里,像你所打算的那样——想想吧,那会叫我们多么不安心、不痛快!——可是,你当然知道,我写信告诉过你——就在那个小树林里……啊,我亲爱的人!我多么爱你啊!

二十三

库尔纳托夫斯基第一次拜访之后,又过了三个星期。使得叶连娜极为喜欢的是,安娜·瓦西里耶夫娜这时已经回到莫斯科,回到普列契斯金卡附近她的大木屋里来了:这屋子有廊柱,每扇窗上饰有白色的竖琴和花束,有阁楼,有仆舍,屋前有花园,有一块宽大的草坪,坪上有一口井,井边有一间狗屋。安娜·瓦西里耶夫娜历年没有这么早就离开别墅的,可是,这一年,在初秋的第一息凉风吹来之际,她就牙痛起来;尼古拉·阿尔捷米耶维奇呢,在他这方面,因为治疗已经完毕,也就开始想念起妻子来,况且,奥古斯丁娜·赫里斯季安诺夫娜已到列维尔去看自己的表妹去了;同时,有一个外国家族来到了莫斯科,正在表演什么优美体操造型 des poses plastiques,《莫斯科新闻》上关于他们的描写,也大大地引起了安娜·瓦西里耶夫娜的好奇心。总之,在别墅里再住下去,是诸般不便的,而用尼古拉·阿尔捷米耶维奇的话来说,则是和他的"原定计划"的执行根本不能两立。别墅生活的最后两星期,叶连娜觉得分外悠长。库尔纳托夫斯基来过两次,都在星期日;在平时,他是忙不过来的。他本是为叶连娜而来的,可是,多半却和卓娅谈话。卓娅是非常欢喜他的。"Das ist ein Mann!①"当她看着他那微黑的、丈

---

① 德语:这才是真正的男子汉!

夫气的面孔,听着他那自信的、谦而不卑的谈话的时候,她就不断这么寻思着。在她看来,谁也没有那么美妙无比的声音,谁也不能像他那样漂亮地说:"我真荣幸"或者"我真高兴极啦"。英沙罗夫没有到斯塔霍夫家来过,可是,叶连娜却按照自己所安排的,在莫斯科河畔的小树林里和他秘密约会过一次。他们只能匆匆忙忙交换很少几句话。舒宾陪着安娜·瓦西里耶夫娜回到莫斯科;别尔谢涅夫几日之后也回到了城里。

英沙罗夫正坐在自己房里,第三次地研读着那些从保加利亚"捎来"的书信:他们不放心把书信从邮局寄递。这些信使他大为不安。在东欧,事件发展得异常迅速;俄国军队占领诸公国①,使得所有的人心震动;风暴是在酝酿着了,即将临近的、不可避免的战争的呼吸,已经可以感到。燎原的大火已经开始燃烧了,谁也不能预见它会扩张到什么程度,止于怎样的地方;古昔的愤怨,久怀的希望——所有一切全都开始骚动了。英沙罗夫的心也猛烈地跳着:他的希望也快要实现了。"可是,这不是太快了么?不会落空么?"他想着,紧紧地握住拳头。"我们还没有准备好呢。可是,由它去吧!我得出发了。"

门外传来轻微的窸窣声,门突然开了——叶连娜走进房来。

英沙罗夫全身战栗,抢上前去,在她面前跪下来,抱住她的腰,把头紧紧地贴住她的身体。

"你没有想到我会来吧?"她喘息地说(她是急急忙忙跑上楼来的)。"啊,我亲爱的!我的亲人!"她两手抱住他的头,又向四周望了望。"你就住在这儿呀?我一下子就找到你啦。你的房东的女儿引我来的。我们前天到。我本想给你写信,可是,我又想不如我亲自来。我在你这儿只能待一刻钟。起来,把门关好。"

他站起来,急急把门关好,又回到她面前,握住她的手。他说不出话;他因为欢喜而窒息了。她微笑地望着他的眼睛……那双眼睛里闪着怎样幸福的光辉啊!……她感觉害羞了。

---

① 即所谓处于土耳其统治下的"多瑙河诸公国"的摩尔达维亚与瓦拉几亚,在历次俄土战争中,均为两军所必争。一八五三年六月,克里木战争前夕,俄国戈尔卡科夫亲王率兵进入两公国,次年退出。

"等一等,"她说着,温柔地把手抽了回来,"让我把帽子脱下来吧。"

她解了帽带,把帽子扔到一边,从肩头卸下披肩,理了理头发,于是坐到那个旧的小沙发上。英沙罗夫看着她,一动也不动,好像入了迷。

"坐下。"她说,并不抬起眼睛来望他,只是指向她的身旁。

英沙罗夫坐下来,可不是坐到沙发上,却坐在她的脚前。

"来,给我把手套脱了吧。"她不安地说。她开始感到惶恐。

他开始为她解纽扣,然后,开始脱下一只手套来,可是,在脱到一半的时候,他却把嘴唇狂热地吻在她那纤细的、温柔的、洁白的手腕上了。

叶连娜战抖了,想用另一只手把他挡开,他却也在那另一只手上吻起来。叶连娜把手缩回,他抬起头来,她望了望他的脸,就弯下身——他们的嘴唇就互相接触了……

一瞬间过去了……她挣脱开来,站起身,低低地喃喃道:"不,不。"——于是,急忙走向写字台。

"我是这儿的主妇啦,那么,你就不能有什么秘密瞒我,"她说着,极力装作平静,背对着他站着,"多少文件呀!这都是些什么信?"

英沙罗夫皱了皱眉。

"这些信么?"他说着,站起来。"你可以看。"

叶连娜把信拿在手里翻动起来。

"这么许多,字又写得这么小,可我马上就得回去……让它们去吧!该不是我的情敌写来的吧,呃?……啊,不是用俄文写的呢。"她把那一页页的薄纸翻着,又这样补充说。

英沙罗夫走到她身边,温柔地抚着她的腰身。她急忙转过身来,快活地对她一笑,就偎在他的肩上了。

"这些信是从保加利亚来的,叶连娜;我的朋友们写信给我,召唤我回去。"

"现在?到他们那儿去?"

"是的……现在。趁着还来得及,还可能通过的时候。"

突然,她用两手抱住他的颈项。

"你会带我一道儿去的,是吗?"

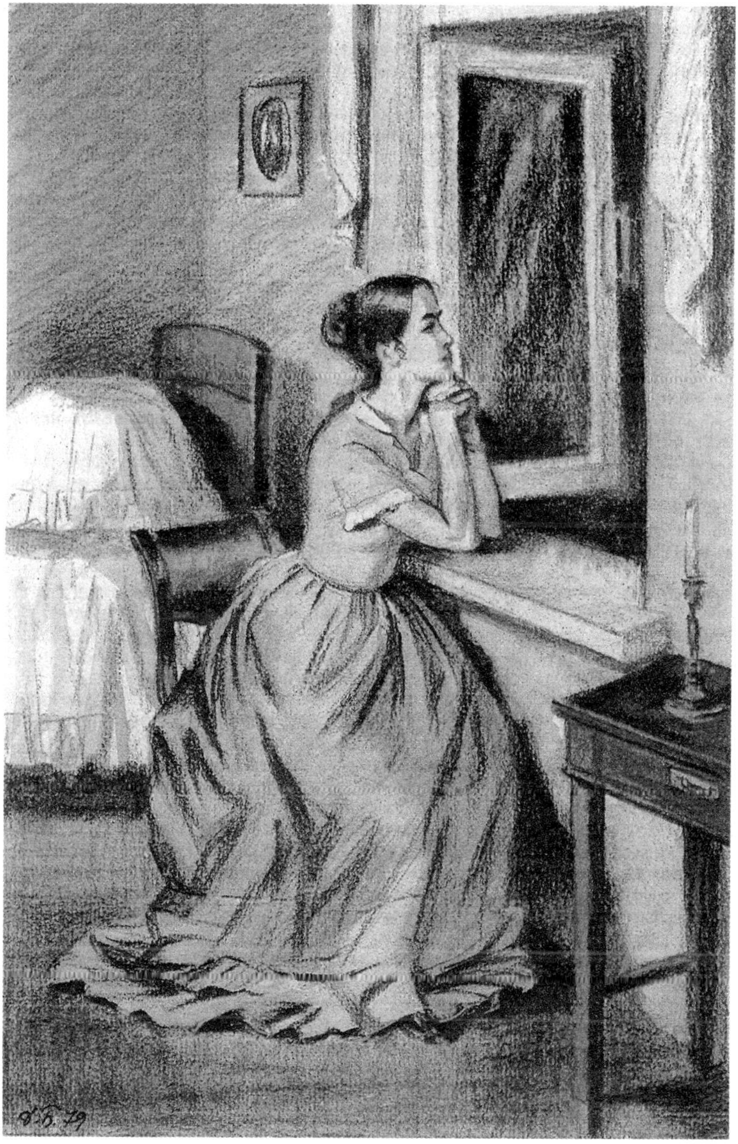

他把她拥到了胸前。

"啊,我亲爱的姑娘,啊,我的女英雄,你怎么说出这样的话!可是,在我,我,一个无家的、孤零零的男人,把你拖着跟我走,那不是罪孽,不是发疯么?……况且,是去怎样的地方啊!"

她掩住他的口。

"嘘……别说啦!……要不,我会生气啦,再也不来看你啦。怎么,咱们不是什么都说妥啦?什么全决定啦?难道我不是你的妻子么?妻子能跟丈夫分开么?"

"妻子们可不上战场呢。"他有些悲伤地微笑着说。

"是的,在她们能够留在后方的时候。可是,我能留在这儿么?"

"叶连娜,你真是个天使!……可是,你想想吧,也许,我不得不离开莫斯科……过两个星期。我再也顾不了我的大学学程,也顾不得完成我的工作了。"

"什么,"叶连娜截断他的话,"你马上就要走么?如果你愿意,我此刻就留在这儿,此刻,现在,就永远跟你一块儿,再也不回家去,好吗?我们马上就动身,好吗?"

英沙罗夫以加倍的热情,把她拥抱在自己怀里。

"愿上帝惩罚我吧,"他叫道,"如果我做的是有罪的事。从今天起,我们是永远合而为一了!"

"我就留下么?"叶连娜问。

"不,我纯洁的姑娘;不,我的宝贝。今天,你还该回家去,但是要随时准备着。事情不是转眼就能办妥的;我们得周密地筹划一下。我们需要钱,需要一张护照……"

"我有钱,"叶连娜截断他的话,"八十卢布。"

"唔,那不算多,"英沙罗夫沉吟着,"可是,不管多少,都有用。"

"我还能筹一些。我可以借,我可以求妈妈……不,我不高兴跟妈妈要……可是,我可以卖掉我的表……我还有耳环,两只手镯……和花边。"

"钱还不是主要的,叶连娜;护照,你的护照,怎么办呢?"

"是的,怎么办呢?可是,护照是绝对必要的么?"

"绝对。"

叶连娜微微笑了。

"我有个多么奇怪的想法呀！我记得,在我很小的时候……我们家有个婢女跑掉了。她给捉了回来,结果是饶了她,后来,还在我们家住了很久……可是,大家还是管她叫偷逃的塔季扬娜。那时候,我再也没想到我自己也会像她似的偷跑的呢。"

"叶连娜,你不害羞?"

"为什么? 当然,有护照,那就更好。可是,如果不能……"

"我们慢慢地、慢慢地设法吧,稍为等一等,"英沙罗夫说,"只是让我考虑考虑,想一想。我们俩得把什么都全盘商量过。钱,我也有的。"

叶连娜掠了掠落到他额前的头发。

"啊,德米特里! 两个人一道儿走,该多么快乐啊!"

"是的,"英沙罗夫说,"可是,那边,当我们到达了以后……"

"怎么样?"叶连娜截断他的话,"两个人一道儿死,不也是快乐的么? 啊,不,我们为什么要死呢? 我们会活着,我们还年轻。你多大? 二十六?"

"二十六。"

"我还只二十。在我们前面,还有很多很多的日子。啊! 你不是想逃开我的么? 你不要俄国人的爱,你这保加利亚佬! 我倒要瞧瞧你现在还能逃到哪儿去! 可是,要是那时候我不去找你,我们现在就怎样了呢?"

"叶连娜,你知道是什么在驱使我走开?"

"我知道;你爱,可是你又怕。可是当真,你没有看出我也爱着你的么?"

"我发誓,叶连娜,我一点也没有看出。"

她给了他一个迅速的、猛不提防的亲吻。

"哪,我也爱你这一点。好啦,再见吧。"

"你不能再留一会儿么?"英沙罗夫问。

"不能,我亲爱的。你以为我一个人跑出来容易么? 一刻钟老早过啦。"她披上披肩,戴上帽子。"明天晚上到我们家来吧。不,后天。我们会觉得拘束,不痛快,可是那是没有办法的;至少,我们可以见见面。再见。让我走吧。"他最后一次拥抱了她。"哎!瞧,你把我的表链子也弄断了。笨手笨脚的孩子呀!没有关系。这样更好。我可以到库兹涅茨基桥去,把它放在那儿修理。他们要是问我,我就可以说我到库兹涅茨基桥去了。"她握住门把。"啊,我忘了告诉你:库尔纳托夫斯基先生,多一半,这一两天就会向我求婚啦。可是,我会回他一个……这个。"她把左手的拇指搁在鼻子尖上,另外的手指临空挥了两挥。"再见吧。回头见。现在,我可认识路啦……可是,你可别耽搁时间啊……"

叶连娜把门开了一道隙缝,听了听,回头看了看英沙罗夫,点了点头,就一闪身溜出去了。

英沙罗夫在那扇关着的门前站了一会儿,也谛听着。下面,通向庭院的门砰然响了一声。于是,他走到沙发跟前坐下来,用手掩住眼睛。这样的情形,在他是从来不曾有过的。"我怎么配得上这样的爱情呢?"他想着。"莫非是一个梦?"

可是,叶连娜在他的寒伧、阴暗的小房间里留下的木樨的幽香,却分明说她的确来过。和这幽香一起,那青春的声音,那轻盈的、青春的脚步声,那年轻的、少女的身体的温暖和蓬勃的朝气,也好像还在空气里荡漾着呢。

二十四

英沙罗夫决定等候更确切的消息,并且开始做动身的准备。事情是很困难的。就他个人来说,本来没有什么阻碍:他只需申请一张护照就行——可是,叶连娜怎么办呢?要用合法的手续替她弄到护照,那是不可能的。跟她秘密结婚,然后再去见她的双亲……"那么,他们就会放我们走了,"他想。"可是,万一他们不肯?我们一样可以走。可是,万一他们提出控告……万一……不,还是设法弄一张护照的好。"

他决定去求教(当然,并不说出确切的姓名来)他的一位相识,一位退职的,或者不如说撤职的检查官,这人,对于所有各种秘密的勾当,是个富有经验的老手。这位可敬的先生住得不近;英沙罗夫在一辆很糟的马车里颠簸了整整一小时,这才到达他的住处,可是,更糟的是,他偏偏不在家;在归途上,他碰上了倾盆的骤雨,全身给雨淋得透湿。次晨,英沙罗夫不顾厉害的头痛,第二次拜访了那位退职的检察官。退职检察官注意地听着,一面从他那画有大乳房仙女的鼻烟壶里闻着鼻烟,用他那狡猾的、也是鼻烟色的小眼睛偷瞟着来客;他一直听完,于是要求"更确切的事实陈述";而当他觉察到英沙罗夫不愿说出底细来时(连到这里来,在英沙罗夫也是万般不得已),他就只忠告他,首先,最要紧的,要用那"能通神的物事①"把自己装备起来,他并且请他再来一次,"当您,"他补充说,从那敞开的鼻烟壶里又闻了闻鼻烟,"当您肯开诚相见,而不是疑惑多端的时候。(他说话的腔调是很特别的。)护照嘛,"他又好像在对自己说似的,"那不是不能想办法的,比方说,您去旅行;谁还管您是什么玛丽亚·布列季欣娜,还是卡罗利娜·福格尔梅耶尔呀?"一种憎嫌的感情涌上英沙罗夫心头,可是,他却谢过检察官,并且答应一两日内再来。

当晚,他去到斯塔霍夫家。安娜·瓦西里耶夫娜亲切地接待了他,稍稍责备他不该把她们完全忘掉,并且,见他面色苍白,也特别问到他的健康;尼古拉·阿尔捷米耶维奇一句话也没有和他交谈,只以一种若有所思而又毫不介意的好奇望着他;舒宾对他很冷淡,可是叶连娜的态度却使他惊讶了。她本是期待着他的;她为他穿上了他们在教堂相会的时候她穿过的那件衣裳;可是她却是那么平静地欢迎了他,态度是那么亲切、从容而又愉快,无论谁看着她,都不会相信这少女的命运是已经决定了的,也不会知道正是因为暗自意识到幸福的爱情,她的面容才变得生动,她的举止变得轻快和富有魅力。她代替卓娅斟茶,她说笑,闲谈;她知道舒宾会注意她,也知道英沙罗夫是不会戴上面具,不会

---

① 指钱。

假装若无其事的,所以她就预先把自己武装起来了。她果然没有错:舒宾的眼睛一直没有离开过她,而英沙罗夫,在那一晚,也特别沉默而且抑郁。叶连娜感到那么幸福,她禁不住想来撩逗一下英沙罗夫了。

"啊,怎么样呢?"她突然对他说,"您的计划进行得怎么样啦?"

英沙罗夫慌张起来。

"什么计划?"他说。

"怎么?难道您忘啦?"她说着,对他笑了;只有他一个人明白那幸福的笑是什么意思。"您为俄国人选的保加利亚文选呀!"

"Quelle bourde!"尼古拉·阿尔捷米耶维奇含糊不清地、喃喃地说。

卓娅坐到钢琴旁边去了。叶连娜微微耸了耸肩膀,就把眼睛向门边一瞟,好像是示意给英沙罗夫,催他回去。后来,她用手指轻轻地敲了两次桌子,把眼睛注视着他。他了解她是约他两天以后相见;当她知道他了解了她以后,她就闪出一抹匆匆的微笑。英沙罗夫起身告辞;他感到身体不舒服。库尔纳托夫斯基来了。尼古拉·阿尔捷米耶维奇跳起来,把右手举过头,然后把手轻轻地落到主任秘书的手掌里。英沙罗夫又留了一下,看看自己的情敌。叶连娜偷偷地、狡黠地点了点头;主人觉得没有把两位客人互相介绍的必要,于是,英沙罗夫和叶连娜交换了最后一次的谛视以后,就走掉了。舒宾沉思着,沉思着——忽然之间,就和库尔纳托夫斯基激烈地争论起一个法律问题来了,对于这问题,他其实是一无所知的。

英沙罗夫整晚不曾入睡,到早晨,就感觉病了;可是,他仍然忙着整理文件和写信,只是他的头却感觉沉重而且混乱。在午餐的时候,他开始发起烧来:他什么也吃不下。到傍晚,热度急剧地增加了,浑身骨节酸痛,头痛欲裂。英沙罗夫在叶连娜不多时以前曾经坐过的那张沙发上躺下;他想:"我是活该受罚啦!干吗要跑去找那老滑头呢?"他努力想使自己入睡……可是,病魔却已经把他整个攫到自己手里。他的血管疯狂地搏动着,血液如火般燃烧,思想好像飞鸟似的不断回旋。他已经沉入昏迷状态了。他好像给人劈面打翻了似的躺着,而突然,他又觉得谁在他耳边轻轻地笑,窃窃地私语;他奋力睁开眼睛,不曾剪心的蜡烛的光焰尖刀一般地对着他的眼睛刺来……唔,是什么呀?老检察官在他的榻前,穿着东方的丝质绣袍,腰间还系着一条绣花手绢,正像昨天他看见的那样……"卡罗利娜·福格尔梅耶尔。"那瘪嘴似乎这样喃喃地说。英沙罗夫再一凝视,老人却扩大了,膨胀了,伸长了,他已经不是一个人,却成了一棵树……英沙罗夫得攀上那蟠龙似的树枝。他攀着攀着,却一交跌下来,胸脯正碰在一块尖刀似的石上。卡罗利娜·福格尔梅耶尔正蹲在那儿呢,好像一个女小贩,正在含含糊糊地喊道:"馅儿饼,馅儿饼哟,买馅儿饼哟!"——血流和剑影不断闪耀起来……叶连娜!……于是,一切消逝在一团血红色的雾里。

二十五

"有个家伙,像个锁匠什么的,到咱们这儿来啦,"次日傍晚,别尔谢涅夫的仆人对他这么报告说(这个仆人,是以对主人严厉和生性多疑而出名的),"他要见您。"

"请他进来。"别尔谢涅夫说。

"锁匠"进来了。别尔谢涅夫认出这原来就是那位裁缝,英沙罗夫的房东。

"做什么?"别尔谢涅夫问他。

"我到您老爷这儿来,"裁缝开始说,两只脚缓慢地左右移动着,不时摆着右手,用三个手指头抓住自己的衣袖,"因为,我们那位房客哩,嗯,嗯,病得很厉害。"

"英沙罗夫?"

"着,我们的房客。谁知道怎么回事呢,昨儿早起,还好好的,晚间呢,只要了点儿水喝,我家里的给他送了点儿水去,可是,夜里呢,就说起胡话来啦,我们听见的,因为我们只隔一层薄板;今儿早起,就不会说话啦,木头似的躺着,烧得凶呢。我的天!我想,哪哪,他准会死啦,那么,我们就得报告警察去。因为,您知道,他是个单身人儿;可是我家里的,哪,她说:'到那位老爷那儿去吧,那位,我们这位在那儿住别墅的那位,说不定那位老爷会有个主意,也许会自家儿来的。'那么,我就到您老爷这儿来啦,因为,我们不能够,那就是说……"

别尔谢涅夫抓起帽子,塞了一个卢布到那裁缝的手里,就和他急急赶到英沙罗夫的寓所来了。

他发现他躺在沙发上,人事不知,衣裳也没有脱掉。他的面孔可怕地改变了。别尔谢涅夫立刻吩咐房东夫妇替他把衣服脱掉,把他安置到床上去,自己急忙跑去找了医生来。医生立刻处了方:水蛭、芥子膏、甘汞,同时,吩咐放血。

"他病得很危险么?"别尔谢涅夫问。

"是的,非常危险,"医生回答,"最厉害的肺炎,炎症已经完全发展,脑子或许受到了影响,可是,病人还年轻。只是,他本身的元气此刻对他已经没有什么好处。你们找我找得太迟;可是,我们总得依着科学所指示的,一件件去做。"

医生自己还是个青年人,相信科学。

别尔谢涅夫当晚就留在那里过夜。主人夫妇原来都是善心的人,并且,一经有人告诉他们怎么做之后,他们甚至变得很能干了。一位助理医生来了,于是,开始做治疗上的处理。

快到早晨,英沙罗夫清醒了几分钟,认出别尔谢涅夫来,问道:"我好像是病啦?"于是,以病危的人特有的钝滞、疲倦而迷惘的眼睛四周望望,就又陷入昏迷状态。别尔谢涅夫回家换过衣服,带了几本书,再回到英沙罗夫的寓所里来。他决定至少暂时留在那里。他把英沙罗夫的床用屏风隔开,给自己在沙发旁边理出一个小小的安身的地方。那一天,是过得不愉快、也不迅速的。别尔谢涅夫除了进食以外,不曾离开房间。夜晚来了。他燃起一根蜡烛,罩起来,开始读一本书。周围,全是岑寂的。从间壁后面主人的房里,时而传出压抑的私语,时而传出一声呵欠,时而传出一声叹息……其中一个打喷嚏,另一个则低声地斥责他;屏风后面,可以听见病人沉重的、不均匀的呼吸,中间有时间隔着一声短促的呻吟和头部在枕上不安地转侧的声音……奇怪的幻想在别尔谢涅夫心里涌着。他想着,在这房里,有一个人,生命有如将断的线,而这人,他知道,正是叶连娜爱着的……他记得那一晚,舒宾曾追上来告诉他说她是爱着他,爱着他别尔谢涅夫的!而现在呢……"我现在该怎么办呢?"他问自己,"让叶连娜知道他的病?或者等一等?这消息会比前次我告诉她的那一个更令她伤心;命运是多么奇怪地安排我来做他们中间的中介人呀!"他决定,等一等是更妥当的。他的目光落到那个堆满文件的桌上……"他能实现他的计划?"别尔谢涅夫想着。"难道这一切竟会变成泡影?"于是,他心里对那将被摧毁的年轻的生命不禁充满了悲悯,他给自己发了誓要把它拯救出来……

那是个不安的夜晚。病人不断发着谵语。几次,别尔谢涅夫从自己的小沙发上爬起来,踮着脚走到病人床边,忧愁地听着那不连续的、模糊的呓语。只有一回,英沙罗夫忽然清楚地说道:"我不要,我不要,你不能……"别尔谢涅夫怔了一怔,凝望着英沙罗夫;那受苦的死一般的面孔,全无活动,两手也正无力地摊着……"我不要,"他几乎是听不见地重复说。

医生清早就来了,摇了摇头,重新处了方。

"离开转机还远着呢。"他说着,就戴上了帽子。

"转机以后呢?"别尔谢涅夫问。

"转机以后?那只有两个前途:aut Caesar, aut nihil.①"

医生走了。别尔谢涅夫在街上徘徊了几转:他感到需要新鲜空气。随后,他回到房里,又拿起一本书来。岁墨尔他早已读完;现在,他在研究格罗特②了。

突然,房门轻轻地响了,房东的小女儿,照旧包着一块太大的头巾,小心翼翼地伸进头来。

"哈,"她小声说道,"前回给了我十戈比的小姐,来啦……"

小女孩的脑袋忽然不见,代替她的,是叶连娜来到了房里。

别尔谢涅夫好像给什么蜇了一下,跳起来;可是,叶连娜却不曾动弹,也不曾喊叫……好像是,在一刹那间,她已经什么都明白了。可怕

---

① 拉丁语:或是恺撒,或是毁灭。
② 格罗特(1794—1871),英国历史学家,为《希腊史》的著者。

的苍白笼罩了她整个的面颜;她走向屏风去,向里面望了望,抬了抬手,就好像变成化石了。如果再过一瞬间,她也许就会向英沙罗夫扑过去,可是别尔谢涅夫拦住了她。

"您做什么?"他以战栗的低声说道,"您这样也许会送他的命!"

她摇晃着。他把她扶向沙发,让她坐下来。

她直直地望着他的脸,用眼睛从头到脚扫了他一过,最后,就凝视着地下了。

"他会死吗?"她的声音是那么冷淡而且平静,别尔谢涅夫不禁吃了一惊。

"为了上帝的缘故,叶连娜·尼古拉耶夫娜,"他开始说,"您说什么呀?他病啦,那是事实——病得相当危险……可是我们可以救他的;我可以给您保证。"

"他已经没有知觉了吗?"她又问,声音还是和以前一样冷静。

"是的,现在,是昏过去了……这种病,开始总是这样的;可是,那没有关系,没有关系的——我给您保证。喝点儿水吧。"

她抬起眼来看着他,他知道,她并没有听见他的回答。

"如果他死了,"她说,仍然用那同样的声音,"我也会死的。"

在这时候,英沙罗夫发出一声微弱的呻吟;她全身颤抖了,抓住自己的头,于是,开始解帽带。

"您这是做什么?"别尔谢涅夫问她。

她没有回答。

"您要做什么?"他又问。

"我要留在这里。"

"怎么?……久留么?"

"我不知道,也许整天,整晚,永远……我不知道。"

"为了上帝的缘故,叶连娜·尼古拉耶夫娜,克制您自己一点儿吧。当然,我绝对没有料到会在这儿见到您;可是,我仍然……我料想,您是只能在这儿待一个很短的时间的。请您想一想,您家里的人会发觉您不在……"

"那算什么?"

"他们会寻您……找您……"

"那又怎样?"

"叶连娜·尼古拉耶夫娜!您瞧……现在他不能保护您呢。"

她垂下头来,好像沉入了深思,于是把手绢举向唇边,痉挛的啜泣就以暴风雨一般的力量从她的胸怀猝然迸发了……她把脸伏向沙发,想把哭声窒塞,可是,她的全身却像一只刚被捉住的鸟儿似的,战栗着而且起伏着了。

"叶连娜·尼古拉耶夫娜……为了上帝的缘故……"别尔谢涅夫不断向她重复说。

"啊!那是什么?"忽然,英沙罗夫的声音响了。

叶连娜抬起身来,别尔谢涅夫生了根似的呆住了……一会儿以后,他走近床边……英沙罗夫的头仍和以前一样,无力地躺在枕上;他的眼睛闭着。

"他是在说胡话么?"叶连娜嗫嚅着说。

"好像是的,"别尔谢涅夫回答,"可是,这是没有关系的;这种病往往这样,尤其是……"

"他什么时候病起的?"叶连娜截断了他的话。

"前天;我从昨天起就过来啦。信任我吧,叶连娜·尼古拉耶夫娜。我决不会离开他;我们会用尽所有的方法。如果必要,我们可以来一次会诊。"

"我不在的时候他会死掉的啊。"她叫起来,扭着两手。

"我负责答应您每天给您报告他的病情,倘若真有什么急迫的危险……"

"请给我发誓,那时候您会立刻叫我来,无论白天或者夜晚;直接给我写个条子……现在,我什么也不怕了。您可听见?您答应您会这么做么?"

"凭上帝,我答应。"

"请您发誓。"

"我发誓。"

她突然抓住他的手,在他还来不及把手缩回之前,她已经在那手上吻着了。

"叶连娜·尼古拉耶夫娜……您,您这是做什么……"他嗫嚅着。

"不……不……那是不必要的……"英沙罗夫模糊地、喃喃地说,接着,是一声沉重的叹息。

叶连娜走近屏风,牙齿紧咬手绢,久久地凝视着病人。无言的眼泪从她的颊上滚下来。

"叶连娜·尼古拉耶夫娜,"别尔谢涅夫对她说道,"他也许会醒过来,认出了您;谁也不知道那对他的病好不好。况且,我看,医生随时会来……"

叶连娜从沙发上拿起帽子戴上,又停下来。她的眼睛悲哀地瞟了房间一转。她似乎是在回忆……

"我不能走。"她终于低语说。

别尔谢涅夫握紧她的手。

"坚强一些吧,"他说,"镇静一些;您已经把他交给了我。我今晚就来看您。"

叶连娜望了他一眼,说道:"哦,我善良的朋友!"于是啜泣起来,冲出房去。

别尔谢涅夫倚着房门。一种悲哀的、苦痛的、然而同时不无奇妙的安慰的情感,拥塞在他的心头。"我善良的朋友。"他想了一想,于是,耸了耸肩。

"谁来啦?"英沙罗夫的声音响了。

别尔谢涅夫走上前去。

"是我,德米特里·尼卡诺雷奇。您怎么啦?您感觉怎样?"

"只有您?"病人问道。

"只有我。"

"她呢?"

"哪一个她?"别尔谢涅夫几乎是恐怖地说。

英沙罗夫沉默了。

"木樨香。"他喃喃地低声说,又闭上了眼睛。

二十六

整整八天,英沙罗夫挣扎于生与死的界点。医生,作为一个青年人,对于重病人很关心,不断前来诊视。舒宾听到英沙罗夫的危险情况,来探望过几次;他的同胞——保加利亚人——也来过;就中,别尔谢涅夫认出了那两位曾以自己不意的别墅拜访使他迷惘过的奇怪人物;他们全都表示着真挚的同情,有几个还自愿代替别尔谢涅夫看护病人,可是他却记着他对叶连娜的诺言,一概谢绝了。他每天去看她,并且给她偷偷地报告病情的每一细节——有时是口头的,有时,用一封短简。她是以怎样悬虑的心情期待着他的啊!她是怎样地听着他,询问着他的啊!她总想亲自来探望英沙罗夫;可是别尔谢涅夫却恳求她不要这样做:英沙罗夫是很少一人独在的。在知道英沙罗夫病倒的第一天,她自己也几乎病倒了;一回家来,她就把自己关在自己的房间里;可是,别人却请她下来用午餐,当她出现在餐室里的时候,她的脸色使安娜·瓦西里耶夫娜大大地吃了一惊,硬要送她到床上去。然而,叶连娜却终于能够控制自己了。"如果他死了,"她再三思忖着,"我也就完了。"这一思想使她平静下来,也给了她力量,使她可以装作冷静。也没有人来怎么麻烦她:安娜·瓦西里耶夫娜为着自己的牙痛忙个不了;舒宾在发狂地工作;卓娅也变得忧郁起来了,正在热心地读着维特①;尼古拉·阿尔捷米耶维奇对于"学者"的频频访问深为不满,尤其因为他关于库尔纳托夫斯基的"预定计划"简直毫无进展:那位讲求实际的主任秘书于是也摸不着头脑,只有等待机会了。叶连娜对别尔谢涅夫甚至连一句感谢的话也没有说过:对于有些帮助,感谢不独令人羞愧,而且令人觉得可怕。只有一次,当她和他第四次会晤的时候(前一晚,英沙罗夫的情况十分恶化,医生已经暗示该来一次会诊)——只在那时,她才向他

---

① 即歌德的小说《少年维特之烦恼》。

提到了他的诺言。"好吧,那么,我们一道儿走吧。"他对她说。她站起来,正预备整装。可是他又说:"不,我们且等明天再看。"在傍晚的时候,英沙罗夫的病势竟减轻下来。

这样的苦难延长了八天。叶连娜表面是平静的,可是她什么也不能吃,夜晚也不能睡。她全身感到一种隐隐的酸痛;在她的头脑里,似乎充满了干燥的、燃烧着的青烟。"我们小姐蜡烛似的消瘦了呢。"她的婢女这样说她。

终于,在第九天上,危机大致过去了。叶连娜正在客厅里,坐在安娜·瓦西里耶夫娜身旁,给母亲念《莫斯科新闻》;她自己也不知道在做什么,别尔谢涅夫进来了。叶连娜望了他一眼,(每一次,她投给他的那最初的一瞥,都是多么迅速、多么胆怯、多么深沉而又多么不安啊!)于是马上猜到他是带着好消息来了。他在微笑呢;他微微向她点了点头;她站起来,迎接他。

"他清醒了,他得救了,一星期以后他就会完全好了。"他对她低声说。

叶连娜伸出手来,像是防备挨打似的,但她什么也没有说,只是她的嘴唇颤栗了,一阵红晕笼罩了她的整个面庞。别尔谢涅夫和安娜·瓦西里耶夫娜谈起话来,叶连娜则回到了自己的私室,跪下来,祈祷着,感谢上帝……轻松的、欢快的泪珠从她的眼里流出来。她突然感到极度疲劳,把头偎到枕上,喃喃地说:"可怜的安德烈·彼得罗维奇!"她的睫毛和颊上还濡渍着泪花,她就沉沉睡去了。这是许久以来她第一次的睡眠,也是第一次的眼泪。

二十七

别尔谢涅夫的话却只实现了一部分:危险果然过去了,可是英沙罗夫的元气却恢复得很慢,据医生说,他的整个机体都经受了深而广的震动。然而病人却不顾这一切,已经离开病榻,开始在房间里走动;别尔谢涅夫也迁回自己的寓所,可是仍然每天过来,看望他的仍然虚弱的朋友,并和以前一样,每天给叶连娜报告病人的健康情况。英沙罗夫不敢给叶连娜写信,只在和别尔谢涅夫谈话的时候间接地提到她;而别尔谢涅夫则以假装的不介意,说到他自己常到斯塔霍夫家去,并且,他努力让他知道:叶连娜曾经深深地痛苦过,可是现在却平静多了。叶连娜也没有给英沙罗夫写信;她有她自己的打算。

一天,别尔谢涅夫刚刚欢欢喜喜地告诉她,说医生已经许可英沙罗夫吃牛肉饼,并且,也许,不久之后他就可以出外行走了——这时,她却变得沉思起来,垂下了眼睑……

"猜猜,我要跟您说什么?"她说。

别尔谢涅夫惶乱起来。他明白她。

"我想,"他回答着,把眼睛转到一边,"您是想说,您要见他。"

叶连娜的脸红了,她以一种几乎难以听见的声音嗫嚅道:

"是的。"

"唔,这有什么呢? 我想,对于您,这是十分容易做到的。"——"呸!"他自己寻思着,"我心里怀着怎样可憎的感情啊!"

"您是说,我以前已……"叶连娜说,"可是我害怕……您说他那儿多半总有人。"

"那也不成什么问题,"别尔谢涅夫回答,仍然不看她。"当然,我也不便预先通知他;可是,写封信给我带去吧。谁能阻止您写封信给他……给您关心的、要好的朋友呢? 那是没有什么可以指摘的……约定一个时间……就是说,您写信告诉他,您什么时候要去……"

"我不好意思呢。"叶连娜低声说。

"把信给我吧,我给您带去。"

"那倒不必,可是,我要求您……请别恼我,安德烈·彼得罗维奇……我要求您:明儿别上他那儿去!"

别尔谢涅夫咬了咬嘴唇。

"啊! 对啦,我明白啦,很好,很好。"于是,又接着说了一两句话之后,就匆匆告辞了。

"那就更好,那就更好啦,"在急急赶回家去的途中,他这样想,"我什么新的情况也没有知道,可是,这样更好,更好!我为什么要把自己沾附在别人的巢边呢?我什么也不后悔,我照着我的良心的吩咐做了应做的事,可是,现在,够啦!让他们去吧!看起来,我父亲是有道理的,他就常常给我说道:'我和你,我亲爱的孩子,我们不是爱奢侈享乐的人,我们不是贵族,也不是命运和造物的宠儿,我们甚至也不是殉道者——我们只是劳动者,劳动者,劳动者。穿起你的皮围裙吧,劳动者,站到你工作的车床旁边去,到你的黑暗的作坊里去吧!让阳光去照耀别的人吧!我们的暗淡的生活也自有它自己的骄傲和自己的幸福呢!'"

次晨,英沙罗夫从邮局收到一个短简。"等着我,"叶连娜写道,"谢绝所有的客人。安·彼·不会来的。"

二十八

英沙罗夫读过叶连娜的短简以后,马上整理房间,请房东主妇把药瓶拿走,脱下寝衣,穿上上衣。因为虚弱与欢喜,他的头眩晕,心也猛烈地跳着。他的膝头打颤;他于是沉到沙发里,开始看表。"现在是十二点差一刻呢,"他自语着,"在十二点以前她是决不能来的;这一刻钟我想点儿别的事情吧,不然,我会支持不住啦。在十二点以前,她是不可能来的……"

门开了,随着一阵绸衣裳的轻微窸窣声,叶连娜进来了,整个地苍白、新鲜、年轻,而且幸福;一声微弱的欢呼以后,她就投向了他的怀抱。

"你还活着,你是我的。"她不断重复着,拥抱着他,抚摸着他的头。他几乎昏迷了;这样的接近,这样的爱抚,这样的幸福,使他的呼吸几乎窒息。

她坐到他身旁,紧紧地偎依着他,开始用欢笑的、爱抚的、温存的、只能闪耀在有了爱情的女性的眼里的目光,凝视着他。

忽然,她的脸阴沉下来。

"你变得多么瘦啊,我可怜的德米特里,"她说着,一面用手抚摸他的颈项,"你的胡子多长哟!"

"你,也瘦了呢,我可怜的叶连娜。"他回答说,用嘴唇捉捕着她的手指。

她快乐地把发卷摇了一摇。

"那是没有关系的。你瞧着,我们很快就会复元的!风暴已经过去啦,正跟那天我们在教堂里相会的时候一样:它已经吹过去啦,消灭啦。现在,我们要开始生活啦。"

他只是用一个微笑回答她。

"啊,我们过了些怎样的日子呀,德米特里,是怎样残酷的日子哟!如果一个人失去了所爱的人,他怎么能活呢!每一回,我都预先知道安德烈·彼得罗维奇会来告诉我怎样的消息,真的,我知道;我的生命也好像跟着你的一道儿升上去,一道儿沉下来呢。啊,欢迎你的生还呀,我的德米特里!"

他不知对她说什么好。他只想把自己投到她的脚前。

"我也观察到,"她继续说,把头发甩向脑后,"这一向,闲着的时候,我作过许多的观察——我看出来,当一个人非常、非常不幸的时候,他是以怎样愚蠢的注意力来观察周围的一切啊!真的,我有时就许久许久呆呆地盯着一只苍蝇,可是,在我心里却感觉到多么寒冷和恐怖!可是,这全都过去啦,过去啦,对吗?未来,一切都是光明的,不是吗?"

"你就是我的未来,"英沙罗夫回答说,"就是我的光明。"

"我也是一样啊!你可记得,那一回我来你这儿的时候……不是上一次,不,不是上一次,"她重复说,不自主地战栗了,"是我跟你谈话的那一次,我不知为什么说到死;我真想不到,就在那时候,死广正在那里窥伺着我们呢。可是,现在,你已经好啦,不是吗?"

"我好多了,我已经差不多全好了。"

"你好啦,你没有死。啊,我是多么幸福!"

接着是短暂的沉默。

"叶连娜?"英沙罗夫询问地说。

"什么,我最亲爱的?"

"告诉我,你难道从来没有想到过,这病,是作为一种惩罚,临到我们身上来的么?"

叶连娜严肃地注视着他。

"那种思想我的确有过的,德米特里。可是,我想:为什么我该受惩罚呢? 我违反了什么义务,我对谁作下了什么罪孽呢? 也许我的良心和别人的不同,可是,我是问心无愧的;或许,我在你面前是有罪的吧? 我妨碍了你,我拖累了你……"

"你并没有拖累我,叶连娜,我们会一块儿走。"

"是的,德米特里,我们一块儿走吧,我会跟着你……那是我的义务。我爱你……我不知道我还有别的义务。"

"哦,叶连娜!"英沙罗夫说道,"你的每一个字,都用怎样的锁链牢牢地锁住了我啊!"

"为什么说锁链呢?"她打断他的话,"我们是自由人,你和我。是的,"她继续说,沉思地注视着地下,一只手仍然抚摸着他的头发,"近来,我体验过许多事情,这全是我以前连想也没有想过的! 以前,如果有谁对我说,我,一个有教养的年轻小姐,会假托各种各样的口实,一个人从家里跑出来,并且,是跑到怎样的地方去呢? 跑到一个青年男人的寓所去!——那么,我准会多么生气啊! 可是,现在,果真发生了这样的事情,我可一点儿也不感到生气。上帝见证,我一点儿也不呢!"她又说,转向英沙罗夫。

他以那么一种近于崇拜的表情望着她,使得她把自己的手从他的发上轻轻地垂了下来,掩住了他的眼睛。

"德米特里!"她又开始说道,"当然,你还不知道,我来看过你,你在那儿,躺在那可怕的床上……我看过你,你已经落在死神的爪子里,人事不知……"

"你看过我?"

"是的。"

他沉默了一会儿。

"别尔谢涅夫也在?"

她点了点头。

英沙罗夫偎到她肩上。

"哦,叶连娜!"他喃喃地说,"我没有勇气看你了。"

"为什么?安德烈·彼得罗维奇是那么善良!我在他面前是不害羞的。我有什么可以害羞的呢?我可以告诉整个世界我是属于你的……况且,对于安德烈·彼得罗维奇,我是兄弟般信任的。"

"他救了我!"英沙罗夫说道,"他是人间最崇高、最善良的人!"

"是的……并且,你可知道,所有一切,我也全该感谢他呢。你可知道,第一个告诉我,说你爱我的,就是他!啊,如果我能把所有的事全给你说一遍啊……是的,他是个最崇高的人。"

英沙罗夫凝神地注视着叶连娜。

"他很爱你,是不是?"

叶连娜垂下眼睛。

"他的确爱着我。"她低低地说。

英沙罗夫把她的手热烈地握住了。

"哦,你们俄国人,"他说,"你们全有着纯金般的心田!他,他看护我,他晚间不睡……你,你,我的天使……没有抱怨,没有动摇……这,全为了我,为了我!……"

"是的,是的,全为了你,因为,他们爱你。啊,德米特里!多么奇怪啊!大概,从前我已经给你说过——可是,没有关系,我高兴再说一遍,你也会高兴再听一遍的——当我第一次看见你的时候……"

"你眼里怎么有眼泪了呢?"英沙罗夫打断她的话。

"眼泪?我的眼里?"她用手绢揩了揩眼睛。"哦,傻孩子!他还不知道,人们为着幸福也可以流泪呢。我给你说吧:当我第一次看见你的时候,我看你并没有什么特别,真的。我记得,最先,舒宾倒很叫我感到兴趣,虽然我从来也没有爱过他;至于安德烈·彼得罗维奇呢——哦!有一个时候,我曾这样想过:我期待的难道就是他?可是,对于你呢——我什么也没有感觉过;只是……慢慢地……慢慢地……你就用双手把我的心紧紧地抓去啦!"

"你饶了我吧。"英沙罗夫说。他想站起来,可是,马上又沉到沙发里了。

"你怎么样了?"叶连娜焦急地问。

"没有什么……我还有些软弱……我受不住这样的幸福。"

"那么,安静些坐着吧。敢动一动,不许兴奋,"她补充说,假装用指头威吓他,"干吗就把睡衣脱了?这时候就打扮得漂漂亮亮,公子哥儿似的,还太早呢。坐下,我给你讲讲故事。听着,别响。病刚好就多说话,是不好的。"

她开始跟他谈舒宾,谈库尔纳托夫斯基,谈这两星期她做了些什么,谈到战争,据报纸看来,战争好像是不可避免,那么,在他一经完全复元之后,他就该不耽误一刻时光,准备他们启程……她跟他说着这一切,一直坐在他的身旁,偎依在他的肩上……

他听着她,听着,面色一时发白,一时发红。几次,他想要止住她——突然,他直起身子来。

"叶连娜,"他对她说,声音是那么奇怪而生硬,"请离开我,去吧。"

"什么?"她迷惘地回答,"你觉得不舒服?"她急忙又说。

"不……我很好……可是,请离开我,我求你。"

"我不明白你。你赶我走么?……你这是做什么?"她突然叫道;他已经从沙发上俯下身来,几乎触到地面,把嘴唇贴在她的脚上。"别那样,德米特里……德米特里……"

他抬起身来。

"那么,请离开我吧!你瞧,叶连娜,当我病倒的时候,我还没有立刻就失掉知觉,我知道我是站在毁灭的边缘;就是在我发烧、在我谵语的时候,我也朦胧地意识到,那是死亡正在向我走来,我已经跟生命、跟你、跟一切告了永别,我已经放弃了任何希望……可是,这突然的死里回生,这黑暗之后的光明,而你……你……就在我的身旁,和我同在……你的声音,你的呼吸……这叫我受不住!我觉得我狂热地爱着你,我听着你亲口说你是我的,可是我却不能给你回答……请……请走吧!"

"德米特里!……"叶连娜低声喃喃着,把头藏到他的胸前。直到现在,她才了解他。

"叶连娜,"他继续说,"我爱你,你是知道的,我可以为你舍弃我的生命……可是,你为什么在这个时候,当我还是这么软弱、当我还不能控制我自己、当我的血液这么沸腾着的时候,赶到我这儿来呢?……你说,你是我的……你爱我……"

"德米特里。"她重复说,她的面颊整个地羞红了,在他的胸前偎得更紧。

"叶连娜,怜悯我吧——去!我觉得我会死的……我受不了这样的激动……我的整个灵魂渴慕着你……想想吧,死亡几乎把我们分开……可是,现在,你是在这里,在我的怀里……叶连娜。……"

她的全身战栗了。

"那么,你就接受我吧……"她几乎是听不见地低声说……

二十九

尼古拉·阿尔捷米耶维奇在自己的书斋里,绷着脸,来回踱着;舒宾坐在窗前,跷着腿,悠然地吸着雪茄。

"请别这么从这个角落踱到那个角落吧,"他说道,把烟灰从雪茄上敲下来,"我一直在等着您说话呢,我这么一直跟着您晃,连脖子都晃酸啦。况且,您这么走来走去,也真有点太紧张,太过火啦。"

"除了开玩笑,你就再也不会点儿别的,"尼古拉·阿尔捷米耶维奇回答,"你就不肯替我设身处地想想;你就干脆不想明白我已经习惯了那个女人,简直就是离不开她,少了她我就只有苦恼。这儿已经是十月,眼看就是冬天啦……她到底死待在列维尔干什么呢?"

"她准在织袜子……为她自个儿;为自个儿呢——可不是为您。"

"笑吧,尽管笑……可是,我得告诉你,我再也没有见过像她那样的女人。那么诚实,那么不自私自利……"

"她把那支票兑现了没有?"舒宾问。

"那么不自私自利,"尼古拉·阿尔捷米耶维奇重复说,提高了嗓子,"那真叫人惊叹!有人告诉我说,世界上有千千万万别的女人;可是我告诉他说:拿那千千万万来给我瞧;我说:把那千千万万拿来给我瞧:ces femmes—qu'on me les montre!① 可是,她就是一个劲儿不写信来,这真急死人!"

"您真像毕达哥拉斯②一样雄辩啦,"舒宾说,"可是您可知道,我要给您个什么忠告?"

"什么忠告?"

"当奥古斯丁娜·赫里斯季安诺夫娜回来的时候……您懂得我的意思吗?"

"嗯,是的……那怎么样呢?"

"当您看见她的时候……您可明白我的意思?"

"嗯,是的,不错。就怎么样?"

"就揍她一顿。看看怎样?"

尼古拉·阿尔捷米耶维奇愤然转过身去。

"我当他真会给我什么切实的忠告呢。可是,从他又能指望什么好的来! 一个艺术家呢,没法度的家伙……"

"没法度……哪,听说,您那挺得意的库尔纳托夫斯基先生,那位挺有法度的人,昨晚可剥了您整整一百银卢布呢。那可不算客气啦,您得承认。"

"那算什么? 我们打的是规矩牌。当然,我原来希望……可是,这屋子里的这些人可就不知道怎样去赏识这么个人物……"

"所以他就想着:'管它的呢!'"舒宾插嘴道,"'岳丈大人不岳丈大人,那还是个未定之数,可是,一百卢布对于一个不受贿赂的人,可就是个不小的实惠哪。'"

"岳丈大人? ……我是个什么鬼的岳丈大人哪? Vous rêvez, mon cher.③ 当然,任凭是个什么别的女子,有这么个男人来求婚,也该够喜欢的啦。你来评评吧:精明强干,一手打出么一个天下来,身兼两省要职……"

---

① 法语:把那些女人拿来给我看!
② 毕达哥拉斯(公元前6世纪),古希腊思想家、宗教和政治活动家、数学家。
③ 法语:你在说梦话呢,我亲爱的。

"把一省之长的鼻子牵着走。"舒宾补充说道。

"那也很不假。当然,那也是不能不然的。实事求是,又有手腕……"

"又是打牌的好手。"舒宾又说。

"唔,不错,的确也是打牌的好手。可是,叶连娜·尼古拉耶夫娜……谁能摸得透她?我倒很想知道,有谁高兴来试试,来琢磨琢磨她到底在想些什么?今儿个她欢欢喜喜,到明儿,可又阴阴沉沉啦;一忽儿,变得那么瘦,叫人看也不想看她一眼,可是,一转眼,又忽然复了元——所有这些,全没有任何明显的来由……"

一个长相难看的仆人用托盘端来一杯咖啡,一些奶油和方块白糖。

"做父亲的看中了女婿,"尼古拉·阿尔捷米耶维奇继续说,把糖戳碎了一块,"可这和女儿有什么相干呀!在往日,家长制的时代,倒全都很好,可是如今呢,我们把这全都改变过来啦。Nous avons changé tout ça. 这如今的时代,年纪轻轻的小姐,高兴跟谁说话就跟谁说话,高兴读什么书就读什么书;不带仆人也不带婢女,竟也能一个人在莫斯科满街跑,就跟在巴黎一样啊!而这呢,好像全成了不成文的法律!前不久,我问道:叶连娜·尼古拉耶夫娜到哪儿去啦?回答是:小姐出去啦。到哪儿去啦?谁也不知道。这难道——成体统吗?"

"请用您的咖啡,早点儿让用人下去吧,"舒宾说道,"您自己不是说过,不应该 devant les domestiques……"他又低声补充说。

仆人斜着眼把舒宾偷偷望了望,尼古拉·阿尔捷米耶维奇则端起杯子,加上了一些奶油,又抓过十多块方糖来。

"我要说的是,"仆人一走,他又开始说,"在这个家里,简直就没有人把我放在眼里——如是而已。因为,这如今哪,谁都根据外表来看人:比方,有的人,本来无聊、糊涂,可是,要是装得俨然凛然呢——自然就有人尊敬他;同时,另外的人呢,实在,也许抱有绝大的才能……能做一番大事……可是,因为他自己谦虚……"

"您当真以为您是个大政治家吗,尼古林卡①?"舒宾用一种嘲笑的

---

① 尼古拉的小名。

声音说。

"别跟我来你那丑角腔儿!"尼古拉·阿尔捷米耶维奇愤然叫道。"你简直忘了上下!这,又可以证明我在这个家里不算什么,简直不算什么!"

"安娜·瓦西里耶夫娜还虐待您呢……可怜的人!"舒宾说着,伸了伸懒腰,"啊,尼古拉·阿尔捷米耶维奇,我们可真是一对罪人哪!您最好给安娜·瓦西里耶夫娜准备点儿什么小礼物吧。明后天就是她的生日,您知道,就是您的一点点儿殷勤小意思,她也是多么珍重的。"

"是的,是的,"尼古拉·阿尔捷米耶维奇急忙说道,"你提醒我这个,倒叫我十分感激。当然,当然;一定的。我现有个小玩意儿:一只小别针,前儿个在罗森施特罗哈买的;可是,真的,我不知道,这能行吗?"

"您大概是为那另外的一位,在列维尔的那一位,买的吧?"

"那是……我……真的……我原想……"

"啊,既然那么着,当然行啦。"

舒宾从椅子上站起来。

"今儿晚上我们到哪儿去逛逛呢,帕维尔·雅科夫列维奇,啊?"尼古拉·阿尔捷米耶维奇斜着眼,蔼然问。

"啊?您不是要到俱乐部去么?"

"俱乐部以后呢……我是说,俱乐部以后呢。"

舒宾又伸了一个懒腰。

"对不起,尼古拉·阿尔捷米耶维奇,我明儿还得工作。下回再说吧。"说着,他就出去了。

尼古拉·阿尔捷米耶维奇皱了皱眉,在房间里来回走了两次,于是,从橱里拿出一只天鹅绒小匣子,里面就盛着那只"小别针";他把那别针看了很久,又用丝手绢将它擦了擦。于是,他坐在镜子前面,细心地梳了自己的密而黑的头发,以一种凛然的表情把头一时偏左,一时偏右,舌头抵着腮帮子,眼睛一直盯着发上的分线。有人在他身后咳嗽了一声:他回头一看,原来是刚刚送过咖啡的仆人。

"做什么?"他问他。

"尼古拉·阿尔捷米耶维奇!"仆人俨乎其然地说道,"您是我们老爷!"

"这我知道;怎么样?"

"尼古拉·阿尔捷米耶维奇!您老爷别生我的气;可是,我,从小就给您当差,因为敬爱老爷,我就不得不给您报告……"

"什么?"

仆人感到踌躇了。

"老爷刚刚说,"他开始说,"刚刚说您不知道叶连娜·尼古拉耶夫娜,不知道小姐到哪儿去啦。小的,可是知道的。"

"你在撒什么谎,你这笨蛋?!"

"随老爷您的便;三天前,我可是看见我们小姐走进一处房子里去的。"

"在哪儿?什么?什么房子?"

"波瓦尔街附近…… * *胡同。离这儿不远。小的也问过看门的人:都是谁住在这儿呀?"

尼古拉·阿尔捷米耶维奇顿起脚来。

"住口,流氓!你怎么敢?……叶连娜·尼古拉耶夫娜一片善心,去探望那儿的穷人;你,你……滚,笨蛋。"

吃惊的仆人朝门口跑去。

"站住!"尼古拉·阿尔捷米耶维奇叫道,"看门的人跟你说什么来?"

"哦,他没……没说什么……他说,一个大……大学生……"

"住嘴,流氓!听着,坏蛋:你敢响一声,敢对任何人……就是在梦里……"

"饶了我吧……"

"住口!如果你漏了口风……要是谁……要是给我听见……就是到地底下你也别想逃!听见没有?滚!"

仆人走开了。

"天哪,仁慈的上帝!这是怎么回事!"仆人走后,尼古拉·阿尔捷米耶维奇独自寻思着,"那笨蛋告诉我的是什么事呀!呢?可是,我得调查出那是个什么地方,是谁住在那里。我得亲自去一趟。竟到了这样的地步呀! ……Un laquais! Quelle humiliation!①"

于是,尼古拉·阿尔捷米耶维奇高声地重复了一回"Un laquais!"以后,就把别针仍然锁回到橱里,到安娜·瓦西里耶夫娜这边来。他发觉她正躺在床上,脸上缚着绷带。可是,她那受苦的样儿却更激起他的怒火,他很快就把夫人弄得涕泪交流了。

三十

同时,酝酿在东欧的风暴,终于爆发了。土耳其对俄国宣了战;诸公国的撤退期限已经满了;昔奴魄大战就在目前。② 英沙罗夫最近接到的信件,全都召唤他火速返回祖国。他的健康还没有复元:他咳嗽,感觉虚弱,时发低烧,可是,他却几乎整天不在家里。他的灵魂燃烧起来了;他再也不能顾及自己的病弱。他不断地在莫斯科奔走,秘密地会见各种人,整晚写信,整天不见人回来;他已经通知房东,说他不久就要离开,并且已经预先把他那些简陋的家具送给了他们。叶连娜,在她这一方面,也做着启程的准备。在一个下雨的傍晚,她正坐在自己的房里缝一些手绢的饰边,一面不自主地以沉郁的心情听着风声的怒吼。她的婢女进来了,告诉她说:她爸爸正在妈妈的寝室里,叫她立刻过那边去……"您妈哭着呢,"她对正要过去的叶连娜低声说,"您爸爸在发脾气……"

叶连娜微微耸了耸肩,就来到安娜·瓦西里耶夫娜的寝室。尼古拉·阿尔捷米耶维奇的善良的妻子正斜倚在一张躺椅上,嗅着洒了香水的手巾;家主自己,则站在壁炉旁边,上衣的纽子一直扣到喉际,戴的是高而硬的领结,浆得硬挺的领子,从那神气活现的气派,可以隐隐看

---

① 法语:给下人看见呢! 多么丢脸!
② 一八五三年九月二十七日,土耳其政府要求俄国最高统帅部在两星期内从多瑙河诸公国撤兵。要求未得满足。同年十月,土耳其对俄宣战。十一月十八日,俄国舰队在纳希莫夫将军率领下,歼土耳其舰队于黑海南岸的昔奴魄。

出一位国会演说家的雄姿来。他以演说家的姿势摆了摆手,向女儿指着一把椅子,当女儿并不明白他的手势,只是询问地瞧着他的时候,他就连头也不回,威严地说道:"我请您坐下。"(尼古拉·阿尔捷米耶维奇对自己的妻子照例称您,对于女儿,却只有在非常的场合里才这么称呼的。)

叶连娜坐下来。

安娜·瓦西里耶夫娜眼泪汪汪,擤着鼻涕。尼古拉·阿尔捷米耶维奇把右手插进上衣的胸襟里。

"我叫您来,叶连娜·尼古拉耶夫娜,"在一阵颇长的沉默以后,他发言了,"是要跟您谈谈,或者,我们不如说,是要求您解释一下。我很不满意您,不,这样说还太婉和;您的行为令我——令我和您的母亲……您在这儿看见的您的母亲——感到痛苦和羞辱。"

尼古拉·阿尔捷米耶维奇沉住气,只用低音说。叶连娜默默地看了看他,又看看安娜·瓦西里耶夫娜,她的面色苍白了。

"曾经有过那么一个时代,"尼古拉·阿尔捷米耶维奇又开始说,"女儿对于自己的父母,是正眼也不敢望的;在那时代,双亲的权威可以使得不孝的女儿发抖。那种时代,不幸,是过去了;至少,有许多人以为是过去了;可是,请让我告诉您,就是如今,总也还有些法理存在,它们不许可……不许可……总之,总也还有些法理存在。我请您注意到这一点:总也还有些个法理……"

"可是,爸爸……"叶连娜刚刚要开始说。

"我请您不要打断我。让我们,在思想上,把过往回溯一下吧。我们,我和安娜·瓦西里耶夫娜,总算尽过我们的义务。我们,我和安娜·瓦西里耶夫娜,在您的教育上总算不遗余力;不惜花费,不辞操劳。您从所有这些操劳、这些花费里到底得到了什么,那是另一个问题;可是我想,我总有权利期望您……我和安娜·瓦西里耶夫娜总有权利期望您,至少,会把我们对您,我们惟一的女儿……所灌输的,que nous vous avons inculqués,那些道德原则,视为神圣不可侵犯。我们有权利认为,无论什么新'思潮'也不能跟那……跟那神圣的古训相抵触。可是,结果怎样呢?我现在所说的,并不是在您那种性别和年龄上所难以避免的轻率……可是,谁能料得到,您竟是忘形到了这样的地步……"

"爸爸,"叶连娜说道,"我知道您要说什么了……"

"不,你不知道我要说什么,"尼古拉·阿尔捷米耶维奇用极高的假嗓音喊道,他的议会演说家的丰姿,流利威严的演说辞以及低音的调子,不经意之间,全都不知道跑到哪儿去了;"你不知道,你这下贱的丫头……"

"为了上帝的缘故,Nicolas①,"安娜·瓦西里耶夫娜喃喃道,"Vous me faites mourir.②"

"请别说 que je vous fais mourir③,安娜·瓦西里耶夫娜!您简直想也想不出您马上会听到怎样的下文——顶难听的还在后头呢,我警告您!"

安娜·瓦西里耶夫娜差不多惊呆了。

"不,"尼古拉·阿尔捷米耶维奇继续说着,转向叶连娜,"你不知道我要跟你说什么!"

"我在您面前是该受责备的……"她开始说……

"哈,到底,是有那么回事呀!"

"您是该责备我的,"叶连娜继续说,"因为我没有早一些明白告诉您……"

"可是,你可知道,"尼古拉·阿尔捷米耶维奇打断她说,"我只要一个字就可以毁掉你!"

叶连娜抬起眼睛来,看着他。

"是的,小姐,是的,只要一个字!用不着那么给我瞪眼!(他把两手交叉在胸前。)我且问您,您可知道波瓦尔街附近,＊＊胡同里的一幢房子?您可是到那儿去过?(他顿起脚来。)回答我,下贱的丫头,别想跟我遮遮掩掩的!别人,别人,下人们,小姐,desvils laquais④瞧见您上那儿去过啦——上您那……"

---

① 法语:尼古拉。
② 法语:您会急死我啦。
③ 法语:我会急死您。
④ 法语:下贱的仆人们。

叶连娜的脸整个地红了,眼睛开始发起光来。

"我用不着跟您遮掩什么,"她说道,"是的,我去过那房子。"

"好极啦!您听见没有,您听见没有,安娜·瓦西里耶夫娜?那么,大概,您知道是谁住在那儿吧?"

"是的,我知道的:我的丈夫……"

尼古拉·阿尔捷米耶维奇的眼珠鼓出眼眶来了。

"你的……"

"我的丈夫,"叶连娜重复说,"我跟德米特里·尼卡诺雷奇·英沙罗夫结婚了。"

"你?……结婚了?……"安娜·瓦西里耶夫娜艰难地说。

"是的,妈妈……饶恕我。两星期以前我们秘密结婚的。"

安娜·瓦西里耶夫娜倒在自己的椅子里;尼古拉·阿尔捷米耶维奇倒退了两步。

"结婚了!跟那么个走江湖的、那么个黑山种结婚!贵族世家尼古拉·斯塔霍夫的女儿嫁给那么个流浪汉,那么个没有来历的东西!还不待双亲的祝福!你以为我就会轻轻放过?我就不会去告状去?我就会让你……让你们……我会把你送进修道院,把他送去服苦役,送到囚徒队里去!安娜·瓦西里耶夫娜,请您立刻告诉她:您取消了她的继承权!"

"尼古拉·阿尔捷米耶维奇,为了上帝的缘故。"安娜·瓦西里耶夫娜呻吟着。

"是什么时候,是怎么做出这种事来的呀?谁给你们行的婚礼呀?在哪儿呀?怎么个结婚法呀?啊,我的上帝呀!我们的朋友们会怎样说,社会上会怎样说啊!咳,你,无耻的伪善者,做了这种好事之后,你还有脸生活在你父母的屋顶底下!你就不怕……不怕天雷劈呀?"

"爸爸,"叶连娜说道(她是从头到脚,全身颤栗着了,可是她的声音却是镇定的),"您高兴把我怎样都行,可是,您不该骂我无耻,骂我伪善。我本不想……不想早早就叫您烦恼;可是,一两天内,我也会不得不自动把所有的事情完全告诉您的,因为,我们,我的丈夫跟我,在下星期就要离开这儿。"

"离开这儿？到哪儿去？"

"到他的祖国,保加利亚去。"

"到土耳其人那儿去哪!"安娜·瓦西里耶夫娜喊着,就晕过去了。

叶连娜急忙跑到母亲身边。

"走开!"尼古拉·阿尔捷米耶维奇怒吼着,抓住女儿的手臂,"你给我出去,不要脸的丫头!"

可是,正在这时,寝室的门开了,一张嵌着闪光的眼睛的苍白的脸,出现了;那正是舒宾。

"尼古拉·阿尔捷米耶维奇!"他尽着嗓子高喊道,"奥古斯丁娜·赫里斯季安诺夫娜来啦,她叫您去呀!"

尼古拉·阿尔捷米耶维奇怒不可遏地转过身来,把拳头对着舒宾威吓了一通,于是,静立了一会儿之后,就急忙溜出去了。

叶连娜伏到母亲脚前,抱着她的膝盖。

乌瓦尔·伊万诺维奇正躺在自己床上。一件无领衬衫,由一颗大纽子扣在他肥胖的颈上,堆成许多松阔的褶皱耷拉在他的女人似的乳房面前,刚好露出一个杉木的大十字架和一个避邪的护身香囊。一条薄毛毯盖住他肥硕的肢体。床头柜上,一支蜡烛在一杯克瓦斯旁边暗淡地燃着,在床上,在乌瓦尔·伊万诺维奇的脚头,非常颓丧地坐着舒宾。

"是的,"他沉思地说,"她结了婚,就准备走啦。您那位侄儿,嚷着,叫着,闹得个满屋皆知;他把自己关在他妻子的寝室里,原是为了保密,可是,不只是小厮们,丫头们,就是马夫们也全听得一清二楚啦!他现在还在那儿横冲直撞,闹着,咒着,差点刷我几个耳刮子;他是在那儿发他的家长的威风啦,就像一头发了疯的狗熊;可是,他是闹不出什么名堂来的。安娜·瓦西里耶夫娜可真给毁啦,可是,女儿要走开倒比女儿结婚更叫她伤心。"

乌瓦尔·伊万诺维奇扭了扭手指。

"做母亲的,"他说道,"唔……当然……"

"您那好侄儿,"舒宾继续说道,"扬言要到大主教、总督和总长衙门去告状,可是,结局总不外女儿一走完事。谁高兴毁掉亲生的女儿呢!他汪汪地叫过一阵,自然就会把尾巴耷拉下来的。"

"他们……也没有权利。"乌瓦尔·伊万诺维奇说着,从杯子里呷了一口克瓦斯。

"是呀,是呀。可是,在莫斯科,会掀起怎样的谣言、蜚语和闲话的大波啊!她可不怕这些……况且,她原是超乎这一切之上的。她要走了——走到怎样的地方去?连想一想也可怕!走到怎样的远方,怎样的荒野啊!是怎样的未来等待着她呢?我好像就看见她,在大风雪的夜晚,零下三十度的气候里,从冷清的驿站出发。她要离开她的祖国,离开她的家人了;可是,我是了解她的心情的。她丢在背后的尽是些什么人呢?她在这儿看见的尽是些什么人呢?库尔纳托夫斯基、别尔谢涅夫和不才我之辈;这还是这一批里优秀的呢。有什么可以遗憾的呢?只有一件却是糟糕的,听说她的丈夫——鬼知道,我这舌头好像怎么也卷不出这么个字眼儿来——听说英沙罗夫吐血;那可真糟糕透啦。前不久我见过他,那面孔,可以活脱塑出个布鲁图①来……您可知道布鲁图是谁吗,乌瓦尔·伊万诺维奇?"

"有什么知道不知道?总归是个人罢了。"

"一点儿也不错,是一个'人'。是的,他有一张了不起的面孔,可是不健康,很不健康。"

"打起仗来……倒没有关系。"乌瓦尔·伊万诺维奇说。

"打起仗来,倒没有关系,一点儿也不错;您今儿说话可特别公正起来啦;可是,对于生活,那可大有关系呀!并且,您知道,她和他是想着生活在一块儿的。"

"年轻人的事情嘛。"乌瓦尔·伊万诺维奇回答。

"对呀,年轻、光荣、勇敢的事情。死、生、斗争、败北、胜利、爱情、自由、祖国……好极啦,好极啦。仁慈的上帝呀,请您也把这些同样地赐给我们每一个人吧!这比齐颈脖埋在泥沼里,装作满不在乎,而实际上也的确满不在乎,是不大相同的呀。可是,在那里——弦是绷得紧紧

---

① 布鲁图(公元前85—前42),罗马政治家,反对恺撒的主谋者。

的啦:要响,就响得全世界都能听见,不然,就干脆绷断吧!"

舒宾把头垂到胸前。

"是的,"长久沉默之后,他又继续说,"英沙罗夫是配得上她的。可是,这是多么荒诞无稽呀! 谁也配不上她。英沙罗夫……英沙罗夫……干吗来这么一套虚伪的自谦呢? 是的,我们承认,他是个好青年,他站稳了自己的脚步,虽然直到目前,他也不见得比我们这班可怜的罪人们多做出一些什么事来;况且,难道说,我们就真是那种百无一用的废物么? 比方,就说我吧,乌瓦尔·伊万诺维奇,难道我就是那种废物? 难道上帝在各方面对我都是这么吝啬? 难道上帝就没有赋予我任何能力、任何才能? 谁知道,也许,在时间的进程里,帕维尔·舒宾的名字有一天也将成为光荣的名字吧? 您瞧,那儿,在您的桌上搁着一枚铜币。谁知道,有一天,也许,一百年之后,那枚铜币也许会成为那些感恩的后代为纪念帕维尔·舒宾而立的铜像的一部分呢?"

乌瓦尔·伊万诺维奇用手肘把自己撑起来,注视了好一会已经兴奋起来的艺术家。

"那还远着呢,"他终于说,照例扭了扭手指;"我们原是说着别人,可是你……你瞧……倒把自己扯进去了。"

"哦,俄罗斯国土的伟大的哲人!"舒宾叫道,"您的每一个字都有着纯金般的重量,铜像,不该给我,却该给您建立呀,我自己就来担任这个工程。哪,就照您现在躺着的这样子,就照着这个姿势,这叫人不明白主题到底是什么——是懒惰呢,或者是力量——我就把您这样塑出来。您是照准我的自私心和虚荣心作了一个公平的抨击了! 是的! 是的! 谈自己是没有用的,吹牛是没有用的。在我们中间,还没有一个人;任凭您朝哪儿看去,都找不出一个真正的人来。到处——不是小气鬼,就是胡混混,不是小哈姆雷特①,就是自我陶醉的英雄,或者,就是地底下的黑暗和混沌,不然,就是懒惰的空谈家,和木头木脑的鼓槌! 也还有像这样的人呢:他们可耻地不厌其烦地研究着自己,永远感觉着

---

① 莎士比亚的悲剧《哈姆雷特》的主人公。依屠格涅夫的意见,哈姆雷特是没有行动力的怀疑主义者的典型。

自己的情感的悸动,不断给自己报告道:'这,是我所感的哪;这,是我所想的哪。'多么有用的、聪明的事业!不!如果我们中间真有什么像样的人,那么,那个年轻的姑娘,那个敏感的灵魂,也就不至于把我们扔在脑后,不至于从我们这儿鱼一样地溜到水里去了!这是怎么回事呢,乌瓦尔·伊万诺维奇?我们的时代什么时候才能来?在我们中间,什么时候才能有人呢?"

"给我们一些时间,"乌瓦尔·伊万诺维奇回答道,"自然会有。"

"会有?哦,你俄罗斯的土壤!哦,你拥有强大威力的人!可是你说:会有?您瞧——我会把您的话记录下来的!可是,您为什么吹灭了蜡烛呢?"

"我要睡了。再见吧。"

三十一

舒宾的话是对的。叶连娜结婚的意想不到的消息,几乎断送了安娜·瓦西里耶夫娜的性命。她不能起床了。尼古拉·阿尔捷米耶维奇一定要她不让她的女儿到她面前来;他似乎是在趁这个机会大大地显一回他做家长的威风,一家之主的威严;他在家里不断吼叫着,不断对仆人们大发雷霆,不断说道:"我要让你们看看我的厉害,我要让你们知道知道——你们等着瞧吧!"当他在家的时候,安娜·瓦西里耶夫娜不能见到叶连娜,就只能以卓娅为满足;卓娅非常殷勤地伺候着她,同时却又不断地自己想道,"Diesen Insaroff vorziehen—und wem?"①可是,一当尼古拉·阿尔捷米耶维奇出去以后(这样的时候是很多的,因为奥古斯丁娜·赫里斯季安诺夫娜真的已经回来),叶连娜就仍然来到母亲跟前——母亲就噙着眼泪,许久许久,默默地凝视着她。这种无言的谴责,比之任何别的谴责,更深深地刺割着叶连娜的心;这时她并不

---

① 德语:竟选中了这个英沙罗夫——而放弃的又是谁呢?

感到忏悔,却感到一种近于忏悔的深深的、无际的怜悯。

"妈妈,亲爱的妈妈!"她不断地重复着,吻着母亲的手,"您叫我怎么办呢?别埋怨我,我爱了他,我没有法子不这样。请您抱怨命运吧:是命运把爸爸不喜欢的这么一个人跟我联系在一起了,并且,他还要把我从您这儿带走。"

"啊!"安娜·瓦西里耶夫娜打断了她的话,"别跟我提起这件事。我一想起你是要到怎样的地方去,我的心就要碎啦!"

"亲爱的妈妈,"叶连娜回答说,"您至少这样宽解宽解吧:如果不让我去,也许事情会更坏,也许我会死呢。"

"可是,就是这样,我也别想再看见你啦。不是你在那儿的什么茅棚子里把命送掉(安娜·瓦西里耶夫娜给自己描画出来的保加利亚的情况,是和西伯利亚的苔原不相上下的),就是我让这种别离活活地愁死……"

"别那么说吧,好妈妈,上帝可怜,我们日后也可以再见的。保加利亚那边,也有城市呢,跟我们这儿一样。"

"有什么城市,哼!那儿正打仗;遍地全轰着大炮……你打算马上就动身吗?"

"马上……只要爸爸……爸爸好像要去告状呢,他威吓要拆开我们。"

安娜·瓦西里耶夫娜举目望天。

"不,列诺奇卡,他不会告状的。我自己,无论怎样,原来也不肯答应这件亲事,宁可让我死掉;可是,木已成舟,也是无法,我不会让我的女儿当众丢脸的。"

几天工夫,就像这样过去了。终于,安娜·瓦西里耶夫娜鼓起了勇气:一天晚上,她和丈夫单独关在她自己的寝室里。整屋子里的人,全都沉住气,静听着。最初,什么也听不见;接着尼古拉·阿尔捷米耶维奇的声音开始响了;再接着,一场争吵爆发了,叫喊声也起来了,从中甚至可以听出安娜·瓦西里耶夫娜的呻吟……舒宾,率领着众婢女和卓娅,已经准备好冲将进去解围;可是,寝室里的叫闹声却渐渐低了下去,不久,就转为平静的谈话,终于,完全停止了。只间或还可以听见一二微弱的抽泣声,不久之后,连这也沉寂了。钥匙的铿锵声响起来,接着,是开箱子的声音……门开了,尼古拉·阿尔捷米耶维奇出现了。他对所看见的每一个人严厉地瞪了一眼之后,就跑到俱乐部去了;安娜·瓦西里耶夫娜把叶连娜叫来,紧紧抱住她,颊上流着悲酸的眼泪,一边说道:

"什么都妥啦,他不会闹得满城风雨啦,现在,没有什么会妨碍你走……妨碍你丢开我们啦。"

"您可以让德米特里来谢谢您么?"等母亲稍稍恢复平静以后,叶连娜问。

"等等,我的宝贝,我这会儿还没有好气看见那拆开我们娘儿们的人。在你们动身以前,有的是时间。"

"在我们动身以前。"叶连娜悲哀地重复说。

尼古拉·阿尔捷米耶维奇答应不去"闹得满城风雨";可是,安娜·瓦西里耶夫娜却没有告诉女儿,他这个诺言是标了个怎样的价钱。她没有告诉女儿,她不仅答应替他偿还一切债务,而且,还当场交给他一千银卢布。除此之外,他还决然对安娜·瓦西里耶夫娜声明,说他不愿意见英沙罗夫,他仍然一直管英沙罗夫叫做"黑山种";当他一到俱乐部以后,他就全无来由地和他的打牌的对手,一位退役的工兵将军,谈起叶连娜的婚事来了。"您可听说过,"他装出一种满不在乎的样子说道,"我的女儿,就因为学问渊博,和一个什么大学生结了婚呢。"将军从眼镜后面瞪了他一眼,哼了一声"哼!"就问他要打多大的注子。

三十二

离别的日子近了。十一月已经过去,最后的动身限期到了。英沙罗夫早已做好了一切准备,火烧般地焦灼着,想尽早离开莫斯科。医生也催他早日启程。"您需要温暖的气候,"他对他说,"您在这儿是不能恢复健康的。"叶连娜也一样充满着焦急;英沙罗夫的消瘦和他苍白的面颜,使她担心。望着他变了相的面孔,她往往不自主地感到恐怖。在父母家里,她的处境变得不可忍受了。母亲整日对她哭诉,好像哭死人似的,父亲则对她报以轻蔑的冷淡:已经临近的别离其实也暗暗地使他痛苦,可是,他觉得他有义务,被侮辱的父亲的义务,来隐藏自己的情感和自己的软弱。安娜·瓦西里耶夫娜终于表示想见一见英沙罗夫的意愿。他被悄悄地,从后门引到她的面前。当他进入她的房间,许久许久她还不能对他说话,她甚至连望也不能望他;他坐在她的安乐椅旁,以平静的恭敬等待她说出第一句话来。叶连娜也坐在那儿,把母亲的手握在自己手里。终于,安娜·瓦西里耶夫娜抬起眼睛来,说:"上帝是您的裁判官,德米特里·尼卡诺雷奇……"她的话突然中断:所有的谴责,全都消失在她的唇上了。

"怎么,您病啦,"她叫道,"叶连娜,你丈夫病啦!"

"我近来身体不好,安娜·瓦西里耶夫娜,"英沙罗夫回答,"现在还没有完全复元;可是,我希望我的故乡的空气会使我完全强健起来。"

"啊……保加利亚!"安娜·瓦西里耶夫娜喋嚅着,并且自己想道:"我的天哪,一个保加利亚人,快死啦,声音空得像从木桶里发出来的,眼睛陷得像吊篮,简直是个骷髅,衣服松晃晃地挂在肩上,像是借的别人的似的,脸黄得像野菊——而她,竟是他的妻子,她爱他呢……啊,简直是个噩梦……"可是,她立刻抑制住自己。"德米特里·尼卡诺雷奇,"她说道,"您是一定……一定要走么?"

"一定要走,安娜·瓦西里耶夫娜。"

安娜·瓦西里耶夫娜望着他。

"啊,德米特里·尼卡诺雷奇,愿上帝祝福您,让您不会受到我现在所受的考验……可是,您得答应我好好儿照顾她,爱她……只要我还活着,你们总不至于受穷……"

眼泪窒塞了她的声音。她张开她的手臂,叶连娜和英沙罗夫就投到她的怀里了。

命定的日子终于到来。安排叶连娜该在家里和双亲告别,然后从英沙罗夫的寓所启程。出发的时刻定在十二点整。在预订的时间约莫一刻钟之前,别尔谢涅夫到了。他预料在英沙罗夫的寓所里一定会有他的同国人来给他送行;其实他们却早已去过了,读者已经认识的那两位神秘的人物(他们也曾作过英沙罗夫的证婚人)也早已去过了。裁缝迎接着"善心的老爷",一躬到地;他,大概是为了消离愁,但也许也为了庆祝得到家具,很喝了几杯;他的女人很快过来,把他拖了出去。房间里,什么都已经收拾好了;一口大箱子,用粗绳捆着,放在地上。别尔谢涅夫沉思着:许多回忆涌上他的心头。

十二点早已敲过,马夫已经把马牵到了门前,可是,"年轻人"却还不见到来。终于,急促的脚步在楼梯上响了,叶连娜,由英沙罗夫和舒宾伴送着,走了进来。叶连娜的眼睛红肿:离别的时候,她的母亲已经晕倒;别离的情景是极度悲惨的。叶连娜有一个多星期没有见到过别尔谢涅夫;近来,他很少到斯塔霍夫家去。她没有料到会看见他,只叫了一声:"是您,感谢您!"就抱住他的头颈;英沙罗夫也拥抱了他。痛苦的沉默笼罩着一切。这三位,能说出什么呢?这三颗心里会有什么样的感觉呢?舒宾觉察到,这苦痛的沉默非用快活的声音和言语来打破不可了。

"我们这三重奏又碰在一起了,"他开始道,"最后一次地!让我们顺从命运的指示,让我们记取过去的好时光——带着上帝的祝福,去到新的生活里去吧!'唯神福佑远行人,在彼征途上'。"他开始哼起来,可是,却突然停住了。他忽然感到羞愧和狼狈。在躺着死人的地方唱歌,是罪孽;而此刻,在这间房里,他所说的过去,那聚集在这里的三个人的过去,却正在死亡。它死,是为了新生,也许是这样吧……可是,那终归是要死的了。

"唔,叶连娜,"英沙罗夫开始说,转向妻子,"我想什么都弄妥了吧?该偿付的都已经偿付,该包扎的也已经包扎了。现在,只等把箱子搬出去。房东!"

房东同他的妻子和女儿进来了。他微微摇晃着,听着英沙罗夫的吩咐,把箱子扛到肩上,就急忙跑下楼去,笨重的靴子在楼梯上一路啪哒啪哒地响。

"现在,依照俄国的习俗,我们该坐下来。"英沙罗夫说。

大家落座下来:别尔谢涅夫坐在旧沙发里;叶连娜坐在他的身旁;女房东和她的女儿蹲在门槛上。大家都沉默着;大家都勉强地微笑,虽然谁也不知道为什么笑;每个人都想说一两句惜别的话,可是每个人(当然,除开女房东和她的女儿,她们只是瞪着眼睛)也都觉得:在这样的时候,许可说出的只能是泛泛的话,任何一个有分量、有意义、甚至有情感的字眼儿,都会成为不大合适,甚至近于虚伪的。英沙罗夫第一个站起来,开始给自己画了十字……"再见吧,我们的小房间!"他喊道。

接吻声响了,响亮然而寒冷的别吻;一路平安的不尽意的祝福;常通音讯的应许;最后的、吞声的道别的话……

叶连娜,满面泪痕,已经坐上旅行雪橇;英沙罗夫亲切地往她脚上盖上毯子;舒宾、别尔谢涅夫、房东、主妇、照例包着大头巾的小女儿、看门人和一个穿着条子寝衣的不知哪儿来的工人——全都站在阶前……忽地,一乘驾着骏马的华丽雪橇飞奔到前庭来了,从雪橇上跳下来,一边抖着大衣领上的积雪的,正是尼古拉·阿尔捷米耶维奇。

"感谢上帝,幸好我还赶上啦,"他叫着,急忙跑到旅行雪橇这面来,"这,叶连娜,这是我们做父母的最后的祝福。"他说着,把头低到车篷下面,一面从自己的衣袋里掏出一个缝在天鹅绒袋里的小神像,挂在叶连娜的颈上。她开始啜泣了,吻着他的手,这时,马夫从雪橇的前座里拿出半瓶香槟酒和三只酒杯来。

"来吧!"尼古拉·阿尔捷米耶维奇说,可是他自己的眼泪却已经一滴一滴地滴到他的大衣的獭皮领上了,"我们得……祝福旅途平安……祝……"他开始倒香槟;他的手抖着,泡沫溢出了杯沿,落到雪地上。他自己擎起一杯,把另外两杯递给叶连娜和已经坐在叶连娜身边的英沙罗夫。"上帝祝福你们……"尼古拉·阿尔捷米耶维奇开始说,可是他却说不下去——他喝下酒,他们也喝了酒。"现在该轮到你们了,先生们。"他又说,转向舒宾和别尔谢涅夫。可是,这时,马夫却已经催动了马。尼古拉·阿尔捷米耶维奇傍着雪橇跑着。"记着……给我们写信……"他用断断续续的声音说。叶连娜伸出头来,说道:"再见吧,爸爸,安德烈·彼得罗维奇,帕维尔·雅科夫列维奇;再见吧,一切;再见吧,俄罗斯!"然后,把身子往后一仰。马夫噼啪地挥了挥鞭子,打了个呼哨,滑木在雪上轧轧地响着,雪橇出了大门,向右转——然后,看不见了。

三十三

那是一个明丽的四月的日子。在那横于威尼斯和海沙积成的、叫做"丽多"的狭长沙洲之间的宽阔礁湖上,一艘平底船正浮游着,舟子每摇动一下长橹,平底船就发出规则的震荡。在半底船的低矮的篷下,柔软的皮垫上,坐着叶连娜和英沙罗夫。

叶连娜的面庞,自从离开莫斯科之日以来,并没有多少改变,可是那表情却大大不同了:它变得更沉思、更严肃,而她的目光也变得更大胆了。她的整个身体更娇美了,如同一朵盛开的鲜花,头发也似乎更浓密、更丰艳,垂在雪白的额上和娇艳的颊上。只是在她的唇际,当她不笑的时候,却有一抹几乎看不见的线痕,表现出一种隐秘的、永在的焦虑。在英沙罗夫的脸上,正相反,表情仍然一如往昔,可是那外形却大大地改变了。他变瘦了、老了、苍白而且伛偻了;他几乎不断地短促地干咳着;深陷的眼睛发出一种奇异的光彩。在离开俄国的旅途中,英沙罗夫在维也纳差不多卧病了两个月,只是到三月末,这才和妻子来到威尼斯:从这里,他希望可以取道萨拉,到塞尔维亚,到保加利亚去;所有其他的道路,均已断绝。多瑙河上战争正酣;英、法已经对俄宣战,所有斯拉夫国家全都动起来了,准备起义。

小舟靠拢了"丽多"的里岸。叶连娜和英沙罗夫沿着植满枯细的小树的狭窄砂路(人们在这路上每年植树,可是树却每年枯死),向着"丽多"的外岸,向着大海走去。

他们沿着海滩走着。亚得里亚海在他们面前翻滚着暗蓝的海波:波涛涌到岸边来,呼啸着,翻着泡沫,于是又滚回去,在沙滩上遗下一些细小的贝壳和片片海草。

"多么荒凉的地方啊!"叶连娜说道,"我怕这儿对你会太冷啦;可是,我猜得到,你是为什么要到这儿来的。"

"冷!"英沙罗夫回答说,迅速而苦恼地一笑,"如果怕冷,我还能当什么兵呢?我到这儿来……我可以告诉你是为了什么。从这大海望过去,我就感觉到,这儿离开我的祖国更近了。它就在那边,你瞧,"他补充说,把手伸向东方,"风,就是从那边吹来的。"

"这风会把你期待的船带来吗?"叶连娜说,"瞧,在那里有一面白帆,那就是你所期待的船么?"

英沙罗夫凝望着叶连娜所指的天际的远海。

"伦基奇答应过,过一星期会给我们把什么都准备好的,"他说,"我想,我们可以相信他……你可知道,叶连娜,"他补充说,突然活跃起来,"听说贫苦的达尔马提亚①渔民,也捐献出他们的铅坠子——你知道,就是他们坠网的铅坠子——来铸子弹啦!这些渔民,他们没有钱,他们惟一的生计就是打鱼;可是,他们却欢欢喜喜地贡献了他们最后的财产,现在,他们正挨饿呢。是怎样的民族呀!"

"Aufgepasst!②"在他们身后传来一声傲慢的喊叫。沉重的马蹄声震响着,一个奥地利军官,穿着灰色的短军衣,戴着绿色的军帽,从他们身边疾驰而过……他们几乎来不及让开路来。

英沙罗夫阴郁地目送着那军官的背影。

"也不能怪他呢,"叶连娜说道,"你知道,他们也没有别的地方可以骑马。"

"不能怪他,"英沙罗夫回答说,"可是,他却用他的叫喊、他的胡子、他的帽子、他整个的样子,使我的血液沸腾起来了。③ 我们回去吧。"

"回去吧,德米特里。况且,这儿的风也真太大。在莫斯科大病之后你没有好好儿保养,到得维也纳,你就还病债啦。现在,你可该好好

---

① 达尔马提亚群岛,位于亚得里亚海,南斯拉夫沿岸附近。
② 德语:当心!
③ 英沙罗夫对奥地利军官的敌视,是由于奥地利充当着摧残意大利民族解放运动的作用。

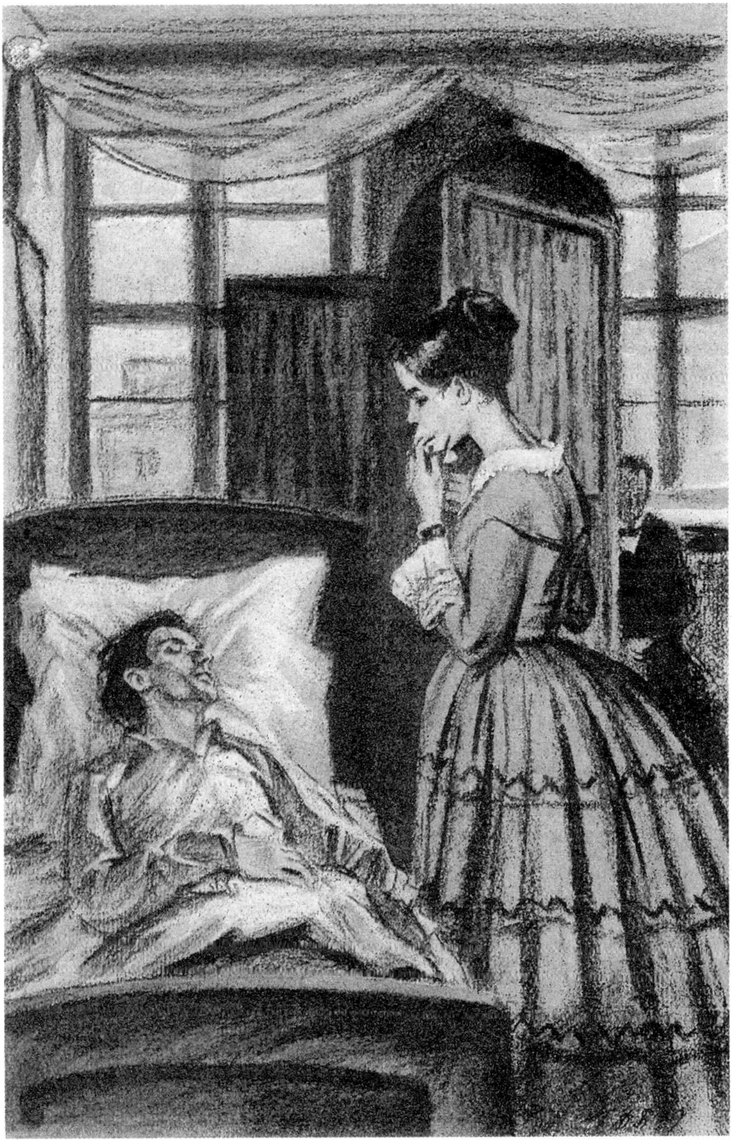

儿保重才是呢。"

英沙罗夫没有回答,可是,那同样的苦笑却再一次掠过他的唇边。
"如果你高兴,"叶连娜继续说,"我们就游游 Canal Grande① 吧。你瞧,自从我们来到这儿,我们还没有好好儿看一看威尼斯。晚间,我们到剧院去:我有两张包厢票。据说,今儿晚间,有个新歌剧上演。如果你高兴,我们俩就把这一天互相献奉吧:我们暂时忘记政治、战争和一切;我们只要知道:我们是一道儿生活着,呼吸着,思想着,我们是永远结合着……你高兴吗?"

"只要你高兴,叶连娜,"英沙罗夫回答,"自然,我也高兴。"

"我知道,"叶连娜说着,微微一笑,"来吧,我们走吧。"

他们回到平底船上坐下,告诉舟子沿着大运河缓缓摇去。

没有见过四月的威尼斯的人,就不能说完全领略了那神奇之城的一切不可言说的魅力。春天的温柔和娇媚,对于威尼斯是十分和谐的,正如光辉的夏阳适于壮丽的热那亚,秋日的金紫适于古代雄都罗马城一样。威尼斯的美,有如春日,它抚触着人的心灵,唤醒着人的欲望;它使那无经验的心灵困恼而且苦痛,有如一个即将到临的幸福的许诺,神秘而又不难捉摸。在这里,一切都明丽,晴朗,然而,一切又如梦,如烟,笼罩着默默的爱情的薄霭,在这里,一切都是那么寂静,一切都散发着深情;在这里,一切都是女性的,从这城市的名字起始,一切都显示着女性的温馨:威尼斯被称作美的城,不是没有来由的。巍峨的宫殿和寺院矗立着,绰约而绮丽,有如年轻的神灵的轻梦;运河里有悠然的流水,浅绿的水色,如绢的波光;平底船掠过水上,没有声息;听不见嘈杂的市声、粗暴的击声、尖锐的叫声,也没有喧嚷咆哮——在所有这一切里,全有着神奇的、不可思议的、令人沉醉的魅力。"威尼斯死了,威尼斯荒凉了,"它的居民会对您这样说;可是,也许,在它的容光焕发之日,在它的如花怒放之日,它所没有的,也就正是这种最后的魅力,这种凋落的风情吧。没有见过它的人,是不能知道它的:无论是卡纳列托②或者是瓜第③(更不

---

① 意大利语:大运河。
② 卡纳列托(1697—1768),意大利威尼斯画派画家,以画威尼斯风景著名。
③ 瓜第(1712—1793),意大利威尼斯画派画家,以绘风景画为主,卡纳列托的弟子。

要说起后起的画家们),都不曾在他们的画布上表现出那空气的银色的柔颤,那似近而又不可及的远景,那优美的线条和浑然的色彩的神奇的和谐。受尽人生折磨、生之旅程将要终结的人,不应当拜访威尼斯:它对他将是痛苦的,有如少年之日不曾实现的梦想之回忆;可是,对于生命力正在澎湃、自觉着生的幸福的人,它却是温柔的、甜蜜的;愿他携着自己的幸福,到这充满着蛊惑的天空之下来吧,无论他的幸福原来已经多么灿烂,威尼斯总能以自己的不灭的光辉为它更增辉煌的。

叶连娜和英沙罗夫乘坐的平底船静静地荡过 Riva dei Schiavoni①、总督府和比亚赛塔,进入了大运河去。两岸展现着无数大理石的宫殿;它们似乎是静静地流过去了,几乎不容人的眼睛去细细捉摸或者吟味它们的美丽。叶连娜感到深深的幸福;在她的一望蔚蓝的天空里,只有一朵黑云飘浮着——而这朵黑云,现在已经飘远了:这一天英沙罗夫比之往日精神得多。他们一直荡到里亚尔托桥的陡峭的拱门,然后折了回来。叶连娜害怕教堂里的寒冷会不适于英沙罗夫,可是,她记起 delle Belle arti② 来,于是就告诉舟子朝那边荡去。他们穿花似的穿过那不大的美术馆里所有的陈列室。既不是鉴赏家,也不会自命风雅,他们在每一幅画前都不曾停留,一点也不勉强自己:一种欢欣喜悦的心情突然涌上了他们的心头。所有一切,在他们眼里,忽然都变得有趣起来。(小孩子们对于这样的情感是十分熟悉的。)望着丁托列托③的圣马可虾蟆似的从天上跳到水里去拯救那受难的奴隶,叶连娜不禁哈哈大笑,并且,不顾那三位英国游客的大大蹙眉,她一直笑出了眼泪;英沙罗夫,在他这方面,对于站在提香④的《圣母升天图》前、双手向着圣母伸出的那个穿绿袍的坚强的男子的背和胫,则感觉着如狂的喜悦;可是,那圣母——那平静而庄严地升到天父怀抱中去的健美的女人——

---

① 意大利语:恰沃尼河畔。
② 意大利语:精美艺术。
③ 丁托列托(1518—1594),意大利名画家,在威尼斯工作。名画有《圣马可的奇迹》等。
④ 提香(1477—1576),意大利伟大画家,文艺复兴艺术的卓越代表者,曾在威尼斯工作。

却给了英沙罗夫和叶连娜以同样强烈的印象;同时,他们也很喜欢老人琪马·达·科内里亚诺①的严肃而虔敬的圣画。在离开美术馆的时候,他们又一次望了望他们身后的那三位英国人和他们那兔子似的长牙和低垂的颊髯——就不禁大笑了;他们望望他们的舟子和他那短衣和短裤——又不禁大笑了;他们瞧见一个女小贩,头上顶着个灰白的小发髻儿——不禁笑得更厉害了;最后,他们对望了望彼此的脸——便连珠似的笑了,而当他们一坐到平底船上来,他们就互相紧紧地、紧紧地握住了手。他们回到旅馆,跑进自己的房间,吩咐开饭。就是在用饭的时候,他们的快乐心情也不曾离开他们。他们互相劝进饮食,为他们的莫斯科亲友们的健康干杯,为了一盘好吃的鱼就给侍者鼓掌,并且不断地向他要生鲜的 frutti di mare②;侍者耸了耸肩,擦了擦脚,可是,一离开他们,他就摇头了,甚至叹息地低语道:"poveretti!③"食事完毕以后,他们就到剧场里去。

　　剧场里,演的是威尔第④的一个歌剧,老实说,是个颇庸俗的作品,可是,竟然走遍了欧洲所有的舞台,并且,它对于我们俄国人也是十分熟悉的——《茶花女》。威尼斯的音乐季节已经过去,歌手们没有一个超出中等水平;每一个都尽着自己的嗓子叫。扮演薇阿丽妲的是个无名的女优,从观众对她的冷落看来,大约也不是什么红角,可是她却不乏才能。她是一个年轻的、不甚漂亮的、黑眼睛的姑娘,歌喉不甚圆润,甚至已经有些疲惫。她穿着不合身的花哨得近于天真的服装;一个红色网子套在她的发上,一件褪色蓝缎长袍绷在她的胸前;一副厚实的瑞典风味的手套一直套到她的瘦削的肘际。老实说,她,一个贝加莫⑤的牧羊人的女儿,又怎么能够知道巴黎的茶花女们是怎样装束的呢!而在舞台上,她也不知道怎样动作;可是,在她的表演里,却有着很多的真实和质朴的单纯,而且她的歌唱,也有着只有意大利人才能有的热烈的

---

① 琪马·达·科内里亚诺(约1459—约1517),威尼斯名画家。
② 意大利语:海果子,即供食用的贝。
③ 意大利语:可怜的人。
④ 威尔第(1813—1901),意大利作曲家。现实主义歌剧大师之一。
⑤ 意大利北部城市。

表情和韵律。叶连娜和英沙罗夫坐在舞台旁边一个黑暗的包厢里；在 della Belle arti 向他们袭来的那种快乐的心情，此刻也还不曾消逝。当那迷于妖妇的诱惑之网中的不幸青年人的父亲，穿着淡黄色的燕尾服，戴着蓬松的白假发，出现在舞台上，歪了歪嘴，先就怯了场，只呜呜地发出几声低音颤音的时候，他们两个几乎又要噗哧一声笑出来了……可是，薇阿丽妲的表演却使他们受了感动。

"简直不大有人给这可怜的姑娘鼓掌呢，"叶连娜说道，"可是，比起那些忸忸怩怩、装腔作势、只想讨好的自以为了不起的假名角，我倒是一千倍地更喜欢她的。你瞧，她是多么认真；瞧，她简直忘记观众的存在啦。"

英沙罗夫俯向包厢边上，真切地注视了薇阿丽妲一眼。

"是的，"他评说道，"她是认真的；她自己，也快临近坟墓的边缘啊。"

叶连娜沉默了。

第三幕开始了。幕布升起来……叶连娜一看见那床铺、那低垂的窗帷、药瓶和加罩的灯，就不自主地战栗了……她记起了最近的过去……"将来会怎样呢？现在又怎样呢？"这样的思想掠过她的心头。似乎故意似的，台上女优的模拟的咳声，在包厢里，却由英沙罗夫的沉闷的、真实的咳声来回答了……叶连娜偷偷地望了他一眼，于是立刻在脸上装出平静而安心的表情来；英沙罗夫明白了她，就自动地微笑了，甚至伴着台上的歌声轻轻哼了起来。

可是，很快他却沉默了。薇阿丽妲的表演是越来越美妙、越自如了。她抛弃了一切枝节，一切不必要的东西，她找到了自己：这，对于一个艺术家，是多么难得的、至高的幸福啊！她似乎忽然之间越过了那难以确定的、然而在那边却正是美之宫的界线。观众悸动了，惊讶了。那面貌不美、歌喉疲惫的女郎，开始把自己的观众控制住，掌握住了。歌者的歌喉这时甚至也不是疲惫的：它已经获得了内在的热和力。阿尔弗列多出场了；薇阿丽妲快乐的喊声在观众间几乎掀起 fanatismo① 的

---

① 意大利语：狂热。

大波,和这比较起来,我们北国人们的喝彩就简直不算什么了……一瞬间过去了;观众又复静了下来。二部合唱,歌剧最精彩的一场,开始了,在这里,作曲家成功地表现了那疯狂地浪掷的青春的全部悲恸,和无望的、濒于绝境的爱情的最后挣扎。被全场的同情所感动、所冲击,眼里含着由艺术家的欢喜和真实的苦痛所激发的眼泪,那女伶,一任内心激情的波澜将自己浸润,一任自己随波飘浮;她的脸变容了,当死神恐怖的阴影突然向她迫来,祈祷的绝叫就以暴风雨似的力量从她的唇里直迸天上了:"Lascia mi vivere…morir si giovane!"("让我活着……死得这样年轻!")与此同时,疯狂的鼓掌和兴奋的狂叫,也就响彻了整个剧院。

叶连娜全身发冷。她开始用手轻轻地摸索着英沙罗夫的手,找到了它,就把它紧紧地握住。他也紧握住她的手,可是,她却不曾望他,他也不曾望她。这一次的握手,和几小时以前他们的手在平底船上的相握,是有着怎样不同的意味啊。

他们又沿着 Canal Grande,荡回自己的旅馆。夜已深了——明媚的、温柔的夜。同样的宫殿又在他们面前展现,可是,它们却似乎已经不同。有一些,浴着月光,发出了苍白的金光,就是在这苍白的光里,所有装饰的细节、窗户和露台的轮廓,似乎反而模糊了;反之,在那些为大片阴影的轻幕所覆盖的建筑物上,这些细节却显得更为清楚。平底船点着小小的红灯,似乎更静寂、更迅速地滑过;它们的钢舳神秘地闪着光,长橹在银色小鱼似的微波上面,神秘地起伏;舟子们发出短促的、压低的呼唤声(如今,他们从不歌唱了)此起彼落;此外,几乎听不到别的声息。英沙罗夫和叶连娜所住的旅馆正在 Riva dei Schiavoni;可是,在到达旅馆之前,他们却舍舟登陆,环绕着圣马可广场,在那些拱门底下走了几转,在那里,那些小酒店前面,正聚集着许多行乐的人们。伴着所爱的人,在异乡的城市,陌生人们中间,双双漫步,是有着特殊的甜味的;一切都好像是那么美,那么有意味,你对一切人都怀着好意,都祝愿平安,你对每一个人都祝望着自己心里所充溢着的一切幸福。可是,叶连娜现在却不能全无忧虑地陶醉在自己的幸福之感里了:她的被适才的印象所震撼的心,还不能恢复平静;而英沙罗夫,当他们走过总督府的时候,则无言地指了指从低矮的拱门下面突出来的奥地利的炮口,把帽子拉齐到眉尖。而且,此刻他也感觉疲倦了——于是,最后一次地望了望圣马可教堂和在月光下发着闪闪磷光的青铅教堂顶以后,他们就缓步回家来了。

他们的房间正临着从 Riva dei Schiavoni 直亘几乌德加的宽阔的礁湖。几乎正对他们的旅馆,屹立着圣乔治教堂的尖塔;在右方,高空上面,闪耀着多加拿府的金色圆顶和教堂中最美的、装扮得如同新嫁娘的帕拉迪奥①的 Redentore②;左方,帆船的帆樯和汽船的烟囱,在黑暗里森然矗立,半卷的布帆有如巨大的黑翼,在这里或那里张着,船上的小旗,几乎全不飘动。英沙罗夫坐在窗前,但叶连娜却不让他太久地鉴赏这美丽的夜景;他的寒热突然发作了,并且,有一种消耗性的虚弱征服了他。她把他安置在床上,一直等他睡着,这才轻轻地回到窗边。啊,夜是多么静,多么温和,一种像白鸽似的温情在那青苍的空气里荡漾!每一种苦恼,每一种哀愁,在这晴朗的天空,在这纯洁的、神圣的光下都该得到安慰,沉入深眠呀!"哦,上帝!"叶连娜想着,"为什么还有死,为什么还有别离,还有疾病和眼泪? 又为什么会有这样的美,这样的甜蜜的希望? 为什么还有这样的安全避难处,不变的支持,和永恒的庇护的感慰? 这微笑着和祝福着的天空是什么意思呢? 这幸福和安息的大地说明什么呢? 难道说,所有这一切只是在我们心里,而在我们身外就全是永恒的寒冷和寂火? 难道说,我们只是孤独的……孤独的……而在那边,在各处,在所有那些无底的深处和沉渊里,——一切,一切都是和我们绝缘的么? 那么,为什么又会有这样的祈祷的渴望和喜悦?('Morir si giovane,'——又在她的心里回响着……)难道说,就不能央求到,不能挽回,不能救赎……哦,上帝! 难道就不能相信奇迹?"她用紧握的双手托着头。"够了吗?"她私语道,"难道真够了! 我幸福过,不只是几分钟,不只是几点钟,甚至不只是几整天——却是整整地几个星期。我有什么权利得到幸福呢?"想到自己的幸福,她感觉恐怖了。

① 帕拉迪奥(1508—1580),意大利文艺复兴晚期建筑的代表人物。
② 意大利语:雷登托雷教堂。

"如果那不是应份的,就怎样呢?"她继续想着,"如果那是不能白白赐给的,就怎样呢?啊,那都是天意……而我们,凡人,可怜的罪人……Morir si giovane!……啊,黑暗的魅影,去吧!需要他的生命的,不只是我一个人!"

"可是,如果这是一种惩罚,又怎样呢?"她又想道,"如果我们必须为了我们的罪愆去偿付整个的代价,又怎样呢?我的良心原是沉默的,它现在还是沉默的,可是,那就是无辜的证明么?啊,上帝,难道我们真是这样罪孽深重?难道是你,创造了这样的夜、创造了这样的天空的你,为了我们的相爱,要来惩罚我们么?如果是这样,如果他有罪了,如果我有罪了,"她以不自主地迸发的热情补充说,"那么,请你允许我,哦,上帝,请你允许他,请你允许我们俩,至少死得正直,死得光荣吧——死在那边,在他祖国的原野上,不要在这死沉沉的屋子里!"

"我可怜的、孤独的母亲,会怎样悲哀呢?"她问自己,她变得迷惘了,不晓得怎样回答自己的问题。叶连娜不知道,每个人的幸福都是建立在别一个人的不幸上的,甚至自己的利益和安适,也正和雕像要求座子一样,要求别人的不利和不适。

"伦基奇!"英沙罗夫在梦里喃喃地说。

叶连娜蹑足走到他身边,弯下身来,给他拭去脸上的汗珠。他在枕上转侧了一会儿,又平静下来。

她重新回到窗前,又一次堕入沉思。她开始宽慰自己,向自己保证,没有什么必须惊惶的理由。她甚至为自己的软弱感到羞愧。"难道真有什么危险么?难道他不是好多了么?"她低语着,"真的,如果我们今儿没有去剧场,所有这些思想是一定不会跑到我的脑海里来的。"正在这时,她看见河面上空有一只白色的海鸥;也许是有什么渔人惊动了它,它彷徨地、无声地飞翔着,像在找一个栖息的地方。"唔,如果它飞到这儿来,"叶连娜想道,"那就是一个好的预兆……"海鸥飞旋了几转,掩起翅膀,于是好像被人击落了似的,哀鸣了一声,就坠到远远的地方一只黑乎乎的船后去了。叶连娜抖了一下,可是,立刻就为自己的颤抖感到惭愧;于是,她衣也不解,就躺到床上英沙罗夫的身旁。他这时正急促而且沉重地呼吸着。

三十四

英沙罗夫醒得很迟,头部隐隐作痛,全身,如他自己所说,感到虚弱得不像样子。可是,他还是起来了。

"伦基奇没有来么?"是他提出的第一个问题。

"还没有,"叶连娜回答,递给他最近一期《Osservatore Triestino》①,报上关于战争,关于斯拉夫各国和诸公国,都有着详细的报道。英沙罗夫开始看报;她则忙着为他煮咖啡……忽然,有人叩门了。

"伦基奇,"两人全都这样想,可是,叩门的人却用俄语说道:"可以进来吗?"叶连娜和英沙罗夫交换了一个惊愕的眼色;不等回答,一位衣着华丽、长着尖尖的小脸和发光的小眼睛的人,就闯进门来了。这人满面红光,好像刚刚赢了一大笔钱,或者听到了什么天大的喜讯似的。

英沙罗夫从椅子上站起来。

"您不认识我啦?"来客说着,就大大方方地走到了英沙罗夫面前,并对叶连娜很有礼貌地鞠了一躬,"卢波雅罗夫,您可记得?我们在莫斯科,在E……家里,见过的。"

"是的,在E……家里。"英沙罗夫说。

"是呀,当然呀!我请您给我介绍介绍您的夫人吧。夫人,我一向就深深地尊敬德米特里·瓦西里耶维奇……(他又纠正了自己)尼卡诺尔·瓦西里耶维奇的,现在,我到底有幸认识您二位啦,我真觉得无限幸福。想想吧,"他继续说着,转向英沙罗夫,"我只是昨儿晚问才听说您到了这儿。我,也就住在这个旅馆里。这是个怎样的城市呀!威尼斯就是诗——只能有这么一种说法。可就有一样煞风景:到处都是那些讨厌的奥地利人!噢,这些该死的奥地利人!啊,说起来,您可知道多瑙河上已经有过 次决战:二百个土耳其军官给打死了,西里斯特

---

① 意大利语:《的里雅斯特观察报》。

利亚已经拿下来了,塞尔维亚已经宣布独立。您,作为一位爱国志士,总该高兴得发狂吧,是不是?就是我的斯拉夫的血液也简直沸腾起来啦!可是,我得忠告您,诸事都得小心;我相信有人监视着您的。这儿的密探真有些可怕!昨儿,一个鬼鬼祟祟的人跑到我跟前来,问我说:'您是俄国人吧?'我可告诉他,我是丹麦人……可是,您好像不大健旺呢,我最亲爱的尼卡诺尔·瓦西里耶维奇。您得去看看医生;夫人,您得督促您丈夫去看看医生呀……昨儿,我发狂似的,跑遍了所有的宫殿和教堂——总督府,您当然也去过的呀?处处都多么富丽堂皇啊!特别是那座大纪念堂和马里诺·法利叶里①空墙,那儿就写着:'Decapitati pro criminibus.'②那些著名监狱,我也去看过:您可以想象到,那简直使我愤慨极啦!也许您还记得,我对于社会问题,历来是很有兴趣的,并且,一向就站在反贵族的一边——我就要把那些拥护贵族政治的人送到那样的地方去:送到那些监牢里去;拜伦说得好:'I stood in Venice on the bridge of sighs;'③虽然他自己也就是一个贵族。我是一向拥护进步的。青年一代全都拥护进步。可不知道英国人和法国人怎么样?④ 我们倒要看看他们:布斯特拉巴⑤和帕默斯顿⑥干得出多少事来。帕默斯顿当了首相呢,您自然知道。不,无论您怎么说,俄国人的拳头总不是玩儿的。那个布斯特拉巴可真是个大滑头!如果您高兴,我可以借给您《Les Châtiments》de Victor Hugo⑦——妙极啦!《L'avenir—le gendarme de Dieu》⑧——写得大胆是大胆一点,可是,多么有力

---

① 马里诺·法利叶里(1278—1355),威尼斯总督,于一三五五年因反对贵族暴政,被处死刑,在纪念堂中应悬其肖像的地方不悬肖像,仅书:"此为法利叶里之位,因罪处斩。"
② 拉丁语:因罪处斩。
③ 英语:"我来威尼斯,伫立叹息桥。"(这是拜伦的长诗《查尔德·哈洛德游记》第四章的第一句。)
④ 英、法于一八五四年三月对俄宣战。
⑤ 布隆、斯特拉斯堡、巴黎的缩写,是拿破仑三世的含有蔑视的绰号。
⑥ 帕麦斯顿(1784—1865),英国政治家,曾于十九世纪五十年代与六十年代两任英国首相。
⑦ 法语:维克多·雨果的《惩罚集》。
⑧ 法语:《未来——上帝的宪兵》。

量,多么有力量!维雅泽姆斯基①公爵说得也妙:'欧罗巴不断哄传巴什-卡兑克-拉尔②,注目昔奴魄!'我是很爱诗歌的。普鲁东的近著,我也有;我什么全有。我不知道您怎么觉着,我,可是欢迎这次战争的——可是,国内既然用不到我,我就打算从这儿到佛罗伦萨,到罗马去:法国我是不能去的了,西班牙,我想也是一样——听说那儿女人真漂亮,可惜,就是太贫穷,跳蚤也多。我本来要到加利福尼亚去的,我们俄国人什么都能做,可是,我答应过一位编辑先生写一篇关于地中海商务问题的详细研究。您也许会说,这是个没有趣味的、专门的题目,可是,我们正需要这个:专门家;我们哲学谈得够了,现在,我们需要实践,实践……可是,您真病得不轻啦,尼卡诺尔·瓦西里耶维奇;也许,我叫您疲倦啦,可是,我还得再坐一会儿……"

卢波雅罗夫又继续东扯西拉了好一会工夫,在临走的时候,还应许着再来。

英沙罗夫被这不意的拜访弄得精疲力尽了,他躺到沙发上。

"哪,"他说道,黯然望了叶连娜一眼,"这就是你们的新一代的青年!他们里面有的人,尽管装腔作势,尽管吹牛,可是,在他们心底里,也正跟刚来的这位一样,不过是些空话匣子罢了。"

叶连娜没有反驳自己的丈夫:在这一瞬,英沙罗夫的虚弱较之俄国整整青年一代的气质,更其令她不安……她坐在他身旁,拿起一些手工来。他闭起眼睛,不动地躺着,完全苍白,而且瘦弱。叶连娜看了看他瘦削的侧面和他的低垂的两手,一阵突来的恐怖,紧紧地抓住了她的心灵。

"德米特里……"她开始说。

他怔了一怔。

"唔?伦基奇来了?"

---

① 维雅泽姆斯基(1792—1878),俄国诗人,批评家,杂志编辑。十九世纪二十年代曾接近普希金等进步文学家。十二月党人起义失败后,转入保守党阵营,晚年为沙皇显宦。
② 一八五三年十一月,俄军大胜土耳其军于巴什-卡兑克-拉尔镇。这使俄国爱国主义情绪大振,引起支持土耳其的各国极度惊惶。

"还没有……可是,你觉得怎样——你发烧呢。你真有点儿不大好,我们该请个医生来么?"

"那个吹牛家把你吓住啦。用不着。我休息一会儿,就会完全好啦。吃过饭以后,我们还要再出去……到什么地方去。"

两点钟过去了……英沙罗夫仍然躺在长沙发上,可是,他不能入睡,虽然也并不睁开眼睛。叶连娜一直不曾离开他的身边;她的手工落在她的膝上,但她却一动也没有动。

"你为什么不睡睡呢?"她终于问他。

"唔,等一等,"他拉过她的手来,搁在自己的头下,"搁到这儿……唔,这样很好。伦基奇一来,马上叫醒我。如果他说船已经弄妥了,我们马上就动身……我们该把东西收拾起来啦。"

"收拾不费事呢。"叶连娜回答。

"那家伙乱吹了一阵战争,塞尔维亚,"一会儿以后,英沙罗夫又说,"我看,全是他自己编造的。可是,我们应该,我们应该动身了。我们不能浪费时间……准备起来吧。"

他睡着了。房间里,一切都静寂了。

叶连娜把头靠着椅背,许久许久地眺望着窗外。天气变得恶劣起来;起风了。大块的白云迅速地扫过天空,远远的地方,一根细长的船桅摇晃着,一面画有红十字的长旗,不断地飞飘着,落下去,又扬起来。老式的时钟的摆,带着一种悲抑的嗒嗒声,在房间里沉重地响着。叶连娜闭起眼睛。昨晚,她整晚都睡得很坏;渐渐地她自己也睡着了。

她做了一个奇怪的梦。好像是,她是和几个不相识的人在察里津诺湖上泛舟。人们全都沉默着,一动不动地坐着,没有人划桨;小舟自动地浮着。叶连娜并不害怕,只是感到沉闷;她想要知道这些人究竟是谁,她自己为什么会跟他们来到一处? 她定神注视着,湖面扩大了,湖岸不见了——现在,这已经不是湖,却是一片骚动的大海:深蓝的、沉默的巨浪威严地颠簸着小舟;从水底深处,有什么咆哮着、威胁着涌上来;她的不相识的同舟者们全都忽然跳起来,绝望地叫着,摆着手……叶连娜认出他们的面孔来了:其中之一,就是她自己的父亲。可是,忽地一阵白色的旋风扫过了浪头……一切都旋转起来,一切都混乱起来了……

叶连娜审视了自己的周围:和以前一样,周围一切,全是一片白光。可是,这却是雪,雪,一望无际的雪野。她已经不再在舟中,却好像她从莫斯科出发之日一样,乘着一乘雪橇了,她并不是独自一人:在她身旁坐着一个小东西,裹在一件旧外套里。叶连娜仔细地看了看:原来那就是卡佳,她昔日的小穷朋友。叶连娜惊吓起来;她想道:"她不是死了的么?"

"卡佳,你跟我是往哪儿去呀?"

卡佳却没有回答,只把小外套在身上裹得更紧;她好像在发抖。叶连娜也感觉着寒冷了;她瞭望着道路的前方:一片雪雾的笼罩中,远远的隐约可见一座城市。那儿有高耸的白塔和银色的圆顶……"卡佳,卡佳,这是莫斯科么? 不,"叶连娜又想,"这是索洛韦茨基修道院①啊:那儿有许多、许多窄小的小修道室,蜂窠似的;那儿是窒闷的,窄狭的——德米特里给关在那儿啦。我得救他出来……"突然,一道灰色的、张着大口的深渊,在她面前展开了。雪橇跌下去了,卡佳笑起来。"叶连娜,叶连娜!"从深渊里,一个声音喊了出来。

"叶连娜!"声音还在她的耳边清晰地喊着。她急忙抬起头来,转过身子,就呆住了:英沙罗夫,脸色白得似雪,就像她梦里的白雪,正从沙发上挣扎起来,用他那大睁着的、放光的、可怕的眼睛看着她。他的头发披散在他的额上,嘴唇奇怪地张开着。恐怖,夹杂着一种苦痛的柔情,表现在他的突然变了样的脸上。

"叶连娜!"他清楚地说,"我快死啦!"

她叫了一声,跪下来,偎到他的怀里。

"一切都完了,"英沙罗夫重复说,"我要死啦! ……永别了,我可怜的姑娘! 永别了,我亲爱的祖国!"

他说着,就向后倒到沙发上面了。

叶连娜飞也似的跑出房间,呼起救来,一个侍者跑去找医生。叶连

---

① 一四三六年在白海索洛韦茨基岛上所建立的正教修道院,它在几百年间都是俄国北部的要塞、宗教中心和经济中心,亦为流放地。

娜紧紧地偎着英沙罗夫的身体。

正在这时,一个宽肩、黝黑、穿着宽大的粗布上衣和戴着低低的漆布帽子的人,在门槛上出现了。他迷惘地停住了脚步。

"伦基奇!"叶连娜叫起来,"是您!为了上帝的缘故,您瞧,他晕过去啦!这是怎么回事呀!哦,上帝,哦,上帝!他昨儿还出去过,刚刚还跟我讲话来着……"

伦基奇什么也没有说,只是让到一边。从他的身边,匆忙地闪进一个戴着假发和眼镜的小身个儿的人:这是一位住在同一旅馆里的医生。他走到英沙罗夫身边来。

"西鸟拉①,"几秒钟后,他说道,"这位外国先生死了——il signore forestiere e morto——由于动脉瘤和肺病的并发症。"

三十五

次日,仍在那间房里,伦基奇靠窗站着;在他面前,坐着叶连娜,裹着肩巾。在邻室,英沙罗夫已经躺在棺里了。叶连娜的脸上现出恐怖,而且没有生气;两条线纹出现在她额上,双眉中间:这,给了她的呆滞的眼睛一种紧张的表情。窗台上,放着已被拆开的安娜·瓦西里耶夫娜的来信。她要她的女儿回莫斯科来,哪怕只住一个月也好;她诉说着自己的寂寞,抱怨尼古拉·阿尔捷米耶维奇;她问候英沙罗夫,询问他的健康,并且恳求他不要留难他的妻子。

伦基奇是达尔马提亚人,是个水手,英沙罗夫是在祖国旅行的时候认识他的,到威尼斯来后他又找到了他。他是一个严肃、粗犷、果敢、献身于斯拉夫民族运动的人。他蔑视土耳其人,憎恨奥地利人。

"您要在威尼斯停多久?"叶连娜用意大利语问他。她的声音也正和她的面孔一样没有生气。

---

① 意大利语"夫人"的译音。

"一天。为了装货,为了不引起怀疑;以后,就直开萨拉。我会给我的同胞们带去一个悲痛的消息。他们很久就等待着他;他们是把希望寄托在他身上的。"

"他们是把希望寄托在他身上的。"叶连娜机械地重复说。

"您什么时候葬他?"伦基奇问。

叶连娜并不立刻回答:

"明天。"

"明天?那么,我可以留下。我想撒一撮土在他的坟上。并且,您也需要帮助。可是,最好是让他安息在斯拉夫的土地上。"

叶连娜看着伦基奇。

"船长,"她说道,"请把我跟他一道带去,请把我们带到海的那边,离开这儿。成么?"

伦基奇沉吟了一下。

"好吧,只是,很麻烦。我们会跟这儿的可咒诅的当局纠缠不清。可是,就算我们能办妥,把他安葬在那边,我又怎么送您回来呢?"

"您不用送我回来。"

"什么?那么,您住在哪儿?"

"我会给我自己找个地方;只是把我们带去,把我带去吧。"

伦基奇搔了搔后脑。

"随您的意思;可是,这全是很麻烦的。我一定想法儿,我一定试试;请您在这儿等我,我两小时后回来。"

他走了。叶连娜走到邻室,靠着墙,许久许久呆立在那里,好像已经变成了石头。接着,她屈膝跪下,但是,她不能祈祷。在她的灵魂里,她没有怨尤;她不敢质问上帝的意旨,她不敢质问他为什么不肯原宥,不肯怜悯,不肯拯救,他为什么惩罚她超过了她的罪愆(即或她是有罪)。我们每个人,只因为活着,就有罪了;任何伟大的思想家,任何伟大的人类的救星,也不能因为自身的功绩就可希望生的权利……可是,叶连娜仍然不能祈祷,她已经变成了石头一般。

当晚,一艘大型的平底船从英沙罗夫夫妇住过的旅馆开出去。船里坐着叶连娜和伦基奇,他们身旁,搁着一只长方形的匣子,上面盖着一块黑布。船走了约莫半小时,终于到达一艘抛锚在海港入口处的双桅小海船边。叶连娜和伦基奇上到海船上去;水手们把匣子搬了上来。夜半,风暴猝发,可是,在拂晓的时候,海船却已经驶出"丽多"。整天,风暴以疯狂的暴力怒吼着,鲁意德船舶公司有经验的海员们都摇着头,预测海上会出事。在威尼斯、的里雅斯特和达尔马提亚沿岸之间的亚德里亚海,是尤其危险的。

叶连娜离开威尼斯三星期后,安娜·瓦西里耶夫娜在莫斯科接到了下面的信:

  我亲爱的妈妈和爸爸,我是跟你们永别了。你们再也不能见到我了。德米特里昨天死了。对于我,一切都完了。今天,我正伴着他的遗骸,出发到萨拉去。我要去埋葬他,至于我自己会怎么样,我不知道!可是,现在,除了德的祖国,我是没有别的祖国了。在那边,人们正在准备起义,战争的准备已经成熟;我要去做一个看护,我要去看护那些病人和伤兵。我不知道我将来会怎样,可是,就是在德死后,我也要忠于他的遗志,忠于他的终生事业。我已经学会了保加利亚语和塞尔维亚语。也许,我会没有力量忍受这一切——这样更好。我已经给带到了悬崖的边缘,我只有跌下去。命运并不是偶然把我们联到一处的:谁知道呢,也许是我害了他;现在,是临到他来拖我了。我原是寻求幸福的,我所得到的,也许是——死亡。也许,这一切都是命定的;也许,这中间有着罪孽……但是,死亡是能掩盖一切,能和解一切的——不是么?请饶恕我,请宽宥我给你们造成的一切苦痛;那都不是出自我的本心。可是,我为什么要回到俄国来呢?我在俄国能做什么事?

  请接受我最后的亲吻,最后的祝福,并请不要责备我。

叶

自从那时以后,大致五年过去了,再也没有关于叶连娜的消息传来。所有的书信和探询,全都徒劳;尼古拉·阿尔捷米耶维奇,在和约缔结以后,还亲自到威尼斯和萨拉去走了一转,也全无结果。在威尼斯,他探知了读者们所既知的事情,但是,在萨拉,关于伦基奇和他的船,却没有一个人能给他任何确切的消息。据含糊不清的传闻,几年以前,大风暴之后,岸上冲来一具棺材,里面有一个男子的尸体……可是,据另外的多少更可靠的传说,则这具棺材根本不是被海水冲来,却是被卸下来的,由一位从威尼斯来的外国太太安葬在海滨了;还有人补充说,他们后来在结集着军队的黑塞哥维那①还见过这位太太;他们甚至描摹了一番她的装束,说她是从头到脚,全身黑色的。可是,尽管如此,叶连娜的踪迹却是永远地、永不复回地消逝了;谁也不知道她是否仍然活着,或是把自己隐藏在什么地方,或者,是小小的生之悲剧已经垂下了最终的幕,她的微小的生之酵已经得到最后的终结,而现在,是临到死神登场的时候了。谁知道? 常有这样的事情:一个人,半夜醒来,以不自主的恐怖问着自己道:"难道我真的已经是三十……四十……五十了么? 生命怎么消逝得这般快? 死亡怎么来得这般近呀?"死神,是正跟个渔夫一样的:他已经把鱼打在自己的网里了,但暂时还把它留在水里:鱼仍在游着,可是网却早已套在它周围了,渔夫终会把它拖上来的——在他高兴的任何时候。

我们故事里的其他人物怎么样了呢?

安娜·瓦西里耶夫娜还活着;自从遭了那一巨大的打击以后,她苍老多了;她的抱怨比以前少,可是悲哀却更深。尼古拉·阿尔捷米耶维奇也比较老了,头发也灰白了,并且已经和奥古斯丁娜·赫里斯季安诺夫娜断绝了来往……现在,他对于所有外国的东西,全都咒诅。他家里用着一位女管家,这可是个俄国人,很漂亮,年约三十岁,穿的是绸衣裳,还戴着金戒指和金耳环。库尔纳托夫斯基,正和所有刚强性子黑头发的男人一样,是爱好金发妙颜的女子的,所以,和卓娅结了婚;她完完全全服从他,甚至在思想的时候也不敢再用德语了。别尔谢涅夫正在海德堡②:他是被政府资送留学的;他到过柏林和巴黎,一点也没有浪费自己的时间;他会成为一位绝对胜任的教授的。他的两篇论文:《从

---

① 黑塞哥维那,即波斯尼亚—黑塞哥维那。
② 德国西南部巴敦州的城市。设有德国历史最悠久的大学。

刑法上所见古日耳曼法之若干特点》和《论文明问题中都市原则之意义》，均已引起了学术界的注意；所遗憾的是两篇论文的文字都不免有些累赘，而且夹杂了颇不少的外来语。舒宾在罗马；他已经整个地献身于自己的艺术，并已被视为最杰出、最有前途的新进雕塑家之一人了。严格的纯正派觉得他对古代雕塑的研究还欠功夫，而且没有"风格"，并且认为他是法兰西派；可是，英国人和美国人却多有定购他的作品的。近来，他所做的一尊《女祭酒》很引起了一番轰动；有名的财主俄国的波波什金伯爵本想用一千斯库多①把它买来，可是，结果却宁肯用三千斯库多买了另一 pur sang② 法国雕塑家所做的题为《患相思病的青年农女垂毙于春之精灵的怀中》的群像。舒宾有时还和乌瓦尔·伊万诺维奇通信，惟有这位老人，在任何方面都毫无改变。不久以前，舒宾给他写道："您可记得，那一晚，当我们知道了可怜的叶连娜的结婚消息，当我坐在您床边跟您谈话的时候，您对我说过的话么？您可记得，那时我问您：在我们中间会有真正的人么？您回答我说：'会有的。'哦，您拥有强大的威力的人！现在，在这里，从这地方，从我的'最美丽的远方'，我再要一次问您：'唔，怎么样，乌瓦尔·伊万诺维奇，会有的么？'"

乌瓦尔·伊万诺维奇却扭着手指，愣着眼睛，把他那谜样的目光凝视着远方。

---

① 意大利旧银币，一斯库多约等于五里拉。
② 法语：纯血统的。

父 与 子

巴金 译

И. С. ТУРГЕНЕВ

ОТЦЫ И ДЕТИ

根据苏联国家文学出版社 1953 年出版《屠格涅夫选集》第三卷译出。

纪　　念

维萨里昂·格利戈里耶维奇·别林斯基

一

"喂,彼得,还看不见?"问话的是一位年纪不过四十出头的绅士,在一八五九年五月二十日那天,他穿一件带尘土的外衣和方格纹的裤子,光着头,从某某公路上一家客店里走出来,站在低台阶上。他正在跟他的听差讲话,那是一个两颊滚圆的小伙子,下巴上长了些浅白色的柔毛,一对小眼睛没有一点儿眼神。

这个听差,他身上的一切——他一只耳朵上的那只绿松石耳环,他的颜色深浅不匀的、擦了油的头发,以及他的文雅的举止——总之,这一切都显出来他这个人属于时髦的、进步的一代,他敷衍地朝路上望了望,回答道:"老爷,看不见,一点儿也看不见。"

"看不见吗?"绅士再问一句。

"看不见。"听差又回答一遍。

绅士叹了一口气,就在一条小凳上坐下来。我们现在趁绅士弯着腿坐在那儿、带着沉思的样子朝四周望的时候,把他向读者们介绍一下。

他的姓名是尼古拉·彼得罗维奇·基尔萨诺夫。他的产业就在离这个客店十五俄里的地方,这是一片有两百个农奴的上好的田产,或者照他自己的说法,——他把土地和农民划清界限,创办了所谓"农庄"以后——二千俄亩①的田地。他的父亲,一个参加过一八一二年战役②的将军,是一个识字不多的粗人,不过人并不坏;这是一个道地的俄国人,他一生都在军队里辛辛苦苦,起初做旅长,后来升任师长,经常驻扎在外省,他在那些地方靠了他的官职成了一位相当重要的人物。

---

① 1 俄亩合 1.093 公顷。
② 指俄国抵御拿破仑入侵的卫国战争。

尼古拉·彼得罗维奇跟他的哥哥帕维尔一样,生在俄国南部(我们以后再谈帕维尔的事情),十四岁以前他一直在家里念书,接触的尽是些平庸的家庭教师、不拘礼节却又会奉承的副官和其他的团里的和司令部的军官。他的母亲是科里亚津家的小姐,出嫁以前闺名叫做 Agathe①,可是做了将军夫人以后便改称为阿加福克利娅·库兹米尼什娜·基尔萨诺娃,完全是所谓"官派十足的将军夫人"一类的女人。她戴的是十分讲究的帽子,穿的是窸窣作响的绸衣,在教堂里总是她抢先走到十字架跟前②;她讲起话来声音很高,而且讲个不停,她还要她的孩子每天早晨吻她的手,晚上她照例要给他们祝福——总而言之,她过得十分快乐如意。尼古拉·彼得罗维奇虽然并没有丝毫勇武的表现,而且还得到了"胆小鬼"的绰号,可是他因为是一位将军的儿子,便不得不学他的哥哥帕维尔的榜样,也去报名入伍;可是就在他得到任命消息的那一天,他跌坏了一只腿,在床上躺了两个月,落了一个"瘸子",那是一辈子医治不好的。他的父亲只好从此断念,让他去做文官。等到他满了十八岁,父亲便带他到彼得堡去进大学。恰好这个时候他的哥哥在近卫团里当了军官。两个年轻人租了一套房间住在一处,又托了他们的一位表舅偶尔来照应一下:那是一个高级的官员,名叫伊利亚·科里亚津。以后父亲回到他的师里和他的妻子那儿去了,只偶尔给这两个儿子寄来一封信,大张的灰色信纸上涂满了粗大的文书体的字迹。他在信纸的最后署上自己的名字:"彼得·基尔萨诺夫,陆军少将",还用心地在名字四周弯弯曲曲地描花。一八三五年尼古拉·彼得罗维奇在大学里得到学位毕了业,就在这一年,基尔萨诺夫将军因为阅兵成绩不好,给免了职,便带了妻子到彼得堡去住家。他刚在塔夫利奇花园③附近租了一所房屋,并且加入了英国俱乐部④做会员,就突然中风死了。

---

① 法语:阿加忒。意思是玛瑙。
② 旧俄俗,礼拜完毕以后,每个人都到十字架跟前去吻十字架。
③ 塔夫利奇花园在彼得堡的住宅区,附属于塔夫利奇宫,花园的一部分在夏天开放,供人游览。塔夫利奇宫是女皇叶卡捷琳娜二世在一七八三年为她的宠臣波将金公爵修建的。
④ 这个俱乐部的会员都是有钱的贵族和大官。

阿加福克利娅·库兹米尼什娜不久也跟着去世：她过不惯首都的那种沉闷无聊的日子；是免职闲居的痛苦把她折磨死了的。尼古拉·彼得罗维奇在他的父母还活着的时候，爱上了他的旧房东普列波罗文斯基（一个小官）的女儿，这桩事情给了他们不小的烦恼。那是一个美丽的、而且是一般人所谓有修养的姑娘：她喜欢读报纸上"科学"栏里的那些严肃的文章。他等自己服丧一满，立刻同她结了婚，并且辞掉他父亲生前给他在皇室领地总管理局谋得的官职，同他的妻子玛莎一块儿安享家庭的幸福；起初他们住在林业学院附近的一所别墅里，后来搬进城里一处精致的小楼房（那房子有干净的楼梯和一个阴凉的客厅），最后他们又搬到乡下去，就在那儿定住下来，不久生了一个儿子，名叫阿尔卡季。这一对年轻夫妇过得非常快乐，非常平静；他们几乎就没有分开过；他们在一块儿看书，四只手同弹钢琴，唱着二重唱。她种花养鸡；他偶尔也出去打猎，料理田产上的事务。在这中间，阿尔卡季也在快乐平静的环境中渐渐地长大起来了。十年的光阴像梦一般地过去。一八四七年基尔萨诺夫的妻子去世。他差一点儿受不了这个打击：不到几个星期他的头发就变成灰白了。他正要动身到国外旅行，希望借此消除他的悲痛……可是一八四八年接着来了①。他只得回到乡下，在一个相当长的时间里他什么事都不做，过着一种闲懒的生活；后来他对他的田地改革的事情感到了兴趣，便动手做起来。在一八五五年他把儿子送进大学；他跟儿子一块儿在彼得堡过了三个冬天，他很少出门，只是竭力跟阿尔卡季的一班年轻朋友结交。到第四年的冬天，他有事情不能去彼得堡，所以我们在一八五九年五月看见他在这儿等候他儿子像他自己从前那样地得到学位毕业回来，——他的头发完全灰白，身子倒很结实，不过背显得有点儿驼。

那个听差由于礼貌的关系，也许还是因为他不愿意老站在主人的眼前，便到大门口去，点燃烟斗抽起来。尼古拉·彼得罗维奇埋下头，望着那破旧的台阶，一只肥大的花雏鸡安稳地迈着黄色的肥腿严肃地

---

① 在一八四八年欧洲主要国家大都卷在革命波涛中间。尼古拉一世害怕俄国人民受到影响，曾下令禁止人们出国。

在台阶上走来走去；一只肮脏的猫装腔作势地蜷伏在栏杆上面,对他做出一种不高兴的神气。太阳晒得厉害,从客店的阴暗的过道中送出一股热的黑麦面包的味道。尼古拉·彼得罗维奇想得出神了。"我的儿子……大学学士……阿尔卡沙①……"这些字眼翻来覆去地在他的脑子里打转；他竭力要去想些别的事情,可是这种思想又回转来了。他想起了亡故的妻子……他悲痛地喃喃说："要是她活到现在就好了。"一只肥的、深蓝色的鸽子飞到路上,急急地到井边一个水洼跟前去喝水。尼古拉·彼得罗维奇刚在望它,可是他的耳朵已经听到了由远处驶近的车轮声……

"老爷,一定是他们来啦。"听差从大门口过来报告。

尼古拉·彼得罗维奇跳起来,注意地顺着公路望去。一辆三匹驿站马拉的四轮马车出现了；他还看见车子里面一顶大学生制帽的帽檐,一个熟悉的亲爱的脸的轮廓……

"阿尔卡沙,阿尔卡沙！"基尔萨诺夫一面叫着,一面挥动两只手跑着迎上去……不到一忽儿工夫,他的嘴唇便贴在一个年轻大学学士的无须的、带尘土的、太阳晒黑了的脸颊上面了。

二

"爸爸,让我先抖一下身上的尘土吧。"阿尔卡季说,由于旅途的辛苦,他的声音略有一点儿发哑,不过这还是孩子的声音,而且响亮悦耳,他高兴地回抱他的父亲："我把你身上也沾上土了。"

"不要紧,不要紧。"尼古拉·彼得罗维奇带着慈爱的笑容反复地说,他伸手在他儿子的大衣领子上拍了两三下,也把自己的外衣拍了两拍。"让我好好地看你一下,让我好好地看你一下。"他说着,便往后退了几步,可是他立刻又急急忙忙地向客店的院子走去,口里嚷着："这

---

① 阿尔卡季的小名。

边,这边,快给我们套马。"

尼古拉·彼得罗维奇似乎比他的儿子兴奋得多;他好像有一点儿慌张,又有一点儿胆怯。阿尔卡季止住他。

"爸爸,"他说,"让我介绍我的好朋友巴扎罗夫给你,我在信上常常提起他。他真好,居然肯到我们家里来做客。"

尼古拉·彼得罗维奇连忙转过身来,走到一个刚从四轮马车上下来、穿一件宽大的带穗子的长外衣的高个子跟前,那人停了一忽儿才把手伸给他,可是他仍旧紧紧地捏住那个人的没有戴手套的红色的手。

"您这次光临,叫我十分高兴,而且非常感激,"他开始说,"希望……请教您的大名跟您的父名。"

"叶夫盖尼·瓦西里耶夫。"巴扎罗夫用懒洋洋的、然而响亮的声音答道;同时他翻下外衣的领子,让尼古拉·彼得罗维奇看见他的整个面孔。这是一张瘦长脸,宽广的前额,上平下尖的鼻子,带绿色的大眼睛,淡茶色的下垂的连鬓胡子;一个安静的微笑使他的脸显得有生气,而且显出他的自信心和聪明来。

"亲爱的叶夫盖尼·瓦西里伊奇,我希望您在我们这儿不至于感到沉闷无聊。"尼古拉·彼得罗维奇继续说。

巴扎罗夫的薄薄的嘴唇微微一动,不过他并没有回答,只是举了一下帽子。他的又长又密的深黄色头发盖不住他隆起的头骨。

"那么,阿尔卡季,"尼古拉·彼得罗维奇又掉转身对他的儿子说,"要不要现在就套马,还是你们高兴休息一忽儿?"

"爸爸,我们还是回家休息吧。叫他们就套上马。"

"马上就走,马上,"父亲答应道,"喂,彼得,听见没有?赶快准备好,好孩子。"

彼得是一个受过训练的听差,他并不去吻小主人的手,只是远远地对他鞠一个躬,便穿过大门不见了。

"我是坐轻便马车来的,不过我另外给你的四轮马车预备了三匹马。"尼古拉·彼得罗维奇唠叨地说,阿尔卡季向客店女主人要了一铁勺子的水来,正拿到嘴边喝着;巴扎罗夫点燃烟斗,向那个正在卸马的车夫走去。尼古拉·彼得罗维奇接着往下说:"我的车里只有两个座位,我不知道你那位朋友怎样……"

"他会坐四轮马车的,"阿尔卡季低声打岔道,"请你不要跟他讲礼节,他是个了不起的人,非常朴素——你以后会明白的。"

尼古拉·彼得罗维奇的车夫把马牵了出来。

"喂,转过身来,大胡子!"巴扎罗夫对四轮马车的车夫说。

"米秋哈,听见没有?"另一个车夫插嘴道,他正站在旁边,两只手插在他的羊皮衣服后面开的口里,"这位老爷怎样叫你?你真是个大胡子。"

米秋哈不答话,只是把帽子轻轻往上一推,然后从那匹流汗的辕马身上卸下缰绳来。

"快些,快些,伙计们,来帮个忙,"尼古拉·彼得罗维奇嚷道,"一忽儿大家都有伏特加喝!"

不到一忽儿工夫马都套好了;父亲和儿子坐在轻便马车里,彼得爬上了赶车的座位;巴扎罗夫跳进了四轮马车,把头放在皮枕上,于是两部车就辘辘地跑走了。

三

"你毕竟做了大学学士,回到家里来了,"尼古拉·彼得罗维奇说,他一忽儿拍拍阿尔卡季的肩头,一忽儿拍拍阿尔卡季的膝盖,接着又说一句:"毕竟回来了。"

"伯父身体怎样?他好吗?"阿尔卡季问道,虽然他心里充满了真诚的,而且带点儿孩子气的喜悦,可是他却愿意在这个时候尽可能少谈感情话,只说一些普通的家常话。

"很好。他原本要跟我一块儿来接你的,可是不知道为了什么缘故又改变了主意。"

"你等了我很久吗?"阿尔卡季问道。

"哦,大约五个钟头吧。"

"我的好爸爸！"

阿尔卡季立刻转过身去，在他父亲的脸颊上接了一个很响的吻。尼古拉·彼得罗维奇轻轻地笑出声来。

"我给你预备了一匹多好的马，"他说，"你等着瞧吧。你的屋子也重新糊过了。"

"巴扎罗夫有一间屋子吗？"

"我们给他预备一间就是了。"

"爸爸，请你好好地待他。我没法跟你说得明白我多么看重他的友谊。"

"你跟他认识不久吧？"

"不久。"

"啊，难怪我去年冬天没有见到他。他是研究什么的？"

"他的主要科目是自然科学。不过他什么都知道。他明年还要去考医生呢。"

"啊！他还是念医科的，"尼古拉·彼得罗维奇说，他不做声了。过一忽儿他又伸手指着前面问道："彼得，那些赶车的是我们的农民吗？"

彼得朝他主人指的方向望去。几辆大车在一条狭窄的小路上急急地跑过，拉车的马都没有加上马衔。每辆车上有一两个敞开羊皮袄的农民。

"老爷，是的。"彼得答道。

"他们往哪儿去，——进城去吗？"

"我想一定是进城去。"彼得轻蔑地再加一句："上酒馆去。"同时他微微地侧身向着车夫，好像在征求车夫的同意似的。可是车夫动也不动一下：他是一个旧式的人，并不赞成现代的新的见解。

"今年农民给我找了不少的麻烦，"尼古拉·彼得罗维奇接着对他的儿子说，"他们不肯缴租。你又有什么办法？"

"可是你还满意那些雇来的长工吧？"

"还好，"尼古拉·彼得罗维奇低声答道，"可是不幸有人鼓动他们跟我捣乱；他们不肯多出力干活。他们把马具弄坏了。不过他们耕地还不错。一切困难都会得到解决的。你现在对田上的事情有没有兴趣?"

"家里没有一个阴凉地方,真可惜。"阿尔卡季不回答他的问话,却另外说。

"我在北面露台上搭起了一个凉棚,"尼古拉·彼得罗维奇说,"现在我们可以在露天吃饭了。"

"那么这会太像避暑的别墅了……可是这是废话。这儿空气真好!味道多么新鲜!真的,我觉得世界上再没有一块地方有我们这儿草地这样香的!而且天空也……"

阿尔卡季突然闭了嘴,偷偷地朝背后看了一眼,就不再说下去。

"不错,"尼古拉·彼得罗维奇接嘴说,"你是在这儿出世的,所以你对这儿的一切都有一种特别的……"

"得啦,爸爸,一个人生在哪一个地方,那是没有关系的。"

"可是……"

"不,这绝对没有关系。"

尼古拉·彼得罗维奇偷偷地看了他儿子一眼,车子又走了半里的光景,他们两个人谁都没有讲话。

"我不记得我给你的信里提过没有,"尼古拉·彼得罗维奇开口说,"你的老奶奶叶戈罗夫娜死了。"

"真的?可怜的老婆婆!普罗科菲奇还在吗?"

"还在,一点儿也没有改变。还是那样地整天唠叨。老实说,你在马利因诺找不到多少改变的。"

"总管①还是旧人么?"

"啊,这却换了人了。我决定:那些做过家仆的农奴解放以后,就不再留用,或者至少我不给他们做什么负责任的事情,"尼古拉·彼得罗维奇看见阿尔卡季望着彼得,便放低声音解释道:"Il est libre, en effet,②不过,他只是一个当差。我现在用的总管是一个城里人,看起来

---

① 贵族家的管事和领地管理人。他还照料家务,并且管理全家的男女仆人。
② 法语:的确,他是自由的。

倒是个很能干的小伙子。我给他一年二百五十卢布的薪水。可是，"尼古拉·彼得罗维奇说到这里，便伸手去擦他的前额和眉毛，这在他向来是一种心里不安的表示，"我刚刚对你说过，你在马利因诺找不到什么改变……这句话并不十分正确。我觉得我应当事先对你说明，虽然……"

他吞吞吐吐地过了一忽儿，然后用法语说下去：

"也许一个严正的道学家会说我的坦白是不适当的；可是一来，事情隐瞒不了，二来，你也知道：我对于父子间的关系素来有一种特别的主张。当然，你也有权责备我。在我这样的年纪……一句话说完……那个……那个姑娘，你也许已经听见说过她了……"

"费尼奇卡吗？"阿尔卡季顺口问道。

尼古拉·彼得罗维奇红了脸。

"请你不要大声提她的名字……唔，是的，……她现在跟我住在一块儿。我把她搬进我家里来了……占了两间小屋子。不过这是可以变动的。"

"啊，爸爸，为什么要变动呢？"

"你那位朋友要在我们家里做客……这有点儿不方便。"

"请你不用担心巴扎罗夫。他完全不管这种事情。"

"好的，可是对你也不便，"尼古拉·彼得罗维奇又说，"糟糕的是——我们那间小耳房又太糟。"

"得啦，爸爸，"阿尔卡季打岔说，"你好像在道歉似的；你不害羞吗？"

"自然，我应当害羞。"尼古拉·彼得罗维奇答道，他的脸越发红了。

"得啦，爸爸，得啦；请你不要再说了！"阿尔卡季温存地微笑道。他又暗暗地想："这有什么可以道歉的呢？"他的心里充满了对于这位善良而软弱的父亲的一种带宽大意味的爱，同时还夹杂着一种暗中以为自己优越的感觉。"请你不要讲了。"他再说一遍，不由自主地感到自己思想的进步和解放而大为得意了。

尼古拉·彼得罗维奇还在擦自己的前额，这个时候便从手指头底下看了儿子一眼,心里一下子痛起来……可是他马上又责备他自己。

"这就到了我们的地了。"过了好一忽儿工夫他又说。

"我想前面就是我们的林子吧?"阿尔卡季问道。

"是,是我们的。只是我把它卖出去了。今年他们就要来砍的。"

"为什么要卖掉呢?"

"我需要钱用;况且那片地也得分给农民。"

"是那些不缴租的农民吗?"

"那是他们的事情;不过他们总有一天会缴租的。"

"这林子很可惜。"阿尔卡季说,他便眺望起四周的景物来。

他们所经过的田野够不上说是风景如画的。一片一片的田地接连着,一起一伏地一直连到天边;有些地方可以看见小树林,还有一些曲曲折折的峡谷,里面长满了稀疏的矮树,看起来就跟叶卡捷琳娜女皇①时代的旧式平面图上面绘出的一样。他们还经过一些两岸崩落的小河,狭堤分隔的小湖;他们又看见一些小村庄,矮木屋的漆黑的屋顶有好多都塌了一半,矮树编成围墙的谷仓倾斜了,它那荒废的打麦场旁边的大栅门也张开了大嘴。教堂中间有的是砖砌的,泥灰也剥落了;有的是木头造的,上面的十字架也歪斜了,墓园里长满了荒草。阿尔卡季的心渐渐地紧缩起来。好像故意似的,他们沿途遇见的农民都穿着破旧的衣服,骑着瘦弱可怜的小马,路旁的柳树让人剥下树皮、弄断树枝,像一排衣服褴褛的乞丐;瘦小的、毛蓬蓬的、显然是饥饿的母牛贪心地乱嚼着沟边的野草。它们好像刚从什么凶恶残暴的猛兽的利爪下面逃了出来似的;在明媚可爱的春天里面看见这些瘦弱的畜生的悲惨可怜的模样,使人想起那个充满风暴和霜雪的、漫长的、寂寥寡欢的严冬的白色魔影……"不,"阿尔卡季想道,"这不是一个富饶的地方:它给人的印象不是丰裕和勤劳;它不能够,不能够照这样下去,改革是绝对必需的……可是怎样实行改革呢,又从什么地方开头呢?"

阿尔卡季这样地思索着……可是就在他思索的时候,春天又发挥了它的力量。四周全是金绿色,那一切,树啊,矮林啊,草啊,正在灿烂

---

① 即叶卡捷琳娜二世(1729—1796),一七六二至一七九六年间的俄国女皇。

地发光,并且在暖风的轻拂下广泛地、轻柔地荡漾;百灵鸟的嘹亮的歌声不绝地从四面涌来,田凫或是唱着歌在低洼的草地上盘旋,或是静静地掠过草坡飞去;白嘴鸦在长得不高的春麦田里昂首阔步,让这一片新绿衬出它们的乌黑;一忽儿它们又隐在已经变白了的裸麦中间,不时从那烟雾一般的麦浪中伸出它们的头来。阿尔卡季看了又看,他的愁思逐渐减淡,消失……他脱下他的大衣,望着他的父亲,脸色显得十分高兴,而且带着孩子气,他的父亲便又把他拥抱了一下。

"现在已经不远了,"尼古拉·彼得罗维奇说,"只要爬上那小山,就看得见宅子了。阿尔卡沙,我们在一块儿一定过得很好;倘使你不厌烦的话,你还可以帮我管理田产。我们现在应当多接近,应当好好地互相了解,你说对不对?"

"自然啦,"阿尔卡季说,"可是今天天气真好!"

"这是特地欢迎你的呢,我的好孩子。这是春天的最好的日子。不过我赞成普希金的意见——你记得不记得,他在《叶甫盖尼·奥涅金》①里写了这样的句子:

你来了,给我带来几多忧愁,

春天,春天,恋爱的时候!

多么……"

"阿尔卡季,"巴扎罗夫的声音从后面的四轮马车里传来,"给我递根火柴来,我没有东西点我的烟斗。"

尼古拉·彼得罗维奇停止了念诗,阿尔卡季正带了惊讶(但也不是没有同情)地听着,这时连忙从衣袋里掏出一个银的火柴匣子,叫彼得给巴扎罗夫送过去。

"你要不要一支雪茄?"巴扎罗夫又嚷道。

"给我也好。"阿尔卡季答道。

彼得回到车里,除了火柴匣子以外,还带给他一支又粗又黑的雪茄,阿尔卡季立刻点起烟来,于是在他身边散出了一种劣等烟的又浓又

---

① 俄国大诗人普希金的长篇诗体小说。

辣的气味,使那个从小就不抽烟的尼古拉·彼得罗维奇不得不把鼻子掉开,不过他竭力不让他的儿子觉察到,免得会叫阿尔卡季见怪。

一刻钟以后两部马车停在一所红铁皮屋顶、灰色墙壁的新的木头宅子的台阶前。这便是马利因诺,它又叫"新村",农民却给它起了一个外号叫"穷庄"。

四

并没有一大群家仆跑出来到台阶上迎接主人;只有一个十二岁光景的小姑娘出现。在她的后面又从宅子里走出一个年轻人,相貌很像彼得,穿了一件灰色短号衣,号衣上钉着刻了纹章的白扣子,这是帕维尔·彼得罗维奇·基尔萨诺夫的听差。他不做声地开了轻便马车的门,又解开四轮马车的暖帘。尼古拉·彼得罗维奇同他的儿子,还有巴扎罗夫,三个人下了车,走过一间黑暗的、几乎是空空荡荡的大厅(就在这儿门背后闪出一个年轻女人的脸),进了一间有着最新式陈设的客厅。

"我们现在到家了,"尼古拉·彼得罗维奇说,他取下帽子,把头发往后一甩,"要紧的是现在应当吃晚饭,就好休息了。"

"吃点儿东西的确是不坏的。"巴扎罗夫说,他伸了一个懒腰,就在一张沙发上坐下来。

"不错,不错,我们马上就开晚饭,"尼古拉·彼得罗维奇无缘无故地跺脚说,"啊,普罗科菲奇来得正是时候。"

进来一个六十岁光景的人:白头发,黑瘦的脸,身上穿了一件带铜钮扣的棕色常礼服,脖子上围着一条淡红色的领巾。他笑嘻嘻地走过来,吻了阿尔卡季的手,又对客人鞠了一个躬,便退到门口,反背着手立在那儿。

"他回来了,普罗科菲奇,"尼古拉·彼得罗维奇说,"他毕竟回到我们这儿了……啊,你觉得他怎样?"

"再好没有的了,老爷,"老人说着,又咧开嘴笑了笑,可是他马上皱起他的浓眉来,"您吩咐就开晚饭吗?"他郑重地问道。

"好,好,就开吧。不过,您要不要先到您屋子去看看,叶夫盖尼·瓦西里伊奇?"

"不要,谢谢;这倒用不着。不过请您叫人把我的小手提箱拿到那儿去,还有,我这件衣服也带去。"他说着,便把身上那件外衣也脱下来。

"很好,普罗科菲奇,接住这位先生的大衣。(普罗科菲奇带着莫名其妙的神气用双手接过了巴扎罗夫的衣服,把它捧得高高的,踮起脚走出房去。)阿尔卡季,你要不要到你屋子里去一下?"

"是的,我倒应该去洗洗脸。"阿尔卡季答道,他向着房门走去,这个时候恰好有一个人从外面走进客厅来。这是一个中等身材的人,穿一套深色的英国式衣服,系一条时髦的低领结,穿一双漆皮鞋。他是帕维尔·彼得罗维奇·基尔萨诺夫,看起来大约有四十五岁。他那剪得短短的灰白头发发着黝暗的光,像新的银子一样;在他那血色不好、但没有一条皱纹的脸上,五官十分端正,而且光洁,就好像是用一把精巧的小凿子雕刻出来似的;这张脸上还留着当年那种惊人之美的痕迹,那一对明亮而漆黑的椭圆形眼睛尤其美。阿尔卡季的伯父的整个外貌,在贵族的高傲和优雅之外,还保留着青春的和谐,以及一般过了二十岁的人所少有的那种超脱世俗的憧憬。

帕维尔·彼得罗维奇从裤袋里伸出他那有着粉红色长指甲的好看的手来,这只手给他那扣上单独一颗大猫眼石纽扣的雪白袖口陪衬着,显得更好看了。他把手伸给他的侄儿。他先行了西欧式的 shake-hands①,以后他又照俄国规矩同侄儿亲了三下,这就是说,他用他的洒了香水的小胡子在阿尔卡季的脸颊上挨了三下,口里说:"欢迎。"

尼古拉·彼得罗维奇把他介绍给巴扎罗夫:帕维尔·彼得罗维奇稍微弯了一下他的柔韧的身子,并且微微一笑,算是招呼了巴扎罗夫,他并不伸手给客人,反而把它放回裤袋里去了。

---

① 英语:握手。

"我倒以为你今天不会来了,"他用悦耳的声音说,亲切地摇了摇身子,耸了耸肩,同时露出他一嘴漂亮的白牙齿,"路上出了什么事吗?"

"一点儿也没有,"阿尔卡季答道,"只是我们稍微耽搁了一下。不过我们现在饿得跟饿狼一样。爸爸,请催普罗科菲奇快开晚饭。我马上就回来。"

"等着,我跟你一块儿去。"巴扎罗夫突然从沙发上立起身来说。两个年轻人一路走出去了。

"这是什么人?"帕维尔·彼得罗维奇问道。

"阿尔卡季的朋友,据他说,是一个很聪明的人。"

"他是不是到我们这儿来做客?"

"是的。"

"这个长头发的家伙吗?"

"唔,是的。"

帕维尔·彼得罗维奇用他的指甲敲着桌面。

"我觉得阿尔卡季 s'est dégourdi①,"他说,"我高兴看见他回来了。"

在晚饭桌上大家很少讲话,尤其是巴扎罗夫,他几乎什么话也不说,可是他吃得多。尼古拉·彼得罗维奇讲了他在自己所谓农庄生活中所遇到的种种事故,又讲起一些就要发布的政府的新法案②,还谈到各种委员会,选派代表,以及采用机器的必要,诸如此类的问题。帕维尔·彼得罗维奇在饭厅里慢慢地来回走着(他向来不吃晚饭),有时候他拿起酒杯尝一点儿红酒,偶尔还发出一两声"啊,啊哈!哼!"一类的惊叹。阿尔卡季讲了一些彼得堡的新闻,可是他觉得有一点儿拘束(通常一个年轻人刚刚脱离小孩时期,又回到人们一向把他当作小孩看待的地方来,他就会有这样一种拘束的感觉)。他讲话故意把句子拉长,并且避开用"爸爸"这个字眼,有时候他还叫起"父亲"来,不过只

---

① 法语:比较活泼了。
② 指两年后,即一八六一年公布的农奴解放的法令。

是在牙齿缝里含糊地叫了一下,他装出毫不在乎的神气只顾把酒往自己的杯子里斟,虽然超过了他的酒量,他还是喝光了。普罗科菲奇不转眼地望着他,嘴唇不停地在嚼动。吃过晚饭大家马上散去了。

巴扎罗夫穿着睡衣坐在阿尔卡季的床沿上,抽一支短烟斗,对阿尔卡季说:"你那位伯父真是个怪人。想不到在乡下居然有这样漂亮的装束!他的指甲,指甲,你应当把它们送到展览会去!"

"啊,你原来不知道,"阿尔卡季答道,"他当时还是一个大交际家。哪一天我来把他的事情讲给你听。他从前是一个美男子,不知道迷倒过多少女人。"

"啊,真有这回事!他原来在纪念他的过去的风流。可惜这儿没有一个可以给他迷倒的女人。我一直在看他:他那漂亮的硬领就像大理石的一样,他的下巴刮得真干净。可是,阿尔卡季·尼古拉耶维奇,你说,这是不是很可笑?"

"也许是的,不过他实在是一个好人。"

"一个古董!可是你父亲倒不坏。他浪费时间去读诗,对田产管理的事情却懂得很少,不过他的心是好的。"

"我父亲是一个很难得的好人。"

"你有没有注意到他那种局促不安的样子?"

阿尔卡季摇摇头,好像在表示他自己并没有局促不安的样子。

"这些上了年纪的浪漫派真古怪,"巴扎罗夫继续说,"他们拼命发展他们的神经系统……弄得自己老爱激动。可是,再见!我房间里有一个英国洗脸盆,可是房门却锁不上。不过这究竟是值得鼓励的——英国洗脸盆,这代表着进步啊①!"

巴扎罗夫走了。阿尔卡季觉得非常快乐。睡在自己的家中,躺在睡惯了的床上,盖着一双亲爱的手(这也许是那个亲爱的老奶妈的手,那一双亲切的、温柔的、不知道疲倦的手)所做的被子,这是多甜蜜啊。阿尔卡季又想起了叶戈罗夫娜,便叹了一口气,祷祝她的灵魂在天上平

---

① 当时俄国的旧式洗脸盆,脸盆里没有塞子,顶上有一个贮水槽,放水时得踏动下面的踏板。

安……可是他并不为他自己祷告。

阿尔卡季同巴扎罗夫两个人不到一忽儿的工夫就睡着了,可是这家里还有一些别的人好久都没有睡着。尼古拉·彼得罗维奇因为儿子回家,非常兴奋。他躺在床上,并不吹灭蜡烛,却用手支住头,想了好久。至于他的哥哥,过了夜半有好久了,仍然坐在书房里的壁炉前面一张宽大的甘卜士①制造的扶手椅上,壁炉里还有未燃完的煤在燃烧。帕维尔·彼得罗维奇还没有脱衣服,只是脚上的漆皮鞋现在换了一双红色的、没有后跟的中国拖鞋。他手里拿着最近一期的 Galignani②,可是他并不读它;他不转睛地望着壁炉,那儿有一股带蓝色的火焰闪起来,灭了,又再冒上来……上帝知道他在想些什么,不过他所想的并不单是过去的事情;他的脸上带着专注的、忧郁的表情,这就不是一个单单在回忆过去的人的表情了。在后面的一间小小的内屋里,一个穿浅蓝色长袖短棉衣的年轻女人坐在一只大箱子上面,她用一方白头帕包住她一头的黑发,这便是费尼奇卡,她一忽儿在倾听着什么,一忽儿在打瞌睡,一忽儿又抬起头看那扇开着的门,门里看得见一个小孩的摇床,还可以听见一个睡熟了的婴孩的均匀的呼吸。

五

第二天早晨巴扎罗夫醒得比谁都早,就到外面去了。"啊,"他向四周望了一望,不觉想道,"这个小地方并没有什么值得夸口的!"尼古拉·彼得罗维奇把土地和他的农民们划清界限以后,他只好在一块四亩大小的平坦的荒地上盖自己的新公馆。他修了一所住宅,还修了附属房屋和养畜场,另外又布置了一个花园,挖了一个池子,打了两口井;

---

① 法国人甘卜士(Gambes)十九世纪三十年代在彼得堡开设家具店,制造各种家具。
② 《加里聂安尼报》原名《The Galignani's Messager》(《加里聂安尼消息报》),是意大利人 G. A. Galignani 一八一四年在巴黎创办的自由主义的英文日报,有政治、文学、商业各栏。

可是种的小树长得并不好,池子里也没有积多少水,井水又带一点儿咸味。只有那个丁香和刺槐编的凉亭还长得不错;他们有时候就在这个亭子里喝茶吃饭。巴扎罗夫不到几分钟就走遍了园里的小径;他又看过了牛棚和马房,碰到了两个家仆的男孩,他立刻跟他们做了朋友,三个人一块儿到离这个公馆一里远的小水塘捉青蛙去了。

"老爷,你拿青蛙来做什么用?"一个男孩问道。

"我就要告诉你什么用处,"巴扎罗夫答道,虽然他对身份比他低的人从不放任,对待他们也很随便,可是他有一种容易得到那些人的信任的特殊本领,"我要把青蛙剖开,看看它的身子里头是怎么一回事,因为你我跟青蛙是一模一样,不过我们用脚走路罢了,这样我也会知道我们身子里头是怎么一回事了。"

"你要知道它有什么用呢?"

"为了有一天,要是你生了病,请我去医治,我免得弄错。"

"那么你是一个医生吗?"

"对啦。"

"瓦西卡,听见没有?老爷说你我都是跟青蛙一样的,真古怪!"

"我害怕它们,害怕那些青蛙。"瓦西卡说,他是一个七岁的孩子,头发白得像亚麻一样,光着脚,穿一件带硬领的灰色粗布宽上衣。

"干吗要害怕?难道它们还咬人?"

"得啦,小哲学家们,跳到水里去吧。"巴扎罗夫说。

这个时候尼古拉·彼得罗维奇也已经起来了,他去看阿尔卡季,阿尔卡季已经穿好衣服。父子两个走出屋子到露台上去,坐在凉棚下面;栏杆旁边,桌子上,几大束丁香花中间,一个茶炊正在咝咝地响。来了一个小姑娘,她就是昨天在台阶上第一个来迎接他们的。她细声地说:

"费多西娅·尼古拉耶夫娜[①]不大舒服,她不能够来;她叫我来问您,是您高兴自己斟茶,还是要她差杜尼亚莎来?"

"我自己斟,自己斟,"尼古拉·彼得罗维奇连忙接嘴说,"阿尔卡季,你茶里是放奶油,还是放柠檬?"

---

① 费尼奇卡的本名和父名。

"放奶油吧,"阿尔卡季答道,停了一忽儿他忽然询问地说:"爸爸?"

尼古拉·彼得罗维奇慌张地望着他的儿子。

"什么?"他说。

阿尔卡季埋下眼睛。

"爸爸,要是我问话问得不得体,就请你原谅我,"他开始说,"可是你自己昨天对我很坦白,所以我才敢坦白地讲话……你不会生气吧?……"

"你说吧。"

"你使我有勇气来问你……是不是因为我在这儿,所以费……所以她才不出来斟茶吗?"

尼古拉·彼得罗维奇稍微掉开脸。

"也许,"他末了说,"她以为……她不好意思……"

阿尔卡季迅速地看了父亲一眼。

"她用不着不好意思。第一,你知道我的想法(阿尔卡季说这句话的时候感到十分的愉快),第二,你想,我对你的生活,你的习惯会有一丝一毫的干涉吗?而且我相信你挑选的人不会不好;你既然要她住在你家里来,那么她一定配得上你;无论如何,儿子总不是父亲的审判官——尤其是我,尤其是像你这样的父亲,你从来就没有限制过我的任何自由。"

阿尔卡季的声音起初微微发颤:他觉得自己很宽大,不过同时他也知道他有一点儿像在教训自己的父亲似的;可是一个人的声音在他自己身上会发生很大的效力,所以阿尔卡季说到最后,声音变得坚决了,简直说得有声有色。

"谢谢你,阿尔卡沙,"尼古拉·彼得罗维奇声音含糊地说,他的手又去摸他的眉毛和前额,"你的猜想的确有理。自然,这个女孩子要是不配的话,我不会这样做的……这不是我一时的轻举妄动。我跟你讲这个也不大好讲;不过你会明白她实在不便出来见你,尤其是在你回家以后的第一天。"

"那么我去看她吧,"阿尔卡季又激起一阵宽大的感情嚷道,一面从座位上跳起来,"我去跟她说明白,她用不着在我面前不好意思。"

尼古拉·彼得罗维奇也站了起来。

"阿尔卡季,"他说,"我求你……你怎么能……那儿……我还没有告诉你……"

可是阿尔卡季已经不听他的话,跑出了露台。尼古拉·彼得罗维奇望着儿子的背影,感到很窘,又在椅子上坐下了。他的心跳得厉害……他这个时候是不是想到他们父子中间将来的关系不可避免地会变得很异样?他是不是觉得要是他一点儿也不提起这桩事情,阿尔卡季会更尊敬他?他是不是在责备他自己的过错?——这是很难说的;这些感觉他心里都有,不过还只是一些模糊不清的感触,可是他的脸还红着,心也跳得更厉害了。

响起一阵急促的脚步声,阿尔卡季回到露台上来了。

"父亲,我们已经认识了!"他嚷道,脸上露出亲爱和得意的神情。"费多西娅·尼古拉耶夫娜今天真的不大舒服,她停一忽儿还会来的。可是你为什么不告诉我,我有一个弟弟呢?本来我昨晚上就该去亲他了,不用等到现在的。"

尼古拉·彼得罗维奇打算说什么话,他打算站起来,张开胳膊……阿尔卡季已经抱住了他的脖子。

"这是什么意思?又拥抱起来了?"帕维尔·彼得罗维奇的声音从后面送过来。

他这个时候来得正好,父亲和儿子都高兴,因为有些叫人感动的场面是人们很难长久忍受的,他们倒愿意它尽快地结束。

"这有什么奇怪的?"尼古拉·彼得罗维奇很高兴地说,"你想一想我等了阿尔卡沙多少年了……昨天起我还没有时间好好地看他一下。"

"我一点儿也不觉得奇怪,"帕维尔·彼得罗维奇答道,"就是我自己,也并不是不想跟他拥抱。"

阿尔卡季走到他的伯父跟前,他又感觉到他的脸颊给伯父的洒过香水的小胡子亲了一下。帕维尔·彼得罗维奇在桌子旁边坐下来。他穿了一件很讲究的英国式的晨服,头上戴一顶小小的土耳其帽。这顶土耳其帽和那条随意结起来的小领结都表示着乡村生活的无拘束;可是他的衬衫(这衬衫的确不是白的,因为配着晨服,便穿了有条纹的衬衫)上的硬领还是像平日那样严正地衬出那个刮得很光滑的下巴来。

"你那位新朋友呢?"他问阿尔卡季道。

"他不在家;他一向都是起得很早,就到外面去了。我们最好不要去管他;他不喜欢礼节。"

"不错,我也看得出来。"帕维尔·彼得罗维奇从容地在他的面包上涂着牛油。"他打算在我们这儿久住吗?"

"那要看他的意思怎样。他是打这儿经过,去看他的父亲。"

"他的父亲住在什么地方?"

"就在我们这一省,离这儿有八十俄里。他在那地方有个小小的田庄。他以前做过团的军医。"

"哦,哦,哦,哦……怪不得我老是问自己:'我在什么地方听见过巴扎罗夫这个姓呢?'……尼古拉,你还记得我们父亲那一个师里头有一个军医巴扎罗夫吗?"

"好像是有的。"

"不错,不错,一定的。那个军医就是他的父亲了。嗯!"帕维尔·彼得罗维奇摸了摸他的小胡子,接着又不慌不忙地问道:"那么,现在这位巴扎罗夫先生究竟是一个怎样的人呢?"

"您问巴扎罗夫是一个怎样的人?"阿尔卡季微笑道。"大伯,您要我告诉您他究竟是一个怎样的人吗?"

"好侄儿,请讲吧。"

"他是一个虚无主义者。"

"什么?"尼古拉·彼得罗维奇问道,这时帕维尔·彼得罗维奇正拿起一把刀尖上还挑着一块牛油的刀子,也停住不动了。

"他是一个虚无主义者。"阿尔卡季再说一遍。

"一个虚无主义者,"尼古拉·彼得罗维奇说。"依我看,那是从拉丁文 nihil(无)来的了;那么这个字眼一定是说一个……一个什么都不承认的人吧?"

"不如说是:一个什么都不尊敬的人。"帕维尔·彼得罗维奇插嘴说,他又在涂牛油了。

"是一个用批评的眼光去看一切的人。"阿尔卡季说。

"这不还是一样的意思吗?"帕维尔·彼得罗维奇说。

"不,这不是一样的意思。虚无主义者是一个不服从任何权威的人,他不跟着旁人信仰任何原则,不管这个原则是怎样受人尊敬的。"

"那么你觉得这是好的吗?"帕维尔·彼得罗维奇插嘴问道。

"大伯,那就看人说话了。它对有一些人是好的,可是对另一些人却很不好。"

"原来是这样。我看,这不是跟我们一道的。我们旧派的人,我们以为要是一个人,照你的说法,不信仰一种'原则'(帕维尔·彼得罗维奇照法语读音轻轻地念这个字,把重音放在后面,阿尔卡季却恰恰相反,把重音放在前面),那么连一步也走不通,一口气也吐不出来。Vous avez changé tout cela,①愿上帝保佑你们健康,给你们将军的官衔吧,②我们将来只好来欣赏你们这些先生们……那叫做什么呢?"

"虚无主义者。"阿尔卡季声音很清楚地说。

"不错。以前是黑格尔主义者③,现在是虚无主义者。我们以后再来看你们怎样在真空中,在没有空气的空间中生存;尼古拉·彼得罗维奇弟弟,请你按一下铃,现在是我喝可可茶的时候了。"

尼古拉·彼得罗维奇按了铃,大声唤着:"杜尼亚莎!"可是来的不是杜尼亚莎,费尼奇卡本人到露台上来了。她是一个二十三岁光景的少妇,白嫩的皮肤,浓黑的头发,乌黑的眼珠,孩子般微微鼓起的红嘴唇,还有一双细嫩的小手。她穿了一件细花布衫子,一条浅蓝色的新领巾松松地披在她的圆圆的肩头。她端着一大杯可可茶,放在帕维尔·彼得罗维奇的面前,带着十分羞窘的神情。她那美丽脸庞的细嫩皮肤上泛起一阵红晕。她埋下双眼,立在桌旁,指尖微微挨到桌面。她好像

---

① 法语:你们把这一切都改变了。
② 出自格里鲍耶陀夫的剧本《聪明误》第二幕第五场。
③ 黑格尔(1770—1831),十八世纪末至十九世纪初德国唯心主义哲学的最大的代表人物。黑格尔主义者就是信仰他的学说的人,有一个时期一般俄国青年都喜欢谈黑格尔的学说。

在害羞不该来,同时她又好像觉得她有权利到这儿来似的。

帕维尔·彼得维罗奇正色地皱紧了眉头,尼古拉·彼得罗维奇露出忸怩不安的样子。

"费尼奇卡,早。"尼古拉·彼得罗维奇从牙缝里含糊地说了这一句。

"早,老爷。"她答道,声音不高,却相当清脆。她偷偷瞥了阿尔卡季一眼,他对她和善地微微一笑,她悄悄地走开了。她走起路来身子有点摇摆,可是连这一点也跟她相称。

露台上静了几分钟。帕维尔·彼得罗维奇慢慢地喝着她的可可茶,忽然抬起头来。

"虚无主义者先生光临了。"他低声说。

巴扎罗夫果然穿过花园踏着花坛走来。他的亚麻布衣裤上沾满了污泥;他的旧圆帽顶上挂着一根水塘里的水藻;他右手提着一个小袋子;袋里有活的东西在动。他很快地走近了露台,点一个头,说道:

"各位,早安;对不起,喝早茶我来晚了。我马上就回来;我得先把这些俘虏安顿好。"

"那里面装的是什么,蚂蟥么?"帕维尔·彼得罗维奇问道。

"不,是青蛙。"

"您吃它们还是养它们?"

"拿来做实验。"巴扎罗夫随口回答一句,就走进屋子去了。

"那么他是要解剖它们了,"帕维尔·彼得罗维奇说,"他不相信原则,却相信青蛙。"

阿尔卡季带着惋惜的神情看看他的伯父;尼古拉·彼得罗维奇偷偷地耸一耸肩头。帕维尔·彼得罗维奇本人觉得他的俏皮话失败了,便谈起农事和新的总管来,那个总管昨天跑来对他发牢骚,说一个叫做福玛的长工"放荡",不听管教。他顺便说:"他是一个这样的伊索①:他到处对人说自己是个坏人,待上一阵,他就会傻得好些。"

---

① 伊索(公元前620—前560年左右),著名的希腊寓言家;但在俄国旧时"伊索"这个名称用作讽刺语,用以表示言语费解而行为古怪的人。

六

巴扎罗夫回来,坐在桌子旁边,匆忙地喝着茶。基尔萨诺夫两弟兄默默地望着他。阿尔卡季在旁边一忽儿偷偷地看他的父亲,一忽儿又偷偷地看他的伯父。

"您出去走得很远吗?"末了,还是尼古拉·彼得罗维奇开口问道。

"走到白杨林子那边有个小水塘的地方。我惊起了五、六只山鹬。阿尔卡季,要是你,准可以打死它们。"

"那么您不打猎吗?"

"不。"

"您是专门研究物理学的吧?"帕维尔·彼得罗维奇发问道。

"是的,物理学;一般的自然科学。"

"听说日耳曼人最近在这方面大有成就。"

"不错,德国人在这方面是我们的老师。"巴扎罗夫随口答道。

帕维尔·彼得罗维奇说"日耳曼人",不说"德国人",明明带着讥讽的意味;可是没有人注意到这个。

"您居然把德国人看得这样高吗?"帕维尔·彼得罗维奇说,他故意装出过于客气的样子。他心里有点儿不高兴了。他的贵族气质受不了巴扎罗夫那种极端的随便。这个医生的儿子非但不知道拘谨,并且常常用粗鲁和不愿意的态度回答别人的问话,他的声音里有一种粗野的、甚至近乎无礼的调子。

"那边的科学家都是些能干有用的人。"

"啊,啊。那么您对于俄国的科学家一定不这么看重了。"

"大概是这样的。"

"这倒是很值得人钦佩的谦虚呢,"帕维尔·彼得罗维奇把身子一挺,头向后仰,说道,"不过这又是怎么一回事呢?阿尔卡季·尼古拉伊奇刚才明明对我们说过,您是不承认任何权威的?那么您是不是相信他们呢?"

"为什么我要承认他们呢?我又应当相信什么呢?他们说的话有道理,我同意,这就完了。"

"那么德国人说的都是有道理的话吗?"帕维尔·彼得罗维奇说,他脸上带着一种淡漠而疏远的表情,仿佛他已远远地退到云端去了。

"也不尽然。"巴扎罗夫答道,他打了一个短短的呵欠。显然他并不想继续辩论下去。

帕维尔·彼得罗维奇望了望阿尔卡季,好像想对他说:"我应当讲,你的朋友真有礼貌。"

"至于我呢,"他勉强接着往下说,"我也许有不对的地方,可是我不喜欢德国人。我讲的还不是俄国的德国人:我们都知道他们是什么人。可是连在德国的德国人我也不喜欢。以前还有几个像样的;他们有过——譬如席勒,还有他叫什么……啊,歌德……我弟弟特别欣赏他们……可是现在德国人中间全是些化学家和唯物主义者……"

"一个好的化学家比二十个普通的诗人还有用。"巴扎罗夫说。

"哦,原来是这样,"帕维尔·彼得罗维奇应道,他好像快要睡着了似的,微微抬起眉毛来,"我看,您是不承认艺术的了?"

"赚钱的艺术或者'包治痔疮'①的艺术!"巴扎罗夫带着轻蔑的微笑说。

"啊,先生,啊,先生。我看,您真喜欢开玩笑。那么您是一切都不承认了?好吧,那么您就只相信科学?"

"我已经对您讲过,我什么都不相信;您所谓的科学是什么呢——是指那一般的科学吗?某一种某一门的科学是有的,就跟某一种行业,某一种职位一样;可是所谓一般的科学却并不存在。"

"很好,先生。那么对于其他在人们日常生活中业经公认的法则,您也是抱着同样否定的态度吗?"

"这是什么,是在审问么?"巴扎罗夫问道。

帕维尔·彼得罗维奇的脸色略微发白……尼古拉·彼得罗维奇觉

---

① 这是卖药广告。

得他应当插进去讲话了。

"我们改日再跟您详细讨论这个问题吧,亲爱的叶夫盖尼·瓦西里伊奇;我们要听听您的意见,我们自己也有些意见发表。拿我个人来讲,我知道您在研究自然科学,我非常高兴。我听见人说李比希①在田地施肥这方面有过很了不起的发见。您在农业方面是可以给我帮忙的;您可以给我提供一些有益的意见。"

"尼古拉·彼得罗维奇,我愿意效劳;可是李比希离我们还远得很!一个人应当先学会了字母,然后才拿起书来念。我们现在连头一个字母都还没有念。"

"我看出来,你的确是一个虚无主义者,"尼古拉·彼得罗维奇心里想道,"不过还是请允许我随时向您请教吧。"尼古拉·彼得罗维奇大声说;然后他又转身向他的哥哥:"哥哥,我想,我们现在应当去跟总管谈话了。"

帕维尔·彼得罗维奇从座位上站起来。

"好的,"他说,眼睛并不看什么人,"一个人离开了那些才智非凡的人,到乡下住上五六年,真是不幸极了!你恰恰就变成傻子了。你竭力想不要把你学会的东西忘掉,可是——一转眼!——别人就会向你证明,那些都是废物了,他们还告诉你,有识之士早已不弄这种无聊的东西,而且还说你是个落后的老顽固了。这有什么办法呢!年轻的人自然比我们聪明得多。"

帕维尔·彼得罗维奇慢慢地转过身子,慢慢地走开了;尼古拉·彼得罗维奇跟在他后面。

"他老是这样的吗?"那两弟兄刚把房门掩上,巴扎罗夫若无其事地问阿尔卡季。

"我要说,叶夫盖尼,你对他太不客气了,"阿尔卡季说,"你得罪他了。"

"怎么,难道要我去恭维他们,恭维这些乡下贵族吗!这不过是虚

---

① 李比希(1803—1873),德国卓越的化学家。农业化学的奠基人之一。他提出所谓植物的矿物营养学说并指出矿物肥料的作用。

荣心、大交际家的派头和纨绔子弟的习气罢了。既然他是那样的脾气，他就该在彼得堡继续过他那种生活……可是，不用去讲他了！我找着了一种很少有的水甲虫，Dytiscus marginatus①，你知道它吗？我等一会儿给你看。"

"我答应过把他的历史告诉你。"阿尔卡季说。

"甲虫的历史吗？"

"啊，得啦，叶夫盖尼。是我伯父的历史。你就会知道他并不是像你所想象的那样。他应当受人怜悯，不该给人嘲笑。"

"我不跟你辩驳；不过你为什么要这样关心他？"

"叶夫盖尼，一个人要公平才好。"

"这又是从哪儿来的结论？"

"不，听我讲……"

于是阿尔卡季把伯父的历史告诉了他。这个，读者在下一章里就会找到。

七

帕维尔·彼得罗维奇·基尔萨诺夫最初和他的弟弟尼古拉一样在家里念书，后来才进了贵胄军官学校②。他自小便以漂亮出名；而且他很有自信力，有点儿喜欢挖苦人，有时又爱发点儿不讨人厌的小脾气——因此他很能讨人欢喜。自从他获得军官官衔以后，到处都看得见他的影子。他处处受到欢迎，他尽情地放任自己，甚至流于放荡、荒唐，干出种种傻事，可是这些举动在他身上也增加了不少动人之处。女人为他着迷，男人称他为纨绔子弟，却又在暗中妒忌他。我们已经提过，他当时和他的兄弟同住在一处，他真心爱他的兄弟，虽然他们完全

---

① 拉丁文学名：榜螂。
② 为贵族子弟开办的享有特权的中等军事学校。一七五九年在彼得堡创办。学员来自宫廷少年侍从。大多数人经培养后到近卫军中服役。

不像。尼古拉·彼得罗维奇的腿有点儿瘸,他那细小、和悦的面貌常带忧愁,他有一对不大的黑眼睛和一头稀疏的软发;他贪懒,但也喜欢读书,可是在交际场中却显得拘束。帕维尔·彼得罗维奇没有一个夜晚在家;他的机灵和大胆出了名(他把体操介绍到一班贵族子弟中间,使它成为一种时髦的娱乐);他总共读过五六本法文书。他在二十八岁的时候就已经是上尉;一个光辉的前程在等待他。可是突然间一切都改变了。

那个时期在彼得堡的交际场中偶尔可以看到一位 P 公爵夫人,她至今还没有让人忘记。她有一个教养高、有礼貌而略带愚蠢的丈夫,没有儿女。她忽而出国远游,忽而又回到俄国,过着一种奇怪的生活。大家都说她轻佻,喜欢卖弄风情,她对每一种娱乐都热心得不得了,跳舞跳到精疲力尽快要倒下去,她喜欢跟年轻人一块儿尽情地笑闹,她通常总是在午饭时间以前在她的阴暗的客厅里①接待这些年轻客人;可是到了夜深,她便哭着,祷告着,一点儿也得不到安宁,常常痛苦地绞着双手在屋子里走到天明,或者脸色苍白,浑身发冷,坐在那儿读赞美诗集。可是一到白天,她又变成一位华贵的夫人;她又出去拜客,随处谈笑,任何事情只要能使她稍稍解闷,她便投身到那里面去。她生得长短合度,一条金色的发辫像黄金那样沉沉地一直垂过膝。可是她并不能说是一个美人:在她的整个面貌中只有一对眼睛是好的,而且连这一对并不算大的灰色眼睛也不是恰好的,但她的目光却是敏速,深沉,而且随便到了大胆的程度,沉思到了悒郁的程度——这是一种谜样的眼光。即使她口里絮絮地谈着无聊的空话,她的眼中仍然闪着异样的光辉。她打扮得十分雅致。帕维尔·彼得罗维奇在一个舞会上遇到她,同她跳了一回玛组卡舞②,虽然在跳舞的时候她没有讲过一句正经话,他却热烈地爱上了她。在爱情上他是常操胜算的,这一回他也是不久就达到了目的,可是他的轻易的成功并不曾减低他的热情。这反而把他更痛苦地,而且更牢地缚在这个女人的身上,这个女人就是在把整个身子交给

---

① 在彼得堡冬天下午三点钟天就黑了。
② 当时流行的一种波兰交际舞。

他的时候，仍然有什么深藏着的、捉摸不到的东西保留着，那却是人所看不透的。她的灵魂里面究竟藏着什么呢，那只有上帝知道！她似乎受着一些连她自己也不明白的神秘的力量的支配，它们好像在任意玩弄她；她的有限的智力还不能够控制它们那种反复无常的脾气。她的一切举动不过是一连串的矛盾。她的惟一可以引起她丈夫无端疑心的几封信却是写给一个跟她并不熟的男人的，她的爱情里面带得有一种悒郁的成分；遇到她自己挑选的情人，她跟他在一块儿并不笑，也不闹着玩，她只是带着困惑的神情望着他，听他讲话。有时候，往往是突然间，这种困惑变成了寒冷的恐怖；她的脸上现出一种疯狂的、死一样的表情；她把自己锁在寝室里面，她的女用人把耳朵贴在锁孔上偷听，还听得见她那忍住的哭声。不止一次，基尔萨诺夫在幽会之后走回家去，他心里感到一种伤心、痛苦的烦恼，那是只有在无可挽救的失败以后才能够发生的。"我还希望什么呢？"他这样问他自己道，他的心一直在痛。有一回他送给她一只戒指，宝石上面刻着一个斯芬克斯①。

"这是什么？"她问道，"斯芬克斯吗？"

"是的，"他答道，"这个斯芬克斯就是您。"

"我？"她问道，慢慢地抬起她那谜样的眼光望着他。"您知道这是大大的恭维吗？"她毫无用意地微微一笑，她的眼睛仍然闪着那奇异的光辉。

帕维尔·彼得罗维奇在 P 公爵夫人爱他的时候，已经感到痛苦了；可是到她对他渐渐冷淡起来（这桩事情来得很快）以后，他差一点儿发了狂。他非常痛苦，又怀着满腔妒意，他不给她一点儿安静，老是跟在她后面。她终于受不了他这种无止息的追逐，便远去外国。他不听从朋友们的苦劝和长官们的忠告，辞去了军职，一直追她到国外；他在外国各处度过了四年光景，有时紧跟着她的踪迹，有时又故意让她跑开。他为他自己害羞，他恨自己软弱没有志气……可是毫无用处。她的面影，那个难理解的、差不多毫无意思的、但又是迷人的面影已经深

---

① 希腊神话中一个狮身女面、有双翼的怪物，常常坐在路旁岩石上，拦住行人，要他们猜一个难解的谜，猜不中的人便会给她弄死。

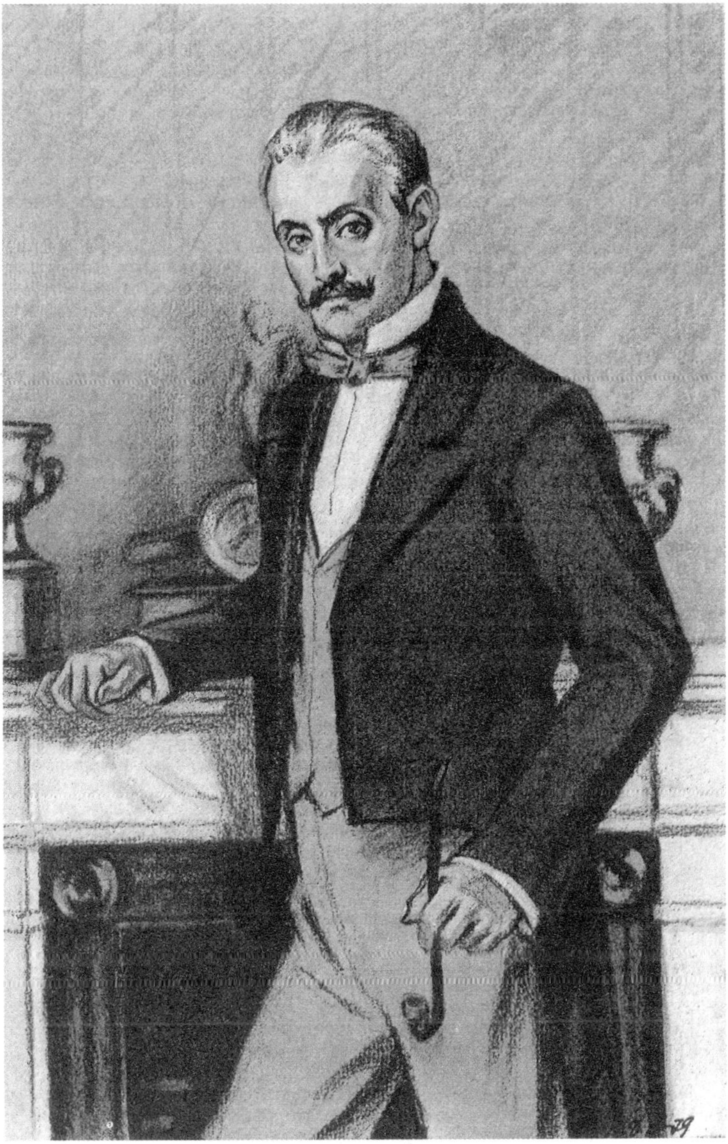

深地藏在他的心中。在巴登他又跟她和好了，而且她似乎比以前更热情地爱他……可是不到一个月，一切都完了，火焰闪起最后的亮光，便归于永灭。他预料着分离不可避免，便想退一步跟她做一个朋友，他还以为跟这种女人做朋友是可能的事……她秘密地离开了巴登，这以后便永远躲避基尔萨诺夫。他回到俄国，还想重过旧日的生活；可是他不能够回到从前的轨道上去了。他四处飘荡，好像是一个中魔的人；他仍旧到交际场中去；他仍旧保留着上流人物的那一切的习惯；他可以夸口他有了两三次新的恋爱上的成功；可是他对自己，对别人都不存一点儿指望了，他什么事也不做。他渐渐地老了，头发也灰白了；每天晚上坐在俱乐部里，悒郁无聊地消磨光阴，没精打采地参加独身者群的辩论，这成了他的必要的事情——我们都知道，这是不好的现象。自然，关于结婚问题，他连想也没有想到。这样地过了十年，十年的无色彩、无结果的岁月——而且过得那么快，可怕地快。拿光阴飞去的迅速来说，可没有一个地方赶得上俄国；不过人说在监牢里光阴飞去得更快。某一天帕维尔·彼得罗维奇在俱乐部里吃午饭，听到了 P 公爵夫人的死讯。她半疯狂地病死在巴黎。他离开餐桌站起来，在俱乐部的屋子里踱了许久，又呆呆地立在牌桌旁边，可是他并不比平时更早地回家去。过了一些时候他接到一个包裹：里面是他送给公爵夫人的戒指。她在斯芬克斯上面画了两根像十字架的线，并且叫人转告他：谜语的答案就是——十字架。

这桩事情发生在一八四八年年初，正是尼古拉·彼得罗维奇死了妻子来到彼得堡的时候。帕维尔·彼得罗维奇自从他弟弟搬到乡下去几乎没有看见过他；尼古拉·彼得罗维奇结婚的时间刚巧是帕维尔·彼得罗维奇同公爵夫人初认识的时候。帕维尔·彼得罗维奇从国外回来，去看他弟弟，他打算在他弟弟家里住两三个月，分享他弟弟的幸福，可是也只能勉强住了一个星期。这两兄弟的处境太不同了。在一八四八年，这种差异便减少了一些：尼古拉·彼得罗维奇失掉了他的妻子，帕维尔·彼得罗维奇失掉了他的回忆，自从公爵夫人死去以后他就竭力不去想她了。可是在尼古拉，却有一种并不会虚度这一生的感觉，他眼看着儿子长大起来了；在帕维尔，跟这相反，他仍然是一个孤寂的独身者,如今正踏进了暗淡的黄昏时期,也就是那个追悔类似希望、希望类似追悔的时期,这个时候青春已经消逝,而老年还没有到来。

这个时期对于帕维尔·彼得罗维奇比对于任何别一个人更难过:他失掉了自己的过去,也就失去了一切。

"我现在不请你去马利因诺了,"尼古拉·彼得罗维奇有一天对他的哥哥说(他给他的庄园起了这个名字,来纪念他的妻子),"我妻子活着的时候,你还嫌那儿枯燥无味,现在我想你一定会无聊死了。"

"我那个时候又傻又忙忙乱乱,"帕维尔·彼得罗维奇答道,"从那以后,我即使没有变聪明一点儿,也该变得沉静一点儿。现在恰恰相反,要是你答应让我去,我倒真打算到你那儿久住。"

尼古拉·彼得罗维奇用拥抱来回答他;可是在这次谈话后又过了一年半,帕维尔·彼得罗维奇才下决心实行他的计划。不过他在乡下住了下来,就不曾离开过,就连那三个冬天尼古拉·彼得罗维奇到彼得堡去和儿子同住的时候,他也依然留在乡下。他开始读书,读的大半是英文书;他的生活大体上也摹仿英国的方式,很少去拜访邻居,只有在选举①的时候他才出去参加,不过在会场上他也极少发言,只偶尔讲几句话,他那自由主义的言论就惹得那班旧式的地主又生气又害怕,可是他同年轻一代人的代表们却又并不接近。新旧两方面的人都给他加了一个"自高自大"的评语;不过两方面都尊敬他,为了他那优美的贵族风度;为了他那恋爱上胜利的传闻;为了他穿着考究而且总是住最好的旅馆,开最好的房间;为了他一向吃得很考究,而且有一次居然在路易·菲力浦②的宫中与威灵顿③同席;为了他无论到什么地方都随身携带着一套真正银制的化装用具盒和一个旅行用的轻便澡盆;为了他的身上总有一种特别好的"高贵的"香水味;为了他打威斯特④打得极好,却没有一回不输钱;末了,他们尊敬他也是为了他的绝对的诚实。太太们

---

① 指选举贵族长。
② 路易·菲力浦(1773—1850),一八三〇至一八四八年间的法国国王。一八四八年二月革命时被推翻,逃往英国。
③ 威灵顿(1769—1852),英国元帅,滑铁卢之役战败拿破仑的英军统帅。
④ 四人成局的一种牌戏。纸牌五十二张,两人为一组。

觉得他是一个可爱的忧郁病患者,可是他却不肯同她们往来……

"你现在看出来了吧,叶夫盖尼,"阿尔卡季把故事讲完以后又说,"你刚才批评我伯父的话是怎样地不公平了。我还不必说他不止一次帮忙我父亲渡过了难关,把他所有的钱都给了我父亲(也许你还不知道他们并没有分家);对不论什么人他都高兴帮忙,他还常常替农民讲话;固然他跟他们讲话的时候,总是皱眉头而且时常闻香水……"

"不用说,是神经过敏……"巴扎罗夫插嘴说。

"或许是,不过他的心是很好的。而且他一点儿也不傻。他给了我不少非常有益的劝告,尤其是……尤其是关于女人这方面的。"

"哈!哈!一个人让自己的牛奶烫伤了,看见别人的凉水也要吹两下。① 我们都知道的!"

"总之,"阿尔卡季继续说,"他是个非常不幸的人,这是真话;轻视他是一桩罪过。"

"谁轻视他啦?"巴扎罗夫答道,"可是我应该说,一个人把他整个一生押在'女人的爱'那一张牌上,那张牌输了,他就那样地灰心丧气,弄得自己什么事都不能做,这种人不算是一个男子汉,不过是一个雄的生物。你说他不幸,你自然知道得更清楚。可是他脑子里那些糊涂念头还没有完全去掉。我相信他倒认真地觉得自己很能干,只是因为他有时候看看那种无聊的《加里聂安尼报》,而且每一个月替农民讲一回情,让他少挨一顿鞭子。"

"可是你要记住他受的教育和他生活的时代。"阿尔卡季说。

"教育吗?"巴扎罗夫接着说,"每个人都应该教育自己,譬如就像我这样……至于时代呢,我为什么要依靠时代?还不如让时代来依靠我。不,老弟,那全是浅薄,空虚!而且一个男人跟一个女人中间的神秘关系究竟是什么?我们生理学家知道这种关系是什么。你研究一下眼睛的解剖学:你刚才所说的谜一样的目光是从哪儿来的呢?那都是浪漫主义、荒唐无稽、腐败同做作。我们还是去看甲虫吧。"

这两个朋友便到巴扎罗夫的屋子里去了,这间屋子里已经弥漫着

---

① 俄谚:"给热牛奶烫了的人,见到冷水也要吹两下。"

一种外科医药的气味,还夹杂了一些廉价烟草的臭味。

八

帕维尔·彼得罗维奇在他的兄弟跟总管讲话的时候,只在旁边听了一忽儿。总管是一个瘦长身材的人,有着肺病患者的轻柔的声音和一对狡猾的眼睛,尼古拉·彼得罗维奇无论说什么话,他总是回答着:"是,老爷。知道,老爷。"他用尽方法把农民说成不是小偷,便是醉鬼。田产的管理最近采用的新方法,好像是没有上油的轮了,老是轧轧地发响,又好像用湿木料自制的家具,时时咯吱做声。尼古拉·彼得罗维奇并没有灰心,可是他常常叹气,老是想来想去;他觉得没有钱做不了事情,他的钱又差不多花光了。阿尔卡季讲的的确是真话:帕维尔·彼得罗维奇帮助他的兄弟并不止一次;好几回帕维尔·彼得罗维奇看见他的弟弟绞尽脑汁在想办法,不知道要怎样办才好,他就慢慢地走到窗前,把手伸进袋子里,含糊地轻声说:"Mais je puis vous donner de l'argent.①"就把钱给了他;可是这一天他自己也没有钱,他觉得还是走开的好。田产管理上的琐碎事情使他厌烦,而且他时常觉得尼古拉·彼得罗维奇不管怎样努力,怎样勤劳,却总没有把事情安排好,不过他也不能明白地指出来尼古拉·彼得罗维奇究竟错在什么地方。"我的弟弟还是不够能干,因此容易受人欺骗。"他这样思忖道。而尼古拉·彼得罗维奇却把帕维尔·彼得罗维奇的事务才干看得非常之高,什么事都要向他请教。"我是一个优柔寡断的人,我的日子大半是在乡野地方消磨了的,你见过不少的世面,来往的人也很多,你看得透人,你有老鹰的眼光。"帕维尔·彼得罗维奇的回答只是掉转身子,可是他也并不反驳他兄弟的话。

这天他离开了尼古拉·彼得罗维奇的书房,顺着那一条把宅子隔

---

① 法语:不过我可以给你些钱。

成前后两部分的走廊走去;他走到一扇矮矮的门前,便站住了,他迟疑了一忽儿,才拉一拉他的小胡子,轻轻地敲着门。

"谁呀?请进来。"这是费尼奇卡的声音。

"是我。"帕维尔·彼得罗维奇答道,他推开了门。

费尼奇卡正抱着她的婴孩坐在椅子上,她立刻站起来,把孩子交给一个小姑娘,小姑娘马上抱着孩子出去了,她连忙拉直她的头巾。

"对不起,我打扰您了,"帕维尔·彼得罗维奇说,他并不看她,"我只是来求您……好像今天有人进城去……请您吩咐他们给我买点儿绿茶。"

"是的,老爷,"费尼奇卡答道,"您要他们买多少呢?"

"我想半磅就够了。我看您这儿改了样了。"他接着说,匆匆地向四周望了一下,他的眼光也在费尼奇卡的脸上掠过。"这儿的窗帘。"他看见她不明白他的意思便解释道。

"哦,是的,老爷,这些窗帘,是尼古拉·彼得罗维奇给我们的;可是也挂了好久了。"

"不错,我也有好久没有来看您了。现在您这儿收拾得很精致。"

"全亏得尼古拉·彼得罗维奇的照顾。"费尼奇卡小声地说。

"您在这儿比在从前住的那间耳房里舒服吧?"帕维尔·彼得罗维奇客气地问道,不过他的脸上并没有一丝笑容。

"是的,老爷,舒服得多。"

"现在谁住在那儿?"

"洗衣女人住在那儿。"

"啊!"

帕维尔·彼得罗维奇不做声了。"他现在会走开吧。"费尼奇卡想道;可是他并不走,她像生根似的立在他面前,轻轻地摸着自己的手指头。

"您怎么让人把您的小孩儿抱走呢?"帕维尔·彼得罗维奇末了说。"我喜欢小孩儿:给我看看吧。"

费尼奇卡又是窘,又是高兴,脸色马上通红。她平日害怕帕维尔·彼得罗维奇:他几乎从来没有同她谈过话。

"杜尼亚莎,"她唤道,"请把米佳抱来。(费尼奇卡对宅子里的任何人都是很客气的。)可是等一下,得先给他换一件衣服。"

费尼奇卡向着门走去。

"那没有关系。"帕维尔·彼得罗维奇说。

"我马上就来。"费尼奇卡答道,便匆匆走出去了。

帕维尔·彼得罗维奇一个人留在房里,这次他特别注意地向四周看了一忽儿。这间矮小的屋子倒是很清洁、很舒适的。可以闻到新油漆的地板的气味,还有一种甘菊和紫苏的味儿。靠墙放了一排有着古七弦琴样式的靠背椅子,还是那位去世的将军出征波兰的时候买来的;在一个角落里有一张小床,挂着一顶薄纱帐子,旁边放了一个有圆顶盖的铁箱。在对面的那个角里挂着一幅大的、颜色暗淡的"奇迹创造者"圣尼古拉的像,像前燃着一盏小小的灯;一条红带子系住一个小小的瓷蛋,从圣像头顶的金色光轮上一直垂到胸前;窗台上有几个玻璃罐子发着绿光,里面盛着去年做的蜜饯,罐口密密封着;封皮纸上是费尼奇卡亲笔写的大字:"醋栗。"尼古拉·彼得罗维奇特别喜欢这一类的蜜饯。从天花板上垂下一根长绳,挂了一个鸟笼,里面养着一只短尾巴的金翅雀,它不住地叫着跳着,笼子也跟着不住地摇来晃去,这其间一粒一粒的大麻子轻轻地落在地上。在两扇窗中间的一堵壁上,刚巧在一个不大的五斗柜上面,挂着几张照得不好的尼古拉·彼得罗维奇的姿势不同的相片,是一个外来的照相师摄的;那儿还有一张费尼奇卡本人的相片,照得更不像样了:一个暗黑的框子里面有一张没有眼睛的脸,带着不自然的微笑,此外就再也看不出什么了;在费尼奇卡的照片上头是叶尔莫洛夫将军[①]的画像,他穿着一件毛大氅,怒容满面地望着远远的高加索山脉,一个鞋形的丝质小针垫正挂到他的前额上。

过了五分钟光景,听见隔壁房里衣服的窸窣声和细语声。帕维尔·彼得罗维奇在那个五斗柜上拿起一册带油垢的马沙尔斯基的《狙

[①] 叶尔莫洛夫(1772—1861),俄国著名的统帅和外交家,一八一二年卫国战争的英雄。

击手们》①的残本,翻了几页……门开了,费尼奇卡抱了米佳走进来。她给他穿上一件领子上带花边的红衬衫,给他把头发梳光,脸洗干净;他跟所有健康的小孩一样,呼吸声很响,全身都在动着,一双小手不停地在空中舞动。这件漂亮的衬衫在他身上显然起了作用,他的整个圆圆的小脸上都带着愉快的表情。费尼奇卡也已梳好她的头发,把她的头巾也理得更好看些;其实她照原先那样也就行了。难道世界上真还有比一个年轻美丽的母亲抱着一个健康的小孩更动人的景象吗?

"多胖的小家伙!"帕维尔·彼得罗维奇做出喜欢的样子说,一面用他的食指的长指甲尖搔米佳的双重下巴。小孩不转眼地望着金翅雀,咻咻地笑起来。

"这是伯伯。"费尼奇卡说,她俯下脸去挨他,轻轻地摇着他,杜尼亚莎把一支正燃着的香烛放在窗台上,下面垫一个小铜板。

"他有几个月了?"帕维尔·彼得罗维奇问道。

"六个月了;到这个月十一便是七个月。"

"不是八个月吗,费多西娅·尼古拉耶夫娜?"杜尼亚莎略微胆怯地插进来说。

"不,七个月;怎么说是八个月呢?"小孩又在咻咻地笑了;他对着箱子望了一忽儿,忽然伸起五根小指头抓住他母亲的鼻子和嘴。"顽皮的小东西。"费尼奇卡说,却并不把脸躲开。

"他像我的弟弟。"帕维尔·彼得罗维奇说。

"不像他还能够像谁呢?"费尼奇卡想道。

"是的,"帕维尔·彼得罗维奇继续说,好像是在对自己讲话似的,"实在像得很。"他注意地,而且差不多是忧郁地望着费尼奇卡。

"这是伯伯。"她又说一次,不过声音很轻。

"啊! 帕维尔! 原来你在这儿!"尼古拉·彼得罗维奇的声音突然响起来。

帕维尔·彼得罗维奇连忙转过身来,皱起了眉头;可是他的弟弟带

---

① 《狙击手们》是马沙尔斯基(1802—1861)的四卷的历史小说,一八三二年出版。他的作品内容不深刻,但情节吸引人。

了那么快乐、那么感激的表情望着他,他也不能不回答弟弟一个微笑。

"你的这个小家伙真不错,"他说,又看了看表,"我顺便进来讲一下买茶叶的事。"

帕维尔·彼得罗维奇装出淡漠的神情立刻走出了屋子。

"是他自己走来的吗?"尼古拉·彼得罗维奇问费尼奇卡道。

"他自己来的,老爷;他敲了门,就进来了。"

"好的,阿尔卡沙又来看过你没有?"

"没有。尼古拉·彼得罗维奇,我是不是搬回耳房去好些?"

"这是为什么呢?"

"我在想:是不是现在暂时搬一下要好一些。"

"不……不,"尼古拉·彼得罗维奇摸着自己的前额,讷讷地说,"要搬就该早搬……喂,小胖子,你好呀!"他说着,忽然兴奋起来,走近小孩,亲他的脸蛋;随后他略略俯下身子,用力吻着费尼奇卡的手,这手衬着米佳的红衬衫,越显得像奶一样地白了。

"尼古拉·彼得罗维奇!您这是在做什么呢?"费尼奇卡轻轻地说,她把眼睛埋了下去,然后又慢慢地抬起来……在她埋着头、两眼偷偷地向上看的时候,她温柔地略带一点儿傻气地微笑着,眼睛的表情是十分动人的。

尼古拉·彼得罗维奇是这样跟费尼奇卡认识的。大约在三年前,他有一回在一个远方小县城的客店里住了一夜。他住的房间很清洁,床上被褥也很干净,这使他又高兴,又惊奇。他想,这儿的女主人一定是一个德国人吧?可是她却是一个俄国人,一个五十岁光景的妇人,衣服整齐干净,相貌端正,聪明懂事,讲话也很大方。他在喝茶的时候同她谈了一阵话;他非常喜欢她。那个时候尼古拉·彼得罗维奇刚刚搬进了他的新宅,不想把农奴留在宅子里使唤,他正要雇用仆人;而客店女主人又在抱怨来往的客人稀少和日子的艰难,所以他就请她到他家去当管家,她答应了。她的丈夫去世已久,只给她留下一个女儿,费尼奇卡。两个星期以后阿林娜·萨维什娜(这是新管家的名字)便带了她的女儿到马利因诺来了,她们住在那间小耳房里。尼古拉·彼得罗维奇果然没有看错人,阿林娜把他的家收拾得很有条理。至于费尼奇卡呢,那个时候她已经十七岁①,没有人讲起她,也很少有人看见她;她安安静静地住在那儿,只有星期天尼古拉·彼得罗维奇才在本区教堂里一个角上看到她那张白净脸庞的秀美的侧面。一年多的时光就这样地过去了。

有一天早晨阿林娜来到他的书房,照例深深地鞠了一个躬,她问他有没有方法医治她的女儿,因为炉子里一粒火星爆进她的眼睛里去了。尼古拉·彼得罗维奇和所有那些不常出门的乡绅一样,研究过一点儿医术,他甚至于买来了一个顺势疗法②的药箱。他马上叫阿林娜把病人带来。费尼奇卡听见主人叫她去,非常害怕;不过她还是跟着母亲来了。尼古拉·彼得罗维奇把她引到窗前,双手捧起她的头。他把她的红肿的眼睛仔细诊察了一番,马上亲自给她配了一种眼药水,又把他的一块手绢儿撕开,教给她怎样湿敷。费尼奇卡听完他的话,便要走了。"傻丫头,你还没有亲主人的手呢!"阿林娜对她说。尼古拉·彼得罗维奇并没有把手伸给她,他一时慌张,反而自己在她那埋着的头上头发分开的地方吻了一下。费尼奇卡的眼睛不久就好了,可是她留给尼古拉·彼得罗维奇的印象却没有这样快地消失。那个纯洁、秀丽的含羞微举的面颜时时闪进他的脑中;柔软的头发仿佛还留在他的掌上;在他的眼前现出了那两片天真微启的嘴唇,两排珍珠似的牙齿在阳光里灿烂地发亮。以后在教堂里他便更留心地看她,并且设法跟她谈话。起初她看见他总是害羞,一天傍晚她在麦田里一条行人走出来的窄狭的小路上遇到他,她连忙跑进长满矢车菊和苦艾的又高又密的裸麦丛中,免得同他见面。他在麦穗的金黄色的网眼中瞥见了她的小小的头,她正探出头来张望,就像一只小动物似的,他和蔼地对她大声说:

"晚安,费尼奇卡!我并不咬人啊。"

"晚安。"她低声说,却并不从藏身的地方站出来。

她渐渐地同他熟了,不过她在他面前仍然有点儿不好意思,可是她

---

① 作者在第五章里说费尼奇卡是"二十三岁的少妇",这里又说"三年前……她已经十七岁",显然把她的年龄算错了。事实上费尼奇卡或者只有二十岁,不然尼古拉便是在六年前看见她的。

② 用健康人吃了会生一种病的药去医治同病的病人,这种治疗法就叫做"顺势疗法"。

的母亲阿林娜忽然害霍乱症死了。费尼奇卡应当安置到哪儿去？她从母亲那儿得到那种喜欢整齐、谨慎、体面的性情；可是她太年轻了，又是孤零零的一个人。尼古拉·彼得罗维奇自己也很和善又会体贴……其余的就用不着说了……

"那么是我哥哥进来看你的了？"尼古拉·彼得罗维奇问她道。"他敲了门，就进来了吗？"

"是的，老爷。"

"啊，这很好。让我来把米佳摇一下。"

尼古拉·彼得罗维奇把米佳抛得很高，几乎碰到了天花板，使得小孩非常高兴，母亲十分着急，每一回孩子给抛起来，她就伸出手去接他的小小的光腿。

帕维尔·彼得罗维奇回到他的雅致的书房里去了，这儿的墙壁用漂亮的青灰色的纸糊着，壁上钉了一条彩色的波斯毛毯，上面挂着一些兵器；家具全是胡桃木做的，还蒙上一层深绿色的天鹅绒；一个 renaissance[①] 的书架是用老的黑橡木做的，华贵的书桌上面放了几个小小的铜像，还有壁炉……他坐倒在沙发上，两手扶着后脑勺，一动也不动，差不多带了绝望的神情望着天花板。不知道他是想隐藏他脸上的表情，不让四周的墙壁看见呢，或者还是为了别的缘故，他站起来，把那厚厚的窗帘放下，便又倒在沙发上坐下了。

九

就在这同一天巴扎罗夫也跟费尼奇卡认识了。他同阿尔卡季一块儿在园子里散步，一面给他讲解为什么有一些树木，尤其是那些年轻的橡树，长得不好的道理。

"你们应该在这儿多种些白杨同枞树，菩提树也行，多加一点儿肥

[①] 法语：文艺复兴时代的式样。

泥黑土。凉亭那边的花倒长得不错,"他又说,"因为那是刺槐同丁香;它们都是好孩子,那些树,它们并不要人照料。喂!那儿还有人。"

在凉亭里坐的是费尼奇卡同杜尼亚莎,还有米佳。巴扎罗夫站住了,阿尔卡季像一个老朋友似的向费尼奇卡点了点头。

"那是谁?"他们刚刚走了过去,巴扎罗夫立刻问道,"一个多漂亮的美人儿!"

"你在讲谁?"

"你知道的;只有那一个生得漂亮。"

阿尔卡季有点儿不好意思,简简单单地跟他说明白费尼奇卡是什么人。

"哈哈!"巴扎罗夫说,"你父亲的眼光的确不错。我喜欢他,你父亲,嘻嘻!他倒真有本领。可是我也得跟她认识认识,"他又说了一句,就转身向凉亭走去。

"叶夫盖尼!"阿尔卡季惊慌地在后面唤道,"千万要小心啊。"

"你不要着急,"巴扎罗夫说,"我会知道怎样做——我是个见过世面的人,在城里待过。"

他走到费尼奇卡面前,摘下了帽子。

"让我来介绍自己,"他说,客气地鞠了一个躬,"我是阿尔卡季·尼古拉耶维奇的朋友,我是一个温和的人。"

费尼奇卡从凳子上慢慢地站起来,望着他不说一句话。

"多么出色的娃娃!"巴扎罗夫继续说,"不要担心,我的眼光还没有给人带来过灾难。他的脸蛋为什么这样红?他是在出牙吧?"

"是的,先生,"费尼奇卡说,"他已经出了四颗牙齿了,现在他的牙龈又肿起来了。"

"让我来看看……不要害怕,我是一个医生。"

巴扎罗夫把小孩抱了过来,小孩并不挣扎,也不害怕,费尼奇卡同杜尼亚莎两人都很奇怪。

"看见了,看见了……不要紧,都很好,他将来会有一副很好的牙齿。以后要是有什么事情告诉我好了。您自己身体很好吗?"

"很好,感谢上帝。"

"感谢上帝,真的——那是很要紧的。您呢?"他转身问杜尼亚莎道。

杜尼亚莎,这个姑娘在主人的宅子里非常拘谨,出了大门就爱嘻嘻哈哈,她不答话,只是格格地笑。

"好,这很好。这儿是您的大力士①。"

费尼奇卡把小孩抱在怀里。

"他在您的手里倒是挺乖的。"她小声地说。

"小孩儿在我手里都挺乖,"巴扎罗夫答道,"我知道应该怎样对付他们。"

"小孩儿也知道谁爱他们。"杜尼亚莎插嘴说。

"真是这样,"费尼奇卡同意说,"就是米佳,不论怎样他也不要有些人来抱他。"

"他要不要我抱。"阿尔卡季问道,他远远地站了一忽儿,现在走到凉亭里来了。

他想把米佳哄到他怀里来,可是米佳把头一仰,哭起来了,弄得费尼奇卡很不好意思。

"下一回,等他跟我熟了再来抱他吧。"阿尔卡季不在乎地说,这两个朋友便转身走了。

"她叫什么名字?"巴扎罗夫问道。

"费尼奇卡……费多西娅。"阿尔卡季答道。

"她的父名呢?我也得知道这个。"

"尼古拉耶夫娜。"

"Bene②。我喜欢她,是因为她并不太害羞。说不定会有人觉得她这一点是一个毛病。废话!她为什么要害羞呢?她是一个母亲——那她就不错。"

"她不错,"阿尔卡季说,"不过我父亲……"

"他也不错。"巴扎罗夫打岔道。

---

① 俄国民间传说和史诗中的身高力大的英雄。
② 拉丁语:好。

"唔,不,我不这样想。"

"我想你不高兴多添了一个承继产业的人吧?"

"你怎么好意思想我会有那种心思!"阿尔卡季生气地说,"我不是因为那个缘故说父亲不对;我以为他应该跟她正式结婚。"

"哼!哼!"巴扎罗夫平静地回答道,"我们的器量真大!原来你还把结婚的事情看得很重要;我倒没有料到你是这样的。"

这两个朋友默默地走了几步。

"你父亲的产业我全看过了,"巴扎罗夫又说,"牛是不好的,马也不中用。房屋东歪西倒,工人懒得没办法;只有那个总管究竟是一个傻瓜还是坏蛋,我到现在还没有弄清楚。"

"你今天就专挑错处,叶夫盖尼·瓦西里耶维奇。"

"那些好心的农民毫无疑问地都在欺骗你的父亲。你知道有一句俗话:'俄国农民连上帝也会欺骗的。'……"

"我现在倒有点儿赞成我伯父的意见了,"阿尔卡季说,"你的确瞧不起俄国人。"

"那有什么关系呢!俄国人的惟一好处就是最瞧不起自己。重要的是二乘二等于四,其余的都无关紧要。"

"那么大自然也无关紧要吗?"阿尔卡季说,他带了思索的表情望着远处颜色鲜丽的田野,落日的美丽柔和的霞光正照在那儿。

"你所理解的大自然的确也是无关紧要。大自然不是一座庙宇,它是一个工厂,我们人就是这工厂里的工人。"

这个时候,一阵大提琴的拉长的音调从宅子里飘到他们的耳边来。有人在奏舒伯特的《期待曲》,虽然不娴熟,却也能传达出一些情感。旋律带着蜜似的甜味在空中荡漾。

"这是什么?"巴扎罗夫惊讶地问道。

"这是我父亲。"

"你父亲会拉大提琴吗?"

"是的。"

"你父亲多大年纪了?"

"四十四。"

巴扎罗夫突然大笑起来。

"你笑什么？"

"真的，一个四十四岁的人，一位 pater familias①，在这个偏僻的小县——拉大提琴！"

巴扎罗夫一直大笑着；阿尔卡季平日虽然非常尊敬他的老师，可是这一次他却连笑脸也没有露一下。

十

大约过了两个星期的光景。马利因诺的生活还是跟往常一样：阿尔卡季整天在玩乐，巴扎罗夫认真地工作。宅子里每个人都跟巴扎罗夫熟了，他们也习惯了他那随便不羁的态度和他那简短的、不连贯的谈话。费尼奇卡同他尤其熟，因此有一个晚上她居然差人去叫醒他：米佳得了惊风症；他去了，还是像平日那样，半开玩笑，半打呵欠，在她那儿过了两个钟点，把孩子治好了。在另一方面，帕维尔·彼得罗维奇却用全副心灵来憎恨巴扎罗夫：他认为巴扎罗夫是一个傲慢无礼、爱挖苦人的平民；他疑心巴扎罗夫并不尊敬他，而且还有点儿轻视他——他，帕维尔·基尔萨诺夫！尼古拉·彼得罗维奇也有点儿害怕这个年轻的"虚无主义者"，并且还担心他给阿尔卡季的影响究竟是不是好的；可是他很喜欢听他讲话，并且高兴去看他做物理的和化学的实验。巴扎罗夫带来一架显微镜，他一用显微镜就是几个钟点。用人们也喜欢他，虽然他常常拿他们开玩笑；他们觉得他究竟不是一个主人，却是他们的同类。杜尼亚莎常常要对他傻笑，她"像一只鹌鹑似的"跑过他身边的时候，还带着深意地偷偷看他；彼得是一个极端自负而又愚蠢的人，他永远皱着眉头，他全部的长处便是他外表很有礼貌，他还能够一个音节一个音节地拼出音来念书报，并且很勤快地刷他自己的衣服，——就连

---

① 拉丁语：家长。

他,只要巴扎罗夫注意到他,他也立刻满脸堆笑,露出喜色来;家仆的小孩们简直像小狗一样地跟在这个"医生"后面跑。普罗科菲奇老人是惟一不喜欢他的人;他每回给他上菜,总要露出不高兴的神气,他叫他做"屠户"和"骗子",还说他脸上长着络腮胡子,看起来活像灌木丛中一口猪。普罗科菲奇,自有一套,他的贵族派头是不亚于帕维尔·彼得罗维奇的。

一年里的最好的日子来了,这就是六月初旬。天气非常好;固然,远处正闹着霍乱,可是那一省的居民对于它的光临已经习惯了。巴扎罗夫起得非常早,出去走两三里,并不是去散步(他受不了那种毫无目的的散步),却是去采集草和昆虫的标本。有时候他约了阿尔卡季同去。在回家的路上他们常常发生争论,虽然阿尔卡季话说得更多,可是往往是他失败。

有一天他们在外面耽搁得太久了;尼古拉·彼得罗维奇到花园里去找他们,他走到凉亭前面,忽然听见两个年轻人的急促的脚步声和讲话声。他们在凉亭的那一面走着,看不见他。

"你还不够了解我父亲。"阿尔卡季说。

尼古拉·彼得罗维奇便藏起来。

"你父亲是个好人,"巴扎罗夫说,"可是他落后了,他的好时候已经过去了。"

尼古拉·彼得罗维奇注意地听着……阿尔卡季并没有回答。

这个"落后的人"静静不动地站了两分钟,才慢慢走回家去。

"前天我看见他在念普希金的诗,"巴扎罗夫继续往下说。"请你去对他讲,那是没有一点儿实际的用处。你知道他不是一个小孩儿;他应该把这种废物扔掉。在我们这个时代做一个浪漫派有什么意思!给他一点儿有用的东西去念吧。"

"我应该拿什么给他念呢?"阿尔卡季问道。

"我想开头还是念比希纳的《Stoff und Kraft》①吧。"

---

① 德语:《物质与力》。比希纳(1824—1899),德国的医生、博物学家和哲学家,自然科学知识的普及者。《物质与力》在一八五五年初版发行,主张唯物论与无神论,俄译本于一八六〇年问世,在当时的俄国青年中间很流行。

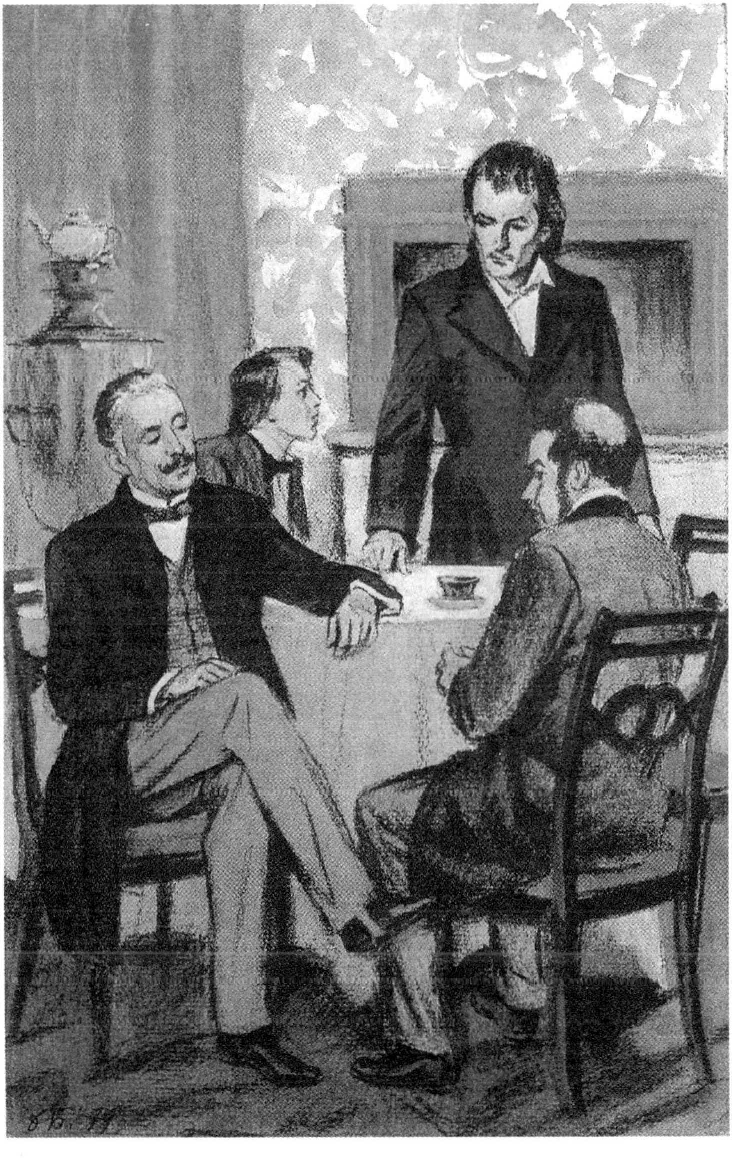

"我也这样想,"阿尔卡季同意地说,"《Stoff und Kraft》是用通俗的文字写的……"

"看起来,你我,"这天吃过午饭以后,尼古拉·彼得罗维奇坐在书房里对他的哥哥说,"都是落后的人了,我们的好日子已经过去了。唉!唉。也许巴扎罗夫是对的;不过我承认有一件事情叫我伤心;我很盼望,尤其是现在,能够同阿尔卡季多亲近些,可是事实上,我却留在后面,他已经走到前面去了,我们不能够彼此了解了。"

"他怎么走到前面去了呢?他在哪一方面超过了我们这么多呢?"帕维尔·彼得罗维奇不耐烦地叫道。"全是那个虚无主义者先生给他塞进脑子里去的。我讨厌那个学医的家伙;据我看来,他不过是一个走江湖的郎中;我相信,不管他解剖了多少青蛙,他对物理学也不会懂多少。"

"不,哥哥,你不应当这么说,巴扎罗夫不但聪明,而且博学。"

"他自大得叫人讨厌。"帕维尔·彼得罗维奇打岔说。

"是的,"尼古拉·彼得罗维奇说,"他是自大的。不过这好像也是免不掉的;这倒是我不明白的了。我从前还以为我总是尽力不落在时代后面:我安顿了农民,设立了一个农场,因此全省的人甚至都叫我做赤色分子;我读书,学习,我竭力在种种方面适应时代的要求——可是他们还说我的好日子过去了。哥哥,我现在也开始相信我的好日子真是过去了。"

"为什么这样?"

"我现在告诉你为了什么。今天早晨我坐着在念普希金的诗……我记得我正读到《茨冈》①……突然,阿尔卡季走到我身边来,一句话也不说,脸上露出亲切的、怜悯的表情,他好像对待小孩儿一样,轻轻地把我那本书拿开,另外放了一本书在我面前——一本德文书……他对我笑了笑,就走开了,把那本普希金的诗也带走了。"

"真有这回事!他给你的是什么书呢?"

"它在这儿。"

---

① 普希金的长诗。

尼古拉·彼得罗维奇从大衣的后面口袋里拿出那本第九版的比希纳的名著。

帕维尔·彼得罗维奇接过来翻了一翻。

"哼,"他哼了一声,"阿尔卡季·尼古拉耶维奇倒关心着你的教育呢。好,你到底念过它没有?"

"是的,我试了一下。"

"好,你觉得它怎样?"

"要不是我太笨,那么这本书就全是——废话。我想,一定是我笨。"

"是不是你把德语全忘了呢?"帕维尔·彼得罗维奇问道。

"啊,德语我是懂的。"

帕维尔·彼得罗维奇把这本书又翻了一忽儿,皱着眉头看了看他的兄弟。两个人都不做声。

"哦,还有,"尼古拉·彼得罗维奇开口说,他显然想改换话题,"我收到科利亚津的一封信。"

"马特维·伊里奇么?"

"是的。他是来这一省调查的。他现在是一个阔人了;他信上说,因为是亲戚,他很想跟我们见见面,他请你、我同阿尔卡季一块儿到城里去。"

"你去吗?"帕维尔·彼得罗维奇问道。

"我不去,你呢?"

"不,我也不去。跑五十里路去吃点心太不值得。Mathieu① 不过想显显威风、摆摆阔,去他的!自然会有全省的人奉承他,我们不去也没有什么关系。二等文官的官阶倒也不小,要是我当时一直在军界服务,一直干这种傻事,现在我也应当做侍从将军了。可是如今呢,你我都是落后的人了。"

"是的,哥哥;看来我们已经到了要定做一口棺材,把两只手交叉地放在胸口的时候了。"尼古拉·彼得罗维奇叹一口气说。

---

① 马特维的法语念法。

"啊,我却不这么容易地认输,"帕维尔·彼得罗维奇喃喃地说,"我有一种预感,我要跟那个学医的家伙干一仗。"

果然在这天傍晚喝茶的时候,就开了仗。这天帕维尔·彼得罗维奇走进客厅,他就已经准备好作战了,他很生气并且很坚决。他只等着找到一个口实就向敌人进攻,可是等了好久都没有找到。巴扎罗夫照例在"老基尔萨诺夫"(他这样地称那两弟兄)面前不多讲话,那晚上他心里不痛快,只是一杯一杯地喝着茶,不说一句话。帕维尔·彼得罗维奇实在等得发火了;最后他的愿望毕竟实现了。

他们的话题转到了附近的一个地主身上。"没出息的,下流贵族。"巴扎罗夫随便地说,他在彼得堡遇见过那个人。

"请问您一句,"帕维尔·彼得罗维奇说,他的嘴唇在打颤,"照您看来,'没出息的'和'贵族'是一样的意思么?"

"我说的是下流贵族。"巴扎罗夫答道,懒洋洋地呷了一口茶。

"正是这样,先生;不过我觉得您对贵族也是和对所谓下流贵族一样看待的。我认为我应当告诉您,我并不赞成您这个意见。我敢说,凡是认识我的人都知道我是一个具有自由思想而且拥护进步的人;可是就因为这个缘故,我尊敬贵族——真正的贵族。请您留神记住,亲爱的先生(巴扎罗夫听见这几个字便抬起眼睛望着帕维尔·彼得罗维奇),请您留神记住,"他狠狠地再说了一遍,"我尊敬英国的贵族。他们对自己的权利一点儿也不肯放弃,因此他们也尊重别人的权利;他们要求别人对他们尽应尽的义务,因此他们也尽自己应尽的义务。英国的自由是贵族阶级给它的,也是由贵族阶级来维持的。"

"这个调子我们不知道听过多少回了,"巴扎罗夫答道,"可是您打算用这个来证明什么呢?"

"我打算用这么个来证明,亲爱的先生,(帕维尔·彼得罗维奇动气的时候,他就故意在'这个'中间添插进一个音,念成'这么个',虽然他明知道这种用法是不合语法的。这种时髦的怪癖可以看作亚历山大一世①时代遗留下来的一种习惯。当时那班要人很少讲本国话,偶尔

---

① 亚历山大一世(1777—1825),一八〇一至一八二五年间的俄国沙皇。

讲了几句,就随意胡乱拼字,不是说这么个,就是说这伙个,好像在说:'自然我们是道地的俄国人,我们同时还是大人物,用不着去管那些学究们定的规则')我是打算用这么个来证明:没有个人尊严的意识,没有自尊心——这两种情感在贵族中间很普遍——那么社会……bien public①……社会组织便没有强固的基础了。亲爱的先生,个性,——那是很重要的东西;一个人的个性应该像岩石一样坚固,因为所有的东西都建筑在它上面。譬如,我很知道您觉得我的习惯、我的装束、我的整洁都是很可笑的;可是这都是从自尊感,从责任感——是的,先生,的确,先生,责任感——出来的。我现在住在乡下,住在偏僻的地方,可是我不会降低我自己的身份。我尊重我自己的人的尊严。"

"那么让我问您一句,帕维尔·彼得罗维奇,"巴扎罗夫说,"您尊重您自己,您只是袖手坐在这儿;请问这对于 bien public 有什么用处?倘使您不尊重您自己,您不也是这样坐着吗?"

帕维尔·彼得罗维奇的脸色变白了。

"那完全是另外一个问题。我现在绝对用不着向您解释我为什么像您所说的袖手坐在这儿。我只打算告诉您,贵族制度是一个原则,在我们这个时代里头只有不道德的或是没有头脑的人才能够不要原则地过日子。阿尔卡季回家的第二天,我就对他讲过那样的话,现在我再对您讲一遍。尼古拉,是不是这样的?"

尼古拉·彼得罗维奇点了点头。

"贵族制度,自由主义,进步,原则,"巴扎罗夫在这个时候说,"只要您想一想,这么一堆外国的……没用的字眼!对一个俄国人,它们一点儿用处也没有。"

"那么,在您看来对俄国人什么才是有用的呢?倘使照您的说法,我们就是在人类以外,人类的法则以外了。可是历史的逻辑要求着……"

"可是逻辑对我们有什么用呢?我们没有它也是一样地过日子。"

"您这是什么意思?"

---

① 法语:社会的福利。

"就是这个意思。您肚子饿的时候，我想，您用不着逻辑来帮忙您把一块面包放进嘴里去吧。这些抽象的字眼对我们有什么用处？"

帕维尔·彼得罗维奇摇着他的两只手。

"您这倒叫我不明白了。您侮辱了俄国人。我不明白一个人怎么能够不承认原则、法则！是什么东西在指导您的行动呢？"

"大伯，我已经对您讲过我们不承认任何的权威。"阿尔卡季插嘴道。

"凡是我们认为有用的事情，我们就依据它行动，"巴扎罗夫说。"目前最有用的事就是否定——我们便否定。"

"否定一切吗？"

"否定一切。"

"怎么，不仅否定艺术和诗……可是连……说起来太可怕了……"

"一切。"巴扎罗夫非常镇静地再说了一遍。

帕维尔·彼得罗维奇睁大眼睛望着他。他没有料到这个，阿尔卡季甚至欢喜得红了脸。

"请让我来讲两句，"尼古拉·彼得罗维奇说，"您否定一切，或者说得更正确一点，您破坏一切……可是您知道，同时也应该建设呢。"

"那就不是我们的事情了……我们应该先把地面打扫干净。"

"目前人民的状况正要求这个，"阿尔卡季庄严地说，"我们应当实现这类要求，我们没有权利只顾满足个人的利己心。"

巴扎罗夫显然不高兴这最后的一句；这句话带了一点儿哲学气味，就是说浪漫主义的气味，因为巴扎罗夫把哲学也叫做浪漫主义，不过他觉得用不着去纠正他那个年轻的门徒。

"不，不，"帕维尔·彼得罗维奇突然用劲地说，"我不相信你们这些先生们真正认识俄国人民；我不相信你们就能够代表他们的需要，他们的热望！不，俄国人民并不是像你们所想象的那样。他们把传统看作神圣不可侵犯的；他们是喜欢保持古风的；他们没有信仰便不能够生活……"

"我并不要反驳这一点，"巴扎罗夫插嘴说，"我甚至准备承认在这一点上您是对的。"

"那么倘使我是对的……"

"可是还是一样,什么都不曾证明。"

"正是什么都不曾证明。"阿尔卡季跟着重说一遍,他充满着自信,就像一个有经验的棋手早已料到对手要走一着看起来很厉害的棋,因此一点儿也不惊慌。

"怎么还是什么都不曾证明呢?"帕维尔·彼得罗维奇喃喃地说,他倒奇怪起来了,"那么,您要反对自己的人民吗?"

"我们就反对了又怎样?"巴扎罗夫突然嚷起来,"人民不是相信打雷的时候便是先知伊里亚驾着车在天空跑过吗?那么怎样呢?我们应该同意他们吗?而且,他们是俄国人;难道我不也是一个俄国人吗?"

"不,您刚才说了那一番话以后,您就不是一个俄国人!我不能承认您是一个俄国人。"

"我祖父种过地,"巴扎罗夫非常骄傲地说,"您随便去问一个您这儿的农民,看我们——您同我——两个人中间,他更愿意承认哪一个是他的同胞。您连怎样跟他们讲话都不知道。"

"可是您一面跟他们讲话,一面又轻视他们。"

"为什么不可以呢,倘使他们应当受人轻视的话!您专在我的观点上挑错,可是谁告诉您,我的观点是偶然得来的,而不是您所拥护的民族精神本身的产物呢?"

"什么话!虚无主义者太有用了!"

"他们有用或者没用,并不是该我们来决定的。就是您也觉得自己并非一个没有用的人吧。"

"先生们,先生们,请不要攻击个人。"尼古拉·彼得罗维奇一面叫着,就站起身来。

帕维尔·彼得罗维奇微微一笑,把手按住他弟弟的肩头,叫他仍旧坐下。

"不要着急,"他说,"我不会忘掉自己的身份,正因为我有着我们这位先生,这位医生先生,挖苦得不留余地的自尊感。"他又转过头来对巴扎罗夫说:"请问一句,您也许以为您的学说是新发明的吧?您这么想是大错特错。您宣传的唯物主义已经流行过不止一次了,总是证明出来理由欠充足……"

"又是一个外国名词!"巴扎罗夫打岔道。他开始动怒了,他的脸色变成青铜色,而且带着粗暴的颜色。"第一,我们并不宣传什么;那不是我们的习惯……"

"那么你们又干些什么呢?"

"我就要告诉您我们干些什么。前不久,我们常常讲我们的官吏受贿,我们没有公路,没有商业,没有公平的法庭……"

"哦,我明白了,你们是'揭露派'①——我想,就是这种称呼吧。你们的揭露里头有许多我也同意,可是……"

"后来我们明白,发议论,对我们的烂疮一味空发议论,这是不费力气的,它只会把人引到浅薄和保守主义上面去;我们看见我们的聪明人,那些所谓进步分子和'揭露派'不中用;我们整天忙着干一些无聊事情,我们白费时间谈论某种艺术啦,无意识的创造啦,议会制度啦,辩护律师制度啦和鬼知道的什么啦。可是事实上需要解决的问题却是我们每天的面包;我们让极愚蠢的迷信闷得透不过气;我们的股份公司处处失败,只因为缺少诚实的人去经营;我们的政府目前正在准备的解放②,也不见得会有什么好处,因为农民情愿连自己的钱也搜刮去送给酒店,换得醺醺大醉。"

"是的,"帕维尔·彼得罗维奇插嘴说,"是的,你们相信了这一切,你们便决定不去切实地做任何事情了。"

"决定不做任何事情。"巴扎罗夫板起脸跟着说了一遍。

他因为无缘无故地对这位绅士讲了那么多的话,忽然跟自己生起气来。

"可是只限于谩骂?"

"只限于谩骂。"

"这就叫做虚无主义?"

"就叫做虚无主义。"巴扎罗夫又跟着重说一遍,这次特别不客气。

---

① 亚历山大二世(1818—1881)统治(1855—1881)初期对参加当时一种文学运动的人的称呼。

② 指一八六一年的农奴解放。

帕维尔·彼得罗维奇略略眯起眼睛。

"原来是这样！"他用一种异常镇静的声音说，"虚无主义是来医治我们的一切痛苦的，而且你们是我们的救主，我们的英雄，可是你们为什么责骂别人呢，连'揭露派'也要责骂呢？你们不是也跟所有别的人一样只会空谈吗？"

"不管我们有多少短处，我们却没有这个毛病。"巴扎罗夫咬着牙齿说。

"那么又怎样呢？请问，你们在行动吗？或者你们是在准备着行动吗？"

巴扎罗夫不回答。帕维尔·彼得罗维奇的身子微微颤抖了一下，可是他立刻控制了自己。

"哼！行动，破坏……"他继续说，"可是你们连为什么要破坏都不明白又怎样去破坏呢？"

"我们要破坏，因为我们是一种力量。"阿尔卡季说。

帕维尔·彼得罗维奇看看自己的侄子，冷笑了一声。

"力量是不负任何责任的。"阿尔卡季挺起身子说。

"可怜的人！"帕维尔·彼得罗维奇大声叫道，他不能再控制自己了。"你会不会想到你们用你们这种庸俗的论调在俄国维持些什么东西！不，连一个天使也忍耐不下去了！力量！在野蛮的加尔梅克人①中间，在蒙古人中间，也有力量；可是这跟我们有什么关系呢？对我们可宝贵的，是文明；是的，先生，是的，先生，亲爱的先生，文明的果实对我们是可宝贵的。不要对我讲那些果实毫无价值：便是最不行的画匠，un barbouilleur②，或者一晚上只得五个戈比③的奏跳舞音乐的乐师，他们也比你们更有用，因为他们所代表的是文明，不是野蛮的蒙古力量，你们自以为是进步人物，可是你们却只配住在加尔梅克人的帐篷里头！力量！你们这些有力量的先生，请记住你们不过是四个半人，别的人数目却有千百万，他们不会让你们去践踏他们的最神圣的信仰，他们倒要

---

① 西伯利亚的游牧民族。
② 法语：画匠。
③ 俄国货币单位，一卢布的百分之一。

把你们踩得粉碎!"

"他们要踩就让他们踩吧,"巴扎罗夫说,"可是您的估计并不对。我们人数并不像您所说的那样少。"

"什么?您当真以为你们可以应付全体人民吗?"

"您知道整个莫斯科城还是给一个戈比的蜡烛烧掉的。①"巴扎罗夫答道。

"是的,是的。第一是差不多魔鬼一样的骄傲,其次是挖苦。就是靠了这个来吸引年轻人,来征服一般小孩子的毫无经验的心!现在就有一个坐在您身边,他简直要崇拜您了。您欣赏欣赏他吧!(阿尔卡季掉过脸去,皱起眉头来。)这种传染病已经传播得很广了。我听说我们的画家在罗马从来不进梵蒂冈②去。他们把拉斐尔③差不多看做一个傻瓜,就因为,据说,他是一个权威;可是他们自己却又没出息,连什么也画不出来;他们的幻想老是跳不出《泉边少女》这一类画的圈子!而且连少女也画得不像样。照您看来,他们是出色的人物吧,是不是?"

"照我看来,"巴扎罗夫答道,"拉斐尔本来就不值一个钱;他们比他也好不了什么。"

"好!好!听着,阿尔卡季……现在的年轻人就应该这么讲的!想想,他们怎么会不跟着您跑呢!在从前年轻人都不能不念书:他们不愿意让人家叫做粗野的人,因此不管他们喜欢不喜欢,他们都不得不好好地用功。可是现在,他们只要说:'世界上的一切都是狗屁!'就成功了。一般年轻人都高兴极了。说老实话,他们先前本来是笨蛋,现在一转眼的工夫就变成虚无主义者了。"

"您自己那么夸口的自尊心已经动摇了,"巴扎罗夫冷静地说,阿尔卡季却气得厉害,眼睛发火了,"我们的辩论扯得太远了;我想,还是停止的好。我想,"他说着,便站起来,"只要您能够在我们现在的生活里面,在家庭生活或社会生活里面,找出一个不需要完全地、彻底地否

---

① 指一八一二年拿破仑侵略俄国,俄国人焚烧莫斯科的事。
② 罗马教皇所在地,在罗马,内有图书馆、博物院,收藏的书画等等都很名贵。
③ 拉斐尔(1483—1520),意大利画家,文艺复兴时期三大家之一。

定的制度,到那时候我再来赞成您的意见。"

"像这样的制度,我可以举出几百万来,"帕维尔·彼得罗维奇嚷道:"几百万! 就譬如公社①。"

一个冷笑使得巴扎罗夫的嘴唇弯起来。

"好,说到公社,"他说,"您最好还是跟令弟去讲吧。我想他到现在应该看明白,公社究竟是怎样一回事了——它那连环保啦,它那戒酒运动啦,还有别的这一类的事情。"

"最后就拿家庭来说吧,我们农民中间存在的家庭!"帕维尔·彼得罗维奇大声说。

"这个问题,我想您还是不要太详细分析的好。您没听说过爬灰的公公吗? 帕维尔·彼得岁维奇,您听我的劝告,化两大的工夫去想一想吧;您一下子恐怕不会想出什么来的。请您把我们俄国的每个阶层,一个一个的仔仔细细地研究一番,同时我和阿尔卡季两个要……"

"要去嘲笑一切事情。"帕维尔·彼得罗维奇打岔地说。

"不,我们要去解剖青蛙。阿尔卡季,我们走吧;先生们,一忽儿再见。"

两个朋友走了。弟兄两人留在这儿,他们起初只是默默地对望着。

"这就是我们现在的年轻人!"帕维尔·彼得罗维奇终于开口说,"我们的下一代——他们原来是这样的。"

"我们的下一代!"尼古拉·彼得罗维奇跟着重说一遍,闷闷地叹了一口气。在他们辩论的时候,他一直觉得就像坐在热炭上面似的,他一声也不响,只是偷偷地用痛苦的眼光看阿尔卡季。"哥哥,你知道我现在记起了什么吗? 我有一回跟我们的亡故的母亲争论一件事;她发了脾气,直嚷,不肯听我的话……最后我对她说:'自然你不能了解我;我们是不同的两代人。'她气得很厉害,可是我却想道:'这有什么办法呢? 丸药是苦的,可是她必须吞进肚子里去。'你瞧,现在是轮到我们了,我们的下一代人可以对我们说:'你不是我们这一代人;吞你的丸药去吧。'"

---

① 俄国的一种乡村自治组织。它的基础是土地共有。

"你真是太大量,太谦虚了,"帕维尔·彼得罗维奇答道,"相反的,我却相信你我都比这班年轻的先生们更有理,虽然我们口里讲着旧式的话,已经 vieille①,而且我们不像他们那样狂妄自大……现在的年轻人多傲慢!你随便问一个年轻人:'你喝红酒还是白酒?'他便板起脸用低沉的声音答道:'我素来喝红的!'好像那一刻全世界的眼光都集中在他一个人身上似的……"

"您还要不要茶?"费尼奇卡从门外探头进来问道。她听见客厅里还有争论的声音,便不能决定要不要进来。

"不要了,你叫人把茶炊拿走吧。"尼古拉·彼得罗维奇答道,一面站起来招呼她。帕维尔·彼得罗维奇突然对他讲了一句"bon soir②",便回到自己的书房里去了。

十一

半点钟以后尼古拉·彼得罗维奇走到花园中他心爱的凉亭里去。他充满了忧郁的思想。他第一次看清楚了他跟他儿子中间的距离;他预料到这距离会一天一天地增加。那么他冬天在彼得堡念那些最新的著作所花去的整天整天的工夫都是白费的了;他用心去听那班年轻人高谈阔论所花去的时间也是白费的了;他白白地高兴;他有时候居然能够在他们热烈辩论的中间插进去说一两句话。现在这一切都是没有用的了。"我哥哥说我们是对的,"他想道,"而且撇开一切自尊心不谈,我自己也认为他们离开真理比我们更远,可是同时我又觉得他们另有一些东西却是我们所没有的,那就是他们在什么地方比我们强……这是青春吗?不,不只是青春。难道他们比我们强的地方就在于他们比我们少些绅士的气派吗?"

---

① 法语:老了。
② 法语:晚安。

尼古拉·彼得罗维奇没精打采地埋下头,他伸手在脸上摸了一下。

"可是排斥诗,"他又想道,"对艺术,对大自然没有感情……"

他向四周看了看,好像他想了解一个人怎么能够对大自然没有感情似的。这个时候已经是傍晚了,太阳隐藏在离园子半里光景的小小的白杨林子后面;树影无边无际地躺在静寂的田野上。一个农民骑着白马在林边那条阴暗窄狭的小路上跑过去;虽然他在阴处,可是他的全身,连他肩头的补丁,都看得很清楚;那匹马正奋起蹄子飞似的往前跑着。远远地射来的太阳光线照在林子里,霞光透过繁密的枝叶,在白杨树干上涂了一层暖和的红光,使它们更像松树干;树叶差不多变成了蓝色,上面衬出一片微带霞红的浅蓝天空。燕子飞得高高的,风完全静了,迟归的蜜蜂在丁香丛中懒懒地、带睡意地嗡嗡飞鸣,一群小蚊子像一根柱子似的在一枝突出的孤零零的树枝上面打转。"多美,我的上帝!"尼古拉·彼得罗维奇想道,他平日喜欢的诗句快要跳到他的嘴上来了,他却记起了阿尔卡季,记起了《Stoff und Kraft》,便不做声了;可是他依旧坐在那儿,依旧沉溺在孤寂思想的时悲时喜的变幻之中。他喜欢梦想;乡居生活助长了他的这种癖好。没有多久以前他坐在客店里等候他的儿子的时候,他也曾这样地梦想过,可是从那个时候起已经发生了变化;他们父子的关系在当时还不明显,现在是确定的了——而且是怎样确定的啊!他又看到他的亡故的妻子了,可是他看到的并不是他多年来跟她朝夕相对时看见的那个模样,并不是一个善于持家的、贤惠的主妇,却是一个亭亭玉立的少女:她有一对天真地好问的眼睛,一条编得紧紧的辫子垂在孩子似的脖子上。他记起第一次看见她的情景。他那个时候还是一个大学生。他在他的住处的楼梯上遇见她,无意间碰了她一下,他正要道歉,刚刚结结巴巴地吐出一句:"Pardon,monsieur."①她却低下了头,微微一笑,忽然间好像吃了一惊似的,就跑开了,可是到了楼梯转角,她又回转头很快地看了他一眼,露着一种庄重的神情,红了脸。从这以后,起初是不大好意思的拜访,吞吞吐吐的谈话,忸怩的微笑和疑惑不安;后来是苦闷,热情,最后是叫人喘不过气

---

① 法语:"对不起,先生。"(他应该说:"对不起,小姐。"在慌张中他讲错了。)

来的喜悦……这一切都消失在哪儿去了？她做了他的妻子,他享受了世界上少数人享受到的幸福……"可是,"他又想道,"这些甜蜜的最初的时光,为什么不能够永久不灭地存在下去呢？"

他不想把自己的思想分析清楚;可是他觉得他愿意用一种比记忆更有力量的东西来系住那一刻幸福的时光;他愿意再感觉到他的玛利亚回到他的身边,感到她的身体的热气和呼吸,而且他已经觉得仿佛在他的头上……

"尼古拉·彼得罗维奇,"费尼奇卡的声音在他的近旁唤道:"您在哪儿？"

他打了一个颤。他没有痛苦,也不觉得惭愧……他从来就没有承认过他的妻子同费尼奇卡有比较的可能,可是他感到遗憾费尼奇卡会想到在这个时候来找他。她的声音使他马上记起他的灰白色头发、他的老年和他现在的境况……

他已经进入了的幻境,那个从过去的浓雾中间显露出来的幻境,动摇了——而且消失了。

"我在这儿,"他答道,"我就来,你去吧。"一个思想在他的脑子里闪过:"又来了,绅士派头。"费尼奇卡不做声地把头探进凉亭看了他一眼,便不见了。他惊讶地发觉,在他梦想的时候夜已经来了。四周都是黑沉沉的、静悄悄的。费尼奇卡的脸在他的眼前闪过去了,这么苍白,这么小。他站起身来,打算走回屋去;可是他那感伤的心不能够平静下来,他便在园子里信步走着,有时候沉思地看着脚下的土地,然后又抬起眼睛望那星星闪烁的天空。他走了好久,走得差不多疲乏了,而内心的烦扰,一种追求的、暗昧不明的、悒郁的烦扰依旧不曾平息。啊,要是巴扎罗夫知道这个时候他心里想些什么,他一定会笑他！连阿尔卡季也会责备他。他,一个四十四岁的人,一个农业家,还是一家之主,流了眼泪,而且无缘无故地流了眼泪:这比拉大提琴更要糟一百倍了。

尼古拉·彼得罗维奇继续走着,还是不能够下决心走进宅子里去,走进那个和平、舒适的窝里去,虽然它的每一扇灯光明亮的窗户都在殷勤地招呼他;他没有力量离开这黑暗、这园子、这拂面的清新的空气,离开这悒郁、这烦扰……

在小路的转角,他遇见了帕维尔·彼得罗维奇。

"你怎么啦?"帕维尔问他道,"你脸色白得像幽灵,你不舒服吧?为什么不去躺下?"

尼古拉·彼得罗维奇简单地对他说明了自己的心境,便走开了。帕维尔·彼得罗维奇走到园子的尽头,他也在沉思,也抬起眼睛望天。可是在他那一对美丽的黑眼睛里却只映着星光。他不是一个天生的浪漫主义者,他那种所谓高雅地冷淡的、敏感的心灵,法国式的孤僻厌世的心灵,是不能够梦想的……

"你知道吗?"这天夜里巴扎罗夫对阿尔卡季说,"我有一个很好的想法。你父亲今天说他接到你们一个阔亲戚的邀请。你父亲不去,让我们到某地走一趟吧;你知道那位先生也请了你的。你看得见这儿的天气变成什么样了,我们正好坐车走走,到城里去看看。我们玩它个五六天就够了!"

"你还要回这儿来吗?"

"不,我应当到我父亲那儿去了。你知道那儿离某地有三十俄里。我好久没有见到他了,我也好久没有见到我母亲了;我应当让老人家高兴高兴。他们都是好人,尤其是我父亲,他是怪有趣的。他们只有我这一个儿子。"

"你要同他们住好久吗?"

"我不想久住。在那儿大概会沉闷乏味的。"

"那么你回来的时候还到我们这儿来吗?"

"我不知道……等以后看吧。好吧,你觉得怎样? 我们去不去?"

"照你的意思吧。"阿尔卡季懒懒地答道。

他心里非常高兴他的朋友的提议,可是他觉得应该把自己的情感隐藏起来。他并没有白做了一个虚无主义者啊!

第二天他同巴扎罗夫一块儿到某地去了。马利因诺的一班年轻人都舍不得跟他们分别;杜尼亚莎甚至哭了一场……可是上了年纪的人却感觉到呼吸畅快多了。

十二

我们的朋友们要去的某城,是在一个年轻省长的管辖下面,这个省长一方面是进步分子,另一方面又是专制官僚,这样的事在俄国倒是常有的。他就任不到一年,不但是跟本省贵族长(那是一个退伍的近卫军骑兵上尉,养马专家,而且是一个非常好客的人)起了冲突,甚至还跟他的下属们闹过意见。这种争执越闹越厉害,连彼得堡的部里后来也觉得必须派一个可靠的人来就地调查一下。当局选派了马特维·伊里奇·科利亚津,他就是基尔萨诺夫两弟兄从前住在彼得堡的时候父亲拜托来照应他们的那位亲戚科利亚津的儿子。他也是一个"年轻人",这是说他过了四十岁还不久,可是他已经在准备做一个大政治家了,他的胸前每一边挂着一颗宝星——说实话,其中一颗宝星是外国的,而且不是高级的。他同他正要来查询的那个省长一样,也算是一个进步分子;虽然他已经是一个要人了,他却和大多数的要人不同。他把自己看得极高;他的虚荣心是没有边际的,可是他的举止朴质,他喜欢用鼓励和赞许的眼光看人,听人讲话极虚心,而且常常笑得极其和蔼可亲,因此跟他初次认识的人甚至会把他认作"一个好极了的小伙子"。可是在紧要的关头他知道怎样,像俗话所说的,自吹自擂。"精力是很要紧的,"他在那种时候常说,"l'énergie est la première qualité d'un homme d'état;"①虽是这样,他却仍然常常受人愚弄,稍微有一点儿阅历的官吏便能够随便驾驭他。马特维·伊里奇常常带着极大的敬意谈起基佐②;他竭力让所有的人都相信他不是一个循旧规办公事的、古板的人,也不是一个落后的旧官僚,而且社会生活的重要现象没有一个逃过他的注意……这一类的话他已经讲得很熟了。他甚至还留心着现代

---

① 法语:精力是政治家的第一品质。
② 基佐(1787—1874),法国资产阶级的历史家和政客,力图在法国建立资产阶级与贵族的联盟,防止革命。

文学的发展,不过他的确是带一种随随便便的傲慢态度来留意的;好像一个成年的人在街上遇到一队小孩子,他有时也会跟在他们后面走。马特维·伊里奇其实并不比亚历山大一世时代的政治家进步多少,那班人去参加当时住在彼得堡的斯韦欣娜①的晚会之前,照例要在早晨念熟一页孔狄亚克②的书;不过马特维·伊里奇的方法不同,他的方法更新颖。他是一个圆滑的朝臣,一个很狡猾的人,此外什么也没有了;他并不通晓事务,也缺乏才智,可是他知道怎样把自己的事情处理得很好:在这一点上没有一个人能够超过他,这本来是一件很重要的事。

马特维·伊里奇接待阿尔卡季的时候,显出了一般开通的高级官员所特有的温厚,我们甚至可以说他还带了开玩笑的态度。可是他听说他所邀请的两位表兄待在乡下不肯出来,他就奇怪起来了。"你爸爸素来就是个古怪的家伙,"他说着,一面玩弄他那件华丽的天鹅绒晨衣的穗子,他忽然又转过身来向着一个把普通制服扣得整整齐齐的青年官吏,露出非常关心的样子大声说:"什么?"那个年轻人因为沉默了好久连嘴唇也粘住了,便站起来,不知所措地望着他的长官。可是马特维·伊里奇把他的下属窘了一下之后,就不去理会他了。我们的高级官员向例喜欢使他们的下属受窘;他们为了达到这个目的所用的方法种类甚多。在那些方法中间下面的一种用得最多,用英语来说,便是"is quite a favourite"③:一位高级官员忽然连最简单的话也不懂了,他装作耳朵全聋了。譬如说,他会问:"今天是什么日子?"

那个下属便恭恭敬敬地报告:"今天是星期五,大……大……大人。"

"喂?什么?那是什么?您在讲什么?"这位高级官员非常注意地再问道。

"今天是星期五,大……大人。"

---

① 斯韦欣娜(1782—1859),俄国斯韦欣将军的夫人。她是一个有神秘主义倾向的女作家,主要住在巴黎,她的客厅是亚历山大一世时代政客文人聚会的地方。
② 孔狄亚克(1715—1780),法国启蒙哲学家,著有《论感觉》,心理学中的联想主义创立者之一。
③ 英语:最喜欢用的。

"怎么？什么？星期五是什么？什么星期五？"

"星期五，大……大……大人，一个星期里头的一天。"

"哼，什么，你想来教我吗？"

马特维·伊里奇虽然自命为自由主义者，可是他究竟是一位高级官员。

"我劝你去见见省长，我的朋友，"他对阿尔卡季说，"你明白，我劝你去并不是因为我还有那种应当问候当权者的旧思想，而只是因为省长是一个好人；而且你也许愿意到这儿的社交界去见识见识吧……我想，你不是一只熊吧？他后天要举行一个盛大的舞会。"

"您去参加吗？"阿尔卡季问道。

"他是为了欢迎我举行舞会的，"马特维·伊里奇差不多露出了遗憾的神情答道。"你会跳舞吗？"

"我会跳，不过跳得不好。"

"多可惜！这儿有的是漂亮女人，一个年轻人不跳舞是可耻的事。我又应当说明，我讲这种话并不是因为什么旧思想在作怪；我一点儿也不以为一个人的才智是生在他的脚上的，不过拜伦主义①是可笑的，il a fait son temps②。"

"可是舅舅，我并不是因为拜伦主义才……"

"我会把你介绍给这儿的太太小姐们，我会把你放在我的翅膀下面保护的，"马特维·伊里奇打岔道，他得意地笑了起来，"你会觉得它很暖和，嗯？"

一个听差进来报告，省税务局长来了。这是一个眼光温和的老人，嘴边有一些深的皱纹，他非常爱好大自然，尤其喜欢夏天里的，照他自己说来，在那个时候"每只小蜜蜂从每朵小花那儿接收一点儿小小的贿赂"。阿尔卡季便告辞出来。

他回到他们住的那个旅馆里，看见巴扎罗夫，他费了许多唇舌劝这个朋友跟他一块儿去见省长。"好，只好这样了，"巴扎罗夫最后说，

---

① 这里也许兼指拜伦跛脚，不善跳舞的事。

② 法语：这是过时的了。

"一不做,二不休。我们是来参观这儿的绅士的,那么我们就去参观他们吧。"省长很谦和地接见这两个年轻人,可是他并没有请他们坐下,他自己也不坐。他没有一刻不是慌慌忙忙的;早晨他喜欢穿一身窄小的普通制服,打一根特别紧的领结;他总是没有工夫吃饱、喝够,一直不停地发号施令。衙门里的人叫他做"布尔达路",这个绰号并不是从那个有名的法国传教士①来的,却是从"布尔达"②这个字眼来的。他邀请基尔萨诺夫和巴扎罗夫参加他的舞会,过了两分钟,他又把邀请的话说了一遍,他认为他们是两弟兄,把他们都叫做凯伊沙罗夫。

他们从省长衙门里出来,路上忽然看见一个穿斯拉夫派③爱穿的轻骑兵的短外衣的矮小男子,从一辆走过他们身边的出租的敞篷马车上跳下,口里嚷着:"叶夫盖尼·瓦西里伊奇!"便朝巴扎罗夫奔来。

"啊,是您,赫尔④西特尼科夫,"巴扎罗夫说,他仍然在人行道上往前走,"您怎么会到这儿来的!"

"真想不到,完全偶然的事,"他答道,又转身向马车挥了五六下手,大声说:"跟着,跟着我们来!"然后他对巴扎罗夫说,一面跳过了小水沟:"我父亲在这儿有事情,所以他要我来……我今天听说您到了,我已经去看过您了……(这两个朋友回到旅馆里,果然看见一张折了角的、印着西特尼科夫的姓名的名片,一面是法文,一面是斯拉夫文字。)我希望您不是从省长那儿来的吧?"

"不必希望了;我们正是从他那儿来的。"

"啊!那么我也要到他那儿去一趟……叶夫盖尼·瓦西里伊奇,把我介绍给您的……给这位……"

---

① 指布尔达路(1632—1704),法国耶稣会传道士,他的传道演讲于十九世纪初翻译成俄文。
② 一种浑浊无味的饮料。
③ 十九世纪中叶俄国社会思潮中的一个流派,这一派断言俄国社会的发展道路不同于西欧,因为俄国存在着农村公社和东正教,俄国的国家政权是同人民"融洽无间"的。斯拉夫派在农民问题上采取自由主义的立场,一方面,他们主张农民要有人身自由,赞成自上而下地废除农奴制,重视农民的作用,并且大力搜集和研究民间口头创作,但另一方面,他们又拥护专制制度和地主土地所有制。
④ 德语"先生"的译音。

"西特尼科夫,基尔萨诺夫。"巴扎罗夫含含糊糊地说,并不停下来。

"荣幸极了,"西特尼科夫一面说,一面侧起身子走着,脸上带笑,而且连忙取下他那双过于漂亮的手套,"我听见讲起您好多回了……我是叶夫盖尼·瓦西里伊奇的一个老朋友,还可以说是他的学生。我是靠了他才得到新生的……"

阿尔卡季望着巴扎罗夫的学生。这张小而讨人喜欢的、刮得干干净净的脸上露出一种慌张而又愚蠢的表情;他那一对小眼睛好像是给压进去的,它们注意地而且局促不安地望着人,他的笑声也是局促不安的——一种短促的、呆板的笑声。

"您会不会相信,"他接下去说,"叶夫盖尼·瓦西里伊奇头一回在我面前讲起不应当承认任何权威的时候,我真是高兴极了……好像我的眼睛重又睁开了似的!我想我到底找到了一个真正的人了!哦,叶夫盖尼·瓦西里伊奇,您一定要去见见这儿的一位女士,她完全可以了解您,要是您肯去拜访她,她一定会当作一桩了不起的喜事;我想,您已经听见人讲过她了?"

"这是谁?"巴扎罗夫不乐意地问了一句。

"库克什娜,Eudoxie①,叶夫多克西娅·库克什娜。她是一个很了不起的人物,真正可以说是 emancipée②,一个进步的女子。您知道吗?现在我们大家一块儿去看她吧。她的住处离这儿只有两步路。我们在她那儿吃早饭。我想你们两位还没有用过早饭吧?"

"还没有。"

"那么,好极了。您明白,她已经跟她丈夫分居了;她不依靠任何人。"

"她漂亮吗?"巴扎罗夫插嘴问道。

"唔……不,这说不上。"

"那么您叫我们去看她干什么呢?"

---

① 法语:艾夫多克西。
② 法语:解放的女性。

"啊,您真会开玩笑……她会给我们开一瓶香槟。"

"原来是这样!可见您真是一个实际的人。啊,您父亲还在干包税的事吗?"

"在干,"西特尼科夫连忙答道,又发出一阵尖声的笑,"好吧,我们去吗?"

"我实在不知道要不要去。"

"你是来观察人的,去吧。"阿尔卡季小声说。

"您怎样呢,基尔萨诺夫先生?"西特尼科夫插嘴说,"请您也去;没有您也不成。"

"可是我们怎么可以三个人一块儿突然跑到她那儿去呢?"

"不要紧!库克什娜是一个妙人。"

"真有一瓶香槟吗?"巴扎罗夫问道。

"三瓶!"西特尼科夫嚷道,"我可以担保。"

"拿什么来担保?"

"我自己的脑袋。"

"还是拿你爸爸的钱袋来担保的好。那么我们去吧。"

十三

阿夫多季娅(或叶夫多克西娅)·尼基季什娜·库克什娜住的那所小小的莫斯科式的公馆是在某城的一条新近火烧过的街上(我们那些省城每五年要火烧一次:这是尽人皆知的事实)。门上歪歪斜斜地钉着一张名片,在名片上头不远的地方有一个拉铃的把手。来访的客人走进穿堂便遇到一个女人,她既不像用人,又不像陪伴女人①,头上戴着一顶包发帽——这很明显地表示这家的女主人是有进步倾向的。

---

① 这是一些穷贵族的妇女,寄食在有钱的贵族家里,靠女主人的恩惠生活。像陪女主人消遣,高声念书给女主人听等等都是她们的日常工作。

西特尼科夫问,阿夫多季娅·尼基季什娜是不是在家。

"是您吗,Victor①?"隔壁房里传出一个尖细的声音,"进来吧。"

戴包发帽的女人马上不见了。

"我不止一个人。"西特尼科夫说,他大胆地看了巴扎罗夫和阿尔卡季一眼,很快地脱下他的短外衣,下面露出一件又像背心又像上装的衣服。

"不要紧,"那声音答道,"Entrez②。"

三个年轻人走了进去。他们走进的屋子与其说是客厅,还不如说是工作室倒更恰当。文件、书信、一本一本厚厚的俄文杂志(一大半杂志的篇页都是没有裁过的)凌乱地堆在那些满是灰尘的桌子上;地上到处都是白色的香烟头。一个年纪还轻的太太斜靠在一张皮沙发上面。她一头淡黄色头发有些乱蓬蓬的;她穿了一件不太干净的绸衫,短短的胳膊上戴着一串粗镯子,头上包着一方挑花帕子。她从沙发上站起来,随手拿了一件配着已经发黄的银鼠皮里子的天鹅绒小外套披在肩头,懒洋洋地说:"您好,Victor。"跟西特尼科夫握了手。

"巴扎罗夫,基尔萨诺夫。"他学巴扎罗夫的样子简短地介绍道。

"欢迎,"库克什娜说,她的圆圆的眼睛望着巴扎罗夫,两只眼睛中间是一个孤零零的小而发红的朝天鼻子,"我知道您。"她又说,也跟他握了手。

巴扎罗夫皱起眉头。这个面貌并不好看、身材瘦小的解放的妇女并不怎样叫人讨厌;可是她脸上的表情却给人一个不愉快的印象。人不由得想问她:"你怎么啦? 你饿了吗? 还是厌烦吗? 还是不好意思吗? 你为什么这样坐立不安?"她和西特尼科夫一样,老是带一种心神不定的样子。她讲话、动作,都没有一点儿拘束,但同时又很笨拙;她显然认为自己是一个善良、朴实的人,可是她的一举一动都叫人觉得这并不是出自她的本心;她所做的任何事情,都是像小孩所说的那样:"故意做出来的",那就是说,既不朴实,也不自然。

---

① 法语:维克多。(这是西特尼科夫的名字。)

② 法语:进来。

"是的,是的,我知道您,巴扎罗夫,"她又说了一遍(她也有着许多外省的和莫斯科的太太们所特有的、跟人初次见面就称姓的习惯),"要不要抽一支雪茄?"

"雪茄当然很好,"西特尼科夫插嘴说,他已经跷起脚懒洋洋地坐在一把扶手椅里了,"可是请给我们预备点儿早饭吧。我们实在饿得很;并且请吩咐他们给我们开一小瓶香槟。"

"爱享受的人,"叶夫多克西娅说,她笑了(她笑的时候连上牙的牙龈也露了出来),"巴扎罗夫,他是一个爱享受的人,对不对?"

"我喜欢生活舒适,"西特尼科夫神气地说,"这并不妨碍我做一个自由主义者。"

"不是这样,它妨碍的;它真妨碍的!"叶夫多克西娅大声说。可是她仍然吩咐女用人去预备早饭和香槟酒。她又转身向着巴扎罗夫,问道:"您的意见怎样?我相信您一定赞成我的意见。"

"啊,不,"巴扎罗夫答道,"就是从化学的观点讲起来,一块肉也要比一块面包好。"

"您是研究化学的吗?那正是我心爱的东西。我自己还发明了一种胶泥。"

"一种胶泥?您吗?"

"是的,我。您知道做什么用吗?做洋娃娃,让它们的头不容易弄破。您看,我也是很实际的。可是还没有完全弄好。我还得念李比希呢。哦,您念过基斯利亚科夫在《莫斯科新闻》①上发表的那篇论妇女劳动的文章吗?请您念它一遍。我想您对妇女问题一定感兴趣吧?您对学校也感兴趣吧?您这位朋友怎样?他叫什么名字?"

库克什娜夫人故意装出漫不经心的神气,接连发出这一句一句的问话,也不等别人回答,好像娇养惯了的小孩对他们的奶妈讲话一样。

"我叫阿尔卡季·尼古拉伊奇·基尔萨诺夫,"阿尔卡季说,"我什么事也不做。"

---

① 官方报纸,一七五六年创刊。从十九世纪六十年代起采取了最反动的地主阶级的立场。

叶夫多克西娅大声笑起来。

"多漂亮！怎么，您不抽烟吗？喂，维克多，您知道我正在生您的气呢。"

"为什么？"

"我听人说您又在恭维乔治·桑①了。她不过是一个落后的女人，再没有别的！怎么能够拿她跟爱默生②相比呢？她不懂教育，也不懂生理学，她什么都不懂。我相信她从来没有听见过胚胎学这个名词；在我们这个时代——没有胚胎学怎么成呢？（叶夫多克西娅甚至张开两手。）叶利谢维奇关于这个问题写了一篇很好的文章！他是一位天才的先生。（叶夫多克西娅习惯用'先生'来代替'人'的字眼。）巴扎罗夫，坐到沙发上我旁边来。您也许不知道，我很害怕您。"

"为什么呢？请问。"

"您是一个危险的先生：您是一个非常苛刻的批评家。上帝啊！多可笑，我讲话就像乡野地方的地主太太。不过我倒真是一个地主太太。我自己管理我的田产，您想一想，我那个管理人叶罗费是一种古怪的人，就跟库柏的拓荒者③一样，他是个不用脑筋的粗人。我后来就在这儿长住下来了；这座城市真叫人受不了，是不是？可是我又有什么办法呢？"

"这座城市同每座城市一样。"巴扎罗夫冷冷地答道。

"这儿的人关心的都是那些极小的事，那是最可怕的！我以前总是到莫斯科去过冬天……可是现在我那位宝贝丈夫麦歇④库克兴住在那儿。而且莫斯科现在——啊，我不知道要怎样说才好——它也不是从前那个样子了。我想到外国去；去年我差一点儿就动身了。"

"当然，是到巴黎去吧？"巴扎罗夫问道。

---

① 乔治·桑(1804—1876)，法国女作家。浪漫主义中民主派的代表。
② 爱默生(1803—1882)，美国作家和唯心主义哲学家。
③ 库柏(1789—1851)，美国小说家，著有描写北美殖民地化的著名系列长篇小说，总书名叫做《皮袜子》，《拓荒者》是其中的一本，同时也是那本小说的主人公的别名。
④ 法语"先生"的译音。

"到巴黎和海得堡①。"

"为什么要到海得堡?"

"对不起!唔,朋孙②在那儿!"

这句话叫巴扎罗夫回答不出来了。

"Pierre③·萨波日尼科夫……您认识他吗?"

"不,我不认识。"

"对不起! Pierre·萨波日尼科夫……他还是老待在利季娅·霍斯达多娃家里。"

"我也不认识她。"

"唔,就是他答应陪我去。谢谢上帝,我是自由的;我没有儿女……我说了什么:谢谢上帝!不过这是不要紧的。"

叶夫多克西娅用她那被烟草熏成棕色的手指卷好一支香烟,用舌头舐了一下,吸了吸,然后点燃它抽起来。女用人端了一个托盘走进来。

"啊,早饭端来了!你们要不要吃一点儿?维克多,开酒瓶;这是您的事情。"

"我的事,我的事。"西特尼科夫喃喃地说,又尖声笑起来。

"这儿有什么漂亮的女人吗?"巴扎罗夫喝光了第三杯,问道。

"有倒是有的,"叶夫多克西娅答道,"可是她们脑子里什么东西都没有。比如 mon amie④ 奥金佐娃就不难看。可惜她的名誉有点儿……不过这没有多大关系,只是她没有独立的见解,没有开阔的胸襟……什么都没有。整个教育制度需要改革。我已经把这个问题仔细地想过了:我们女人简直没有受到好教育。"

"您拿她们简直无法可想,"西特尼科夫插嘴说,"她们应当受人轻视,我就完完全全地瞧不起她们!(西特尼科夫平日只要有轻视别人

---

① 德国西南部巴敦州的城市,设有德国历史最悠久的大学。
② 朋孙(1811—1899),德国化学家。一八五二年到一八八九年间是海得堡大学的教授。
③ 法语:彼也尔,即彼得。
④ 法语:我的女朋友。

的机会,无论是心里感到或口头说出自己的轻视,他都会觉得非常舒服,他尤其喜欢攻击女人,他绝没有想到几个月以后命运会叫他拜倒在他妻子的脚下,只因为她是一个杜尔多列奥索夫公爵家的小姐。)她们里头就找不出一个听得懂我们谈话的人;没有一个值得我们这种严肃的人口里讲起的。"

"可是她们完全没有必要来听懂我们的谈话。"巴扎罗夫说。

"您在讲谁?"叶夫多克西娅插嘴问道。

"讲漂亮的女人。"

"什么?那么您赞成蒲鲁东①的意见吗?"

巴扎罗夫傲慢地挺起身子。

"我不赞成任何人的意见;我有我自己的。"

"打倒一切权威!"西特尼科夫嚷道,他很高兴现在得到了一个机会在他所崇拜的人面前发表自己尖锐的见解。

"可是连麦考莱②本人……"库克什娜说。

"打倒麦考莱,"西特尼科夫大声叫起来,"您要替那些无聊的女人辩护吗?"

"我不是替无聊的女人辩护,我替女权辩护,我发过誓要流尽我最后一滴血来拥护女权。"

"打倒!"不过西特尼科夫马上又打住了,"可是我并不否认女权。"他又说。

"不,我明白,您是一个斯拉夫派。"

"不,我不是一个斯拉夫派,不过当然……"

"不!不!不!您是一个斯拉夫派。您是《家训》③的信徒。您手里应当捏一根鞭子。"

---

① 蒲鲁东(1809—1865),法国小资产阶级经济学家和社会学家,无政府主义的创始人之一。反对妇女解放,主张妇女的天职是做母亲和管理家务。

② 麦考莱(1800—1859),英国自由主义的历史学家、政论家和政治家。彼得堡科学院国外通讯院士。主要著作有《英国史》(1848—1855)。

③ 十六世纪的一本俄国书,据说是伊凡雷帝年轻时候的忏悔师西尔威斯特教士写的,内容无非教人怎样治家,男人怎样严厉对待妻子等等。

"鞭子是一个很好的东西,"巴扎罗夫说,"可是我们已经到了最后一滴了……"

"最后一滴什么?"叶夫多克西娅问道。

"最后一滴香槟酒,最可尊敬的阿夫多季娅·尼基季什娜,是最后一滴香槟酒——不是您的最后一滴血。"

"我听见人攻击女人的时候,我就不能够漠不关心地听下去,"叶夫多克西娅继续说,"这太可怕了,太可怕了。您与其攻击女人,还不如去念米希勒①的《De l'amour》②。那是一本很好的书!先生们,我们还是来谈爱情吧。"叶夫多克西娅又说,她懒洋洋地把一只手放在压皱了的沙发垫子上面。

突然间人家都不做声了。

"不,为什么要谈爱情呢,"巴扎罗夫说,"可是您刚才讲起一位奥金佐娃,……好像您是这样地称呼她吧?这位太太是谁呢?"

"她是很娇美的,娇美的!"西特尼科夫尖声说,"我要给您介绍。聪明,有钱,又是一个寡妇。可惜她还不够进步;她应当多跟我们的叶夫多克西娅接近。Eudoxie,为您的健康干一杯!让我们来碰杯!Et toc,et toc,et tin-tin-tin!Et toc,et toc,et tin-tin-tin!!!(嗳独,嗳独,嗳丁一丁一丁!嗳独,嗳独,嗳丁一丁一丁!!!)"③

"Victor,您是个淘气包。"

这顿早饭吃了很久。第一瓶香槟之后接着第二瓶,第三瓶,甚至第四瓶……叶夫多克西娅一直讲个不停;西特尼科夫附和着她。他们讨论得最久的问题是——婚姻究竟是一种偏见呢,还是一种罪行;人们是不是生来平等的;个性究竟是什么东西等等。叶夫多克西娅后来喝得满脸通红,她用扁平的指尖打着一个音调不谐和的钢琴的键盘,她声音嘶哑地唱起歌来,起初唱着茨冈的歌子,以后又唱色摩尔-希弗④的抒情歌《瞌睡的格拉纳达睡着了》;西特尼科夫把围巾包在头上,扮着死

---

① 米希勒(1798—1874),法国具有理想主义倾向的历史学家。
② 法语:《爱情论》,一八五九年出版。
③ 这是用法国腔摹仿的碰杯的声音。
④ 色摩尔-希弗,欧洲作曲家、钢琴家,十九世纪中期不止一次地到俄国举办演奏会。

去的恋人。她唱道:

> 你的嘴唇亲着我的,
> 接一个热烈的吻……

阿尔卡季实在忍耐不下去了。"诸位,这快要变成疯人院了。"他高声说。

巴扎罗夫这些时候只顾喝香槟,不过偶尔插进一句挖苦的话,他大声打了一个呵欠,站起来,也不向女主人告辞,就同阿尔卡季一块儿走了。西特尼科夫跳起来,跟着他们出去。

"喂,怎样,喂,怎样?"他问道,一面讨好地在他们的左右两边跑来跑去。"我不是跟你们讲过,她是个了不起的人物吗!我们得多有几个这样的女人!像她这种性质的女人实在是一个崇高道德的现象。"

"那么你爸爸那个铺子也是一个道德的现象吗?"巴扎罗夫指着他们正走过的一家酒铺说。

西特尼科夫又尖声地笑起来。他平素总觉得自己的出身很不体面,因此他对于巴扎罗夫的这种突如其来的亲密(巴扎罗夫不用"您"却用"你"称呼他),便不知道应该引以为荣呢,还是该生气。

十四

几天以后省长家里的舞会举行了。马特维·伊里奇是这个舞会的真正的"主角"。本省贵族长逢人便说他只是为了尊敬马特维才来的;而省长呢,就是在舞会上,虽然他动也不动一下,却仍然不停地"发号施令"。马特维·伊里奇的态度的和蔼同尊严相等。他对待所有的人都很殷勤,只是对某一些人带一点儿厌恶,对另一些人多一点儿尊敬罢了。他在太太小姐面前总是 en vrai chevalier français① 献殷勤,他还时

---

① 法语:像真正的法国骑士那样。

时发出一阵爽朗、响亮、干脆的笑声,这种笑声也是跟一位高级官员的身份相称的。他拍拍阿尔卡季的背,高声唤他"亲爱的外甥";对那个穿了一件相当旧的礼服的巴扎罗夫,他不过顺便赏赐一瞥心不在焉的、俯就的斜视,吐出一句含含糊糊的客气话,不过这全是喉音,只听得出"我"同"很"这两个字;他伸了一根手指给西特尼科夫,对他笑了笑,可是他的头已经掉向别处去了;便是对库克什娜(她参加舞会也没有穿上硬的撑裙,还戴一副脏手套,头发上戴了一只极乐鸟),他也说了一声"enchanté"①。到会的人很多,跳舞的男客也不少;文官大都挤在墙边,军官们跳得很起劲,特别是一个在巴黎住过六个星期的人,他学会了种种下流的感叹词,如"Zut","Ah fichtrrre","Pst,pst,mon bibi"②等等。他发音非常准确,是纯粹的巴黎腔,同时他又把"si j'aurais"当作"si j'avais"用③;把"absolument"④当作"一定"解释,总之,他说的是那种大俄罗斯式的法国土话,给法国人听见了,要是他们觉得用不着恭维我们,说我们讲法国话跟天使一样,"comme des anges"⑤的话,他们是会捧腹大笑的。

我们已经知道阿尔卡季不大会跳舞,巴扎罗夫却完全不会:他们两个人便站在一个角落里,西特尼科夫也到这儿来了。他的脸上带着轻蔑的冷笑,口里任意发出刻毒的批评,他傲慢地向四处张望,好像真正感到愉快似的。突然他变了脸色,转过脸向着阿尔卡季,好像很窘地说:"奥金佐娃来了!"

阿尔卡季掉头望去,看见一个身材高高的女人穿着一身黑衣服,站在大厅门口。她的高贵的举止引起了他的注意。她那两只下垂的光洁的膀子给她的非常匀称的身体添了几分美丽;两三小枝吊金钟花从她那光泽的柔发优美地垂到微斜的肩头;一对明亮的眼睛在一个稍微突出的雪白的前额下露出来,带着一种安静的、敏慧的表情(这的的确确

---

① 法语:很荣幸。
② 法语:"讨厌","见鬼","嘘,嘘,我的小乖乖"。
③ 把"倘使我有"的假定式当作过去进行式。
④ 法语:绝对。
⑤ 法语:讲得十二分地好。

是安静的,不是若有所思的),几乎觉察不到的微笑留在她的嘴唇上。她的脸上显露出一种亲切而温柔的力量。

"您认得她吗?"阿尔卡季问西特尼科夫道。

"很熟。您要我给您介绍吗?"

"请您介绍吧……等这次四组舞跳完以后。"

巴扎罗夫也注意到了奥金佐娃。

"这女人是谁啊?"他说,"跟别的女人完全不同。"

等四组舞一停,西特尼科夫便带着阿尔卡季去见奥金佐娃;可是他并不像是同她很熟的样子;他窘得连话也说不上来了,她带一点儿惊讶地望着他。不过她听到阿尔卡季的姓,脸上立刻现出高兴的神色。她问他是不是尼古拉·彼得罗维奇的儿子。

"正是。"

"我见过您父亲两次,又常常听见人谈起他,"她接着说,"我很高兴跟您认识。"

这个时候一个副官跑过来,要求她同跳四组舞。她答应了。

"那么您也跳舞吗?"阿尔卡季恭敬地问道。

"是的,我跳舞。可是为什么您以为我不跳舞呢?您觉得我太老了吗?"

"哪儿的话,您怎么能够……那么我求您答应同我跳一次玛组卡舞吧。"

奥金佐娃宽容地笑了笑。

"好。"她说,她看了阿尔卡季一眼,眼里的表情并不能说是高傲,不过像一个结了婚的姐姐在看一个年纪很轻的弟弟那样。

奥金佐娃比阿尔卡季大不了几岁,她刚二十九岁,可是他在她面前,却觉得自己不过是一个小学生,一个没有经验的大学生,因此他们中间年龄的相差显得更大一些。马特维·伊里奇带着庄严的神气和奉承的话走到她身边来。阿尔卡季退在一边,可是依旧留心看她:便是在她跳四组舞的时候他的眼睛也没有离开她。她跟她的舞伴讲话就像她跟那位大官讲话一样,态度非常自然,她轻轻地转动她的头和眼睛,她轻轻地笑了两三次。她的鼻子跟差不多所有的俄国人的鼻子一样,略有一点儿肥大;她的肤色并不十分白净;可是阿尔卡季不管这些,他仍然断定他从来没有见过像这样一个动人的女子。她的声音老是在他的耳边萦绕;连她的衣服的褶痕在她身上似乎也跟在别的女人身上有些差别似的,在她身上便显得更调和,更飘逸,她的举止也是特别地从容而又自然。

玛组卡舞的曲子刚奏起来,阿尔卡季在他的舞伴旁边坐下的时候,他觉得心里有点儿胆怯;他早已准备好跟她谈话,可是他只有伸手去摸头发,找不出一句话来说。不过他的害怕和激动并没有延长多久,奥金佐娃的安静也传染给他了;不到一刻钟的工夫,他就毫无拘束地跟她谈到他的父亲、他的伯父,以及他在彼得堡和在乡下的生活。奥金佐娃带着客气的注意听他讲话,轻轻地打开或者阖上她的扇子;有时客人们来请她去跳舞,他那唠唠叨叨的话便中断了;单是西特尼科夫就来请过她两次。她回来,又在原处坐下,拿起扇子,她的胸脯也并不跳得更急;阿尔卡季又谈起来,渐渐地感到在她身边,跟她谈话,看她的眼睛,看她的可爱的前额,看她那美丽、端庄、聪慧的脸,这是多大的幸福。她自己讲话不多,可是她的话里流露出她的生活的知识;从她的某一些话,阿尔卡季便断定这个年轻女人已经感受到并且考虑到很多了……

"西特尼科夫先生带您到我这儿来的时候,跟您站在一块儿的那个人是谁?"她问他道。

"您注意到他吗?"阿尔卡季反转来问道,"他的相貌很不错,是不是?他叫做巴扎罗夫,我的朋友。"

阿尔卡季便谈起他的"朋友"来。

他讲得这样详细,这样热心,所以奥金佐娃不由得掉过头向着他,注意地望了他。这时候玛组卡舞快完了。阿尔卡季惋惜着就要跟他的舞伴分开;他同她在一块儿过了差不多一个钟点,过得这么快乐!固然他自始至终都觉得她好像是在俯就他,他好像应当感激她似的……可是这种感觉不会叫年轻的心痛苦。

乐声停止了。

"Merci①,"奥金佐娃说,便站起来,"您答应了来看我的;那么把您的朋友也带来。我很想见见这位有胆量对什么都不相信的人。"

省长走到奥金佐娃面前,说晚餐已经预备好了,他带着有心事的面容把胳膊伸给她。她临去的时候,还回过头来对阿尔卡季最后地笑一笑,点点头。他深深地鞠了一个躬,呆呆地望着她的背影(她那闪着银灰色光辉的黑绸子裹身的体态在他的眼里显得多窈窕!),他心里想;"这个时候她已经忘了我的存在了。"他的心灵中有了一种高雅的谦卑的感觉……

"喂,怎样?"阿尔卡季回到巴扎罗夫的那个角落里,巴扎罗夫马上问他道,"你玩得好吗? 一个绅士刚刚跟我谈过,说那位太太是——哦—哦—哦;不过我觉得那个绅士是一个傻瓜。依你看来,她真是——哦—哦—哦吗?"

"我不大明白那是什么意思。"阿尔卡季答道。

"什么! 多么天真!"

"那么,我就不懂你那位绅士了。奥金佐娃很可爱——这是用不着争论的,不过她是那么冷,并且又是那么严肃,所以……"

"静止的水里②……你知道!"巴扎罗夫插嘴说,"你说她冷,味道就在这里头。我想你喜欢冰淇淋吧。"

"也许是的,"阿尔卡季喃喃地说,"我不能下一个判断。她想认识你,要我带你去看她。"

"我可以想象到你把我怎样地形容了一番。不过你干得很好。带我去吧。不管她是什么人——她只是一个外省的女王也好,或是像库克什娜那样的'解放的女性'也好,至少她那对肩膀是我好久没有看到的。"

巴扎罗夫的冷言冷语伤害了阿尔卡季,可是事情往往这样,阿尔卡季责备巴扎罗夫的地方却并不是他不喜欢巴扎罗夫的地方……

"你为什么不肯承认女人有思想的自由呢?"他低声问道。

---

① 法语:谢谢。
② 俄谚:"静止的水里有鬼。"意思是:表面正经心里坏。

"因为,小兄弟,据我看来,在女人中间只有一些丑八怪才自由地思想。"

他们的谈话到这儿就结束了。吃过晚饭以后,这两个年轻人马上告辞走了。一阵神经质的、恶意的、但又有点儿胆怯的笑声跟在他们后面,那是库克什娜的;她的自尊心大大地受了伤害,因为这个晚上他们两个人谁也没有理过她。她在舞会里耽搁得最久,到早晨四点钟她还同西特尼科夫跳了一次巴黎式的波尔卡—玛组卡舞。这个有启发性的表演便是省长的舞会的最后一个节目了。

十五

"让我们来看看这位人物是属于哺乳动物的哪一种类,"第二天巴扎罗夫对阿尔卡季说,那个时候他们正走上奥金佐娃下榻的旅馆的楼梯,"我的鼻子闻着这儿有点儿不对。"

"我想不到你会是这样!"阿尔卡季大声说,"怎么?你,你,巴扎罗夫,会有那种狭隘的道德观念……"

"你真是古怪的家伙!"巴扎罗夫毫不在意地打断了他的话,"难道你不知道照我们的讲法,而且在我们这种人的中间,'有点儿不对'就是'有点儿对'的意思吗?这就是说,有好处。你今天不是对我讲过她的婚姻奇怪吗?不过据我看来,嫁给一个有钱的老头子,一点也不奇怪,反倒是很有见识的。我不相信城里一般人的闲话;不过我倒愿意承认,用我们这位高明的省长的话来说吧,这是不错的。"

阿尔卡季并不回答。他敲起房门来。一个穿号衣的年轻听差把这两个朋友引进一个宽大的房间,这跟所有俄国旅馆的房间一样,陈设并不好;不过房里到处都是鲜花。不多久奥金佐娃穿着一件朴素的早晨的衣服出来了。她在春天的阳光里看起来似乎年轻多了。阿尔卡季介绍了巴扎罗夫,他暗暗吃惊地发觉巴扎罗夫好像有一点儿局促不安的样子,而奥金佐娃却和前一天一样,非常安静。巴扎罗夫自己也感觉到了他的局促不安，便生起气来。"这像什么话！——怕起娘儿们来了！"他想道，他居然像西特尼科夫那样懒洋洋地坐在一把扶手椅里，装出非常随便的神气谈起来，奥金佐娃那对明亮的眼睛始终没有离开他的脸。

安娜·谢尔盖耶夫娜·奥金佐娃是谢尔盖·尼古拉耶维奇·洛克捷夫的女儿，她的父亲是一个著名的美男子、投机家和赌徒，他在彼得堡和莫斯科足足出了十五年的风头，结果把财产输光了，不得不搬到乡下去住，不多久他便死在乡下，留下一份很小的遗产给两个女儿——二十岁的安娜和十二岁①的卡捷琳娜。她们的母亲是中落的 X 公爵家里的一位小姐，她在她丈夫的全盛时期中病死在彼得堡。父亲逝世以后，安娜的处境非常艰苦。她在彼得堡受的那种出色的教育并不适宜于料理田地和家务的琐事——更不宜于过乡间的无聊岁月。在这个地方她连一个人也不认识，没有一个她可以去商量请教的人。她的父亲活着的时候竭力避免跟邻居来往；他看不起他们，他们也看不起他，各有各的理由。然而就是在这个时候她也并不慌张，她马上请了母亲的姊姊阿夫多季娅·斯捷潘诺夫娜·X 公爵夫人来。这个刻薄、傲慢的老太太一来就把宅子里几间最好的屋子占据了，而且从早到晚，总是在骂人诉苦；不说出门，就是到花园里散散步，她也要叫她那个惟一的农奴跟随伺候，这个整天板面孔的听差穿一件破旧的、浅蓝色绲边的、豌豆绿的号衣，戴一顶三角帽。安娜耐心地忍受她姨母的一切古怪脾气，按部就班地安排她妹妹的教育；并且似乎已经死心塌地准备在偏僻的乡下过一辈子了……可是命运却给她安排了另一种生活。她偶然被一个四十六岁的大富翁奥金佐夫看见了，那是一个古怪的疑病患者，身体肥胖，不灵活，性情固执，可是人并不愚蠢，脾气也不坏；他爱上了她，向她求婚。她答应嫁给他，他跟她一块儿生活了六年，临死把全部财产都遗留给她。在他死后，安娜·谢尔盖耶夫娜还在乡下差不多住了一年；后来她带着她妹妹到外国去游历，可是只到了德国；她厌烦了，便回到国

---

① "十二岁"恐是"九岁"之误，因为根据十四章和十六章来说，安娜比卡佳实际上长十一岁。

内,住在她心爱的村子尼科利斯科耶,那地方离某城有四十里的光景。在那儿她有一所富丽堂皇、陈设精致的宅子,还有一个美丽的花园,园里修建了一些温室;她那个亡故的丈夫在满足自己的欲望这方面是不惜花钱的。安娜·谢尔盖耶夫娜很少进城,总是有事情才去,就是去了也住不久。省城里的人都不喜欢她;她跟奥金佐夫结婚的事引起了很多人的攻击,外面流传着种种关于她的谣言,说她曾经帮助父亲在赌钱时作弊,说她到外国去也不是没有原因,她不得不出去掩饰那不幸的后果[1]……"您明白了吧?"那些愤怒的散布谣言的人最后结束道。"她是经过了水火的呢,"有些人这样批评她;省城里一个著名的爱讲俏皮话的才子常常加上一句:"还经过铜管呢。"[2]这些话传到她的耳朵里,她却当作没有听见似的,因为她有着独立的和相当坚决的性格。

奥金佐娃靠在椅背上,把一只手放在另一只手上面,一面听巴扎罗夫讲话。他这天跟他往常的习惯相反,讲了相当多的话,而且显然想引起她的兴趣——这又是叫阿尔卡季吃惊。他并不能够断定巴扎罗夫有没有达到目的。从安娜·谢尔盖耶夫娜的脸上,他很难看出巴扎罗夫给了她什么样的印象:她脸上仍旧保持着亲切的、优雅的表情;她那美丽的双目因了注意而闪光,但这却是不动感情的注意。巴扎罗夫的不自然的态度起初给了她一种不好的印象,就像是一股不好闻的气味,或者一个刺耳的声音;可是她立刻明白他只是局促不安,因此她反而得意起来。她最厌恶庸俗,可是没有人能够拿庸俗来责备巴扎罗夫。这天阿尔卡季接连地看到了许多奇怪的事情。他以为巴扎罗夫对着奥金佐娃那样聪明的女人一定会谈论他的主张和见解了:她自己也表示过愿意听这个"有胆量对什么都不相信的人"谈话的;可是巴扎罗夫并不谈那些,却只谈医学,谈顺势疗法,谈植物学。他们发觉奥金佐娃并没有在孤寂中虚度她的光阴:她读了不少好书,而且会说一口正确流利的俄语[3]。她谈到音乐,可是看见巴扎罗夫不承认艺术,她又很自然地把

---

[1] 大概是说她有了外遇,去外国生小孩儿。
[2] 俄谚,有"饱经沧桑"、"历尽辛苦"的意思。
[3] 当时俄国上流社会中的人习惯讲法语(其次是德语),只有对家仆等等才完全说俄语。

话题拉回到植物学上面,也不顾阿尔卡季已经开始在大谈民歌旋律的价值了。奥金佐娃仍旧把阿尔卡季当作一个弟弟;她似乎很喜欢他的温厚和年轻人的单纯——但也就尽于此了。他们从容地、活泼地足足谈了三个多小时,而且话题时常变换。

最后这两个朋友站起来告辞。安娜·谢尔盖耶夫娜亲切地望着他们,伸出她的美丽白净的手给他们,她想了一忽儿,便带着一种犹豫不决的、却又是愉快的微笑说:

"要是两位不嫌沉闷的话,先生们,请到尼科利斯科耶村我那儿来玩吧。"

"哪儿的话,安娜·谢尔盖耶夫娜。"阿尔卡季大声说,"我会认为这是最大的幸福……"

"您呢,麦歇巴扎罗夫?"

巴扎罗夫只鞠了一个躬,还有最后一个惊讶在等着阿尔卡季:他看见他的朋友脸红了。

"怎么样?"他在街上对巴扎罗夫说,"你还是照先前那种意见,说她是——哦—哦—哦吗?"

"谁知道? 你瞧,她那态度多么冷!"巴扎罗夫答道,他停了一忽儿又说:"她完全是一位公爵夫人,一位女王。她只差衣服后面的长裾和头上的王冠罢了。"

"我们的公爵夫人讲俄语也不会有这样好。"阿尔卡季说。

"她是尝过生活的苦味来的,我的小兄弟,她也吃过我们吃的面包。"

"无论如何,她很可爱。"阿尔卡季说。

"多么出色的身体!"巴扎罗夫接着说,"应当马上送到解剖教室去。"

"闭嘴,不要乱讲,叶夫盖尼! 这太不像话了。"

"啊,不要生气,你这小孩子。我是说第一流的身体。我们一定要到她家里去。"

"什么时候去?"

"好,就是后天吧。我们待在这儿又干些什么呢? 跟库克什娜一块儿喝香槟吗?听你那位亲戚,那位自由主义的大人物吹牛吗?……我们还是后天走吧。而且,我父亲那个小庄子离那儿也不远。这个尼科利斯科耶村是在某路上,不是吗?"

"是的。"

"Optime.①干吗还要耽搁呢?那是傻瓜,不然就是聪明人才磨磨蹭蹭呢。我跟你说,那是一个多么出色的身体!"

三天以后,这两个朋友坐车到尼科利斯科耶去。天气很好,也不太热,驿站的、喂得饱饱的马匹步伐整齐地跑着,轻轻地摇动它们的编成辫子的尾巴。阿尔卡季望着大路,自己也不知道为了什么缘故,微微笑起来。

"给我道喜吧,"巴扎罗大突然嚷道,"今天六月二十二日,是我的命名日。看我的天使怎样来守护我。家里的人今天在等我回去,"他又放低声音说,"好,让他们等吧……这有什么要紧!"

十六

安娜·谢尔盖耶夫娜的庄园坐落在一座倾斜的、没有掩蔽的小山上,附近有一所黄色的砖砌的教堂:它有绿的屋顶,白的圆柱,正门上面有一幅"意大利"风格的《基督复活》的 al fresco②。在这幅画上,一个戴盔的、皮肤黝黑的武士伏在前面,他那肥圆的形状特别引人注目。教堂后面伸延着两排长长的村里的房屋,草屋顶上凌乱地竖起一些烟囱。主宅的建筑和教堂同一个样式,就是我们所称为亚历山大式的;这所它子也漆成了黄色,也有绿的屋顶,白的柱子,三角形的门楣上绘着这一家的纹章③。当初省城里的建筑师设计修建这两所建筑物的时候,他曾得到去世的奥金佐夫的赞许,这位奥金佐夫,据他自己说,看不惯那

---

① 拉丁文:很好。
② 意大利语:壁画。
③ 用来表示宗谱的纹章图案。欧洲旧日贵族均有此种世袭的纹章。

些毫无用处的、随便弄出来的新花样。宅子两边长着古园的阴森森的乔木，一条剪过枝的枞树荫路通向大门。

两个穿号衣的、身材高大的听差在前厅迎接我们这两位朋友，其中的一个立刻跑去通知管事①。那个身穿黑色礼服、身体肥胖的管事马上出现了，他引着客人走上一条铺着地毯的楼梯，到了一间特别的屋子，这里面已经为他们预备了两张床和全副盥洗的用具。显而易见，宅子里是很有秩序的；什么东西都是干干净净，到处都有一种特别好闻的香味，就像在各部大臣的会客室里一样。

"安娜·谢尔盖耶夫娜请二位在半点钟以后下去相见，"管事通知说，"现在您还有什么吩咐？"

"没有什么吩咐，"巴扎罗夫答道，"只是要麻烦您拿一杯伏特加来。"

"是，先生。"管事说，露出一点儿惊奇的神情，便退出了，他走起路来，皮靴咯吱咯吱地响。

"好大的气派！"巴扎罗夫说，"你们那班人是这样说的吧，是不是？一句话说完，她是一位公爵夫人就是了。"

"一位漂亮的公爵夫人，"阿尔卡季回嘴说，"她见第一次面就把我们两位大贵族请到她家里来住了。"

"尤其是我，一个未来的医生，而是医生的儿子，教堂执事的孙子……我想，你知道我是一个教堂执事的孙子吧？……"

"就跟斯彼兰斯基②一样。"巴扎罗夫停了一忽儿，又撇了撇嘴接着说下去。"无论如何，她是娇养惯了的；啊，这位太太是怎样地娇养惯了啊！我们还得穿上礼服吗？"

阿尔卡季只是耸了耸肩……不过他也感到有点儿局促不安了。

半点钟以后巴扎罗夫同阿尔卡季一块儿走进了客厅。这是一间高大宽敞的屋子，陈设相当富丽，可是趣味并不太高。一些笨重的、值钱的家具全照老规矩那样顺着墙壁安放，糊墙纸是棕色的，上面印着金

---

① 在地主宅子里管理家务的人。
② 斯彼兰斯基（1772—1839），俄国政治家。沙皇亚历山大一世时代，他为了巩固专制政体而提出一个温和的国家改革草案。他是一个乡村牧师的儿子。

花;这些家具还是奥金佐夫生前托他的一个朋友,也是他的代理人,一个酒商从莫斯科买来的。在一面墙壁的正中放着一张沙发,沙发上头挂着一个脸颊浮肿的、金黄头发的男人的肖像——他好像不高兴地望着客人。"一定是他了,"巴扎罗夫低声对阿尔卡季说,他皱起鼻子,加上一句:"我们还是逃走吧?"可是这个时候女主人进来了。她穿了一件薄纱衫子。她的头发很光滑的梳到耳朵后边,使她那纯洁、容光焕发的脸上添了一种少女的风韵。

"谢谢你们守约来了,"她说,"请你们在我这儿住些时候;这地方的确不坏。我要给你们介绍我的妹妹;她钢琴弹得很好。您对这个是没有兴趣的,麦歇巴扎罗夫;可是您,麦歇基尔萨诺夫,我想您是喜欢音乐的。除了我妹妹以外,我还有一个上了年纪的姨妈住在这儿,此外还有一个邻居有时候过来打打牌;我们这个圈子就只有这么几个人。现在我们坐下吧。"

奥金佐娃发表这一篇短短的欢迎辞,发音吐字都特别清楚,好像她早记熟了似的;接着她就跟阿尔卡季谈起来。她的母亲原来是跟阿尔卡季的母亲认识的,阿尔卡季的母亲跟尼古拉·彼得罗维奇恋爱的时候,她的母亲还是阿尔卡季的母亲的知心朋友。阿尔卡季便热心地谈起他的亡母来;巴扎罗夫在翻看那些画片册子。"我变得多么驯良了。"他暗暗想道。

一条戴着蓝色颈圈的漂亮猎狗跑进客厅里来,爪子拍着地板,它后面跟着一个十八岁模样的少女①:黑头发,浅褐色皮肤,一张相当圆的、讨人喜欢的脸,一对不大的黑眼睛。她手里提着满满一篮的花。

"这是我的卡佳。"奥金佐娃说,她朝她的妹妹点一下头算是介绍。

卡佳略微行一个礼,便坐在她姊姊身边,挑选她的花。那条猎狗名叫菲菲,它轮流地跑到两个客人跟前,摇摆尾巴,并且把它的冷的鼻子放在他们的手上。

"那都是你自己摘的?"奥金佐娃问道。

---

① 作者在第十四章中说安娜二十九岁,在第十五章中说她们姊妹的父亲逝世的时候安娜只有二十岁,卡佳十二岁,是安娜比卡佳只大八岁,这里说卡佳十八岁,那么安娜比卡佳大十一岁了。"十二岁"恐是"九岁"之误。

"我自己摘的。"卡佳答道。

"姨妈来喝茶吗?"

"她来。"

卡佳讲话的时候,脸上带着微笑,这笑容是很动人的、害羞的、坦白的;她又做出一种又滑稽又正经的样子偷偷望她的姊姊。她的一切都是非常年轻的,还没有成熟的:她的声音,她脸上的柔毛,粉红色的手带着白净的、起涡的掌心,略微瘦削的两肩……她不住地红脸,喘气。

奥金佐娃掉头向着巴扎罗夫说:

"您是出于礼貌,才一个人看画片吧,叶夫盖尼·瓦西里伊奇。"她开始说,"那不会使您发生兴趣的。您还是坐近我们,让我们来辩论什么吧。"

巴扎罗夫坐近了一点儿。

"您想要我们辩论什么呢?"他说。

"随您高兴吧。我警告您,我是个非常喜欢辩论的人。"

"您?"

"我。好像这叫您诧异了。为什么呢?"

"因为照我的判断,您的性情是平稳的、冷静的。可是辩论需要热情。"

"您怎么能够这么快就明白了我的性情呢? 第一,我性子急,又固执——您最好问问卡佳;第二,我很容易入迷。"

巴扎罗夫望着安娜·谢尔盖耶夫娜。

"也许,您知道得更清楚些。您既然高兴辩论——就请吧。我刚才在看您的画片册子里的萨克逊瑞士①的风景,您说那不会叫我感到兴趣。您这样说,是因为您以为我没有艺术的理解,事实上我的确没有;可是从地质学的观点看来,这些风景也许会引起我的兴趣,譬如说,从山脉构成的观点看来。"

"请您原谅;我以为做一个地质学家,就应当去念这一门学问的书籍、专著,不会去看图画的。"

---

① 指德国南部萨克逊邦的群山,因风景优美,故又称萨克逊瑞士。

"一本书用了整整十页的篇幅说明的事情,我只要看一幅图画立刻就清楚了。"

安娜·谢尔盖耶夫娜静了一忽儿。

"那么您连一点点艺术的理解都没有吗?"她说,把肘搁在桌上,这样一来她的脸离巴扎罗夫更近了些,"您怎么能够没有它呢?"

"我倒要请教,要它来干什么呢?"

"它至少可以教您去了解人,去研究人。"

巴扎罗夫笑了笑。

"第一,生活的经验便可以做到那一点;第二,我告诉您,研究个别的人只是白费工夫。所有的人,在身心两方面都是彼此相似的;我们每个人都有着同样构造的脑子、脾脏、心、肺;便是所谓精神的品质也都是一样的;那些小的变异是无足轻重的。只要有一个人来作标本,我们便可以判断所有的人了。人就像一座林子里的树木,没有一个植物学家会想起去把一棵一棵的桦树拿来分别研究的。"

卡佳正在慢慢地一朵一朵地配着花,这个时候她吃惊地抬起头来望巴扎罗夫,碰到了他那敏速的、随便的眼光,她连耳根都红了。安娜·谢尔盖耶夫娜摇了摇头。

"一座林子里的树木,"她跟着他说了一遍,"那么照您看来,聪明人跟愚蠢人,好人跟坏人是没有差别的了?"

"不,有差别的:就像病人跟健康人的差别一样。一个害肺病的人的肺部跟你我的肺部情形不同,虽然它们的构造原先也是一样的。我们大概知道身体上的病是从哪儿来的;精神上的病却是从坏的教育来的,是从自小就塞满在人们脑子里的种种胡话来的,一句话说完,是从不健全的社会情形来的。社会一改造,病就不会有了。"

巴扎罗夫说这番话的时候,看他的神情好像他自始至终都在对自己说:"信不信由您;在我都是一样!"他慢慢地用他那长长的手指去摸他的连鬓胡子,他的眼光就在几个角落里打转。

"那么您认为,"安娜·谢尔盖耶夫娜说,"只要社会一改造,就不会有笨人同坏人了?"

"无论如何,在合理的社会组织里面,一个人不管是愚蠢,是聪明,是坏是好,都是一样的。"

"是的,我明白;他们的脾脏都是一样的。"

"正是这样,太太。"

奥金佐娃转身向着阿尔卡季。

"那么您的意见怎样呢,阿尔卡季·尼古拉耶维奇?"

"我赞成叶夫盖尼的意见。"他答道。

卡佳偷偷看了他一眼。

"您两位叫我吃惊,"奥金佐娃说,"可是我们以后再讨论吧。现在我听见我姨妈过来喝茶了;我们不要在她面前谈这些话。"

安娜·谢尔盖耶夫娜的姨母 X 公爵夫人是一个瘦小的女人,一张干瘪的脸缩成只有拳头那样大,一对恶狠狠的眼睛在花白的假发下面注意地望着人,她走进屋子来,不大招呼客人,就在宽大的天鹅绒的扶手椅上面坐了。这把椅子是只有她一个人可以坐的。卡佳放了一个脚凳在她的脚下;这个老太太也不谢一声,连看也不看她一眼,只有她的两只手在那差不多盖住她整个瘦小身子的黄色披巾下面微微地动了动。公爵夫人喜欢黄色,她的包发帽上也束着鲜黄色的丝带。

"您睡得好吗,姨妈?"奥金佐娃提高声音问道。

"那条狗又在这儿了。"老太太喃喃地答道,她看见非非迟疑不决地朝着她走了两步,便叫道:"去,去!"

卡佳唤着非非,一面去给它开了门。

非非很高兴地跑出去,以为是领它出去散步了;可是它看见自己孤零零的给关在门外,就开始用爪子抓门,叫起来。公爵夫人皱起眉头。卡佳正打算出去……

"我想茶已经预备好了,"奥金佐娃说,"请吧,先生们。姨妈,请您去喝茶。"

公爵夫人一声不响地从椅子上站起来,带头走出了客厅。他们全跟在后面进了饭厅。一个穿号衣的小用人从桌子那儿轧轧地拉出一把已经放上几个垫子的、也是神圣不可侵犯的扶手椅来,她坐了下去;卡佳来斟茶,给她端了第一杯茶过去,这个杯子上面也印着这一家的纹章的图案。老太太放了一点蜂蜜在茶杯里(她觉得喝茶放糖是罪过,又

是浪费,虽然事实上她自己从来没有在糖上花过一个戈比),她忽然用嘶哑的声音问道:

"伊万公觉①信里讲些什么?"

没有人回答她。巴扎罗夫同阿尔卡季立刻猜想到,她们对她虽然很恭敬,可是并不把她放在眼里。"她是给养来做幌子的,"巴扎罗夫想道,"只是为了她那贵族的身份。"喝过茶,安娜·谢尔盖耶夫娜提议出去散一忽儿步;可是外面落起小雨来了,因此除了公爵夫人一个人以外全回到客厅里去了。那个爱打牌的邻居来了。他的名字叫波尔菲里·普拉东内奇,是一个胖子,头发已经花白了,两腿很短,就像在车床上车出来的一样;他很有礼貌,又很爱笑。安娜·谢尔盖耶夫娜仍然专同巴扎罗夫讲话,她问他是不是愿意同他们打一回旧式的朴烈费兰斯②,巴扎罗夫答应了,他说他应当事先准备好去尽他的县城医生的职责。

"您得小心,"安娜·谢尔盖耶夫娜说,"波尔菲里·普拉东内奇同我两个会打败您的。你呢,卡佳,你去弹点儿什么给阿尔卡季·尼古拉耶维奇听;他喜欢音乐,而且我们也可以听。"

卡佳不大乐意地走到钢琴前面去,阿尔卡季虽然喜欢音乐,却也不大乐意地跟在她后面;他觉得奥金佐娃好像在赶他走开似的,他跟所有的这样年纪的年轻人一样,已经感到有一种朦胧的、折磨人的情感在他的心中涌起来了,这像是恋爱的预感。卡佳揭开钢琴的盖子,并不失望阿尔卡季,低声问道:

"您要我弹什么呢?"

"随您的意思吧。"他冷淡地答道。

"您比较喜欢哪一种音乐呢?"卡佳再问一句,并没有改变姿势。

"古典的。"阿尔卡季仍旧用冷淡的调子回答。

"您喜欢莫扎特③吗?"

"我喜欢莫扎特。"

---

① "公觉"即"公爵",公爵夫人念得不清楚。
② 一种类似"威斯特"的纸牌戏。
③ 莫扎特(1756—1791),奥地利大作曲家,维也纳古典乐派的代表人物。

卡佳拿出莫扎特的 c 小调奏鸣曲中的幻想曲的谱子。她弹得很好，虽然有些严谨、呆板。她挺起身子坐在那儿，一动也不动，眼光一直盯在乐谱上面，嘴唇闭得紧紧的，只有在奏鸣曲快完结的时候，她的脸才红起来，一股头发散垂下来，搭在她的黑眉上。

奏鸣曲的最后一部分叫阿尔卡季特别感动，在那无忧无虑的旋律的醉人的欢乐中间突然闯进来十分悲惨的而且几乎是悲剧的痛苦……可是莫扎特的音乐在他心中引起的思想却跟卡佳没有一点儿关系。他望着她，心里不过在想："哦，这位年轻小姐弹得并不坏，她长得也不难看。"

卡佳弹完了奏鸣曲，两只手仍然放在键盘上，她问道："够了吗？"阿尔卡季回答说，他不敢再麻烦她了，便跟她谈起莫扎特来；他问她这奏鸣曲是她自己挑选的，还是别人介绍给她的？可是卡佳回答得非常简单：她藏起来了，缩回到她的壳里去了。她一遇到这种情形，就不轻易再出来；在这种时候她的脸上甚至露出一种固执的、差不多是呆板的表情。她并不一定害羞，却是不相信人，而且有点儿让那个把她教育大了的姊姊吓唬住了，这个事实不用说她的姊姊一点儿也没有想到。阿尔卡季末了只好把非非（它已经回来了）叫到他跟前，他带着温和的微笑拍拍它的头。卡佳又动手去理她的花。

这时候巴扎罗夫接连地输。安娜·谢尔盖耶夫娜打牌打得很精；波尔菲里·普拉东内奇也能够保本，巴扎罗夫是输家，输的数目虽然不大，可是他已经有点儿不高兴了。吃晚饭的时候安娜·谢尔盖耶夫娜又谈起植物学。

"明天早晨我们一块儿散步去吧，"她对他说，"我想向您请教那些野生植物的拉丁学名同它们的属性。"

"拉丁学名对您有什么用处呢？"巴扎罗夫问道。

"每样东西都应当有秩序。"她答道。

"安娜·谢尔盖耶夫娜是个多么了不起的女人！"阿尔卡季回到女主人给他和他朋友预备好的屋子里，忍不住这样地嚷起来。

"不错，"巴扎罗夫答道，"一个有脑筋的女人。唔，她也见过世面的。"

"你这话是什么意思,叶夫盖尼·瓦西里伊奇?"

"是好的意思,是好的意思,好朋友阿尔卡季·尼古拉伊奇!我相信她一定把她的田产管理得非常之好。可是了不起的并不是她,却是她的妹妹。"

"什么,那个皮肤浅黑色的姑娘吗?"

"不错,那个皮肤浅黑色的姑娘。她是新鲜的、纯洁的、害羞的、不大讲话的,并且还有这样那样,任你怎么说都可以。她是值得人关心的。你想把她造成一个什么样的人就可以造成什么样的人,可是另一个呢——那是一个老于世故的人。"

阿尔卡季并不回答巴扎罗夫,他们两个人上床的时候,各人有各人的心思。

这个晚上安娜·谢尔盖耶夫娜也在想她的客人。她喜欢巴扎罗夫,因为他没有那种对女人的殷勤,还因为他有那些锋利的见解。她在他身上看到了一种她从未见过的新的东西,而她又是一个好奇的女人。

安娜·谢尔盖耶夫娜是一个相当古怪的人。她没有一点成见,也没有坚定的信仰,她遇着什么事情从来不退缩,但也没有一个固定的目标。她把许多事情看得十分清楚,她对许多事情都感到兴趣,可是没有一样使她完全满足过;事实上她也不要求完全的满足。她的智力一方面想了解一切,同时对一切都很冷淡:她的怀疑从没有平息到使她忘怀的程度,它们也不曾发展到足以使她烦恼。要是她没有钱,又不是一个独立的人,她也许会投身到斗争中去,会认识到什么是激情……可是她的生活太舒适了,虽然她有时候也感到厌倦;她一天一天地过着悠闲的日子,从来没有匆忙的时候,也难得有过激动不安。固然有时候在她的眼前也燃起过彩虹,可是在它们消逝以后她反倒呼吸得更自由,对它们并没有丝毫的惋惜。她的想象甚至于超过了一般的道德法规所认为可以容许的范围;可是就在那个时候她的血液仍然像往常那样平静地在她那非常匀称的、宁静的身子里循环流动。有时在香汤沐浴之后她浑身暖融融的没有一点力气,她便会想到人生的空虚、烦恼、艰苦、罪恶……她的心灵中便会充满突如其来的勇气,而且涌起高尚的渴望;可是只要有一阵风从半掩的窗户吹进来,安娜·谢尔盖耶夫娜就会缩着身子,抱怨,而且差不多要发脾气了,那个时候她只有一个要求:这种可恨的风不要吹到她的身上。

她跟所有没有真正恋爱过的女人一样,总是想望着什么东西,可是她自己也不知道想望的是什么。严格说来,她并不想望什么,可是她又觉得自己对什么东西都想望似的。她勉强地忍受着那个死去的奥金佐夫(她嫁给他是为着生活打算,不过要是她不认为他是一个好人,她不见得就会答应结婚),因此她暗暗地怀着一种对一切男人的憎恶,她把男人都当作不干净的、粗笨的、懒惰的、软弱而讨厌的东西。有一回她在国外一个地方遇见一个年轻漂亮的瑞典人,带着一种骑士的风度,宽广的前额下配上一对诚实的蓝眼睛;他给她的印象很深,可是这并没有妨碍她回到俄国来。

"这个医生是一个怪人!"她躺在华美的床上,枕着有花边的枕头,身上盖一条薄薄的绸被,心里这样想道……安娜·谢尔盖耶夫娜从她的父亲那儿多少继承到一点儿爱奢华的癖性。她很爱她那个虽然不务正业而心地善良的父亲。他也十分宠她,常常和善地跟她开玩笑,好像把她看做平辈一样;他非常信任她,什么事都跟她商量。至于她的母亲,她差不多忘记她了。

"这个医生真是一个怪人!"她又对自己说。她伸一伸腰,微微一笑,把手放在脑后,然后匆匆地浏览了一两页无聊的法国小说,便丢开书——睡着了,清洁芬芳的衬衣裹住她那清洁的、冷冷的身子。

第二天上午刚刚用过早饭,安娜·谢尔盖耶夫娜便陪巴扎罗夫去采集植物,在午饭时间才赶回来;阿尔卡季没有出去,他跟卡佳在一块儿过了将近一个小时。他觉得跟她在一起并不乏味;她自动地把前一天弹过的奏鸣曲为他再弹了一遍;可是后来奥金佐娃终于回来了,他看见她,心里马上难过起来……她有些脚步疲乏地穿过花园走来;她两颊鲜红,一双眼睛在她那顶圆草帽下面显得比平日更明亮。她的手指玩弄着一枝野花的细茎,那件薄薄的短外套滑落到她的肘上,帽上的宽丝带飘到她的胸前。巴扎罗夫走在她后面,还是跟往常一样,充满自信而又随便,他的脸上虽然露出喜欢的、甚至亲切的表情,可是阿尔卡季看了,心里并不高兴。巴扎罗夫含糊地吐出一声:"早安!"便回到他的屋子里去了。奥金佐娃心不在焉地跟阿尔卡季握一握手,也从他的身边走了过去。

"早安!……"阿尔卡季心里想道,"难道我们今天还没有见过面吗?"

十七

人人知道,时间有时候像鸟一样地飞着,有时候像蛆一样地爬着;不过要是一个人连时间究竟过得是快还是慢也不觉得,他便是很幸福的了。阿尔卡季同巴扎罗夫正是这样地在奥金佐娃家里过了两个星期。他们能够这样住下去,一半还是因为她在她的家庭同生活两方面都规定了良好的秩序。她自己严格遵守这秩序,也叫别人不得不服从。每天要做的事情都有一定的时间。早晨整八点钟全家的人都聚在一块儿吃早茶,从早茶到早饭的时间里面,各人随意做自己的事,女主人便接见她的总管(她在田产管理上采用了代役租制的办法)、她的管事和她的女管家,处理一些事情。午饭前大家又聚在一块儿,或是谈话,或是看书;晚上不是出去散步,就是打牌,或者弄音乐;到晚上十点半钟安娜·谢尔盖耶夫娜便回到自己的屋子里,发出命令安排第二天的事情,然后上床睡觉。巴扎罗夫不喜欢日常生活中用这种有规律的并且带一点儿做作意味的守时刻办法,"就像在轨道上滚着一样。"他这样形容道;那些穿号衣的听差,那些讲究礼节的管事伤害了他的民主的情感。他说,既然讲究到这样程度,那么索性学学英国人的排场,穿起礼服打上白领结吃午饭好了。他有一回明白地把这个意见对安娜·谢尔盖耶夫娜讲了。她的态度是那样自然,因此在她面前谁也会毫不迟疑地发表自己的意见。她听他讲完了话,然后对他解释道:"从您的立场看来,您是对的,也许在这一点上头我的太太气味太重了;不过一个人在乡下过日子,要不讲究秩序,那就会烦闷死了,"她仍然照样行她的办法。巴扎罗夫嘴里虽然咕噜着,可是他同阿尔卡季在奥金佐娃家里过得这么舒适,主要的原因正是这宅子里的一切都是在"轨道上面滚着的"。虽是这样,可是这两个年轻人刚刚在尼科利斯科耶住了一两天,他们就都有了一点儿改变了。安娜·谢尔盖耶夫娜虽然很少赞成巴扎罗夫的意见,但是她显然对他发生了兴趣,而他却开始露出一种从来不曾有过的烦躁不安来:他很容易发脾气,不乐意讲话,脸上常常带怒容,不能够静静地坐在一个地方,好像有什么事情在催促他去做。阿尔卡季呢,他自己后来断定是爱上了奥金佐娃,渐渐地沉落在一种静静的忧郁里面了。不过这忧郁并不妨碍他同卡佳做朋友;它反而促成他跟她亲近要好。"她看不上我?也罢! ……可是这儿还有一个好人,她倒不嫌弃我。"他这样想着,他心里又尝到宽大的感情的那种甜味了。卡佳隐隐约约地感觉到他跟她交往是想在这里面寻找一种安慰,她并不阻止他或者她自己去享受这种半含羞半信任的友谊的纯洁天真的快乐。他们当着安娜·谢尔盖耶夫娜的面并不交谈:卡佳在她姊姊的锋利的眼光下面总是把自己的内心完全隐藏起来;而阿尔卡季像一个在恋爱的人所应有的情形那样,在他的恋爱的对象跟前,他不能够再注意到别的事物了;可是他同卡佳单独在一块儿的时候他觉得快乐。他知道自己不能够引起奥金佐娃的兴趣;他单独同她在一块儿的时候,他又不好意思,不知道怎样安放手脚才好,她也觉得对他无话可说:在她眼里他太年轻了。在另一方面,阿尔卡季在卡佳面前却又觉得十分舒畅自然;他对待她的态度很迁就,并不阻止她对他讲出音乐、小说、诗和别的一些琐碎事情给她留下的印象,他自己却没有注意,也没有明白这些琐碎事情也正是引起他的兴趣的东西。而卡佳本人也没有想到给他驱除郁闷。阿尔卡季在卡佳的身边感到舒畅,奥金佐娃在巴扎罗夫身边的时候也是这样,因此这四个人常常在一块儿过了一忽儿之后,便分作两对走开了,特别是在散步的时候。卡佳赞美大自然,阿尔卡季也爱大自然,不过他不敢明白承认就是了;奥金佐娃同巴扎罗夫一样,颇为漠视大自然的美。这两个年轻朋友常常分开的结果便是,他们中间的关系开始起了变化。巴扎罗夫不再对阿尔卡季谈论奥金佐娃,连她的"贵族的派头"也不骂了;诚然他仍旧像先前那样地称赞卡佳,只劝阿尔卡季去把她那感伤的倾向抑制些,可是他的称赞很匆促,他的劝告也枯燥无味,总之他跟阿尔卡季讲的话比从前少得多了……他好像在躲

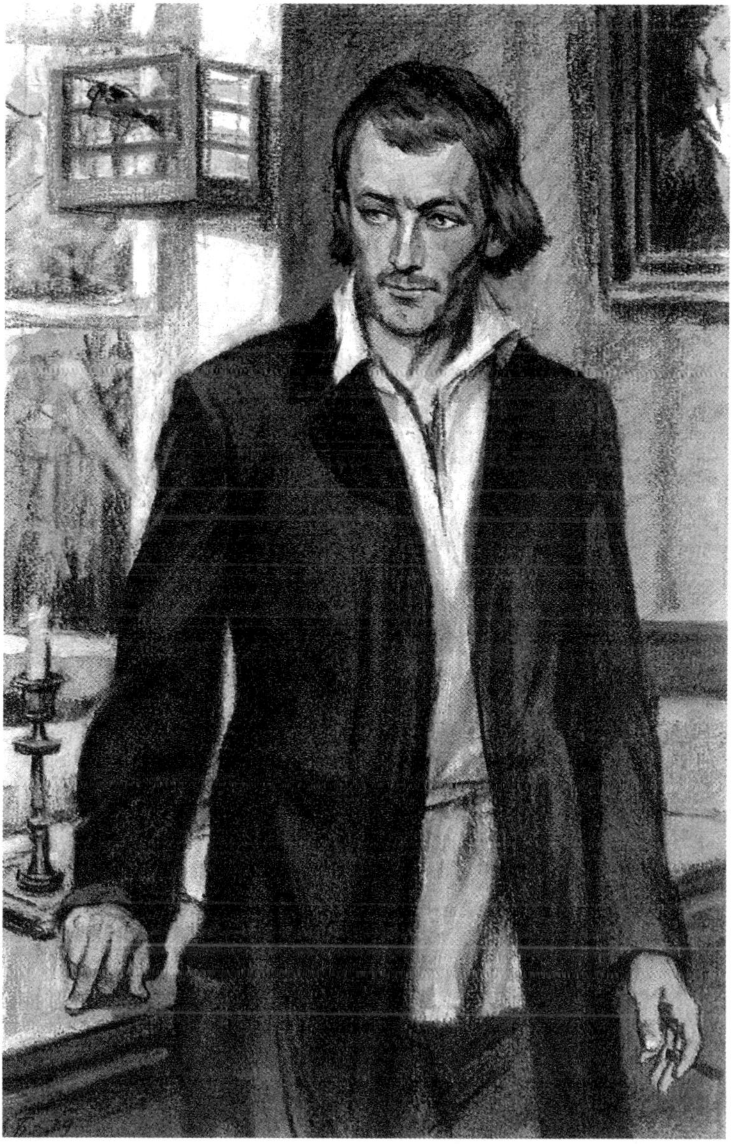

避他似的，他好像不好意思同他在一块儿似的……

阿尔卡季把这一切全看在眼里，可是他却把他的观察藏在心里不讲出来。

这个"新现象"的真实原因就是奥金佐娃在巴扎罗夫的心中唤起的感情，这感情使他痛苦，还使他愤怒，可是倘使有人对他隐约地提到在他心中也许发生了什么变化，他就会马上带着轻蔑的笑声和讥讽的辱骂来否认他有这种感情。巴扎罗夫很喜欢女人和女性美；可是那种理想的，或者照他自己所说的，浪漫主义的爱情，他认为是荒唐，是不可宽恕的愚蠢，他把骑士的感情看作一种残疾，一种病症，他不止一次地说他很奇怪托更堡①同那一切骑士爱情歌手②和行吟诗人③为什么不给送进疯人院去。他常常说："一个女人中了你的意，你就想尽方法达到你的目的；要是达不到目的——那你就掉过背走吧——世界大得很。"奥金佐娃中他的意；那些关于她的谣言、她的思想的自由与独立、她那明显的对他的好感，这一切似乎都于他有利；可是他不久便看出来，在她身上他是不会"达到目的"的，要说掉过背向着她吧，他自己很诧异地发觉，他也没有力量办到。他只要一想到她，他的血马上沸腾；固然他不难使他的血平静下来，可是另外有一种东西盘踞在他心上，这东西是他一向不让进来的，这东西是他一向嘲笑的，而且是他的骄傲所坚强地反抗的。他跟安娜·谢尔盖耶夫娜谈话的时候，他所表示的对一切带有浪漫色彩的情感的淡漠的轻蔑，比在什么时候都更厉害；可是只剩下他一个人的时候，他就会生气地承认他自己也有了浪漫的情感了。这个时候他就会跑到树林里，迈着大步走来走去，弄断那些拦路的树枝，又低声咒骂她同他自己；不然他就会跑进仓房爬到干草堆上面，紧闭着眼睛，竭力使自己睡去，自然他不容易就睡着。突然间他仿佛觉得那两只贞洁的手抱住了他的脖子，那两片高傲的嘴唇回答他的接吻，那一对明慧的眼睛温情地——是的，温情地——望着他的眼睛，他的头发晕了，这一忽儿他忘记了自己，直到愤怒又在他心中燃烧起来的时

---

① 席勒的长诗《骑士托更堡》（1797）中的主人公，他死在所爱的女人的窗下。
② 或译"游唱歌手"，是中世纪德国吟咏骑士爱情的诗人。
③ 从十一世纪到十三世纪在法国南部和意大利北部活动的吟咏诗人。

候。他又发觉自己在想着种种"可耻的"思想,好像有一个魔鬼在戏弄他似的。有时候他觉得奥金佐娃也有了改变了;她的脸上似乎带了一点特别的表情,也许……可是想到这儿他总是顿起脚来,或者咬紧牙齿,捏紧拳头跟自己生气。

然而巴扎罗夫也没有完全看错。他打动了奥金佐娃的心;她对他感到了兴趣,她时常想到他。他不在她身边的时候,她并不觉得乏味,她也不焦急地盼着他来,可是他一到,她马上显得兴高采烈了;她喜欢单独同他在一块儿,她喜欢跟他谈话,即使他得罪了她或者触犯了她的趣味和她的文雅的习惯,她也不见怪。她好像很想同时试探他,也试验她自己似的。

一天他同她在花园里散步,他突然声音抑郁地对她说他打算不久回到他父亲的村子里去……她的脸色变成苍白,好像有什么东西刺痛她的心,刺得这样痛,使她自己都觉得惊奇并且思索了好久这究竟是什么意思。巴扎罗夫说要走的话并非故意说来试探她,看看她对这件事的态度怎样;他是从来不"说假话"的。那天早晨他会着了他父亲的总管季莫费伊奇,那是在他小时候照应过他的人。这个季莫费伊奇是一个经验丰富、精明能干的矮老头子,一头变了色的黄头发,一张风吹日晒的红脸,一对含着小颗眼泪的、眯起来的眼睛,他穿一件厚厚的青灰布的短外套,束一根皮条,穿一双柏油漆的长靴。他意外地在巴扎罗夫的眼前出现了。

"喂,老人家,你好!"巴扎罗夫嚷道。

"您好,叶夫盖尼·瓦西里伊奇少爷。"那个矮小的老头子说,他高兴地笑起来,脸上立刻现出了满脸的皱纹。

"你来干什么?他们差你来叫我吗,是吗?"

"哪儿的话,少爷,您怎么可以这样想呢?"季莫费伊奇结结巴巴地说(他记住他动身的时候他的主人是怎样郑重地吩咐过他的)。"我进城去给老爷办事情,听说您少爷在这儿,才特地弯过来看看您少爷……我是不敢来惊动您的。"

"得啦,不要撒谎了,"巴扎罗夫打断了他的话,"你说这是到城里去的路吗?"

季莫费伊奇踌躇了一下,没有回答。

"我父亲好吗?"

"谢谢上帝,少爷。"

"我母亲呢?"

"阿琳娜·弗拉西耶夫娜也很好,谢谢主。"

"他们望我回去吧,我想?"

这个矮小的老头子把他那小小的脑袋偏在一边。

"啊,叶夫盖尼·瓦西里伊奇,他们怎么不望您呢?上帝作证,我看见您那两位老人家就不由得心痛啊。"

"唔,好啦,好啦,闭嘴吧!对他们说我就要回来了。"

"是,少爷。"季莫费伊奇叹了一口气回答道。

他走出大门,用两只手把他那顶小帽戴在头上,一直盖到耳朵,然后爬进他留在门口的那辆破旧的、竞赛用的四轮敞篷车,打起马走了,可是并不是朝城里的方向跑去。

这天晚上奥金佐娃同巴扎罗夫坐在她的房里,阿尔卡季在厅子里踱来踱去听卡佳弹琴。公爵夫人已经上楼回到自己房里去了;她向来讨厌客人,尤其讨厌这两个"新式狂徒",她这样称呼他们。在客厅、饭厅那些地方,她只有板起脸生气;可是她回到自己房里,便在她的女用人面前大骂特骂,骂得连包发帽和假发也都在她的头上跳起来了,这一切奥金佐娃全知道。

"您怎么打算离开我们呢?"她说,"您答应我的话又怎样了?"

巴扎罗夫吓了一跳。

"答应了什么,太太?"

"您已经忘了吗?您说过要教我一点儿化学呢!"

"太太,怎么办呢!我父亲望我回去;我不便再耽搁了。不过您可以读 Pelouse et Frémy, Notions générales de Chimie①;这是一本好书,写得很清楚。您要知道的东西那里面全有。"

"可是您该记得:您对我说过,一本书并不能够代替……我忘记您

---

① 法语:柏鲁日与弗列米合著的《化学概论》。

是怎样说的了,可是您明白我的意思……您还记得吗?"

"太太,怎么办呢?"巴扎罗夫又说了一遍。

"为什么要走呢?"奥金佐娃放低声音说。

他望了她一眼。她的头靠着扶手椅的椅背,她那两只一直露到肘边的膀子交叉地放在胸上。在那盏盖着镂空纸罩的孤灯的微光底下,她的脸色显得更苍白了。她的身子完全藏在一件宽大的白衣服的柔软的褶纹里面;只有那双也是交叉着的脚稍微露了一点儿脚尖在外头。

"为什么要留下?"巴扎罗夫回答道。

奥金佐娃略略转动一下头。

"您问为什么吗？您在我这儿不是住得很高兴吗？难道您想您走了就不会有人想念您?"

"我相信不会的。"

奥金佐娃沉默了一忽儿。

"您这样想就错了。可是我不相信您的话。您这句话不会是认真说的。"巴扎罗夫仍然坐着不动。"叶夫盖尼·瓦西里伊奇,您为什么不说话?"

"叫我对您说什么呢？一般的人都是不值得想念的,我更不值得。"

"为什么这样?"

"我是个实际的、乏味的人。我又不会讲话。"

"您在讨人恭维了,叶夫盖尼·瓦西里伊奇。"

"那不是我的习惯。您难道不知道您那么看重的生活的优美的一方面,却跟我全不相干吗?"

奥金佐娃咬着她的手绢儿的角儿。

"随您怎样想都可以,可是您走了以后我要觉得寂寞了。"

"阿尔卡季会留下的。"巴扎罗夫说。

奥金佐娃略略耸了耸肩。

"我要觉得寂寞了。"她又说了一遍。

"真的吗？无论如何这不会久的。"

"您怎么会这样想呢?"

"因为您自己对我讲过,只有在您的日常生活的秩序打破了的时候,您才会感到寂寞。您把您的生活安排得那么有规律,叫人挑不出一点儿错来,那里面再没有地方来容纳寂寞或者烦恼……容纳任何不愉快的情感了。"

"那么您以为我真是一点儿错也没有吗?……那是说,我把生活安排得那么有规律吗?"

"那还用说!这儿就有一个例子:再过几分钟,就要打十点了,我预先知道您就要赶我走的。"

"不,我不要赶您走,叶夫盖尼·瓦西里伊奇。您多坐一忽儿好了。请打开那扇窗……我觉得有点儿气闷。"

巴扎罗夫站起来把窗推了一下。窗门发出响声,一下子就开了……他没有料到会开得这么容易;而且他的手有点儿发抖。柔和的黑夜带着它那差不多是黑色的天空,它那微微摇曳的树木,和那清凉的露天空气的芬芳,探头进屋子里来了。

"请把窗帘放下来,再坐一忽儿吧,"奥金佐娃说,"在您离开以前我要跟您谈谈。给我讲讲您自己的事;您从没有谈过您自己的事呢。"

"我努力想同您谈些有用的事情,安娜·谢尔盖耶夫娜。"

"您太谦虚了……可是我倒愿意知道一点儿您的事,还有您的家庭,您的父亲——您就是为了他要离开我们。"

"她为什么讲这样的话呢?"巴扎罗夫想道。

"那些都是毫无趣味的,"他大声说,"尤其是讲给您听;我们是普通的老百姓……"

"那么您是把我看作一个贵族了?"

巴扎罗夫抬起眼睛望着奥金佐娃。

"不错。"他故意带着锋利的调子说。

她笑了笑。

"我看您对我知道得很浅,虽然您肯定说所有的人都是一样的,不值得花费时间去研究他们。以后我会找个时间把我的一生讲给您听……可是请您先讲您的吧。"

"我对您知道得很浅,"巴扎罗夫跟着说了一遍,"您也许是对的;

也许真的每个人都是一个——谜,就拿您来作个例子吧:您躲开交际社会,您觉得它讨厌,您却请了两个大学生到您这儿来住下。有着您这样的聪明,您这样的美丽,您却住在乡下,究竟是为了什么呢?"

"什么?您说的什么?"奥金佐娃急急地插嘴道,"像我的……美丽?"

巴扎罗夫皱皱眉头。

"不要去管那个,"他说,"我是说我不大明白您为什么要住在乡下?"

"您不明白……可是您会照您的看法给您自己解释吧?"

"不错……我认为您老是住在一个地方,是因为您让自己娇养惯了,因为您喜欢安乐、舒服,对别的一切事情都很冷淡。"

奥金佐娃又笑了笑。

"您绝对不相信我也会有动感情的时候吧?"

巴扎罗夫从眉毛底下扬起眼光看了她一眼。

"是让好奇心鼓动的吧,也许有的;别的就没有了。"

"真的吗?好,现在我明白为什么我们两个人很谈得来了;您看,您跟我完全是一样的。"

"我们很谈得来……"巴扎罗夫声音有点儿沙哑地说。

"是的!……啊,我忘记您要走开了。"

巴扎罗夫站起来。灯光在这个幽暗、芳香、孤单的屋子的中央朦胧地摇晃;窗帘不时在动,从那缝里流进来一阵一阵沁人肌肤的、清凉的夜气,可以听见夜的神秘的细语声。奥金佐娃连动也不动一下;可是她渐渐地让一种隐秘的激动控制了她……这情感也传染到巴扎罗夫身上了。他突然感觉到自己是同一个年轻、美丽的女人单独地在一块儿……

"您到哪儿去?"她慢慢地问道。

他不答话,却在一把椅子上坐下来。

"那么您当我是一个平静的、柔弱的、娇养惯了的女人了,"她用同样的声音缓慢地说,眼睛一直没有离开窗,"我却知道我自己很不幸福。"

"您不幸福？为着什么？难道您会把无聊的闲话放在心上？"

奥金佐娃微微皱起眉头,他把她的话这样地解释,使她烦恼。

"我一点儿也不关心那种闲话,叶夫盖尼·瓦西里伊奇,我太骄傲了,不会让它来扰乱我的心。我不幸福,因为……我没有生活的欲望,没有生活的热情。您带着不相信的神气望我,您以为这是一个坐在天鹅绒椅子上满身花边的'贵族'讲的话。我并不隐瞒这个事实:我喜欢您所说的舒服,同时我又没有多少生活的欲望。随便您怎样去解释这种矛盾吧。可是在您的眼里这都是浪漫主义。"

巴扎罗夫摇摇头。

"您身体健康,又是个独立的人,而且有的是钱;您还要什么呢?您要什么呢?"

"我要什么?"奥金佐娃跟着说,她叹了一口气,"我很疲倦,我老了;我觉得我已经活得很久了。是的,我老了。"她把短外套的边儿轻轻地拉下来盖她那两只光膀子。她的眼光跟巴扎罗夫的碰到一块儿了,她微微红了脸。"在我后面已经拖了这么多的回忆:我在彼得堡的生活、财富,以后是贫穷,然后是我父亲的死、我的结婚,再后是国外旅行诸如此类的事……这么多的回忆,却没有一桩值得记起的事;可是在我前面,在我前面——是一条很长、很长的路,却没有目的地……我真不想往前走了。"

"您就这样地灰心绝望么?"巴扎罗夫问道。

"不,可是我感到不满足,"奥金佐娃慢吞吞地答道,"我想,要是我对一件什么事能够发生强烈的兴趣……"

"您想恋爱,"巴扎罗夫打断了她的话,"可是您不能爱;这就是您的不幸的原因。"

奥金佐娃仔细地看她那件短外套的袖子。

"我真的不能恋爱吗?"她说。

"很难讲!只是我不该说那是不幸。恰恰相反,一个人碰到这种把戏才真可怜呢!"

"碰到,碰到什么?"

"恋爱。"

"您怎么会知道那个呢?"

"我听见人说的。"巴扎罗夫生气地回答。

"你在卖弄风骚,"他心里想,"你闲着没有事做,便逗着我玩,可是我……"事实上他的心倒要碎了。

"并且您也许,太苛求了,"他说,把整个身子俯下来,玩着扶手椅上面的穗子。

"也许是的。我的理想是:不完全则宁无。一个生命换一个生命。拿我的去,给你的来,没有后悔,没有回头。否则不如不要。"

"唔?"巴扎罗夫说,"那倒是公平的条件,我很奇怪您到现在……还没有找到您要求的东西。"

"您以为把自己整个交给某一样东西是容易的事吗?"

"倘使一个人考虑起来,等待起来,而且给你自己定了价,我是说,把自己看得很高,那就不容易了;可是不用考虑就把自己交出去却是非常容易的事。"

"人怎么能不把自己看得很高呢? 倘使我没有一点儿价值的话,谁还用得着我的忠诚呢?"

"那不是我的事;要找出来我值多少,那是别人的事情。主要的是能够献出自己。"

奥金佐娃把身子离开了椅背。

"听您讲话,"她说,"好像您自己完全经历过了似的。"

"我不过顺口说说罢了,安娜·谢尔盖耶夫娜;您知道那全不是我的本行。"

"可是您能够献出自己吗?"

"我不知道。我不喜欢说大话。"

奥金佐娃不说话,巴扎罗夫也不做声。钢琴的声音从客厅里传到他们这儿来。

"怎么这样晚卡佳还在弹琴?"奥金佐娃说。

巴扎罗夫站起来。

"不错,现在真晚了,是您睡觉的时候了。"

"等一等,您急着到哪儿去? ……我还有一句话得跟您讲。"

"什么话?"

"等一等。"奥金佐娃轻轻地说。

她的眼光定在巴扎罗夫的脸上;好像她在注意地观察他似的。

他在屋子里走了几步,忽然走到她身边,匆匆说了一声"再见",紧紧地握着她的手,握得她几乎叫出声来,他便走出去了。她把她的给捏痛了的手指放到嘴唇上,吹吹气,突然冲动地从扶手椅上站起来,急急地向房门走去,好像她想把巴扎罗夫唤回来似的……女用人端着一个银托盘,托了一个玻璃水瓶从外面进来。奥金佐娃连忙站住,吩咐这女用人出去,她又坐下来,又在想什么事情。她的发辫散开了,像一条黑蛇似的垂在她的肩头。安娜·谢尔盖耶夫娜的屋子里好久都还点着灯,她动也不动地一直坐了很久,只是有时用手指头去摸她的光膀子,夜的寒气把它们刺得有点儿痛了。

两个多小时以后巴扎罗夫回到屋子,他的皮靴给露水打湿了,他的头发散乱,脸色难看。他看见阿尔卡季手里拿着一本书坐在写字台前面,上衣紧紧扣着,一直扣到喉咙口。

"你还没有睡?"他带着一种像是烦恼的声音说。

"你今晚跟安娜·谢尔盖耶夫娜坐得真久。"阿尔卡季不回答他的话,却另外说。

"不错,你跟卡捷琳娜·谢尔盖耶夫娜在弹钢琴的时候,我都是跟她在一块儿。"

"我没有弹……"阿尔卡季没有说完便打住了。他觉得泪水涌上眼睛来了,他不愿意在他这个爱挖苦人的朋友面前哭出来。

十八

第二天奥金佐娃下来吃早茶的时候,巴扎罗夫埋下头望着他的杯子坐了好久。随后他突然抬起头看她……她掉过脸来对着他,好像他轻轻推了她一下似的;他觉得她的脸色在一夜的工夫有些苍白了。她不久就回到她自己的屋子里去了，到吃早饭的时候才出来。这一天从大清早起落着雨；要出去散步是不可能的。大家都聚在客厅里。阿尔卡季拿了最近一期的杂志，大声念起来。公爵夫人照例在脸上露出惊讶的神情，好像他在做什么不体面的事情一样，后来她就恶狠狠地瞪着他；可是他并不理睬。

"叶夫盖尼·瓦西里伊奇，"安娜·谢尔盖耶夫娜说，"请您到我屋子里来……我有话要问您……您昨天提到一本参考书……"

她站起身子，向门走去。公爵夫人朝四周看了看，那神情仿佛在说，"瞧我，瞧我；瞧我多惊奇！"她又瞪着阿尔卡季；可是他提高了声音，并且跟坐在近旁的卡佳交换了一个眼色，然后继续念下去。

奥金佐娃急急地走进她的房间。巴扎罗夫迈着快步跟在她后面，他的眼睛仍旧埋着，只有他的耳朵还听到她那绸衣服的轻微的旋转声和窸窣声在他前面轻轻飘过。奥金佐娃坐的是她前一晚上坐的那把扶手椅，巴扎罗夫也坐在他的原位上。

"那本书叫什么名字？"她静了一忽儿以后问道。

"Pelouse et Frémy, Notions générales, ……"巴扎罗夫回答。"不过我还可以介绍您读 Ganot, Traité élémentaire de physique expérimentale①。那本书里插图比较清楚些，一般地说来，这本教科书……"

奥金佐娃伸出手来。

"叶夫盖尼·瓦西里伊奇，请您原谅，可是我并不是请您到这儿来谈教科书的。我想把昨晚的话继续谈下去。您走得太突然了……这不会叫您厌烦吗？……"

"照您的意思办吧，安娜·谢尔盖耶夫娜。可是我们昨晚谈的是什么呢？"

奥金佐娃瞟了他一眼。

"我们好像谈的是幸福。我跟您谈我自己的事。哦，我提到了'幸福'这个字眼。那么请您告诉我，甚至于在我们，譬如说欣赏音乐吧，或者领略一个美好的黄昏，或者同有风趣的人谈话而感到愉快的时候，

---

① 法语：加诺著的《实验物理学初阶》。

为什么我们所感到的,仿佛是某种存在于别一个地方的无量幸福的暗示,并不是实在的幸福(就是我们自己所有的那种幸福)呢? 这是什么缘故呢? 也许您没有那样的感觉吧?"

"您知道俗话说:'这山望着那山高',"巴扎罗夫答道,"您昨天对我说您感到不满足。事实上我从没有让这种思想跑进我的脑子里来过。"

"也许在您看来它们是可笑的吧?"

"不,可是它们并不跑进我的脑子里来。"

"真的? 您知道吗? 我倒很想知道您在想什么呢!"

"什么? 我不明白您的意思。"

"请听我说,我很早就想跟您坦白地说。我用不着告诉您——您自己是知道的——您不是一个寻常的人;您还年轻——您前面有一个远大的前途。您究竟预备做什么呢? 您打算有一种什么样的前程呢? 我是说,您想达到什么样的目的呢? 您向着什么地方走呢? 您心里想些什么呢? 一句话说完,您是什么人呢? 您是什么呢?"

"您叫我莫名其妙了,安娜·谢尔盖耶夫娜。您知道我是研究自然科学的,至于我是个什么人……"

"是的,您是什么人呢?"

"我已经跟您讲过,我是一个未来的县里的医生。"

安娜·谢尔盖耶夫娜做了一个不耐烦的动作。

"您说这句话是什么意思? 您自己并不相信它。阿尔卡季可以这样地回答我,可是您不成。"

"为什么阿尔卡季……"

"您不要再讲啦! 您怎么可以满足于这种卑微的工作呢? 您不是常常说您不相信医学吗? 您——您有那样的抱负——去做一个县城的医生! 您不过拿这样的回答来敷衍我,因为您一点不信任我。可是您知道吗,叶夫盖尼·瓦西里伊奇,我是能够了解您的;我也曾经穷过来的,我也像您那样有过抱负的;我也许还经历了您经历过的同样的艰苦。"

"这是很好的,安娜·谢尔盖耶夫娜,可是您得原谅我……我自来就不习惯谈论自己的事,而且您跟我中间还有很大的距离……"

"什么样的距离?您又在说我是一个贵族吗?不用再提啦,叶夫盖尼·瓦西里伊奇:我以为我已经给您证明了……"

"就是除开那一点不说,"巴扎罗夫打岔道,"我们去谈论、去思索'未来'有什么用处呢?'未来'大半都不是能够由我们做主的。那个时候倘使我们有机会做一点儿事情,那是再好没有的了;倘使没有机会——至少我们还可以高兴自己并没有预先说了一堆空话。"

"您把友谊的闲谈当作空话吗?……还是您把我看成一个不值得您信任的女人?我知道您瞧不起我们女人。"

"我并没有瞧不起您,安娜·谢尔盖耶夫娜,这您自己也知道的。"

"不,我一点儿也不知道……不过姑且假定:我明白您为什么不愿意谈论您将来的活动;可是说到您心里现在究竟发生着什么……"

"发生!"巴扎罗夫跟着她说道,"好像我是一个国家,一个社会似的!无论如何这是完全没有趣味的;况且难道一个人能够常常把他心里'发生'的任何事情完全大声说出来吗?"

"啊,我不明白为什么您不能够把您心里的一切事情全说出来呢?"

"您能够吗?"巴扎罗夫反问道。

"能够。"安娜·谢尔盖耶夫娜稍微迟疑一下,才答道。

巴扎罗夫低下了头。

"那您比我幸福。"

安娜·谢尔盖耶夫娜疑问地望着他。

"就算是这样吧,"她继续说,"可是我仍然觉得我们并没有白白地认识了一场;我仍然觉得我们会成为好朋友的。我相信您的这种——叫我怎么说呢,紧张、矜持到后来终于会消灭的。"

"那么您看出我的矜持……跟您所说的……紧张来了。"

"是的。"

巴扎罗夫站起来,走到窗前。

"您想知道这种矜持的原因吗,您想知道我心里发生着什么吗?"

"是的。"奥金佐娃带着一种她当时还不明白的害怕再说了一遍。

"您不会生气吧?"

"不。"

"不?"巴扎罗夫背朝着她站在那儿,"那么让我告诉您吧,我像一个傻瓜,像一个疯子那样地爱着您……您到底逼我讲出来了。"

奥金佐娃伸出双手来,可是巴扎罗夫正把他的前额紧紧靠着窗上的玻璃。他快要透不过气来了;他浑身战栗。但这并不是年轻人的胆怯的打颤,也不是第一次表白爱情时候的甜蜜的惊惶;这是在他的心中挣扎着的强烈的、痛苦的激情——那种并非不像愤怒、也许还跟愤怒密切相关的激情……奥金佐娃又害怕他,又怜悯他。

"叶夫盖尼·瓦西里伊奇!"她说,她的声音里有着一种不自觉的温柔。

他连忙转过身来,用一种要把人吞下去的眼光望了望她,他突然抓起她的两只手,把她拉到他的胸前。

她并不马上挣脱他的搂抱;可是过了一忽儿,她便远远地站在一个角落里,望着巴扎罗夫了。他又向她奔过去……

"您误会我的意思了,"她连忙惊惶地低声说。看她那个样子好像他要是再往前走一步,她就会喊叫似的……巴扎罗夫咬着嘴唇,走出去了。

半小时以后一个女用人给安娜·谢尔盖耶夫娜送来一张巴扎罗夫的字条;上面只有一行字:我"是不是应该今天就走,还是可以住到明天?""为什么要走呢?我没有了解您——您也没有了解我,"安娜·谢尔盖耶夫娜这样回答他,可是她心里想道:"我也没有了解我自己。"

一直到午饭时候,她都没有出去,她把两只手放在背后,不停地在屋子里走来走去,有时候在窗前站一忽儿,有时候立在镜子前面,用一条手绢儿慢慢地擦她的脖子,她觉得脖子上还有一个地方像火那样地在烧着。她问自己,是什么东西使她"逼"(照巴扎罗夫的说法)他吐露他心里的秘密呢,她是不是事前猜到了一点儿……"这应该怪我,"她高声说道,"可是我不能够事先料到这个。"她又在思索了,她记起了巴扎罗夫向她跑过来时候脸上那种差不多带兽性的表情,不由得满脸通红……

"或者?"她突然说,但又马上停止,摇了摇她的鬈发……她看见镜子里面的自己:她那向后仰的头,同她那半开半阖的眼睛和嘴唇上的神秘的微笑,这个时候好像在对他讲一桩她自己也觉得羞愧的事……

"不,"她最后下了决心说,"上帝知道这会引出什么样的事情来;这是开不得玩笑的;无论如何,世界上最好的还是平静。"

她的心境的平静并不曾被动摇;可是她觉得忧郁,有一阵子她还掉了几滴眼泪,不过她不能够说这是为了什么——决不是为了受到的侮辱。她并不觉得自己受了侮辱;她倒觉得错在自己。在各种不明显的情感(如对过去生活的感触和对新奇事物的渴望等)的影响下面,她强迫自己走到一定的界线上去,强迫自己去望界线的那一边,她在界线那一边看见的甚至不是一个深渊,却是空虚……或者丑恶。

十九

奥金佐娃的自制力虽然很强,她虽然从来不受任何成见的拘束,可是她走进饭厅吃午饭的时候,还是觉得相当窘。不过这一顿饭也平平静静地过去了。波尔菲里·普拉东内奇来了,讲了各种各样的故事;他刚从城里回来。在那些故事中间,有一件是,布尔达路省长下令叫他的担任特别差使的属员们都要在靴子上装好踢马刺,以便他随时差遣他们骑马到各处去办紧急差使。阿尔卡季一面小声跟卡佳讲话,一面又敷衍地装出在听公爵夫人说话的神气。巴扎罗夫板起脸,固执地不做声。奥金佐娃看了他两三次—— 并不是偷偷地看,她正眼望着他的脸,他的脸上带着怒容,脸色很难看,眼睛埋着,整个脸上都是那种轻蔑的、坚决的表情,她想道:"不……不……不……"午饭后她陪着大家到园子里去,她看见巴扎罗夫要跟她讲话,便朝旁边走了几步,停下来。他走到她身边,可是仍然不抬起眼睛来,他声音低沉地说:

"我应当向您道歉,安娜·谢尔盖耶夫娜。您一定在跟我生气。"

"不,我并不生您的气,叶夫盖尼·瓦西里伊奇,"奥金佐娃答道,

"可是我很难过。"

"那更糟了。无论如何,我已经受够惩罚了。我的处境是很可笑的,您一定同意我的说法。您写信给我说:'为什么要走呢?'可是我不能住下去,也不想住下去。明天我就不会在这儿了。"

"叶夫盖尼·瓦西里伊奇,您为什么……"

"为什么我要走呢?"

"不,我的意思不是这个。"

"过去的事是无法挽回的了,安娜·谢尔盖耶夫娜……这是迟早会发生的。因此,我必须走开。我只能想到一个使我能留在这儿的条件;可是那个条件永不会有的。因为,请您宽恕我无礼,您并不爱我,您也永不会爱我吧?"

巴扎罗夫的眼睛在他的黑眉毛下面闪动了一下。

安娜·谢尔盖耶夫娜并不回答他。"我害怕这个人。"这个思想在她的脑子里闪过去。

"再见,太太。"巴扎罗夫说,他好像猜到了她的思想似的,随后他就走回屋子里去了。

安娜·谢尔盖耶夫娜慢慢地跟在他的后面,她把卡佳唤到身边来,挽着她的膀子。她一直到天黑尽了都没有离开卡佳。她不打牌,只是不断地笑着,可是这跟她的苍白、烦恼的脸色并不相称。阿尔卡季非常纳闷,他像所有年轻人观察人那样观察她——那就是说,他不断地问他自己:"这是什么意思?"巴扎罗夫把自己关在屋子里,不过他还是出来喝茶。安娜·谢尔盖耶夫娜想跟他讲几句亲切的话,可是她不知道怎样跟他讲起……

一件意外的事情使她摆脱了窘境:管事进来报告,西特尼科夫来了。

这个年轻的进步分子像一只鹌鹑似的飞进屋子里来:那种古怪样子是很难用言语形容出来的。尽管他脸皮很厚,居然打定主意下乡来拜访一个他简直不熟、又从没邀请过他的女人,只是因为他打听到那两个聪明而又跟他相熟的朋友住在她的家里,但他还是连骨髓也胆怯起来,他把事先背熟了的那些道歉和问候的话全忘了,却喃喃地说出一些无聊的话，譬如说叶夫多克西娅·库克什娜叫他来向安娜·谢尔盖耶夫娜问安啦，阿尔卡季·尼古拉耶维奇也一直对他大大地称赞她啦……说到这儿他就结结巴巴地讲不下去，心里又慌又急，竟然坐到自己的礼帽上面。不过也没有人把他赶出去，安娜·谢尔盖耶夫娜还把他介绍给她的姨妈和妹子，因此他不久就恢复了常态，滔滔不绝地大谈起来。庸俗的出现往往是生活中有益的事情：它能使过度的紧张得到松弛，它向自以为是或忘我的情感提醒它同它们的密切关系，使那些情感清醒过来。西特尼科夫一来，一切都变得好像比较迟钝，比较简单了；晚饭时候大家也多吃了些，并且比往常早睡了半小时。

"我现在可以用你从前对我讲过的话来问你了，"阿尔卡季上了床对着也在脱衣服的巴扎罗夫说，"'你为什么这样不快活？你一定尽了什么神圣的义务吧？'"

在这两个年轻人中间近来发生了一种假装不在乎的互相挖苦的情形，这常常是暗中不快或心里猜疑的一种征候。

"我明天要到我父亲那儿去了。"巴扎罗夫说。

阿尔卡季抬起身子，支在他的肘拐上。他一面觉得诧异，一面又不知道为了什么觉得高兴。

"啊！"他说，"你是为了这个不快活吗？"

巴扎罗夫打了一个呵欠。

"要是你知道得太多，你就要变老了。"

"安娜·谢尔盖耶夫娜怎样呢？"阿尔卡季追问道。

"什么安娜·谢尔盖耶夫娜怎样？"

"我是要说她肯放你走吗？"

"我又不是她花钱雇的人。"

阿尔卡季思索起来了，巴扎罗夫在床上躺下，脸向着墙壁。

他们沉默了几分钟。

"叶夫盖尼！"阿尔卡季突然叫起来。

"唔？"

"我明天跟你一块儿走。"

巴扎罗夫不答话。

"不过我是回家去,"阿尔卡季继续说,"我们同路到霍赫洛夫村,在那儿你可以向费多特雇马。我倒想认识你家里的人,可是我又害怕对他们同你都有些不便。你以后还要到我们家里来是不是?"

"我的东西全留在你家里呢。"巴扎罗夫说,他并不掉过头来。

"为什么他不问我干吗要走,而且走得像他那样地突然呢?"阿尔卡季想道,"实际上我为什么要走呢,他又为什么要走呢?"他继续往下想。他对自己的问话找不到一个满意的答复,不过他心里却充满了痛苦。他觉得要离开这种他已经过惯了的生活,是很难受的;可是他单独留下来又显得有点儿古怪。"他们两个人中间发生了什么事情了,"他推测道,"那么,他走了以后我还待在她眼前又有什么好处呢?我只有叫她更讨厌我;我连最后的希望也会失掉了。"他就在想象中描绘起安娜·谢尔盖耶夫娜的面貌来;后来另一个面颜渐渐地透过这个青年寡妇的美丽的容貌露了出来。

"我也舍不得卡佳!"阿尔卡季轻轻地对他的枕头说,已经有一滴眼泪落在那上面了……忽然他把头发向后一甩,高声说道:

"西特尼科夫这笨蛋到这儿来干什么?"

巴扎罗夫起先在他的床上动了一下,然后说出下面的答话来:

"兄弟,我看你还是个傻瓜。我们少不了西特尼科夫这种人的。我,你得明白这个,我用得着像他那种傻瓜。不一定要天神才会烧罐子!①……"

"啊哈,哦!"阿尔卡季心里想道。巴扎罗夫的深得没有底的傲慢只到这一瞬间才显露在他的眼前。"那么,你同我都是天神吗?这是说——你是一尊天神,那么我是不是一个傻瓜呢?"

"不错,"巴扎罗夫板起脸说,"你还是一个傻瓜。"

第二天阿尔卡季对奥金佐娃说他要跟巴扎罗夫一块儿走的时候,她并不表示特别的惊讶;她好像有什么心事而且很疲倦。卡佳只是默默地、严肃地望着他;公爵夫人却高兴得忍不住在披巾下面画起十字来,这连他也看出来了。可是同时西特尼科夫却着实地惊慌起来了。

---

① 俄谚,意思是:傻瓜也用得着。

他穿了一套崭新的漂亮衣服(这一次不是斯拉夫派的服装了),刚刚走来吃早饭;昨天晚上那个给派去伺候他的人看见他带了那么多的衬衣来,惊奇得了不得,现在突然间他的朋友们要撇下他走了!他急急地走了几步,又转回来,跳来跳去,就像一只野兔给人赶到了树林边上那样,后来他突然差不多带着恐怖地,而且差不多要哭出声来地对女主人说他也要走了。奥金佐娃并不挽留他。

"我这辆有篷轻便马车很舒服,"这个倒霉的年轻人转身对阿尔卡季说,"您可以坐我的车一块儿走,叶夫盖尼·瓦西里伊奇可以坐您的那辆敞篷车,这样倒更方便些。"

"可是对不起,您根本不顺路,而且到我那儿去路还很远!"

"那不要紧,不要紧;我时间多着呢,而且我还有事情要到那个方向去。"

"干包税的事吗?"阿尔卡季非常瞧不起地问道。

可是西特尼科夫心里很不痛快,他也不像平常那样地发笑了。

"我给您保证,我的有篷轻便马车是特别舒服的,"他喃喃地说,"容得下我们三个人。"

"不要拒绝麦歇西特尼科夫的好意叫他伤心吧。"安娜·谢尔盖耶夫娜说。

阿尔卡季看了她一眼,深深地埋下头去。

早饭后客人就动身了。奥金佐娃跟巴扎罗夫分别的时候,伸出手给他,并且说:

"我们还要再见的,是吗?"

"听您吩咐吧。"巴扎罗夫答道。

"那么我们还要再见。"

阿尔卡季第一个走下台阶:他上了西特尼科夫的有篷轻便马车。管事很恭敬地扶着他,可是他却恨不得要把这个人打一顿,不然就自己哭一场才痛快。巴扎罗夫坐在四轮敞篷车里面。他们到了霍赫洛夫村,阿尔卡季等着客店老板费多特换好了马,便走到四轮敞篷车那边,带着平日的微笑对巴扎罗夫说:"叶夫盖尼,带我去吧,我要到你那儿去。"

"坐下。"巴扎罗夫从牙缝里说。

西特尼科夫正绕着他的马车的轮子来回走着,起劲地吹口哨,听见这话,他只好张了口望着;阿尔卡季冷静地从有篷轻便马车上面拿下了他的行李,坐在巴扎罗夫身边,向着他先前同车的伙伴客气地点点头,叫一声:"走吧!"四轮敞篷车转动起来,过了一忽儿就看不见了……西特尼科夫非常狼狈,他望着他的车夫,车夫正在用鞭子轻轻打着右边那匹马的尾巴玩。西特尼科夫跳进有篷轻便马车,对两个过路的农民咆哮道:"戴上帽子,你们这些混蛋!"便往城里去了,他到得很晚,第二天他在库克什娜的家中痛骂这两个"可恶的傲慢的粗人"。

阿尔卡季在四轮敞篷车里,坐在巴扎罗夫的旁边,他紧紧地捏住巴扎罗夫的手,许久都不做声。巴扎罗夫对他的握手和沉默好像很了解,而且很珍视。巴扎罗夫前一个晚上整夜没有睡,没有抽烟,他有几天几乎没有吃一点儿东西。在他那顶戴到眉毛上的帽子下面,他的已经瘦了许多的侧面显得更阴郁,更瘦了。

"喂,兄弟,"他终于开口说,"给我一支雪茄。你看看我的舌头是不是发黄?"

"是,是发黄。"阿尔卡季答道。

"唔……雪茄也没有味道了。机器发生故障了。"

"你近来的确有了改变了。"阿尔卡季说。

"没有关系!就会好的。只有一桩事麻烦——我母亲心肠太软了;倘使你不把肚皮吃得鼓起来,一天不吃它十次东西,她就难过得不得了。我父亲倒没有什么,他到处都去过,什么都经历过来的。不,我抽不下去了。"他说着就把雪茄烟扔到大路上尘土中去了。

"到你的庄子是不是有二十五里?"阿尔卡季问道。

"二十五。你问这位聪明人吧。"

他指着坐在驾车座位上的农民说,那是费多特雇用的人。

可是聪明人答道:"谁能够知道呢?这一带的里又没有量过。"他又继续小声地骂那匹辕马"拿脑袋踢人",这就是说,埋着头摇晃。

"不错,不错,"巴扎罗夫说,"这对你是一个教训,年轻的朋友,一个有益的例子。鬼知道,这是胡说八道!每个人都吊在一根细线上,在他的脚下随时都会裂开一个深渊,可是他仍然给他自己制造出种种的烦恼,毁坏他的生活。"

"你指的什么?"阿尔卡季问道。

"我并不指什么;我是直截了当地说我们两个都做了傻瓜。解释又有什么用!不过我在医院里实习的时候已经看到,一个人要是恼恨自己的病,——他一定会战胜这个病。"

"我完全不懂你的意思,"阿尔卡季说,"我倒觉得你没有什么可以抱怨的理由。"

"既然你完全不懂我的意思,那么让我告诉你,——在我看来,宁可在马路上敲石子,也不要让一个女人来管住一根小指尖。那都是……"巴扎罗夫正要说出他爱用的那个字眼"浪漫主义",但又制止了自己,另外说:"废话。你现在不相信我的话,可是我告诉你:你我跟女人交际过了,我们觉得这是很愉快的;可是人离开这种交际,就像在大热天泡进冷水里头一样。一个男人没有工夫去注意这些琐碎事情;西班牙的俗话说得好:男人应当凶。喂,你这个聪明人,"他又转头向那个坐在驾车座位上的农民说,"我想你有老婆吧?"

那个农民掉过他的眼睛近视的扁平脸来望这两个朋友。

"老婆?有的。我怎么会没有老婆!"

"你打她吗?"

"打老婆?这种事情是有的。无缘无故我并不打她。"

"很好。唔,那么她打你吗?"

那个农民拉了拉缰绳。

"老爷,您讲的什么话。您真喜欢开玩笑……"他显然有点儿不高兴了。

"你听见吧,阿尔卡季·尼古拉耶维奇!可是我们挨了一顿打了……这就是做一个受过教育的人的下场。"

阿尔卡季勉强笑了笑;巴扎罗夫转过脸去,以后一路上他就没有再开过口。

二十五里的路在阿尔卡季看来好像有五十里那样远。可是后来在一个山岗的斜坡上终于出现了巴扎罗夫的父母住的小村庄。紧靠着这个小村庄,在一座年轻的桦树林子里露出一所草顶的小宅子。两个农民戴着帽子站在第一座农家小屋的门前对骂。"你是一口大猪,"一个骂道,"比一口猪崽子还坏。""你老婆是个巫婆。"另一个回骂道。

"从他们这种没有拘束的态度看来,"巴扎罗夫对阿尔卡季说,"从他们爱打趣的谈话的调子看来,你就可以猜到我父亲的农民并没有受到太多的压迫了。啊,现在他本人走出来站在宅子门口台阶上面了。他们一定听到了铃声。这是他,这是他——我认得出来他那个样子。唉,唉,他头发这样花白了,可怜的人!"

二十

巴扎罗夫从四轮敞篷车里探出身去;阿尔卡季便从他的朋友的背后伸出头去望外面,他看见在这小小宅子门前的小台阶上站着一个瘦长的人,他有一头蓬松的头发,一个瘦削的鹰鼻,身上穿着一件旧的军大衣,没有扣上纽扣。他正叉开腿站在那儿,抽着一根长烟斗,眼睛怕阳光,眯缝起来。

马站住了。

"你到底来了,"巴扎罗夫的父亲说,他仍然在抽烟,不过烟管在他的手指中间跳动起来了,"喂,下车来,下车来,让我来抱抱你。"

他拥抱起他的儿子来了……"叶纽沙,①叶纽沙。"一个女人的颤抖的声音叫着。门打开了,门口现出一个又矮又胖的老太太,头上戴着白色包发帽,身上穿着一件花短衫。她一边叹气,一边摇摇晃晃地走过来,要不是巴扎罗夫把她搀住,她一定会跌倒了。她那两只圆圆的小胳膊马上绕着他的脖子,她的头紧紧靠在他的胸上,这个时候一点儿声息也没有;只听见她的断断续续的呜咽声。

老巴扎罗夫深深地呼吸着,眼睛眯缝得比先前更厉害。

---

① 叶夫盖尼的爱称。

"啊,得啦,得啦,阿里莎!① 停住吧,"他说,一面跟那个站在四轮敞篷车旁边一动也不动的阿尔卡季交换了一瞥,连那个坐在驾车座位上的农民也把头掉开了;"这完全是用不着的!请停住吧。"

"啊,瓦西里·伊万内奇,"老太太结结巴巴地说,"我多少年没有看见我的宝贝,我的好儿子,叶纽兴卡②了,……"她还不放松她的胳膊,只抬起她那张泪湿了的、带着感动表情的起皱纹的脸,稍微离开巴扎罗夫,用幸福的、同时又可笑的眼光把他望了一忽儿,随后又扑过去将他搂住了。

"啊,是啊,这自然是人之常情,"瓦西里·伊万内奇解释道,"不过我们还是到屋子里头去好些。还有一位客人跟叶夫盖尼一块儿来。请您原谅,"他掉转身子朝着阿尔卡季把右脚向后移一下鞠一个躬说,"您明白女人的弱点;而且,啊,母亲的心……"

他的嘴唇和眉毛也在抽动,下巴也在打颤……可是他显然在竭力克制自己,勉强做出几乎是淡漠的样子来。阿尔卡季跟他行了礼。

"真的,我们进去吧,妈妈,"巴扎罗夫说,他把这个衰弱的老太太搀进里面去了。他让她坐在一把舒服的扶手椅上,又匆匆地跟父亲拥抱了一下,还把阿尔卡季介绍给父亲。

"我很荣幸能够认识您,"瓦西里·伊万诺维奇说,"不过请您包涵点:我们家里什么都简陋得很,完全是照军队里的办法。阿琳娜·弗拉西耶夫娜,请你安静点;怎么这样软弱!我们这位客人要责怪你了。"

"少爷,"老太太含着眼泪说,"我们还没有请教您的大名同父名……"

"阿尔卡季·尼古拉伊奇。"瓦西里·伊万诺维奇恭敬地低声对她说。

"请您原谅我这个傻老婆子,"老太太擤一擤鼻涕,把头向右边一歪,又向左边一歪,小心地先擦干一只眼睛,接着又擦干另一只眼睛。

---

① 阿琳娜的小名。
② 叶纽兴卜也是叶夫盖尼的爱称。

"请您原谅我。您知道我还以为我要死了,见不到我的好……好……好……儿子了。"

"现在我们不是活着见到他了吗,太太,"瓦西里·伊万诺维奇插嘴说,"塔纽什卡,"一个穿着一件鲜红的印花布衫子的十三岁的光脚小女孩,正怯生生地在门外探头张望,他便转身唤她道,"给你太太倒杯水来——放在托盘上端来,听见没有?——还有你们两位先生,"他带一种旧式的诙谐腔调说,"请你们两位到一个退伍老兵的书房里去坐坐吧。"

"让我再抱你一回,叶纽谢奇卡①,"阿琳娜·弗拉西耶夫娜呻吟起来。巴扎罗夫向她俯下身去。"啊,你长得多漂亮了!"

"啊,我倒不知道他漂亮不漂亮,"瓦西里·伊万诺维奇说,"可是他是一个男子汉,就是人们所说的'屋门非'②了。现在我希望,阿琳娜·弗拉西耶夫娜,你已经满足了你做母亲的心,你得设法满足这两位贵客的肚皮吧,因为,你知道,夜莺不能够靠寓言充饥③。"

老太太从椅子上站起来。

"马上,瓦西里·伊万内奇,桌子就会摆好的。我要亲自跑到厨房里头去,叫人烧好茶炊,所有的东西都会准备好,所有的东西。啊,我已经三年没有看见他,没有给他弄过吃的、喝的了;这不是容易的事啊!"

"好啦,好太太,留神快点儿张罗吧,不要丢脸了;你们两位先生,请跟我来吧。啊,季莫费伊奇来给你请安了,叶夫盖尼。他,我敢说,这个凶老头子也很高兴的。喂,凶老头,你高兴吗?请跟着我走吧。"

瓦西里·伊万诺维奇慌慌忙忙地往前走,他的破拖鞋一路上踢跶踢跶地响着。

他的房屋全部只有六个很小的房间。其中有一间,就是他现在带我们的朋友进去的那一间,是称作书房的。一张粗腿的桌子占满了两个窗户中间的地位,桌子上堆满了给陈年的灰尘弄脏了、看起来好像是烟熏黑了的文件;墙上挂了几支土耳其枪,几根马鞭,一把指挥刀,两幅

---

① 叶纽谢奇卡也是叶夫盖尼的爱称。
② 俄国腔的法语 homme fait(真正的男子汉)。
③ 俄谚,意为空谈不能充饥。

地图,几幅解剖图,一幅胡费兰德①的肖像,一幅嵌在黑框子里面、用头发编成的姓名缩写的花字,一张配着玻璃镜框的文凭,一张已经坐坏了、到处露出窟窿的皮沙发放在两口白桦木大柜中间;书架上凌乱地堆满了书籍、盒子、鸟的标本、罐子、药瓶;在一个角落里放着一架坏了的发电机。

"我已经告诉过您,我亲爱的客人,"瓦西里·伊万诺维奇说,"我们在这儿过的可以说是兵营的生活。"

"得啦,不要说了,有什么可以道歉的地方呢?"巴扎罗夫打岔道,"基尔萨诺夫知道得很清楚,我们不是大富豪,你又没有宫殿。现在的问题是我们把他安顿在哪儿?"

"叶夫盖尼,你不要着急,耳房里有一间很好的屋子:他住在那儿一定很舒服。"

"那么,你修了一排耳房了?"

"是啊,少爷,就是洗澡房那儿,少爷。"季莫费伊奇插嘴道。

"我是说洗澡房旁边的那一间,"瓦西里·伊万诺维奇连忙解释道,"现在是夏天了……我马上就到那儿去安排;季莫费伊奇,你把他们的行李搬进来吧。你,叶夫盖尼,我当然把书房让给你用。Suum cuique.②"

"现在你看见他了! 一个多么有趣的老头儿,他人真好,"巴扎罗夫等瓦西里·伊万诺维奇刚走出去了,马上对阿尔卡季说:"他恰恰和你父亲一样,是个古怪的人,不过是另外的一种。他讲话太多。"

"我觉得你的母亲太好了。"阿尔卡季说。

"不错,她是个实心的女人。你等着看她给我们弄一顿什么样的午饭吧。"

"他们没有料到您今天回来,少爷,他们没有买牛肉。"季莫费伊奇说,他正把巴扎罗夫的箱子拖了进来。

---

① 胡费兰德(1762—1836),德国学者,彼得堡科学院国外名誉院士,《长寿术》一书的著者。

② 拉丁语:各得其所。

"没有牛肉我们也会吃得很好。没有也就罢了。俗话说得好:贫穷不是罪恶。"

"你父亲有多少农奴?"阿尔卡季突然问道。

"这田产不是他的,是我母亲的;我记得,有十五个农奴吧。"

"一共二十二个。"季莫费伊奇带着不满意的神情说。

拖鞋的踢跶踢跶的声音又听得见了,瓦西里·伊万诺维奇又走了回来。

"再过几分钟,您的屋子就可以接待您了,"他得意地大声说,"阿尔卡季……尼古拉伊奇?我没讲错您的父名吧?这是伺候您的人,"他说,一面用手指着那个跟他一块儿进屋里来的短头发小孩,这个小孩身上穿一件两肘破烂的蓝色长外衣,脚上穿一双并不是他自己的皮靴。"他叫费季卡。啊,我儿子虽然叫我不要说,我还是要再说一遍,请您包涵点,他做不了什么事。不过他知道怎样装烟斗。您当然抽烟吧?"

"我平常抽雪茄。"阿尔卡季答道。

"您这个办法很好。我自己也喜欢抽雪茄,可是在我们这种偏僻地方,很不容易弄到雪茄。"

"得啦,不要再说穷诉苦了,"巴扎罗夫又打断了他的话,"你还不如坐在这儿沙发上,让我来好好地看你一下。"

瓦西里·伊万诺维奇笑着,坐了下来。他的面貌很像他的儿子,只是他的前额低一些、窄一些,他的嘴稍微阔一些;他老是在动,时时耸动肩膀,好像他的衣服太紧,使他的胳肢窝下面很不舒服似的;他一忽儿眨眨眼睛,一忽儿咳嗽两声,一忽儿动动手指。他的儿子却一直露出一种毫不在乎的镇静。

"说穷诉苦!"瓦西里·伊万诺维奇跟着说了一遍,"叶夫盖尼,你不要以为我想打动(就这么说吧)我们客人的同情心:说我们住在怎样一个荒凉偏僻的地方。其实恰恰相反,我认为在一个有思想的人看来,没有一个地方是荒凉偏僻的。至少我竭力不叫自己身上长满(就照一般人那样地说吧)青苔,不叫自己落伍。"

瓦西里·伊万诺维奇从口袋里掏出一方新的黄色的绸手帕来,这是他匆匆忙忙地跑到阿尔卡季的屋子去的时候顺手拿来的,他一面摇

动手帕,一面继续说:

"我这话并不是指,譬如说,下面的事实说的:那就是,我对我的农民实行代役租制,把我的地给他们种,他们把一半的收成给我,在我自己这一方面,牺牲也不算小。我认为这是我的义务,常识也命令我这样做,虽然别的地主们连做梦也没有想到这个。我现在是指科学,指教育来说的。"

"不错;我看见你这儿有一本一八五五年的《健康之友》①。"巴扎罗夫说。

"这是一个老朋友讲交情送给我的,"瓦西里·伊万诺维奇连忙答道,"不过我们,譬如说,还知道一点儿颅相学,②"他又说,这句话主要是对阿尔卡季说的,他一面指着柜子上面那个画有编号的小方格的石膏人头,"就是沙因林③的名字我们也并非不知道,还有拉德马黑尔④。"

"这个省里的人还相信拉德马黑尔吗?"巴扎罗夫问道。

瓦西里·伊万诺维奇咳嗽起来。

"这个省里……自然,先生们,你们知道得更清楚;我们怎么能够赶上你们呢?现在该你们来替换我们了。在我那个时候有一位拥护体液病理学⑤的霍夫曼⑥,还有布朗同他的活力论⑦,——我们觉得他们很可笑,可是在某个时期他们自然也享过大名来的。现在你们又有新的人来代替拉德马黑尔了,你们崇拜他,可是再过二十年人们又会笑他了。"

"我对你说,省得你心里不舒服,"巴扎罗夫说,"现在我们根本就看不起医学,我们对什么人都不崇拜。"

---

① 从一八三三年到一八六九年在彼得堡出版的一种医学杂志。
② 一种反科学的理论,认为根据头颅测量的数据即可判断人的心理特点。
③ 沙因林(1793—1864),德国医生,教授。
④ 拉德马黑尔(1772—1849),德国学者,医生。
⑤ 一种古老的理论,认为牛病是体内液体失调的结果。
⑥ 霍夫曼(1660—1742),德国医生,学者。
⑦ 布朗(1735—1788),苏格兰著名内科医生。活力论是生物学中的唯心主义派别,认为有机体中存在着一种支配生命现象的非物质的(超自然的)力量。

"那是怎么一回事？啊,你不是要做一个医生吗？"

"不错,可是这两件事并不冲突。"

瓦西里·伊万诺维奇把中指插进烟斗里去,那里面还有一点儿燃着的热灰。

"好吧,也许是的,也许是的,——我不跟你辩论。我是什么呢？一个退伍的军医,渥拿都①,现在我变成了一个农业家。"他又掉过头去对阿尔卡季说:"我在您祖父的旅里做过事情,是的,先生,是的,先生,我当年也见过不少的世面。我进过各种社交界,接触过各种人物！我本人,现在站在您面前的这个人,也曾经给维特根施泰因公爵和茹科夫斯基②看过脉！那些参加过十四日③的南军的人,您明白吧。(他说到这儿,便带着特别意味地紧闭他的嘴唇。)他们我全认识。唔,可是我的事情是另外一种;你只要知道用你的柳叶刀就够了！您祖父是一位非常受人尊敬的人,一位真正的军人。"

"你老实说吧,他是个不折不扣的呆子。"巴扎罗夫懒洋洋地说。

"啊,叶夫盖尼,你怎么说出这种话来！想一想……固然基尔萨诺夫将军不是一个……"

"得啦,不用提他了,"巴扎罗夫打岔道,"我坐车来的时候看见你那座桦树林子倒很高兴,它长得很漂亮。"

瓦西里·伊万诺维奇马上高兴起来。

"你瞧瞧我现在有一个多好的小花园！每棵树都是我亲手栽的。我有水果、草莓同各种各类的药草。不管你们年轻先生们怎样聪明,可是老巴拉赛尔苏斯④说出了神圣的真理: in herbis, verbis et lapidibus……⑤你知道,自然,我已经不行医了,可是每个星期总有两三

---

① 俄国腔的法语: voilà tout(如是而已)。
② 维特根施泰因(1768—1842),俄国元帅,在一八一二年卫国战争中任彼得堡方面的步兵军长。茹科夫斯基(1783—1852),俄国浪漫主义派诗人。
③ 指一八二五年十二月十四日圣彼得堡十二月党人发动的武装起义。参加起义的人大半是军官,分为南方协会与北方协会。
④ 指瑞士名医和化学家巴拉赛尔苏斯(1493—1541),他批判地修改了古代医学思想,促使化学制剂应用到医学上来。
⑤ 拉丁语:在草、言语和石头里面。意思大概是:应当治病。

次我还得重操旧业。他们来请教,我不能够把他们赶走。有时候贫苦的人跑来找我帮忙。这儿连一个医生也没有。这儿有一个邻居,一个退伍的少校,想不到他也在给人看病。我向人问过:'他学过医没有?'他们告诉我:'不,他没有学过;他行医多半是为了行善。'哈,哈! 为了行善! 啊,你觉得怎样? 哈,哈! 哈,哈!"

"费季卡,给我装好烟斗!"巴扎罗夫厉声说道。

"这儿还有一个医生,他去看一个病人,"瓦西里·伊万诺维奇带着扫兴的表情说下去,"那时候病人已经 ad patres① 去了;用人不让医生进屋,只告诉他:'现在用不着您了。'他没有料到这一层,慌张起来,就问道:'唔,你主人临死前打嗝儿没有?''打的。''打得厉害吗?''厉害。''啊,很好,'他就转身回去了。哈,哈,哈!"

只有老人一个人在笑,阿尔卡季勉强露出笑容。巴扎罗夫只是拼命地抽烟。谈话就这样地继续了一点钟的光景;阿尔卡季还有时间到他屋子里去了一趟,那间屋子原来是澡房的外房,不过却是很舒服,很干净的。最后塔纽莎进来通知,午饭已经预备好了。

瓦西里·伊万诺维奇第一个起身。

"走吧,先生们。要是我打扰了你们,那么请你们宽大地原谅我吧。我那位太太大概会叫你们满意的。"

午饭虽是匆匆准备的,却很可口,而且很丰富;只是酒却像人们所说的那样,不够味:这是 种差不多黑色的西班牙甜酒,有一点儿像青铜又像松脂的味道,还是季莫费伊奇从城里一家熟铺子里买回来的;还有苍蝇也非常讨厌。平日有一个农奴的小孩拿着一大枝绿树枝在旁边赶苍蝇;可是这一回瓦西里·伊万诺维奇因为怕年轻人批评,便把他打发走了。阿琳娜·弗拉西耶夫娜已经换好了衣服:她戴着一顶有丝带的高包发帽,披着一条淡青色带花的披巾。她看见她的叶纽沙,忍不住又哭起来,可是这一次却用不着她丈夫来劝她:自己连忙揩干了眼泪,因为她害怕把披巾弄脏。只有这两个年轻人在吃东西:主人同主妇早已吃过午饭了。费季卡在旁边伺候,他因为没有穿惯靴子,显然觉得很

---

① 拉丁语:到祖先那儿。

不舒服,还有一个男人相貌的独眼妇人在旁边给他帮忙,她叫安菲苏什卡,平日兼做管家、养鸡、洗衣的职务。在他们吃午饭的中间,瓦西里·伊万诺维奇一直不停地在屋子里走来走去,他脸上带着非常快乐的、甚至十分幸福的表情,谈论着拿破仑的政策和错综复杂的意大利问题①所引起的严重的忧虑。阿琳娜·弗拉西耶夫娜并不注意阿尔卡季,也不劝他多吃;她把她的圆脸(她的丰满的樱桃色嘴唇,她的脸颊上和眉毛上的小黑痣使她的脸显得非常和善)支在她的捏紧的小拳头上面,她的眼睛始终不离开她的儿子,而且一直不停地在叹气;她非常着急地想知道他这次回来要住多少时候,可是她又害怕问他。"要是他说只住两天又怎么办呢?"她想道,她的心就沉下去了。烤肉端上桌子以后,瓦西里·伊万诺维奇便不见了。过了一忽儿,他拿着半瓶开了塞子的香槟酒回来。"你瞧,"他叫道,"我们虽然住在乡僻地方,可是遇到喜庆事情,我们也有一点儿东西来助兴呢!"他斟满了三个高脚杯和一个小酒杯,提议祝"贵客们"的健康,便依照军人的规矩把酒一口喝光了;他还勉强阿琳娜喝光那一小杯酒。蜜饯端上来的时候,阿尔卡季虽然不能吃甜的东西,也觉得他应当把那四种新做好的蜜饯每一样尝一点儿,尤其因为他看见巴扎罗夫坚决地一点儿也不吃就马上抽起雪茄来。然后茶同奶油、牛油、脆饼干一块儿送上来了;吃过了茶,瓦西里·伊万诺维奇便带他们到园子里去欣赏黄昏的美景。他们走过一条长凳的时候,他轻轻地对阿尔卡季说:

"我爱在这个地方对着落日冥想:这对一个像我这样的隐士倒合适。那儿,再远一点儿的地方我栽了几棵贺拉西②喜欢的树木。"

"什么树?"巴扎罗夫在旁边听见了便问道。

"啊,……刺槐。"

---

① 意大利为摆脱奥国统治、争取独立和统一的斗争的问题在十九世纪六十年代曾引起俄国社会的注意,引起俄国报刊,特别是革命民主派杂志的《现代人》和《口笛》的热烈讨论。在意法奥战争中奥地利失败,但在签订威腊法郎加和约时(1859 年)拿破仑三世出卖了意大利,仍让奥地利保持对威尼斯的统治。

② 贺拉西(公元前 65 年—前 8 年),罗马著名诗人。用颂歌和寄语歌颂在大自然怀抱中的生活乐趣。

巴扎罗夫打起呵欠来。

"我想,现在是我们的旅客投入摩尔甫斯①的怀抱里的时候了。"瓦西里·伊万诺维奇说。

"那是说,该睡觉了,"巴扎罗夫插嘴说,"这个意见不错。的确是时候了。"

他向他的母亲告辞的时候,他吻她的前额,她却拥抱他,又偷偷地在他背后画了三次十字,给他祝福。瓦西里·伊万诺维奇陪阿尔卡季到他的屋子里去,并且盼望他"睡得好,就像我在您那幸福的年纪的时候一样"。阿尔卡季在他那间澡房的外房里的确睡得非常好;屋里有一股薄荷味道;两只蟋蟀在灶后竞赛似的唱催眠歌。瓦西里·伊万诺维奇走出阿尔卡季的屋子又到他的书房里去,他蜷着身子坐在沙发上他儿子的脚边,准备跟他儿子谈一忽儿;可是巴扎罗夫说自己很瞌睡,马上把他打发走了,事实上巴扎罗夫一直到天亮才睡着。他睁大眼睛生气地注视着黑暗。童年的回忆在他心上并没有什么力量,而且他还不能够摆脱他最近的痛苦的印象。阿琳娜·弗拉西耶夫娜先祷告到她自己满意了,后来又跟安菲苏什卡谈了许久、许久的话,安菲苏什卡一动也不动地站在她主人面前,用她那只独眼死死地盯着她,鬼鬼祟祟地低声讲着她对于叶夫盖尼·瓦西里伊奇的一切观察和意见。老太太的脑袋已经让快乐,让酒,让雪茄烟气味弄昏了:她的丈夫还想跟她谈话,也只好摇摇手打住了。

阿琳娜·弗拉西耶夫娜是一个真正的俄国古时候的名门妇女:她应当早生两百年,生在旧的莫斯科时代②。她笃信宗教,而且容易感动,她相信各种的兆头、占卜、咒语和梦;她相信圣痴③的预言,相信家怪,相信树精,相信不吉利的相遇,相信凶眼,相信流行的丹方,相信星期四那天不吃盐④,相信世界末日就在眼前;她相信要是复活节整夜礼

---

① 希腊神话中的梦神,是睡神许普诺斯的儿子。
② 指莫斯科作帝国首都的时期,在她这个时候俄国首都在圣彼得堡。
③ 当时旧俄一般迷信的人认为这种半疯的低能人得了神的感召,能够跟神接谈,几乎把他们当作了预言家。
④ 古时俄罗斯农村旧俗,星期四不吃盐。

拜的烛光不灭,荞麦的收成一定好;她又相信菌子要是让人眼看见了,就不会长大;她相信魔鬼喜欢有水的地方;她相信每个犹太人的胸口上都有一块血印;她害怕老鼠,害怕蛇,害怕青蛙,害怕麻雀,害怕蚂蟥,害怕打雷,害怕冷水,害怕穿堂风,害怕马,害怕羊,害怕红头发的人,害怕黑猫,她把蟋蟀同狗当作不干净的生物;她从来不吃小牛肉、鸽子①、龙虾、乳酪、龙须菜、西洋野菜、野兔,她不爱吃西瓜,因为切开的西瓜使她想起了施洗的约翰的头②,她提起牡蛎就要打颤,她爱吃——可是严格持斋③;一天二十四小时里头她睡去了十小时,然而要是瓦西里·伊万诺维奇头痛,她就整夜不睡;除了《亚历克西或林中小屋》④外,她从没有读过一本书;她一年写一封,最多写两封信;可是处理家务,做果干,做蜜饯,她却十分擅长,虽然她自己的手从来不沾一下,而且她往往一坐下来就不愿意再移动。阿琳娜·弗拉西耶夫娜心肠很好,并且在她的范围内她也绝不是愚蠢的。她知道世界上的人是分为两类的:一种是主人,他们的职责是发命令,另一种是寻常老百姓,他们的职责是服从命令,——因此她也并不厌恶卑屈谄媚和跪拜的礼节;可是她对待比她低下的人却很仁慈、温和;她从来不让一个乞丐空手回去;虽然她有时候也议论旁人,却从来没有讲过谁的坏话。她年轻时候很漂亮,会弹古钢琴⑤,还会讲几句法语,可是自从她并不情愿地勉强跟她丈夫结了婚,跟他一块儿漂游了许多年以后,她的身子长胖了,也忘记了音乐和法语。她很爱她的儿子,也很怕他;她把她的田产完全交给瓦西里·伊万诺维奇去管理——她自己现在一点儿也不过问;只要她的老伴跟她谈起那些快要实行的改革和他自己的计划,她马上就唉声叹气,接连地摇手绢儿表示不要听下去,而且吓得把眉毛越抬越高。她多疑善虑,老

---

① 在从前,多数俄国人把鸽子看作圣灵的象征,不吃鸽子,也不杀鸽子。
② 耶稣以前的传道者,被希律王锁在监里。希律根据他弟妇希罗底的要求,吩咐护卫兵在监里斩了约翰,把头放在盘子里,拿来给希罗底的女儿。(见《圣经·新约》《马可福音》和《马太福音》。)
③ 即斋期中不吃肉的规定。
④ 《亚历克西或林中小屋》是法国小说家狄克烈—狄米尼尔(1761—1819)的一本感伤的小说,有俄译本。
⑤ 一种击弦键盘乐器,是钢琴的前身。

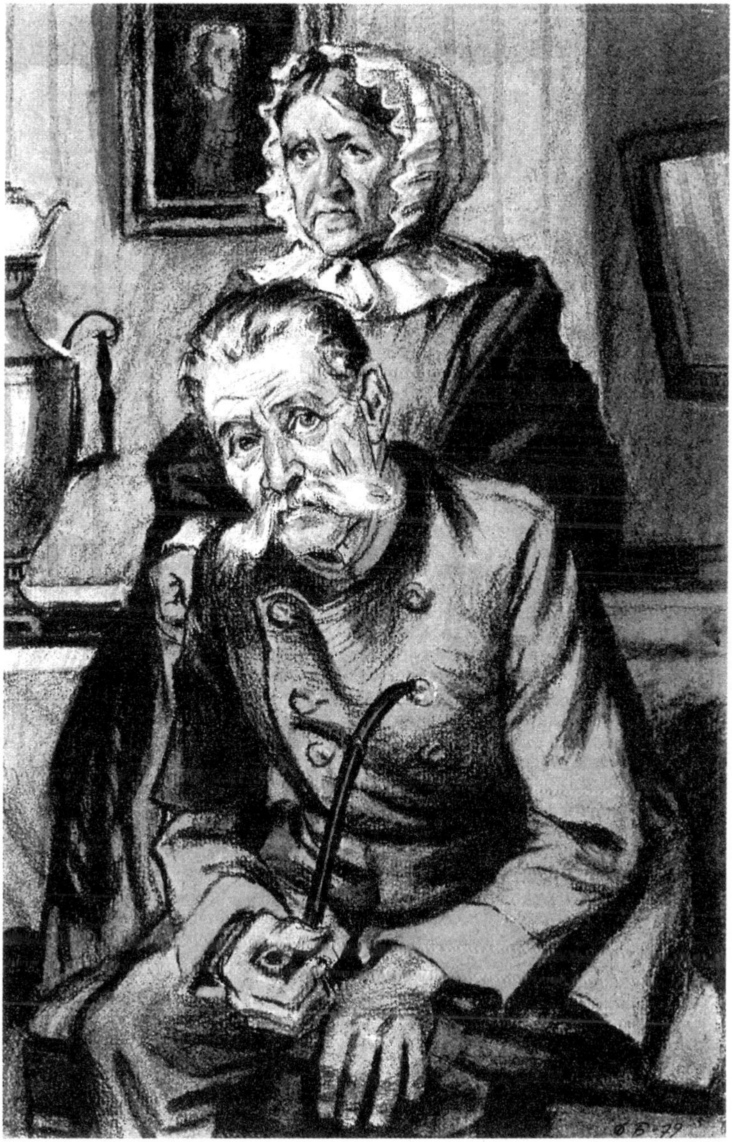

是觉得会有大难临头,要是她想起什么伤心的事情,马上就会痛哭起来……像这样的女人现在是一天一天地少起来了。只有上帝知道我们究竟应当不应当为这桩事情高兴!

二十一

阿尔卡季早晨起来,打开窗,第一眼看到的便是瓦西里·伊万诺维奇。这个老年人穿了一件布哈拉①式的宽睡衣,腰间束着一条手帕,正在起劲地挖菜园。他看见了他的年轻的客人,便把身子靠在铲子上,大声说:

"祝您健康!您睡得好吗?"

"非常好。"阿尔卡季答道。

"您瞧我在这儿像辛辛纳图斯②那样挖地种晚萝卜呢。我们现在生在这样一个时代,——感谢上帝!——人人都应当靠自己的手来维持生活,靠别的人是没有用的,一个人总得自己劳动。现在看起来让·雅克·卢梭③究竟是对的了。要是在半点钟以前,我的亲爱的先生,您就会看见我在干一桩完全不同的事情。一个乡下女人来抱怨她'肚子绞痛'——那是她的讲法,可是在我们却叫做痢疾,我……我怎么说才好呢……我给她服鸦片;我又给另一个女人拔了一颗牙齿。我劝这个女人上麻药……她却不肯。我干这些事都是 gratis④——安那马久尔⑤。

---

① 地名,在中亚细亚。
② 辛辛纳图斯(约公元前5世纪),罗马的贵族和执政官。据传说,他生活朴素,自己种地。
③ 让·雅克·卢梭(1712—1778),法国杰出的思想家,启蒙学者,小资产阶级民主主义者。主要著作是《论人类不平等的起源和基础》。他认为人的教育和幸福生活的条件之一是劳动。
④ 拉丁语:免费的。
⑤ 俄国腔的法语:en amateur(业余的)。

而且这也不足为奇;您知道我是一个平民,homo novus①,我不是世家出身,不像我妻子那样……您要不要在喝早茶以前到这儿荫凉处来,呼吸一点儿早晨的新鲜空气?"

阿尔卡季便出去到了他身边。

"再一次欢迎,"瓦西里·伊万诺维奇说,把手举到他头上那顶油腻的无边小帽旁边,行了一个军礼,"我知道,您过惯了阔气的、快乐的生活,不过就是当代伟人也不至于不高兴在农舍里头住上几天的。"

"啊哟,"阿尔卡季叫起来,"您怎么把我比作当代伟人呢?我也没有过惯阔气的生活。"

"请原谅,请原谅,"瓦西里·伊万诺维奇客气地笑答道,"虽然我现在是不中用的古董了,可是我也曾见过世面的——我可以根据一个人的行为来判断他的为人。我多少也算得是一个心理学家,一个观相家。要是我没有那种——我姑且大胆地说吧——本领,我早就完蛋了;像我这样一个小人物,是立不住脚的。我这样对您说并不是恭维您:我看见您跟我儿子的交情,万分高兴。我刚才看见他了;他同往常一样,起得很早——您一定知道他这种习惯——到附近散步去了。请许我问一句——您跟我儿子认识很久吗?"

"从去年冬天起的。"

"不错,先生。请许我再问一句,——我们坐下来谈谈不好吗?请许我这个做父亲的人直爽地问您一句,您觉得我的叶夫盖尼怎样?"

"您的儿子是我所遇见的一个挺了不起的人。"阿尔卡季起劲地答道。

瓦西里·伊万诺维奇的两只眼睛突然睁得很圆;两颊略微发红。铲子从他的手里落了下来。

"那么您以为……"他开始说……

"我相信,"阿尔卡季打岔道,"您的儿子有一个伟大的前程;他会给您府上增光。我跟他第一次见面的时候,我就这样地相信。"

"这……这是怎样的呢?"瓦西里·伊万诺维奇费力地慢慢说道。

---

① 拉丁语:新人。

一个快乐的微笑使他的阔嘴张开了,那笑容一直留在他的嘴唇边。

"您要不要我告诉您我们是怎样认识的?"

"要的……而且大概讲一下……"

阿尔卡季便讲起巴扎罗夫的故事来。他这次比他跟奥金佐娃跳玛组卡舞的那个晚上谈得更起劲,更热烈。

瓦西里·伊万诺维奇注意地听着,他一忽儿擤鼻涕,一忽儿把他的手帕放在两只手里搓成一团,一忽儿咳嗽,一忽儿又把头发搔得直立起来,——最后他实在忍不住了,他俯下头去,在阿尔卡季的肩头吻了一下①。

"您使我快乐极了,"他说,笑容一直没有消失,"我应当告诉您,我……崇拜我的儿子;我的老妻更不用提了——我们都知道母亲对儿子是怎样的!——可是我也不敢在他面前表露我的感情,因为他不喜欢这样。任何感情流露他都反对;许多人因为他的性格坚强而批评他,认为这是骄傲、无情的表示,可是像他这样的人是不能够用平常的尺度来衡量的,不是吗?随便举个例子说,别人处在他的境地一定会成为他父母的累赘;可是他,您相信吗?从生下来的那天起他就没有多花过一个戈比,上帝知道的。"

"他是一个没有私心的、正直的人。"阿尔卡季说。

"的确是没有私心的。可是我,阿尔卡季·尼古拉伊奇,我不但崇拜他,我还以他自豪,我的虚荣心就是:有一天他的传记里面会写上这样的几行:'一个寻常的军医的儿子,不过这个父亲很早就看得出他的伟大,并且不惜花任何代价来完成他的教育'……"老人讲不下去了。

阿尔卡季捏了捏他的手。

"您的意思怎样?"瓦西里·伊万诺维奇停了一忽儿又问道,"他是不是会在医学方面得到您所预料的声名呢?"

"当然不是在医学方面,不过就是在这方面他也会成为第一流的学者。"

"那么在哪一方面呢,阿尔卡季·尼古拉伊奇?"

---

① 在帝俄时代,吻主人的肩头是农奴们的习惯。

"现在很难说,不过他会成名的。"

"他会成名的!"老人跟着说了一遍,他静静地思索起来了。

"阿琳娜·弗拉西耶夫娜叫我来请你们进去喝茶。"安菲苏什卡走来说,手里端着一大盆熟了的覆盆子。

瓦西里·伊万诺维奇吃了一惊。

"有没有凉的奶油来拌覆盆子?"

"有的,老爷。"

"记住,要冷的!不要客气,阿尔卡季·尼古拉伊奇;多拿一点儿。怎么叶夫盖尼还不来呀?"

"我在这儿。"巴扎罗夫的声音从阿尔卡季的屋子里传出来。

瓦西里·伊万诺维奇连忙转过身去。

"啊哈!你想拜望你的朋友;可是你去晚了,amice①,我跟他已经谈了好久了。现在我们得进去喝茶去:母亲在叫我们。哦,我有几句话想跟你谈谈。"

"谈什么事情?"

"这儿有一个农民;他在害着黄疸病……"

"是说黄疸病吗?"

"是的,一种慢性的、顽强的黄疸病。我给他开了矢车菊和小连翘,叫他吃萝卜,又给他苏打;可是这些都只是姑息剂;还想给他用点更有效的药。你虽然看不起医学,不过我相信你一定可以给我一点很好的意见。这个我们以后再谈吧。现在先进去喝茶。"

瓦西里·伊万诺维奇高高兴兴地从凳子上跳起来,口里哼着《罗勃》②里面的句子:

> 法则,法则,法则让我们自己来规定,
> 活……活……就是要活得快乐!

"好大的活力!"巴扎罗夫说着,就离开了窗口。

---

① 拉丁语:朋友。
② 全名为《恶魔罗勃》,是德国作曲家梅耶贝尔(1791—1864)在一八三〇年所作的歌剧。

到了中午的时候,隐在一片连绵不断的浅白色薄云后面的太阳好像在燃烧一样。四周很静;除了公鸡在村子里挑衅般地对啼,让听见的人发生一种古怪的瞌睡和烦闷的感觉以外,再没有别的声音;在什么地方的一棵树顶上,有一只小鹰高高地在那儿连连发出哭唤似的哀鸣。阿尔卡季和巴扎罗夫躺在一个小小的干草墩的荫处,身子底下垫了两三抱草,这虽是干了的草,并且发出沙沙的声音,可是它们仍然带绿色,仍然有香味。

"那棵白杨,"巴扎罗夫开始说,"使我记起了我的童年;它长在土坑边上,那儿原先是个烧砖的地方,在那个时候我相信土坑同白杨有一种特殊的法力;我在它们旁边,从来不觉得厌烦。我当时并不明白我之所以不厌烦,只因为我是一个小孩。唔,我现在长大了,法力也就不起作用了。"

"你在这儿一共住了多少时候?"阿尔卡季问道。

"连续住了两年的光景;后来我们就出去旅行。我们过一种漫游的生活,老是一个城市一个城市地搬来搬去。"

"这所宅子盖了很久吧?"

"很久了。是我外祖父盖的,就是我母亲的父亲。"

"你的外祖父,他是个什么人?"

"鬼知道。大概是个准少校吧。他在苏沃罗夫①手下干过事,他老是讲他那些越过阿尔卑斯山的故事——说不定是在吹牛。"

"怪不得你们客厅里挂了一幅苏沃罗夫的像。我喜欢像你们这样的小宅子:又古老,又暖和;还有一种特别的气味。"

"灯油和苜蓿混在一块儿的气味,"巴扎罗夫打个呵欠说。"这些可爱的小宅子里的苍蝇……呸!"

"告诉我,"阿尔卡季停了一下又说,"你小时候他们管束得严不严?"

"你看见我父母是怎样的人。他们并不是严厉的人。"

---

① 苏沃罗夫(1729—1800),俄国统帅,于一七九九年在意大利打败了拿破仑一世,同年他统率下的俄罗斯军队在向瑞士进军中,完成了越过阿尔卑斯山的行军。

"你爱他们吗,叶夫盖尼?"

"爱的,阿尔卡季。"

"他们多爱你啊!"

巴扎罗夫静了一忽儿。

"你知道我在想什么吗?"他后来把两只手托住后脑勺,问了这一句。

"不知道。你在想什么?"

"我在想:我父母在世界上活得非常快乐。我父亲已经六十岁了,他还在忙忙碌碌,谈着姑息剂,给人治病,对农民厚道——一句话说完,他过的是称心如意的日子;我母亲也很快乐;各种各样的事务把她的时间全占去了,她一忽儿唉声,一忽儿叹气,她连想到自己的时间也没有;可是我……"

"可是你呢?"

"我想:我躺在这儿草墩底下……我占的这块小地方跟其余的没有我存在、并且和我不相干的大地方比起来是多么窄小;我所能生活的一段时间跟我出世以前和我去世以后的永恒比起来,又是多么短促……在这个原子里,这个数学的点里,血液在循环,脑筋在活动,渴望着什么东西……这是多么荒谬!这是多么无聊!"

"让我来说一句,你这番话可以应用在一般人的身上……"

"你说得对,"巴扎罗夫打岔道,"我正要说,他们——我是指我的父母——现在整天忙着,并不去想一想他们自己的渺小;他们并不因为这个感到不舒服……可是我……我只感到厌倦和愤怒。"

"愤怒?为什么愤怒?"

"为什么?你怎么能够问为什么?你已经忘记了吗?"

"我什么都记得,可是我仍然不承认你有愤怒的权利。你不幸福,我承认,可是……"

"嗳!那么你,阿尔卡季·尼古拉伊奇,我看得出,你对爱情的看法是同一般新的年轻人一样了。你咯咯咯地唤着母鸡,可是等到母鸡走过来,你又跑开了!我不是这样的。可是用不着再讲这个了。再说那些没有办法的事,未免太可羞了。"他翻了一个身。"啊哈!这儿有一只勇敢的蚂蚁在拖一只半死的苍蝇。带走它,兄弟,带走它!不要去管它怎样抵抗,你得利用这个事实:你作为一个动物就有不承认怜悯心的权利,不像我们这些毁掉自己的人。"

"你不应该这样说,叶夫盖尼!你什么时候毁过你自己来的?"

巴扎罗夫抬起头来。

"这是惟一的我可以自傲的事。我没有毁掉我自己,所以一个小娘儿们也不会把我毁掉。阿门①!现在完结了。关于那件事你不会听见我再讲一个字了。"

这两个朋友静静地躺了一忽儿。

"不错,"巴扎罗夫又说,"人是奇怪的生物。要是我们从远处、从旁边来看'父亲们'在这儿过的那种与世隔绝的生活,似乎没有比这更好的了。你吃啦,喝啦,并且知道你的举动是最合理的,最聪明的。可是不然;你不久就会感到苦闷了。你总想跟别人来往,哪怕是去跟他们吵架也好,总想跟他们来往。"

"一个人应当好好地安排生活,要使它每一刻的时光都过得有意义。"阿尔卡季带着思索地说。

"谁说的!有意义的事情即使错误,也是好的;可是没有意义的事也可以忍受……可是——无聊的闲话,无聊的闲话……这却是受不了的。"

"一个人只要不承认无聊的闲话,对他无聊的闲话也就不存在了。"

"哼……你不过是把大家都知道的道理颠倒过来说罢了。"

"什么?你这句话是什么意思?"

"我就告诉你:譬如说教育是有利的,这是大家都知道的道理,可是要说教育是有害的,就是把大家都知道的道理颠倒过来了。它听起来好像更漂亮,其实是二而一的。"

"那么真理是在哪儿,在哪一方面呢?"

"哪儿?我像回声那样地回答你:在哪儿?"

---

① 基督教祷告的结尾词,意即:"心愿如此。"

"今天你心里不痛快,叶夫盖尼。"

"真的? 我想大概是太阳把我晒得太厉害了,而且也不应该吃那么多的覆盆子。"

"那么睡一忽儿午觉倒不坏。"阿尔卡季说。

"好吧;只是你不要望我:每个人的睡相都是愚蠢的。"

"别人对你怎样想法,在你看来不都是一样的吗?"

"我不知道跟你讲什么好。一个真正的人是不应当顾虑这个的;对一个真正的人,别人用不着去议论他,别人对他只有两个办法:不是服从他,就是恨他。"

"这倒古怪! 我什么人都不恨。"阿尔卡季想了一下说道。

"我恨的人很多。你是个心肠又软、感情又脆弱的家伙;你怎么会恨人呢?……你胆小;你不大相信你自己。……"

"那么你呢,"阿尔卡季打岔地说,"你相信你自己吗? 你把自己看得很高吗?"

巴扎罗夫不响了。

"等到我遇着一个在我面前不低头的人,"他一个字一个字清晰地说,"那么我再来改变我对我自己的意见。恨! 不错,譬如,我们今天走过我们的管理人菲利普的小屋的时候,——就是那座又漂亮、又白的小屋,——你说,要是连最后的一个农民也有这样一所房屋的时候,俄国就到了完善的境地了,我们大家应当努力促成它的实现……我却特别恨这个最后的农民,不管他叫菲利普,或是西多尔,我应当为他出力,他对我连谢也不谢一声……本来我为什么要他谢我呢? 唔,他将来要住在干净的白色小屋里头,而我的身上要长起牛蒡来①;以后又怎么样呢?"

"得啦,叶夫盖尼……要是有人听见你今天讲的话,他会跟那班骂我们没有原则的人表示同意了。"

"你讲话就同你伯父一样。一般地说,原则是不存在的——你到现在还不知道吗? 只有感觉。一切都依靠着感觉。"

---

① 意思是:在我的墓地上要长起牛蒡来。

"怎么这样呢？"

"就这样的。譬如拿我来说，我采取一种否定的态度，——这是由于我的感觉；我喜欢否认——我的脑子是那样构成的，就再没有别的了！为什么我喜欢化学？为什么你爱苹果——这也是由于我们的感觉。这都是一样的。再要比这更深一层，人就看不透了。这样的话不是每个人都肯对你说的，而且我下次也不会再跟你讲它。"

"什么？那么正直也是一种感觉吗？"

"那还用说！"

"叶夫盖尼！"阿尔卡季声音忧郁地说。

"啊？什么？这句话不合你的胃口吗？"巴扎罗夫打岔说。"不，兄弟。既然下了决心要把所有的东西全割下，就该把自己的脚也砍掉①。可是我们谈哲理也谈够了。普希金说得好：'大自然送出睡梦的静寂。'"

"他从没有说过这一类的话。"阿尔卡季说。

"好吧，倘使他没有说过，他既然是一个诗人，他就很可以说——而且也应当说这句话。我想，他一定在军队里头干过。"

"普希金从来没有做过军人。"

"对不起，在他的每页书上都是：'战斗去，战斗去，为了俄罗斯的荣誉！'"

"啊，看你乱编些什么！我要说这实在是毁谤了。"

"毁谤？事情太重大了！你想拿这样的话来吓唬我！不管你怎样去毁谤一个人，他实际上总要比你讲的坏二十倍。"

"我们还是睡一忽儿觉吧。"阿尔卡季带着不痛快的调子说。

"我非常赞成。"巴扎罗夫答道。

可是他们都睡不着。两个年轻人的心里都充满了一种差不多是仇视的情感。过了五分钟的光景，他们睁开眼睛，默默地对望了一下。

"你瞧，"阿尔卡季突然嚷道，"一片枯萎的枫叶离开了树枝，正朝地上落下来，它飘着就像一只蝴蝶在飞一样。这不奇怪吗？最悲惨的

---

① 意思是：否定一切。

死的东西——却跟最快乐的活的东西一样。"

"啊,朋友,阿尔卡季·尼古拉伊奇!"巴扎罗夫大声说,"我求你一件事:不要用美丽的辞藻。"

"我会讲什么就讲什么……你这真是专制了。我脑子里头有了一个思想,我为什么不该把它讲出来呢?"

"不错;那么为什么我又不该讲出我的思想呢? 我觉得那种美丽的辞藻实在不好听。"

"那么什么话好听呢? 骂人吗?"

"啊—啊! 我看你真想步你伯父的后尘呢。要是那个白痴听见了你的话,他不知道会多么高兴!"

"你把帕维尔·彼得罗维奇叫做什么?"

"我叫得非常恰当,他是一个白痴。"

"可是这叫人太难堪了!"阿尔卡季嚷起来。

"啊哈! 家族的感情在讲话了,"巴扎罗夫冷静地说,"我早看出来这种感情在人们心中是根深蒂固的。一个人可以放弃一切,破除一切的偏见;可是要他承认他那个偷手绢儿的兄弟,这是随便举例说的,是一个小贼,——那就办不到了。老实说:我的兄弟,我的——不是天才……这是可能的吗?"

"是单纯的正义感在我心里讲话,一点儿也不是家族的感情,"阿尔卡季热烈地答道,"不过你既然不了解那种感情,你既然没有那种感觉,你就不能够批评它。"

"换句话说,阿尔卡季·基尔萨诺夫太高深了,我是不能够了解的。我只好低头不做声。"

"请你不要说吧,叶夫盖尼;我们结果会吵起来的。"

"啊,阿尔卡季! 给我一个恩典。我求你,让我们痛痛快快地吵一回。"

"可是我们后来也许会弄到……"

"打架吗?"巴扎罗夫打岔地说。"好吧? 这儿,在干草上面,在这种牧歌的环境里,离开世界和人们眼睛又远——那是不要紧的。不过你不是我的对手。我一动手就会掐住你的喉咙……"

巴扎罗夫伸开他那瘦长的、结实有力的手指……阿尔卡季掉转身走开,玩笑似的做出准备抵抗的姿势……可是他朋友的脸色在他眼里显得非常凶恶——在他那嘴唇上似笑非笑的微笑里,在他那发光的眼睛里,有一种不是开玩笑的恐吓的表情,他不由自主地觉得胆怯起来……

"啊!原来你们跑到这个地方来了!"瓦西里·伊万诺维奇的声音在这个时候说,这个老军医在年轻人的面前出现了,他穿一件自己家里做的亚麻布上衣,头上戴一顶也是自己家里做的草帽。"我到处找你们……可是,你们倒挑选了一个很好的地方,你们干得很好。躺在'大地'上面,仰望'天空'……你们知道,这句话里面有一种特别的意思吗?"

"我除了要打喷嚏的时候,从来不仰望天空,"巴扎罗夫嘟哝说,他又转过脸对阿尔卡季小声说:"可惜他打了我们的岔。"

"唔,不要说了,"阿尔卡季低声说,他暗暗地捏一下他朋友的手。"就是再深的友情也不见得长久受得住这样的冲突。"

"我望着你们,我年轻的朋友,"瓦西里·伊万诺维奇也在这个时候说,他把头摇了摇,两手交叉着按在他亲手做的弯曲得很巧妙的、柄上雕一个土耳其人头的手杖上头,——"我望着你们,我就止不住我的赞美。你们有多大的力量,精力最旺盛的青春,多大的能力,多大的才干!简直是……卡司托耳跟波卢克斯①。"

"现在你瞧——他来卖弄他的神话学了!"巴扎罗夫说,"你一听就知道他从前是一个了不起的拉丁语学者!啊,我好像记得你从前得过拉丁语作文的银牌奖章——是不是?"

"狄俄斯枯里②,狄俄斯枯里!"瓦西里·伊万诺维奇反复地说。

"啊,得啦,父亲;不要婆婆妈妈的了。"

"偶尔来一次是可以的,"老人喃喃地说,"不过先生们,我并不是找着来恭维你们的;我是来,第一,告诉你们快开午饭了;第二,我要通

---

① 希腊神话中大神宙斯跟勒达生的双生子。这里是指一对非常亲密的朋友。
② 狄俄斯枯里是卡司托耳和波卢克斯二神的合称。

知你一声,叶夫盖尼……你是一个聪明人,你通晓人情,你知道女人家的脾气,那么你会原谅的……你妈妈因为你回家来要做一次谢恩礼拜。你不要以为我来请你去参加谢恩礼拜——它已经做完了;可是阿历克赛神甫……"

"这儿的教士吗?"

"是的,那个教士;他要在我们这儿……吃饭……我并没有料到,我也不赞成……可是也不知道怎样搞的……他没有了解我的意思……唔,而且阿琳娜·弗拉西耶夫娜……不过他倒是一个很好的、明白事理的人。"

"我想他不会把我的一份午饭也吃掉吧?"巴扎罗夫说。

瓦西里·伊万诺维奇笑了起来。

"啊呀!这是什么意思!"

"好啦,我不再要求什么了。我不管同谁一桌吃饭都可以。"

瓦西里·伊万诺维奇戴正他的帽子。

"我早就相信你不受任何偏见的拘束。就拿我来说吧,一个六十二岁的老头儿了,我也没有偏见。(瓦西里·伊万诺维奇不敢承认是他自己要做谢恩礼拜的……他对宗教的虔诚不亚于他的妻子。)并且阿历克赛神甫很想跟你认识。你也会喜欢他的,你等一忽儿瞧吧。他并不反对打牌,并且有时候——这句话只有在我们中间讲——他还抽一袋烟呢。"

"好吧。我们吃过饭来打一圈,我会好好地赢他。"

"嘿!嘿!嘿!我们瞧吧!恐怕靠不住。"

"怎么?难道你的兴致还不减当年?"巴扎罗夫特别加重语气地说。

瓦西里·伊万诺维奇的青铜色脸颊上泛起一层局促的红晕。

"你不害臊吗,叶夫盖尼……过去的事就让它过去吧。好的,我愿意在这位先生面前承认我年轻时候有过这种嗜好,——这是事实;而且我为它也受够苦了!啊,天气真热!让我跟你们坐一忽儿。我想,我不会妨碍你们吧?"

"啊,一点儿也不。"阿尔卡季答道。

瓦西里·伊万诺维奇呻吟一声,在干草上坐了下来。

"亲爱的先生们,"他说,"你们现在这个睡铺叫我想起了我从前在军队里的露营生活,包扎所也是在一个像这样的靠近干草堆的地方,而且就是这样的地方在当时也是很难得的。"他又叹了一口气。"我一生也经历过许许多多的事情。举一个例子说吧,要是你们愿意听的话,我给你们讲一桩比萨拉比亚大瘟疫中的古怪事情。"

"你就是为了那桩事情得到弗拉季米尔勋章的吗?"巴扎罗夫插嘴道,"我们知道,我们知道……那么,你为什么不把它挂在身上?"

"我不是跟你讲过我没有偏见吗?"瓦西里·伊万诺维奇结结巴巴地说(他刚刚在前一天叫人把红丝带从他的衣服上拆了下来),他接着就讲起瘟疫的故事来。"您瞧,他睡着了,"他突然指着巴扎罗夫对阿尔卡季轻轻地说,又好意地眨了眨眼,然后大声叫道:"叶夫盖尼!起来!我们去吃午饭吧……"

阿历克赛神甫生得魁伟、肥胖,一头浓发梳得很光,他那件淡紫色绸法衣上面束了一根绣花腰带,他看起来像是一个非常机灵知趣的人。他连忙先伸出手给阿尔卡季和巴扎罗夫,好像他预先知道他们并不要他祝福似的①,他的举止大都是毫无拘束的。他既不降低自己的尊严,也不得罪别人;他偶尔也笑话神学校里教的拉丁语,却极力维护他的主教;他喝了两杯酒,却不肯喝第三杯;他接了阿尔卡季的一根雪茄,并不马上抽它,说是他要带回家去。他只有一桩事叫人看了觉得不大舒服,就是他时时小心翼翼地、慢慢地举起手去捉脸上的苍蝇,有几回居然把苍蝇压扁了。他坐在牌桌旁边并不显得十分高兴,结果他却从巴扎罗夫手里赢了两个半卢布的钞票:在阿琳娜·弗拉西耶夫娜家里,没有人会用银子计算②……她照旧坐在她儿子的身边(她是不打牌的),她照旧用一只小拳头支住她的脸颊;她只有去叫人端一点儿新的吃食上来的时候才站起身子走开。她不敢去亲巴扎罗夫,他不鼓励她,也不让她

---

① 通常教士看见人不握手,只给他们祝福,他们便吻他的手。阿历克赛神甫知道巴扎罗夫和阿尔卡季不会接受他的祝福,便先伸出手给他们。

② 当时银子的价值与钞票的价值不同,银子贵得多。这是尼古拉一世滥发钞票的结果。

去亲他;而且瓦西里·伊万诺维奇也劝过她不要太"麻烦"他了。"年轻人不喜欢那种事情。"他这样地跟她讲了好几次。(这儿用不着说那天的午饭是多么丰富;季莫费伊奇大清早就亲自赶车去买一种特别的契尔卡斯的牛肉①;管理人到另一个方向去买淡水鳕、鲈鱼、龙虾;单是蕈子一样就给了那些乡下女人四十二戈比。)可是阿琳娜·弗拉西耶夫娜的眼睛牢牢地盯着巴扎罗夫,眼里表示的不只是深爱与温情;那里面还有忧愁,也掺杂得有恐惧和好奇心;那里面还可以看出一种温顺的责备来。

可是巴扎罗夫却无心去分析他母亲的眼里究竟是什么表情;他很少跟她讲话,不过偶尔问她一两句简短的话罢了。有一次他要借她的手来换一换"手气";她就静静地把她那柔软的小手放在他的粗大的掌上。

"怎样,"她等了一忽儿,问道,"有没有用处?"

"更坏了。"他漫不经心地笑了笑答道。

"他打的牌太冒险了。"阿历克赛神甫好像表示惋惜地说,他一面抚摸他的漂亮的胡子。

"拿破仑的方法,好神甫,拿破仑的方法。"瓦西里·伊万诺维奇插嘴说,他打出了一张"爱司"。

"可是它把拿破仑送到圣海伦那②去了。"阿历克赛神甫说,他拿出王牌把"爱司"吃了。

"你要不要喝一点儿红醋栗水,叶纽谢奇卡?"阿琳娜·弗拉西耶夫娜问道。

巴扎罗夫只是耸了耸肩。

"不成!"第二天巴扎罗夫对阿尔卡季说,"我明天就要离开这儿了。我烦透了;我想工作,可是在这儿无法工作。我想再到你们的村子那儿去;我的实验标本也都留在那儿。在你们家里一个人至少可以关起门来。在这儿虽然我父亲老是对我说这一句话:'我的书房让给你

---

① 这是上等的牛肉。
② 南大西洋上一个英国海岛,一八一五年拿破仑一世给放逐在这个岛上,他后来(1821)便死在这儿。

用——没有一个人打扰你。'可是他自己始终就没有离开过我一步。我又不好意思把他关在门外。我母亲也是这样。我听见她在隔壁不住地叹气,可是倘使我去看她,我又没有话对她说。"

"她一定会非常伤心,"阿尔卡季说,"他也会那样。"

"我还要回来看他们。"

"什么时候?"

"唔,等我要到彼得堡去的时候。"

"我特别同情你的母亲。"

"为什么呢?是她请你吃饱了草莓吗,还是别的缘故?"

阿尔卡季埋下了眼睛。

"你不了解你的母亲,叶夫盖尼。她不只是一个很好的女人,她的确是很聪明的。今天早晨她跟我谈了半小时,谈的话都是非常切实,非常有趣的。"

"我想你们自始至终都是在谈论我吧?"

"我们并不是单单谈论你。"

"也许;你作为旁观者看得清楚些。倘使一个女人能够谈得上半小时的话,那往往是一个好的现象。可是我仍然要走。"

"可是你要把这个消息告诉他们,也不是一桩很容易的事。他们一直在议论怎样安排我们这两个星期里的生活。"

"这是不容易的事。今天有什么魔鬼叫我去把我父亲挖苦了一顿:他前两天叫人把他的一个纳租的农民抽了一顿鞭子,——他做得很对;不错,不错,你用不着这样害怕地望着我——他做得很对,因为那个农民是一个惯贼,一个酒鬼;只是我父亲绝没有料到我,像人们说的那样,已经知道了这桩事情。他非常狼狈。现在我又要叫他格外伤心了……不要紧!他不久会好的。"

巴扎罗夫虽然说是"不要紧";可是这一天已经过完了,他还不能够下决心把他的主意告诉瓦西里·伊万诺维奇。最后,他在书房里跟他父亲道过了晚安,他才假装打一个呵欠,说道:

"啊,……我差点儿忘了告诉你……明天请你差人把我们的马带到费多特那儿去换班。"

瓦西里·伊万诺维奇吓了一跳。

"基尔萨诺夫先生要走吗?"

"不错;我跟他一块儿走。"

瓦西里·伊万诺维奇连脚也站不稳了。

"你要走?"

"不错……我一定得走。请你叫人把马预备好。"

"好吧……"老人结结巴巴地说,"预备备用的马……好……只是……只是……这是怎么一回事呢?"

"我得到他那儿去稍微住一些时候。以后我还要回来的。"

"啊!稍微住一些时候……很好。"瓦西里·伊万诺维奇掏出手帕来,擤了擤鼻子,身子差一点儿弯到地上了。"好吧……都会给你办妥的。我还以为你会在我们这儿……住长些。三天……分别了三年,这,这实在少;实在少,叶夫盖尼!"

"可是我对你说过,我很快就会回来的。我一定要去一趟。"

"一定要……那有什么办法呢?责任超过一切。那么得把马送去吧?很好。不用说,阿琳娜和我都没有料到这个。她刚从一个邻居那儿讨了一点花来,预备给你装饰屋子呢。(瓦西里·伊万诺维奇没有提起他自己每天早晨天刚亮就光着脚趿起拖鞋去找季莫费伊奇商量,用他那打颤的手指掏出一张一张的破钞票,差遣季莫费伊奇去买各种东西,特别关照他买好的饮食,买红葡萄酒,据他看来,这两个年轻人是极喜欢喝红葡萄酒的。)主要的是……自由;这是我的规则……我不想妨碍你……不……"

他突然闭了嘴,向着门走去。

"我们不久会再见的,父亲,真的。"

可是瓦西里·伊万诺维奇并不掉转身来,他只是摆摆手,便走出去了。他回到他的寝室,看见妻子已经睡着了,他便轻轻念他的祷告辞,免得把她惊醒。可是她仍然醒了。

"是你吗,瓦西里·伊万诺维奇?"她问道。

"是我,妈妈。"

"你从叶纽沙那儿来吗?你知道不知道,我怕他睡在沙发上不舒服?我叫安菲苏什卡给他铺上你的旅行褥子,放上新枕头;我本来应该把我们的鸭绒被给他,可是我记得他不喜欢睡太软的床。"

"不要紧,妈妈;你不要担心。他睡得很好。主啊,怜悯我们罪人吧①。"他又继续小声地念他的祷告辞了。瓦西里·伊万诺维奇很可怜他的老妻;他不想现在就告诉她明天有一个多大的悲痛在等着她呢。

巴扎罗夫和阿尔卡季第二天便走了。从大清早起全家就充满了忧郁、沮丧的气氛;安菲苏什卡打碎了盘子、碟子;连费季卡也弄得糊涂起来了,结果他无缘无故脱掉了脚上的靴子。瓦西里·伊万内奇从来没有像这样地惊忧过;他显然竭力装出什么也不怕的样子,大声讲话,用力走路,可是他的面容显得消瘦,他的眼睛一直在避开儿子的眼光。阿琳娜·弗拉西耶夫娜轻轻地哭着;她简直不知道要怎样办才好,要不是她的丈夫在大清早花了整整两个小时的工夫劝她,她就会没法控制自己了。巴扎罗夫不止一次地答应他一定在一个月里头回来,最后他终于从他们的挽留的拥抱中挣脱了身子,坐上四轮敞篷车;马跑起来,铃子在响,车轮在转动,——他们的影子再也看不见了,尘土定了下来,季莫费伊奇伛偻着身子,摇摇晃晃地爬进他的小房子去了;这所小小的宅子里只剩下这一对老人,连宅子也突然显得老朽龙钟了;瓦西里·伊万诺维奇刚才还立在台阶上起劲地摇着手帕,现在他却在一把椅子上坐下来,他的头垂到胸前。"他丢开,丢开我们了,"他喃喃地说,"丢开我们了;他不高兴同我们在一块儿。现在只剩下我们孤孤单单的了!"他接连念了几遍,每次他都把一只手伸出来,食指单独地举起②。后来阿琳娜·弗拉西耶夫娜走到他身边;把她的灰白的头靠着他的灰白的头,说道:"瓦夏③,这是没有办法的事!儿子不再需要我们照管了。他就像一只鹰,高兴飞来就飞来,高兴飞去就飞去;你我却像生在树孔里的两朵蕈子,我们紧紧靠在一处,从来不移动一下。只有我对你永远不变,你对我也是一样。"

瓦西里·伊万诺维奇把手从他的脸上取下来,抱着他的妻子,他的

---

① 这一句是他的祷告辞。
② 俄谚:像手指一样的孤单。
③ 瓦西里的小名。

朋友,抱得紧紧地,比他年轻时候抱她还要紧些:在他悲痛的时候她安慰了他。

二十二

我们的朋友除了偶尔交换几句没有多大意思的话以外,就闭上嘴,一直坐车到了费多特那儿。巴扎罗夫并不十分满意自己,阿尔卡季也不满意他。他也感到了那种只有很年轻的人才知道的没来由的悲哀。车夫换好了马,爬上驾车座位,问道:"向右去还是向左去?"

阿尔卡季打了一个颤。向右去的路是到城里去的,从城里便可以回家;向左去的路是到奥金佐娃的家去的。

他望了一下巴扎罗夫。

"叶夫盖尼,"他问道,"到左边去吗?"

巴扎罗夫把脸掉开。

"这多愚蠢!"他喃喃地说。

"我知道这愚蠢,"阿尔卡季答道,"可是这有什么害处呢?难道这是第一回吗?"

巴扎罗夫把帽子拉下来盖住前额。

"随你的意思办吧。"他末了说。

"向左去!"阿尔卡季大声说。

四轮敞篷车便朝尼科利斯科耶的方向转动了。可是这两个朋友决定了这件愚蠢的事情以后,反而比先前更不高兴开口了,甚至都好像是在生气似的。

奥金佐娃的管事在宅子的台阶上迎接他们,他那种态度使这两个朋友马上觉得:他们这次突然顺从了自己一时的冲动,是一种欠审慎的举动。这儿的人显然并没有料到他们会再来。他们带着一副尴尬的面貌,在客厅里坐了大半天。后来奥金佐娃出来见他们了。她像平日那样亲切地接待他们,可是对他们这样快回来表示惊讶;并且从她那缓慢的举动和言语上看来,她是不大高兴他们回来的。他们连忙声明,他们只是路过这儿顺便来拜访她,三四小时以后他们就得动身进城去。她不过轻轻地发出了一声惊叹,她请阿尔卡季代她问候他的父亲,随后就叫人去请她的姨母来,公爵夫人带着睡容出来了,这使她那满是皱纹的老脸显得更凶了。卡佳不大舒服,没有出来。阿尔卡季忽然觉得他想见卡佳的心情至少是同想见安娜·谢尔盖耶夫娜的心情一样迫切。四个小时在没有多大意义的闲谈中间消磨过去了;安娜·谢尔盖耶夫娜不论听他们讲话,或者自己说话,始终没有露出一丝笑容。一直到他们告辞的时候,她从前的那种友情才似乎又在她的心中活动起来。

"我这一阵子脾气不大好,"她说,"不过你们千万不要介意,一半天请再来——我是对你们两位说的。"

巴扎罗夫同阿尔卡季两个人默默地鞠躬回答,然后坐上车去,他们一路上也不再停留,让车子一直往马利因诺跑去,第二天的傍晚他们就平安地到了那儿。在这长途中他们谁都没有提过奥金佐娃的名字;尤其是巴扎罗夫,他几乎没有开口,却带着一种冷酷的紧张表情不停地朝路旁边另一个方向望去。

马利因诺的每一个人看见他们回来,都非常高兴。尼古拉·彼得罗维奇因为儿子离家太久,心里开始有点儿着急,所以在费尼奇卡眼睛发亮地跑来告诉他"年轻先生们"回家的时候,他马上发出一声叫喊,摇摆着两腿从沙发上面跳起来;连帕维尔·彼得罗维奇也多少感到一点儿愉快的兴奋,他跟这两个回家的游子握手的时候还露出谦和的微笑。接着是谈话和问询;阿尔卡季谈得最多,尤其是在晚饭的时候,这顿饭一直吃到半夜。尼古拉·彼得罗维奇叫人拿出几瓶刚从莫斯科送到的黑啤酒来;他也同他们一块儿喝酒,直喝到两颊通红,他不断地发出一阵一阵的半小孩气的、半神经质的笑声。连用人们也都传染到了这种普遍的快乐。杜尼亚莎好像疯了似的,不停地跑来跑去:乒乒乓乓地开门关门;彼得在半夜两点多钟还拿出吉他来弹一支哥萨克圆舞曲。琴弦在静寂的空气中发出一种哀婉的、悦耳的音调;可是除了开始的几下装饰音以外,这个有教养的听差就弹不出什么来了;他天生没有音乐才能,就同他没有任何其他的才能一样。

在这个时候,马利因诺的生活并不十分美满,可怜的尼古拉·彼得罗维奇的处境很不好。农庄里的麻烦一天一天地增加起来——这都是些令人心烦的没有道理的麻烦。他雇的长工给他的麻烦简直是不能忍受的。有的人要求算清工钱,有的人又要求增加工资,还有一些人领了预支的工钱就带着跑了。马病了;马具好像是给火烧坏了似的;工作做得很马虎;从莫斯科买来的一架打麦机因为太重不合用,另一架只用了一次就坏了;牛舍给烧去了一半,只因为用人中间有一个瞎眼老太婆在刮风天拿了一块烧着的木头去熏她自己的病牛……那个老太婆一口咬定说这个灾祸的起因是:主人想做一种从来不曾有过的新式干酪和各种牛奶食品。总管突然懒起来了,他开始在发胖,俄国人凡是得到舒服的位置的,都长得很胖。他只要远远地望见尼古拉·彼得罗维奇,就会丢一块木片去打一只在旁边走过的小猪,或者骂一个光着半身的小孩来表示他热心工作,可是在其余的时候他大半是在睡觉。那些佃农不但不按期纳租,还偷盗树林里的木材;看守人差不多每夜都在"农庄"的牧地上捉住几匹农民的马,有时候要经过一番争夺以后才能够把马带走。尼古拉·彼得罗维奇本来规定了罚金作为赔偿损失,可是每回的结果总是马白白吃了主人的一两天草料,仍旧由原主领回家去。末了,又加上这样的事:农民中间发生了争执:弟兄闹着分家,他们的妻子不能够住在一处;突然间打起架来了,就好像听到谁的号令似的,一下子整个村子都惊动了,全村的人立刻跑到事务所的台阶前面,往往有的人喝得酩酊大醉,有的人打得满脸伤痕,都围着主人要求公平裁断,他们中间闹的闹,叫的叫,还有女人的哭号,同男人的咒骂混在一块儿。主人在这个时候不得不费力把打架的双方拉开,他不得不把嗓子都叫哑了,虽然他自己早就知道没有办法得到一个公平的解决。在收割的时候人手不够;附近地方一个独院地主①做出极恳切的样子来商量,表示他愿意供给收割的人,讲定了两卢布一俄亩的代价,结果他却用最无耻的手段把尼古拉·彼得罗维奇骗了;他自己村子里的妇女要着从没

---

① 俄国农奴时代低级官吏后裔出身的小地主,土地不多,可蓄农奴,并与农奴同样负担赋役。

有听见过的高的工钱,却让麦子落在田里;一方面收割的工作不能好好进行,另一方面监护院①却逼他并且威吓他要他立刻把借款的利息付清……

"我已经用尽我的力量了!"尼古拉·彼得罗维奇不止一次灰心地说,"我自己不能够打架;要是叫警察来吧,又跟我的原则冲突;可是对付这班人,要是不用惩罚去吓唬他们,便什么都干不了!"

"Du calme, du calme."②帕维尔·彼得罗维奇听见了,就会拿这样的话安慰弟弟,可是连他自己也不免要哼几声,皱皱眉头,拉拉小胡子。

巴扎罗夫完全不管这些"无谓的争吵",而且他是一个客人,也不便去干预别人的事情。他到马利因诺的第二天就着手研究他的青蛙、纤毛虫同化合物,整天忙着这些工作。阿尔卡季却跟他相反,他觉得自己有一种责任,即使不给父亲帮忙,至少也得做出准备给父亲帮忙的样子。他耐心地听父亲讲那些事,有一回他还提供了意见,他并没有想到要父亲采用他的意见,只不过借此表示他的关心罢了。田地上的事情他并不讨厌,他甚至高兴地幻想过将来从事农业的工作,可是这个时候他的脑子里却装满了别的思想。阿尔卡季,连他自己也觉得奇怪,现在不停地想着尼科利斯科耶;要是前一些时候有人对他说,他同巴扎罗夫住在一个屋顶下面,而且是住在怎样一个——住在他父亲的屋顶下面,他会感到无聊的话,他一定只会耸耸肩头,可是现在他实在感到无聊,而且只想走开。他想出去散步,走到疲倦为止,可是这个办法也没有用。有一天他跟他父亲谈话,听说尼古拉·彼得罗维奇收藏着几封颇有趣味的信,是奥金佐娃的母亲从前写给阿尔卡季的母亲的,从此他就缠着父亲,不让父亲安静一忽儿,一直到尼古拉·彼得罗维奇翻遍了二十个各种各样的箱子和抽屉,把信找出来交给他为止。阿尔卡季拿到这些已经半朽烂了的信笺以后,他觉得心里安宁了,就好像看见了他现在应该去的目的地似的。"我是对你们两位说的,"他不断地低声念

---

① 帝俄时代的管理照顾孤儿、寡妇和私生子的慈善机构,用它的基金放款生息。
② 法语:安静点儿,安静点儿。

道,"这是她自己说出来的！我要去,我要去,管它呢!"可是他记起上一次的拜访,她的冷淡的接待和他自己的狼狈的情形,他又胆怯了。到底是年轻人的"瞎碰"的精神,和那种碰碰自己的运气、不要人保护试试自己一个人的力量的私愿——最后得到了胜利。他回到马利因诺以后不到十天,便借了研究星期学校①的机构的名义,坐车到城里去了。他从那儿又转到了尼科利斯科耶。他一路上不停地催车夫快跑,他没命地往那儿跑去,就像一个年轻的军官奔赴战场一样:他又害怕,又高兴,又急得快要透不过气来。"最要紧的事情是——我不该乱想,"他接连对自己说。他的车夫碰巧是一个雄赳赳的小伙子,见到酒店便停下车来问:"喝一杯吗?"或者"要不要喝一杯?"可是他喝过以后就不爱惜自己的马了。最后那所熟悉的宅子的高屋顶望得见了……"我是做什么呀?"这个思想突然在阿尔卡季的脑子里闪了一下。"好吧,现在不好转回去了!"三匹马步伐一致地向前飞跑;车夫对它们吆喝着,吹着口哨。一忽儿小桥在马蹄和车轮下面轰响起来了,一忽儿剪齐的枞树荫路过来迎接他们……在深绿丛中露出了一个女人的粉红衣裳,一张年轻的脸从一把阳伞的细穗子下面望着他们……他认出了卡佳,她也认出他来。阿尔卡季吩咐车夫拉住马,他跳下车来,走到她面前。"原来是您!"她说道,渐渐地整个脸都红了,"我们去找姊姊去,她就在花园里,她一定高兴看见您的。"

卡佳领着阿尔卡季走进花园。他觉得他遇到她正是一个特别幸运的预兆;他很高兴见到她,仿佛她就是他自己的妹妹似的。一切都很顺利:不用管事,不用通报。在一条小路的转角他看见了安娜·谢尔盖耶夫娜。她背朝着他立在那儿。她听见脚步声,便静静地转过身来。

阿尔卡季又发慌了,可是她的第一句话就使他马上放下心来。"您好,逃亡的人!"她用她那平静而亲切的声音说,一面走过来迎接他,她脸上带笑,同时又眯起眼睛避开风和阳光。"卡佳,你在哪儿找到他的?"

"我给您带了一件东西来了,安娜·谢尔盖耶夫娜,"他说,"您一

---

① 这是为一般做工的人开办的补习学校。

定料不到的。……"

"您带了您自己来了,这比什么东西都好。"

二十三

巴扎罗夫带着讥讽的怜悯送走了阿尔卡季,他还让阿尔卡季明白他这次旅行的真正目的一点儿也没有瞒过他,随后他一个人关起门来:一阵工作的热狂占有了他的心。他现在不跟帕维尔·彼得罗维奇争论了,尤其是因为帕维尔·彼得罗维奇在他面前过分地摆起贵族架子,而且不大用言语来表示意见,却常用一些声音。只有一次他们谈到当时算是很时髦的关于波罗的海各省贵族的权利的问题①,帕维尔·彼得罗维奇跟这个虚无主义者争论起来;可是他忽然自己打住了,冷冷地客气地说:

"不过,我们是不能够彼此了解的;至少我没有了解您的荣幸。"

"当然啊!"巴扎罗夫嚷道。"一个人什么都能够了解——以太怎样颤动啦,太阳上面发生了什么啦;可是别人擤鼻子怎么会跟他自己擤鼻子不一样,这他就不能够了解了。"

"什么,这是一句俏皮话吗?"帕维尔·彼得罗维奇带着询问的口气说,便走到一边去了。

然而他有时候也要求巴扎罗夫允许他参观他的实验,有一次他还把他那张用上等化妆品洗得很干净而且擦得香喷喷的脸挨近显微镜,去看一只透明的纤毛虫怎样吞下一小粒绿色灰尘,又怎样用它的喉咙里那些非常灵活的类似拳头的小东西咀嚼它。尼古拉·彼得罗维奇到巴扎罗夫的屋子里去的次数比他哥哥多得多;要是没有田地上的事情

---

① 波罗的海沿岸多数贵族对农民的肆无忌惮的剥削早在十八世纪四十年代末就有萨马林在他的《里加来信》里予以揭露。这些书信以手稿的形式在莫斯科和彼得堡两地广为流传。从一八五六年起波罗的海沿岸贵族们在农奴问题上采取的反动立场不止一次在报刊上遭到批评。

绊住他,他一定会天天去,照他自己的说法,"学习"了。他并不打扰这个青年自然科学家;他总是坐在一个角落里,专心望着,偶尔发出一句小心谨慎的问话。在吃午饭和晚饭的时候,也往往设法把话题转到物理学、地质学,或者化学上面去,因为他知道所有其他的题目,连农业也包括在内,更不用说政治了,要不引起冲突,至少也会引起彼此的不痛快。尼古拉·彼得罗维奇料到他的哥哥对巴扎罗夫的憎恶并没有减少。在许多事情中间只要举出一件小事就可以证明他的猜想不错。附近一带发现了霍乱症,连马利因诺这个村子里也给它"拉去"了两个人。有一天夜里帕维尔·彼得罗维奇忽然有了相当厉害的病象。他熬了一整夜的痛苦,可是他并不去请巴扎罗夫给他医治。第二天他们见到面,巴扎罗夫问他:为什么不叫他去看看,他回答道:"啊,我好像记得您自己说过您不相信医学。"他的脸色还很苍白,但已经仔细地梳洗过而且刮过脸了。日子就这样地过去了。巴扎罗夫毫不懈怠地、但又闷闷不乐地做他的研究工作……这个时候在尼古拉·彼得罗维奇的宅子里头还有一个人,他虽然没有对她吐露过胸怀,可是他却高兴跟她谈话……这个人就是费尼奇卡。

  他遇见她的时候大半是大清早,在花园中或者在院子里;他从不到她的屋子里去,她也只有一次到过他房门口来问他——应不应该给米佳洗澡?她不但信任他,不但不怕他,并且她在他面前反而比在尼古拉·彼得罗维奇面前举动更自由,更随便。要说明这个原因倒不是容易的事;也许她无意识地感觉到巴扎罗夫身上没有一点儿贵族气派,没有一点儿那种既引人神往又叫人害怕的高贵气派。在她的眼睛里看来,他是一个很好的医生,又是一个朴实的人。她当着他的面毫无拘束地照应她的孩子;有一次她忽然头晕接着又头痛,还从他的手里喝过一调羹药。在尼古拉·彼得罗维奇面前她好像在躲开巴扎罗夫:她这样做并不是在作假,却是为了尊重礼俗。她比从前更害怕帕维尔·彼得罗维奇了;最近一些时候他开始在暗中观察她,有时候他会突然在她背后出现,就像是从地底下跳出来似的,穿一套英国式的衣服,带一张没有感情的、又好像在侦察什么似的脸,两只手插在裤袋里。"好像淋了你一身冷水似的。"费尼奇卡对杜尼亚莎抱怨道,杜尼亚莎的回答是一声长叹,她想着另一个"无情的"人。巴扎罗夫自己一点儿也没有想到,他竟成了杜尼亚莎心里的残酷的暴君了。

费尼奇卡喜欢巴扎罗夫;巴扎罗夫也喜欢她。他跟她谈话的时候,连他的脸也变了样子:他的脸上现出一种愉快的,而且差不多是和善的表情,他平日那种毫不在乎的态度现在也换上了一种开玩笑的关心。费尼奇卡长得一天比一天地漂亮了。在年轻妇女的生命中间有一个时期她们会像夏天的蔷薇一样忽然开花吐艳;费尼奇卡现在到了这个时期了。一切都给她增添了美丽,连这个时候的七月的暑气也是这样。她穿了一件薄薄的白衣衫,她自己显得更白净,更轻盈了;太阳没有把她晒黑;可是这种她躲避不了的炎热在她的脸颊上和耳朵上轻轻地染了一层浅红,这炎热使她全身感到一种软软的慵懒,给她的美丽的眼睛添一种睡梦恍惚的表情。她差不多不能够做事情了,两只手不知不觉地滑到膝上。她连路也不大走了,只是带着那种可笑的无可奈何的样子整天唉声叹气。

"你应当多洗澡。"尼古拉·彼得罗维奇对她说。

他在一个还没有完全干掉的水塘上搭了一个帐篷,把水塘改做了浴池。

"啊,尼古拉·彼得罗维奇! 走到池子那儿,人就要死了,再走回来,又要死一次。您瞧,园子里头就没有一个荫凉地方。"

"真的,园子里头没有荫凉地方。"尼古拉·彼得罗维奇答道,一面摸自己的眉毛。

一天早晨七点钟,巴扎罗夫散步回来,在丁香凉亭里遇见费尼奇卡。丁香花早谢了,可是枝子上还是一片浓绿。她坐在一张凳子上,照旧在头上搭着一条白帕子,身边放了一大堆还带着露水的红色的和白色的蔷薇花。他跟她道了早安。

"啊! 叶夫盖尼·瓦西里伊奇!"她说,稍微揭起包头帕子的边儿来望他,她举起手的时候,那只膀子连肘也露出来了。

"您在这儿做什么?"巴扎罗夫说,就在她旁边坐了下来,"您在扎花束吗?"

"是的;预备早饭桌上用的。尼古拉·彼得罗维奇喜欢花。"

"可是现在离早饭时间还很远呢。这大堆的花!"

"我现在摘了它们,只是因为过一忽儿天就热起来了,我也不能够出来了。只有在这个时候还透得过气。天热起来我就连一点儿力气也没有了。我真害怕我是不是要生病了。"

"您真想得古怪!让我来摸摸您的脉。"巴扎罗夫拿起她的手来,摸了摸她那跳得很均匀的脉搏,可是他连脉动的次数也不去数就放下她的手来,说:"您要活一百岁呢!"

"啊,您不要乱说!"她嚷道。

"为什么?您不想长寿吗?"

"好啦,可是一百岁!我们祖母活到八十五岁——她受了多少活罪!人又脏,又黑,又聋,又驼背,又是不停地咳嗽;她只是自己的一个累赘。这算是什么生活!"

"那么,还是年轻好?"

"可不是吗?"

"可是为什么年轻好呢?告诉我吧!"

"您怎么能够问为什么呢?我现在在这儿,我年轻,我什么事都能够做——来来,去去,拿这个,拿那个,用不着求别人帮忙……还有比这个更好的吗?"

"可是对于我,年轻年老都是一样的。"

"您怎么说——都是一样的呢?像您说的那样是不可能的。"

"那么,您自己判断判断吧,费多西娅·尼古拉耶夫娜,我的青春对我有什么用处。我一个人孤零零地活着……"

"这一直是由您自己决定的。"

"这完全不由我!我倒希望有个人可怜我。"

费尼奇卡瞟了巴扎罗夫一眼,不过并没有讲什么。

"您拿的是什么书?"她停了一忽儿问道。

"这个吗?这是一本很深奥的书,很难念的。"

"您老是在用功吗?您就不觉得厌烦吗?我猜您已经什么都懂得了。"

"好像并不什么都懂得似的。您试着念念看。"

"可是我一点儿也不懂。这是俄文吗?"费尼奇卡问道,她双手接过这本封面很重的书,"这本书真厚!"

"不错,这是俄文。"

"反正我还是一点儿也看不懂。"

"我并不要您懂它。我想看您念书的样子。您念书的时候,您那小小的鼻尖动得非常好看。"

费尼奇卡随手翻到论《木焦油》的一章,便低声拼着念起来,她忽然笑了,把书丢开……书从凳子上滑到地上去了。

"我也爱看您笑的样子。"巴扎罗夫说。

"不要讲了!"

"我爱听您讲话。就好像溪水在淙淙地流着似的。"

费尼奇卡把头掉开。"您真古怪!"她说,又动手挑选花去了,"您怎么肯听我讲话? 您是跟那些聪明的太太小姐们讲惯了的。"

"啊,费多西娅·尼古拉耶夫娜! 相信我:世界上所有的聪明的太太小姐们也抵不上您这小小的肘子。"

"是啦,您编出一套话来了!"费尼奇卡合起两只膀子,低声说。

巴扎罗夫从地上捡起那本书来。

"这是一本医书,您为什么把它扔掉?"

"医书?"费尼奇卡跟着说了一遍,她又转过脸向他。"您知道吗? 自从您给了我那点儿药以后,您还记得吗? 米佳就睡得很好了! 我不知道要怎样谢您才好;您真是一个很好的人。"

"可是说实话,医生是要酬报的,"巴扎罗夫微笑道,"您一定知道,医生都是贪心的人。"

费尼奇卡抬起眼睛望巴扎罗夫,她的上半边脸上正照着一片白色的反光,这使她的眼睛显得更乌黑了。她不知道他是不是在说笑话。

"要是您愿意的话,我们是很高兴的……不过我得问问尼古拉·彼得罗维奇……"

"您以为我要钱吗?"巴扎罗夫打断了她的话,"不,我并不要您的钱。"

"那么要什么呢?"费尼奇卡问道。

"要什么?"巴扎罗夫跟着说了一遍,"您猜猜看!"

"我怎么猜得着呢?"

"好吧,我来告诉您;我要……一朵这样的蔷薇花。"

费尼奇卡又笑了,她甚至拍起手来,她觉得巴扎罗夫的要求有趣极了。她一边笑,一边又很得意。巴扎罗夫不转眼地望着她。

"好的,好的,"她末了说,便俯下身子去挑选凳子上的花,"您要哪一种——红的还是白的?"

"红的,却不要太大。"

她又坐直了。

"这儿,您拿去吧。"她说了,可是立刻又缩回她那只伸出去的手,咬了一下她的嘴唇,看看凉亭的入口,又侧耳听了一忽儿。

"怎么啦?"巴扎罗夫问道,"尼古拉·彼得罗维奇吗?"

"不……老爷到田上去了……而且我也不怕老爷……可是帕维尔·彼得罗维奇……我觉得……"

"什么?"

"我觉得大老爷到这儿来了。不……并没有人。您拿去吧。"费尼奇卡把蔷薇花给了巴扎罗夫。

"您为什么要害怕帕维尔·彼得罗维奇?"

"我看见大老爷就害怕。话——他倒不说什么,却总是很古怪地望着我。我知道您不喜欢他。您该记得您在先老是跟他吵架?我不知道您跟他吵些什么,可是我看得出您把他弄得团团转……"

费尼奇卡用她的手做出在她看来巴扎罗夫怎样摆弄帕维尔·彼得罗维奇的样子。

巴扎罗夫微微笑起来。

"可是倘使他把我打败了,"他问道,"您肯来给我帮忙吗?"

"我怎么能够给您帮忙呢?可是没有一个人打得过您。"

"您这样想吗?可是我知道有一只手,只要它愿意,就可以用它的一根指头把我打倒。"

"这是什么样的手?"

"什么,您真的不知道吗?您闻闻看您给我的这朵蔷薇花多香。"

费尼奇卡伸过她的脖子来,把她的脸凑近这朵花……包头帕子从头上滑到肩头了;她那一头柔软的、乌黑的、发光的、略微蓬乱的浓发露了出来。

"等一下;我要同您一块儿闻。"巴扎罗夫说。他俯下头来,在她那微微张开的嘴唇上用力吻了一下。

她吃了一惊,连忙用她的一双手推他的胸,可是她的力气不够,他还可以再亲一个时间较长的吻。

丁香后面发出一声干咳。费尼奇卡马上移到凳子的另一头去。帕维尔·彼得罗维奇出现了,微微弯一下身子,带着一种含恶意的忧郁的表情说:"你们在这儿,"便走开了。费尼奇卡立刻将花全收拾起来,走出凉亭去了。"这是您的不是了,叶夫盖尼·瓦西里耶维奇。"她走开的时候低声对巴扎罗夫说。从她的声音里他听出来她是真的在责备他。

巴扎罗夫记起了最近的另一个情景,他一边觉得惭愧,一边又感到傲慢的遗憾。可是他马上又摇摇头,带着讥讽的口气庆贺他自己"认真扮演了赛拉东①这个角色",便回到自己的屋子去了。

帕维尔·彼得罗维奇走出了花园,慢慢地走到树林那边。他在那儿耽搁了好一忽儿;他回来吃早饭的时候,尼古拉·彼得罗维奇关心地问他,他是不是身体不大舒服——他的脸色很不好看。

"你知道,我有时候会发黄疸病的。"帕维尔·彼得罗维奇安静地答道。

二十四

两个多小时以后他去敲巴扎罗夫的房门。

---

① 法国小说家狄尔非(1568—1625)的长篇小说《阿斯特列》中的男主人公,这是一个一般人所谓的"风流少年"。

"请原谅我打扰您的科学研究,"他说,就在靠窗口的一把椅子上坐下来,两只手撑住一根精致的带象牙柄的手杖(他出门的时候通常是不带手杖的),"可是我不得不要求您给我五分钟的时间……不会再多的。"

"我的全部时间都听凭您支配。"巴扎罗夫说,他看见帕维尔·彼得罗维奇跨进门槛,脸色马上有了一点儿改变。

"我只要五分钟就够了。我有一个问题要向您请教。"

"一个问题?关于什么的?"

"请您听我讲吧。您初到我弟弟家来住的时候,我还没有放弃跟您谈话的快乐,我领教过了您对于许多问题的意见;可是据我记得,您不论跟我讲话,或者在我面前讲话,都没有提到打架和一般的决斗的问题。现在请问您对这个问题有什么意见?"

巴扎罗夫本想站起来迎接帕维尔·彼得罗维奇,现在就在桌子边上坐下了,交叉着两只胳膊。

"我的意见是这样,"他说,"从理论上讲起来决斗是很荒谬的;可是从实际上讲起来——那又是另一回事了。"

"那么要是我没有听错的话,您是想说,不管您在理论上对决斗的意见怎样,在实际上您受了别人的侮辱一定不肯白白地放过了?"

"您完全猜中我的意思了。"

"很好,先生。我听见您这样说心里很高兴。您的话可叫我免掉疑惑了……"

"您是想说,免掉踌躇吧。"

"这都是一样的,先生;我只要讲得让别人了解就成了;我……不是神学院里的耗子①。您的话使我省掉了一桩不愉快的手续。我决定了要跟您决斗。"

巴扎罗夫睁大了眼睛。

"跟我?"

"的确是跟您。"

---

① 蔑视的意思:我不是钻在故纸堆里咬文嚼字的。

"为着什么？请许我问一句。"

"我可以对您说明理由，"帕维尔·彼得罗维奇说。"可是我觉得还是不说的好。据我看来，您在这儿简直是多余的；我讨厌您；我看不起您；要是您觉得这还不够……"

帕维尔·彼得罗维奇的眼睛发亮了……巴扎罗夫的眼睛也在闪闪地发光。

"很好，先生，"他同意说，"用不着再解释了。您倒忽然异想天开，要在我身上试试您那骑士精神来了。我本来可以不给您这种愉快的，不过——就照您的意思办吧！"

"我很感谢您，"帕维尔·彼得罗维奇答道，"那么我可以盼望您接受我的挑战，用不着我采取激烈的手段了。"

"那就是，直截了当地说，用这根手杖吗？"巴扎罗夫冷静地说，"这是很对的。您用不着再侮辱我了。老实说，那种办法对您也不是很安全的。您可以保留您那'尖头曼'①的面子……我也像一个'尖头曼'似的接受您的挑战。"

"那就很好了，"帕维尔·彼得罗维奇说，便把他的手杖放在角落里，"我们再简单地谈一谈我们的决斗的条件；可是我倒想先知道，您是不是以为我们应该正式吵一次架，作为我挑战的借口呢？"

"不，最好不要什么形式。"

"我也这样想。我也以为我们不必去找我们这次冲突的真正原因。我们彼此不能相容。这还不够吗？"

"真的，这还不够吗？"巴扎罗夫讥讽地跟着他说。

"至于决斗的条件，我们只好不要公证人，——因为我们到哪儿去找公证人呢？"

"一点儿也不错，我们到哪儿去找公证人呢？"

"那么请容许我向您提出下面一个办法：决斗在明天大清早举行，就定在六点钟吧，地点在林子后面，武器是手枪，距离定为十步……"

"十步吗？好吧；我们在这样一个距离，是可以你恨我，我恨

---

① 英语 gentleman（绅士）的译音。

你的。"

"那么八步也可以。"帕维尔·彼得罗维奇说。

"可以的;怎么不可以呢?"

"每人放两枪;而且为了预防万一起见,每人的口袋里先放好一封信,说是自寻短见。"

"这一点我不大赞成,"巴扎罗夫说,"这未免带了一点儿法国小说的气味,有点儿不像是真的了。"

"也许是的。不过您一定同意:犯了杀人的嫌疑也不是一件愉快的事情。"

"那我同意了。可是也还有一个办法可以避免这种罪名。我们不要公证人,不过我们可以找到一个见证人。"

"请问找谁呢?"

"那么找彼得吧。"

"哪一个彼得?"

"您弟弟的听差。他是一个站在现代文明的高峰的人,他会'郭米尔浮'①尽他在这种场合中应尽的职责。"

"我想您是在开玩笑了,亲爱的先生。"

"一点儿也不。您要是把我这个提议仔细想一想,您就会相信这是很合理的,而且很平常的。袋子里藏不住锥子②;不过我得负责把彼得准备妥当,好带他上战场去。"

"您还是在开玩笑,"帕维尔·彼得罗维奇说,就从椅子上站起来,"不过承您很客气地答应了我的要求,我也没有权利再向您要求什么了……这样一切都讲定了……啊,也许您没有手枪吧?"

"我怎么会有手枪呢,帕维尔·彼得罗维奇?我又不是军人。"

"那么我把我的借给您用。您可以相信我已经有五年没有用过手枪了。"

"这倒是个叫人放心的消息。"

---

① 即法语 comme il faut,意思是"适当地"。巴扎罗夫故意用俄国腔把它念了出来。
② 俄谚,意思是不能把事情长久隐瞒起来。

帕维尔·彼得罗维奇拿起他的手杖来……

"现在,我亲爱的先生;现在我只有对您表示谢意,再没有别的了;我不再打扰您的工作了。请允许我向您告辞吧。"

"到明天我们有幸运碰头的时候再见吧,我亲爱的先生。"巴扎罗夫说,他把客人送到门口。

帕维尔·彼得罗维奇走出去了,可是巴扎罗夫还在门前站了一忽儿,他忽然嚷起来:"呸,好吧,见鬼!多漂亮,多傻!我们演了多出色的喜剧!就跟训练过的狗用后腿站着跳舞一样。可是要拒绝也不行;唔,我相信他会打我的,那么……(巴扎罗夫想到这儿脸都变白了;他的自尊心一下子都引起来了。)那么我就会掐死他,就像掐死一只小猫一样。"他回去看他的显微镜,可是他的心跳得厉害,而且从事观察的时候所必须有的平静的心境已经失去了。"他今天看见我们了,"他想道,"可是他真的是在维护他的弟弟吗?接个吻——也不是什么大不了的事情。一定还有别的缘故。呸!说不定他自己也爱上她了?一定的,他爱上她了;这是很明显的事情。想起来多么复杂!……真糟!"他最后断定说。"不管你怎样看法,总之很糟。第一,要把问题摊开,而且无论如何得离开;还有阿尔卡季……同那个窝囊废尼古拉·彼得罗维奇。这事情很糟,非常之糟。"

这一天过得特别静,特别沉郁。世界上好像就没有费尼奇卡这个人似的;她同洞里的老鼠一样整天守住她的小屋子。尼古拉·彼得罗维奇带着一种焦虑的神气。他听见人说他的麦子生了黑穗病,他对他的麦子本来抱着极大的希望。帕维尔·彼得罗维奇的那种冷冰冰的礼貌把每个人,连普罗科菲奇在内,都吓坏了。巴扎罗夫动手给他父亲写信,却又把信笺撕掉,丢在桌子下面。"要是我死了,"他想道,"他们会知道的;不过我并不会死。不,我还要在这个世界上好好地活上一阵子呢。"他吩咐彼得第二天天一亮就到他的屋子里来办一件重要事情。彼得还以为他要带他到彼得堡去。巴扎罗夫睡得很迟,整夜做着乱梦……在这些梦里奥金佐娃老是在他面前转来转去,她同时又是他的母亲,她后面还跟着一只生黑髭须的小猫,这只小猫却是费尼奇卡;然后帕维尔·彼得罗维奇又变作一座大树林出现了,可是他仍然不得不跟他决斗。彼得在四点钟就来把他叫醒；他马上穿好衣服同彼得一块儿出去了。

这是一个可爱的、清凉的早晨；浅蓝明净的天空里飘起鱼鳞似的彩色小云片，晶莹的露珠撒满在草茎和树叶上面，蜘蛛网上沾了露水，银子似的闪闪发光，润湿的黑土上仿佛还留着玫瑰色晨曦的余痕；百灵的歌声漫天地撒下来。巴扎罗夫到了树林那儿，就在林边树荫里坐下来，这个时候才把他要彼得做的事情跟彼得讲明白了。这个文明的当差吓得要死；可是巴扎罗夫安慰他说，并不要他做别的事，他只要站在远处望着他们就成了，并且他也不需要负任何的责任。"同时，"巴扎罗夫又说，"你想一想你扮的是多重要的角色！"彼得摊开两只手，埋下头，身子靠在一棵桦树上，吓得脸都发青了。

从马利因诺来的路是环绕着这座树林的；路上铺了一层薄薄的尘土，昨天以来还不曾有车轮或者脚步踏过。巴扎罗夫不由自主地顺着这条路望去，他摘了一片草放在口里嚼着，一面不停地对自己说："多么傻！"清晨的寒气使他打了两三次冷噤……彼得垂头丧气地望着他，可是巴扎罗夫只是微微笑着：他并不害怕。

路上响起了一阵马蹄声……一个农民从树背后转了出来。他赶着两匹拴在一块儿的马，他走过巴扎罗夫面前的时候，有点儿奇怪地望了望他，并没有谄媚地鞠躬，这又叫彼得不安了，他认为这是一个不吉的预兆。"还有一个也起得很早的人，"巴扎罗夫想道，"可是他至少是起来办事的；而我们呢？……"

"好像大老爷来了，先生。"彼得忽然低声说。

巴扎罗夫抬起头，看见了帕维尔·彼得罗维奇。他穿一件薄的方格子上衣，配一条雪白的裤子，急急地顺着路走过来；他胳肢窝下挟了一个用绿布包着的匣子。

"对不起，我想让你们等了好久了，"他说，先向巴扎罗夫鞠了一个躬，然后又向彼得鞠一个躬，他认为彼得此刻带有几分公证人的性质，"我不愿意叫醒我的听差。"

"没有关系，先生，"巴扎罗夫答道，"我们也是刚刚到的。"

"啊！那就更好了！"帕维尔·彼得罗维奇朝四下望了望，"这儿看不见一个人,没有人来妨碍我们……我们可以动手吗?"

"我们动手吧。"

"我想您不要什么新的解释吧?"

"不,我不要。"

"您高兴装子弹吗?"帕维尔·彼得罗维奇问道,他从匣子里取出手枪来。

"不;您装吧,我来量步数。我的腿要长些,"巴扎罗夫带笑地说,"一,二,三……"

"叶夫盖尼·瓦西里伊奇,"彼得吃力地结结巴巴地说(他像发寒热似的浑身在打颤),"随便您怎么说,我可要走开了。"

"四……五……走开,小兄弟,走开;你还可以躲在一棵树后面,塞住你的耳朵,只是不要把眼睛闭上就成了;倘使谁倒下了,你就跑去扶他起来。六……七……八……"巴扎罗夫站住了。"够了吗?"他转身向帕维尔·彼得罗维奇问道,"要不要我再加两步?"

"随您办吧。"帕维尔·彼得罗维奇答道,他把第二颗子弹也塞进了。

"好吧,我们就再加两步,"巴扎罗夫用他的靴尖在地上划了一道线,"这儿就是界线。啊,我们每个人要从这道界线往后退多少步呢?这也是一个重要的问题。这一点昨天并没有讨论过。"

"我想,十步吧,"帕维尔·彼得罗维奇答道,他把两支手枪都递给巴扎罗夫,"您费神挑选一支吧。"

"遵命。可是,帕维尔·彼得罗维奇,您得承认我们的决斗真是古怪到了可笑的程度了。您只要看看我们的公证人的脸色。"

"您老是爱开玩笑,"帕维尔·彼得罗维奇答道,"我并不否认我们这次的决斗是古怪的,可是我认为应当警告您,我是准备认真跟您交手的。A bon entendeur, salut!①"

"啊! 我们两个都下了决心要消灭对方才罢手,这一点我并不怀

---

① 法语:对会听话的人不用多说!

疑;可是为什么不要笑笑,把 utile dulci① 联在一起呢? 您对我讲法语,我就对您讲拉丁语。"

"我是在认真地跟您交手。"帕维尔·彼得罗维奇又说了一遍,就走到他的位置上去了。巴扎罗夫也从界线起数了十步,站住了。

"您准备好了吗?"帕维尔·彼得罗维奇问道。

"好了。"

"我们可以彼此走近了。"

巴扎罗夫慢慢地往前走,帕维尔·彼得罗维奇把左手插在裤袋里也向他走来,渐渐地举起了枪口……"他瞄准我的鼻子,"巴扎罗夫想道,"他多么注意地眯起眼睛,这个强盗! 这种感觉可不舒服。我来望他的表链吧……"有什么东西嘶的一声在他耳边擦了过去,同时响起了枪声。"我听见了,可见并不要紧。"这个思想在巴扎罗夫的脑子里闪了一下。他再走一步,并不瞄准,就扳了枪机。

帕维尔·彼得罗维奇微微抖了一下,用手按住他的大腿。一股血顺着他的白裤子流下来。

巴扎罗夫丢下手枪,跑到他的对手身边。

"您伤了吗?"他说。

"您有权叫我回到界线上去,"帕维尔·彼得罗维奇说,"伤是不要紧的。照我们的规定,我们每人还可以再放一枪。"

"好吧,可是,对不起,下一次来吧,"巴扎罗夫答道,他连忙扶住帕维尔·彼得罗维奇,这位先生的脸色渐渐变成惨白了,"现在,我不是一个参加决斗的人,我是一个医生,我得先看一看您的伤势。彼得! 到这儿来,彼得! 你躲到哪儿去了?"

"全是废话……我用不着别人帮忙,"帕维尔·彼得罗维奇慢吞吞地小声说,"我们应当……再……"他要拉他的小胡子,可是他的手不听他的指挥了,眼睛模糊了,他失去了知觉。

"这倒是桩新事情! 他昏过去了! 又该怎么办!"巴扎罗夫不由自主地大声说,一面把帕维尔·彼得罗维奇放到草地上。"来看看伤口

---

① 拉丁语:有用同愉快。

怎样吧。"他掏出一方手帕,揩去血迹,摸了摸伤口的四周……"没有碰到骨头,"他含糊地说,"枪弹进去不深,一条筋,vastus externus① 擦伤了。再过三个星期他就可以跳舞了……可是他昏过去了!啊,这些神经质的人!真是,多嫩的皮肤!"

"他给杀死了吗,先生?"彼得的颤抖的声音在他背后响了起来。

巴扎罗夫回头去看。

"快去拿点儿水来,小兄弟,他还要比你我活得久呢。"

可是这个改良的听差似乎不懂他的话,他动也不动一下。帕维尔·彼得罗维奇慢慢地睁开了眼睛。"他要死了!"彼得低声说,开始画起十字来。

"您说得不错……多傻的一副脸相!"受伤的"尖头曼"勉强露出微笑说。

"去拿水呀,该死的!"巴扎罗夫叫道。

"不用……这是一种短时的 vertige②。请帮忙我坐起来……这就好了……现在只消用什么东西把伤口包扎起来,我可以走回家去,不然您可以叫一辆马车来接我。要是您同意的话,我们的决斗也用不着再来了。您做得很高尚……我是说今天,今天——请注意。"

"过去的事情不必再提了,"巴扎罗夫答道,"说到将来呢,您也用不着操心,因为我打算马上就走了。现在让我来给您把腿包扎好;您的伤势并不重,可是最好要止住血。不过我还得先把这个家伙弄醒转来才成。"

巴扎罗夫抓住彼得的领子摇晃他,要他去叫一辆马车来。

"当心不要惊动我弟弟,"帕维尔·彼得罗维奇对他说,"不要去对他讲什么。"

彼得飞跑去了;他跑去叫马车的时候,这两个仇人就坐在地上,一句话也不讲。帕维尔·彼得罗维奇努力不去看巴扎罗夫;他无论如何不肯跟巴扎罗夫和解;他为自己的高傲、为自己的失败害羞,为他自己

---

① 拉丁文:股外巨筋。
② 法语:头晕。

一手造成的整个事件害羞,虽然他心里想这样的结果是再好没有的了。"至少,他不会待在这儿讨嫌了,"他拿这种想法安慰自己,"这一点倒是我应该感谢的。"他们一直沉默着,这是一种痛苦的、尴尬的沉默。他们两个人心里都不痛快。每个人都明白对方是了解自己的。这种感觉在朋友中间是愉快的,在仇人中间却是极不愉快的了,尤其是在这个时候他们既不能解释明白,又不能分开。

"我没有把您的腿绑得太紧吧?"巴扎罗夫最后问道。

"不,一点儿也不;非常好,"帕维尔·彼得罗维奇答道,过了一忽儿他又说:"我弟弟是瞒不过的;我们得告诉他,我们是为了政治问题吵起来的。"

"很好,"巴扎罗夫说,"您可以说我把所有的亲英派全痛骂了。"

"那好极了。您想,那个人会以为我们在干什么呢?"帕维尔·彼得罗维奇指着旁边一个农民继续说,那人在决斗前几分钟赶着两匹拴在一块儿的马走过巴扎罗夫面前,这时候他又打原路走回来,他望见了"老爷们"便摘下帽子,往一边走开了。

"谁知道他!"巴扎罗夫答道,"倒好像他什么都不想似的。俄国农民是个神秘的陌生人,拉德克立甫夫人①已经讲得很多了。谁能够了解他!他连他自己都不了解。"

"啊!您又来了!"帕维尔·彼得罗维奇说,他突然嚷了起来:"您瞧您那个傻瓜彼得干的好事!我弟弟现在坐车赶来了!"

巴扎罗夫掉过头来,正看见坐在马车上的尼古拉·彼得罗维奇的惨白的脸。他不等车停就跳下车来,跑到他哥哥的面前。

"这是怎么一回事?"他带着激动的声音说,"叶夫盖尼·瓦西里伊奇,请告诉我,什么事情?"

"没有什么,"帕维尔·彼得罗维奇答道,"他们用不着惊动你的。我跟巴扎罗夫先生有过一番小小的争论,我受到了一点儿惩罚。"

"可是这究竟是为了什么呢?看在上帝面上告诉我吧!"

---

① 安·拉德克立甫(1764—1823),英国女小说家。她的小说大都是带着幻想的恐怖和神秘的性质,在俄国流行过一个时候。

"我怎么跟你讲好呢?巴扎罗夫先生讲起罗伯特·皮尔爵士①的时候,态度很不恭敬。我得赶快声明一句,这全是我一个人的错,巴扎罗夫先生的举动很光明。是我向他挑战的。"

"哎哟,你一身都是血!"

"那么你以为我血管里流的是水吗?不过这样放一点儿血对我倒也有好处。医生,您说对不对?搀我上马车去,不要只管发愁。我明天就会好了。就是这样;很好。走吧,车夫。"

尼古拉·彼得罗维奇跟在马车后面,巴扎罗夫正打算留在后面……

"我得请您照应我哥哥,"尼古拉·彼得罗维奇对他说,"等到我们从城里请另一位医生来的时候。"

巴扎罗夫默默地点了点头。

过了一小时,帕维尔·彼得罗维奇已经躺在床上了,他的腿包扎得很妥帖。全家的人都给惊动了;费尼奇卡很不好过。尼古拉·彼得罗维奇不声不响地扭自己的手,可是帕维尔·彼得罗维奇却在笑,讲笑话,特别跟巴扎罗夫开玩笑;他穿一件细麻布衬衣,罩上一件很漂亮的短晨衣,头上戴了一顶土耳其毡帽,他不许人拉下窗帘,他用诙谐的口吻抱怨那种不许他吃东西的办法。

可是到了傍晚他就发起热来,头也痛了。城里的医生也来了。(尼古拉·彼得罗维奇没有依他哥哥的话,真的,连巴扎罗夫也劝他不要听从;巴扎罗夫在自己的屋子里坐了一整天,脸色黄黄的,满脸怒容,他去看病人的时候总是竭力不多耽搁;他碰见费尼奇卡两次,可是她害怕地避开了。)新来的医生主张进一点儿清凉饮料;不过他也赞成巴扎罗夫的意见,说是并没有危险。尼古拉·彼得罗维奇对医生说,他的哥哥不小心地打伤了自己,医生的回答只是一个"哼!"字,可是就在这个时候他接到了二十五个银卢布,便又说:"是这样吗!啊,这样的事的确时常发生的。"

这天晚上宅子里没有一个人上床睡觉,也没有一个人脱衣服。尼

---

① 罗伯特·皮尔爵士(1788—1850),英国政治家,保守党的领袖。

古拉·彼得罗维奇不断地踮起脚到他哥哥的屋子里去,又踮起脚走出来;他的哥哥迷迷糊糊地睡着,轻轻地在呻吟,对他用法语说:"Couchez-vous①。"并且要水喝。有一回尼古拉·彼得罗维奇差费尼奇卡送了一杯柠檬水来;帕维尔·彼得罗维奇注意地望着她,把一杯水都喝光了,连一滴也不剩。第二天天刚亮的时候他的热度稍微高了一点儿,还讲起胡话来。帕维尔·彼得罗维奇起初说了些不连贯的话,后来他忽然睁大眼睛,看见他弟弟站在床前,俯下身子焦虑地望着他,他便说:

"尼古拉,你是不是觉得费尼奇卡有点儿像奈莉吗?"

"像哪一个奈莉,帕沙②?"

"你怎么还要问?像 P 公爵夫人……尤其是脸的上半部。C'est de la même famille.③"

尼古拉·彼得罗维奇没有回答,可是他暗暗地惊奇一个人的旧情会这样地深长。

"这下子我明白了。"他想道。

"啊,我多么爱这个没有头脑的东西!"帕维尔·彼得罗维奇把双手放在脑袋后面呻吟地说。"我不能够让随便一个胆大妄为的人去挨……"过了几分钟他又轻轻地说。

尼古拉·彼得罗维奇只是叹气;他一点儿也没有疑心这些话指的是谁。

第二天早晨八点钟巴扎罗夫来见尼古拉·彼得罗维奇。他已经收拾好行李,并且把他的青蛙、昆虫和鸟儿全放走了。

"您是来告别的吗?"尼古拉·彼得罗维奇站起来迎着他说。

"是的,先生。"

"我了解您,我完全赞成您。自然我那可怜的哥哥是不对的:他已经受了罚了。他自己对我说是他逼着您那样做。我相信您没有办法避免这次决斗,那是……那大半是由于你们二位平日的见解老是对立的

---

① 法语:您睡吧。
② 帕维尔的小名。
③ 法语:这是一家的人。

缘故。（尼古拉·彼得罗维奇有些语无伦次了。）我哥哥是一个旧式的人，脾气躁，又顽固……谢谢上帝，事情就这样地了结了。我已经安排好了，不让这件事情声张出去……"

"我把我的地址留给您，万一发生什么问题……"巴扎罗夫随随便便地说。

"我希望不会发生什么问题，叶夫盖尼·瓦西里伊奇……我很抱歉，您在我家里做客会得到这么的……这么一个结局。更使我痛苦的是阿尔卡季……"

"我想，我会见到他的，"巴扎罗夫答道，他素来只要听到"解释""抱歉"一类的话就觉得不耐烦，"要是我见不到他的话，我求您代我问候他，并且让我道歉吧。"

"我也求您……"尼古拉·彼得罗维奇一面答礼一面说。可是巴扎罗夫不等他讲完这句话，就转身走了。

帕维尔·彼得罗维奇听说巴扎罗夫要走，他表示他想跟巴扎罗夫见一次面，握一握手。可是就在这个时候巴扎罗夫还是像冰一样地冷冷的；他知道帕维尔·彼得罗维奇想表示自己的宽宏大量。他没有能够向费尼奇卡告别：他只是隔着窗子跟她对望了一眼。他觉得她的脸色很不好看。"她说不定给毁掉了，"他暗暗地想道，"不过她总会熬过去的！"彼得心里很难过，他居然俯在巴扎罗夫的肩头哭了，直到巴扎罗夫问他：他是不是老爱哭，才把他阻止了；杜尼亚莎不得不跑到林子里去，免得在人前哭出来。那个引起这一切悲痛的人坐上了一辆大车，抽着一支雪茄，大车走完了三里，到了转弯的地方，基尔萨诺夫的田庄同它的新宅子像一根线似的最后一次出现在他的眼前，他只吐了一口唾液，喃喃地骂了一句："可恶的小绅士！"他用外衣把身子裹得更紧了。

帕维尔·彼得罗维奇不久就好起来了；可是他不得不在床上躺了快一个星期。他相当耐心地忍受这种他所谓的囚禁生活，不过他也花了很多的工夫在化妆上，还不停地叫人洒香水。尼古拉·彼得罗维奇常常读报给他听；费尼奇卡照常地伺候他，给他端肉汤，端柠檬水，送半熟鸡蛋，送茶；可是她每次走进他的屋子来，她心里总是怀着一种恐惧。

帕维尔·彼得罗维奇的出人意料的举动把宅子里所有的人都吓着了；费尼奇卡吓得比别人更厉害；只有普罗科菲奇一个人不觉得惊奇；他向人解释，在他年轻的时候老爷们是时常打架的，"不过只有老爷跟老爷打，至于像那样的贱人，要是有什么无礼的举动，叫人把他拉到马房去抽一顿鞭子就完事了。"

费尼奇卡几乎没有受到良心的责备；可是她有时候想起了这次吵架的真正原因，心里就难过起来；帕维尔·彼得罗维奇又是那么古怪地望着她……就是她背对着他的时候，她也觉得他的眼睛盯在她身上。这种一直没有停止的内心的不安使她渐渐地消瘦了，但是又照例地使她变得更动人了。

有一天——这件事情是在早晨发生的——帕维尔·彼得罗维奇觉得身子好多了，从床上起来躺到沙发上去，尼古拉·彼得罗维奇看见他哥哥这天好多了，便出去到打麦场去了。费尼奇卡送了一杯茶进来，放在一张小桌子上，她正要退出去，帕维尔·彼得罗维奇留住了她。

"您这样匆忙地到哪儿去，费多西娅·尼古拉耶夫娜？"他问道。"您还有事吗？"

"不，大老爷……是，大老爷……我得去倒茶。"

"您不去，杜尼亚莎也会倒的；您陪我这个病人坐一忽儿吧。啊，我有几句话得跟您说。"

费尼奇卡默默地在一把扶手椅的边上坐了下来。

"听我说，"帕维尔·彼得罗维奇拉拉他的小胡子说，"我很久就想问您：您好像怕我似的？"

"您说我怕您，大老爷？……"

"是的，您。您从来不看我，好像您的良心有点儿不安似的。"

费尼奇卡红了脸，可是她正眼望着帕维尔·彼得罗维奇。她觉得他有点儿古怪，她的心开始轻轻地发抖了。

"您的良心清白吗？"他问她道。

"它为什么不清白呢？"她低声说。

"谁知道为什么！而且您会对不起谁呢？对不起我吗？那是不会有的。对不起这宅子里的别的什么人吧？那也是不可能的。难道是对不起我弟弟吗?可是您爱他,不是吗?"

"我爱他。"

"用您的整个灵魂,用您的整个心吗?"

"我用我的整个心爱尼古拉·彼得罗维奇。"

"真的?望着我,费尼奇卡。(他第一次这样地唤她……)您知道,说谎是一桩很大的罪过。"

"我并没有说谎,帕维尔·彼得罗维奇。要是我不爱尼古拉·彼得罗维奇——以后我就不该再活下去!"

"您决不会抛弃他去爱别人吧?"

"我抛弃他去爱谁呢?"

"不管是谁!那么刚离开这儿的那位先生怎样?"

费尼奇卡站了起来。

"啊,我的上帝,帕维尔·彼得罗维奇,您为什么要折磨我?我对您做过了什么错事吗?您怎么能说出这样的话?……"

"费尼奇卡,"帕维尔·彼得罗维奇忧郁地说,"您知道我看见了……"

"您看见了什么,大老爷?"

"在那儿……在凉亭里。"

费尼奇卡脸红得连耳朵和发根都红起来了。

"那怎么是我的过错呢?"她吃力地说。

帕维尔·彼得罗维奇坐了起来。

"您没有过错吗?没有吗?一点儿也没有吗?"

"在世界上我只爱尼古拉·彼得罗维奇一个人,而且我要永远爱他!"费尼奇卡突然用力大声说,她的咽喉让抽泣哽住了。"至于您看见的那件事,就是在最后裁判的那一天①我也要说,我在这件事上是没有过错的,就是在那个时候我也是没有过错的;要是有人疑心我背了我的恩人尼古拉·彼得罗维奇做出那种事情,我马上就死……"

---

① 信奉耶稣教的人相信世界末日会到来,那个时候所有的灵魂都要从坟墓里出来,受上帝的裁判。这便是所谓最后的裁判。

可是说到这儿她的声音哑了,同时她觉得帕维尔·彼得罗维奇抓起她的手紧紧地捏住……她望着他,呆了。他的脸色比先前更惨白了;他的眼睛发光,最叫人惊奇的,是一大滴孤寂的眼泪顺着他的脸颊流下来。

"费尼奇卡!"他用一种古怪的低声说,"爱吧,爱我的弟弟吧!他是一个这么善良、这么好的人!不要抛弃他去爱世界上任何别一个人;不要去听任何别一个人的话!您想一想,还有什么比爱一个人而得不到人爱更可怕的事!永远不要离开我那个可怜的尼古拉!"

费尼奇卡的眼睛干了,她的恐怖消失了,她感到非常惊讶。可是她看见帕维尔·彼得罗维奇,帕维尔·彼得罗维奇本人把她的一只手贴在他的唇边,头朝着她的手埋下去,他并不吻它,只是偶尔发出痉挛的叹息,那个时候她不知道有什么样的感觉……

"主啊!"她想道,"是不是他的病又发作了?……"

这个时候他的整个毁掉了的生命在他的内心里激荡了。

楼梯在急速的脚步下面格格地响起来……他推开她,把头放倒在枕上。门开了,尼古拉·彼得罗维奇走进来,带着高兴的样子,精神健旺,脸色红红的。米佳跟他父亲一样气色很好,也是红红的脸,只穿一件小衬衫,在他父亲的怀里跳跳蹦蹦,还用他那光着的小脚趾去捉他父亲那件乡下外套的大纽扣。

费尼奇卡马上朝尼古拉·彼得罗维奇跑过去,把他同他儿子一块儿抱着,拿她的头靠在他的肩上。尼古拉·彼得罗维奇吃了一惊,费尼奇卡,这个平日害羞的、谨慎的费尼奇卡,从没有在第三个人面前跟他亲热过的。

"什么事?"他说,他又望了他哥哥一眼,便把米佳递给她,"你不觉得不舒服吧?"他走到帕维尔·彼得罗维奇跟前问道。帕维尔·彼得罗维奇把脸藏在一张细麻布手帕下面。

"不……这……没有什么……相反的,我倒觉得好多了。"

"你搬到沙发上太急了,"尼古拉·彼得罗维奇说,他转过头去向费尼奇卡问了一句:"你到哪儿去?"可是她已经砰的一声关上门走了,"我抱了我的勇士来给你看;他吵着要他的伯伯。她为什么把他抱走了呢？可是你有什么事吗？啊,你们两个人是不是闹了什么别扭？"

"弟弟!"帕维尔·彼得罗维奇庄严地说。

尼古拉·彼得罗维奇颤抖了一下,他有点儿害怕起来,可是他自己也说不出是什么缘故。

"弟弟,"帕维尔·彼得罗维奇又说,"答应我你要照我的要求做一桩事。"

"什么要求？你说吧。"

"这是很重要的;照我看来,你一生的幸福都靠着它。我现在要对你说的话我这些天来已经想了好久了……弟弟,尽你的责任,尽一个正直、高尚的人的责任。你原本是一个最好的人,不要再让自己受到诱惑,不要再让你这个不好的榜样继续存在下去!"

"帕维尔,你的意思究竟是什么？"

"跟费尼奇卡结婚……她爱你;她是你儿子的母亲。"

尼古拉·彼得罗维奇向后退了一步,惊讶地拍起手来。

"你这样说吗,帕维尔？我一向以为你是最不赞成这种婚姻的!你这样说!可是你也许不知道,正因为尊重你的缘故,我才没有尽了你说得很对的我的这个责任!"

"在这种场合中尊重我,你就错了,"帕维尔·彼得罗维奇带着忧郁的微笑答道,"我渐渐觉得巴扎罗夫骂我的贵族气派的话是对的了。不,亲爱的弟弟,我们不要再顾什么面子,也不要再去管人们怎么讲法:我们如今老了,心定下来了;我们现在应该把一切的虚荣心丢开。让我们像你所说的那样,尽我们的责任吧;瞧着吧,我们这样还可以换来幸福。"

尼古拉·彼得罗维奇跑过去拥抱他的哥哥。

"你毕竟把我的眼睛打开了!"他大声说,"我常常说你是世界上最聪明的、心肠最好的人,果然没有错,现在我又知道你明白事理同你心地高贵的程度一样。"

"轻点儿,轻点儿,"帕维尔·彼得罗维奇打岔说,"不要弄痛你这个明白事理的哥哥的腿,他快到五十岁的年纪还像一个准尉似的跟人家决斗呢。那么事情已经决定了；费尼奇卡要做我的……belle-soeur① 了。"

"我亲爱的帕维尔！可是阿尔卡季会怎样说呢？"

"阿尔卡季？他一定高兴得不得了，你可以相信我的这句话！结婚是违反他的原则的，可是他的平等的观念却可以满足了。而且，老实说，等级 au dix-neuvième siècle② 还有什么意义呢？"

"啊，帕维尔，帕维尔！让我再亲你一次吧。别怕，我会小心的。"

弟兄两个又拥抱了一下。

"你觉得怎样，是不是现在就该把你的意思让她知道？"帕维尔·彼得罗维奇问道。

"为什么要这样急？"尼古拉·彼得罗维奇答道，"是不是你们已经谈过了？"

"我们已经谈过了？Quelle idée!③"

"好啦，那就对了。第一你得先好起来，而且那桩事情不会跑掉的。我们应当仔细地想一下，商量商量……"

"可是你不是已经决定了吗？"

"自然，我已经决定了，我诚心诚意地感谢你。我现在要走了；你需要休息；任何的兴奋对你都是不好的……不过我们以后还可以再讨论。好好地睡吧，我亲爱的，上帝保佑你恢复健康。"

"他为什么要这样地感谢我？"帕维尔·彼得罗维奇在他弟弟走后一个人想道。"好像这不是由他做主似的！等他结了婚，我马上就走开，到一个远的地方去——或者德累斯顿④，或者佛罗伦萨⑤。我要一直在那儿住到我死的时候。"

帕维尔·彼得罗维奇用香水打湿他的前额，闭上了眼睛。他的美丽的消瘦的头躺在雪白的枕头上，承着鲜明耀眼的白日的光辉，好像是

---

① 法语：弟媳。
② 法语：在十九世纪。
③ 法语：什么想法！
④ 德国的城市。
⑤ 意大利的城市。

死人的头……他也的确是一个死人了。

二十五

在尼科利斯科耶,花园里一棵很高的梣树阴下,卡佳同阿尔卡季正坐在一个长凳形的草土墩上;非非躺在他们近旁的地上,它的瘦长身子带了一种猎人们所谓的"兔伏式"的漂亮的曲线。阿尔卡季同卡佳都不做声;他手里拿着一本半打开的书,她在一个篮子里捡起剩下来的一点儿白面包屑,丢去喂一小群麻雀,它们不失它们那种又害怕、又大胆的本性,在她的脚边吱吱喳喳地跳来跳去。一阵微风在梣叶丛中吹过,使得阴暗的小径上同非非的黄色的背上那些淡金色的光点慢慢地来回移动;匀静的树荫罩着阿尔卡季同卡佳的全身,只是偶尔有一线日光在她的头发上亮起来。两个人都不讲话,可是他们不讲话和他们坐在一块儿的样子正可以表示他们的互相信任的亲密:他们两个人似乎谁都不去注意身边的同伴,可是同时谁都暗暗地高兴这个同伴在自己身边。他们的面貌,自从我们上次跟他们分手以后,也有了改变了:阿尔卡季看起来更安静些,卡佳更活泼些,更大胆些。

"您不觉得,"阿尔卡季说,"俄国人给梣树起的名字很好吗;再没有一种树的叶子在空中是这么轻,这么鲜明的。①"

卡佳抬起眼睛向上望了望,说声:"是",阿尔卡季便想道:"这一位并不责备我用了美丽的辞藻。"

"我不喜欢海涅,"卡佳望了一下阿尔卡季手里拿的那本书说,"不管是他笑的时候,或者哭的时候:只有在他沉思和忧郁的时候我才喜欢他。"

"我却喜欢他笑的时候。"阿尔卡季说。

"这是您那种爱讥讽人的脾气的原有的痕迹。('原有的痕迹!'阿

---

① "梣树"原文是 ясень;"鲜明"原文是 ясно,两个字同一词根。

尔卡季想道——'要是被巴扎罗夫听见了怎样？'）等着吧,我们要把您改造的。"

"谁要改造我？您？"

"谁？——姊姊；还有波尔菲里·普拉东内奇,您现在已经不跟他吵架了；还有姨妈,您前天还陪她到礼拜堂去的。"

"我不能说不去啊！至于安娜·谢尔盖耶夫娜,您不记得,她在好些地方都是跟叶夫盖尼一样的意见吗？"

"我姊姊那个时候受了他的影响,就跟您一样。"

"跟我一样？那么让我问一句,您是不是看出我现在已经摆脱了他的影响了？"

卡佳不答话。

"我知道,"阿尔卡季接着说下去,"您从来就不喜欢他。"

"我不能够评论他。"

"您知不知道,卡捷琳娜·谢尔盖耶夫娜,我每回听到这样的回答我就不相信……世界上就没有一个人是我们谁都不能够评论的！这只是一种遁词罢了。"

"好吧,那么我告诉您,我……不能说是我不喜欢他,不过我觉得,他跟我不是一类的人,我跟他也不是一类的……您跟他也不同。"

"这是为什么呢？"

"我怎么跟您讲呢……他是猛兽,您同我却是驯服了的。"

"我也是驯服了的？"

卡佳点了点头。

阿尔卡季搔了搔他的耳朵。

"我对您说吧,卡捷琳娜·谢尔盖耶夫娜,您知道,这是一种侮辱。"

"那么您愿意做猛兽吗？"

"不是做猛兽；而是要坚强、有活力。"

"这样的事并不是可以想望到的……您瞧,您的朋友并不想望这样,可是他做到了这样。"

"哼！那么您以为他对安娜·谢尔盖耶夫娜有很大的影响吗？"

"是的。不过没有一个人能够长久支配她的。"卡佳低声说。

"您为什么这样想呢?"

"她很骄傲……我的意思不是这样……她把她的独立看得很重要。"

"谁又不看重独立呢?"阿尔卡季问道,这个时候在他的心中闪过了一个思想:"独立有什么好处?""独立有什么好处?"卡佳也这样想着。年轻人时常亲密地在一块儿谈得很好的时候,他们往往会起同样的念头。

阿尔卡季笑了笑,他挨近卡佳轻轻地说:"老实说,您有点儿怕她吧?"

"怕谁?"

"怕她。"阿尔卡季带有深意地说。

"那么您呢?"卡佳反过来问他道。

"我也怕;您注意,我说:我也怕。"

卡佳伸出一根手指威吓地指着他。

"我倒觉得奇怪,"她说,"我姊姊从没有像现在这样待您好的;比您头一回来的时候好多了。"

"真的!"

"怎么,您没有注意到吗? 您不觉得高兴吗?"

阿尔卡季想了一忽儿。

"我靠了什么取得安娜·谢尔盖耶夫娜的好感呢? 是不是因为我把您母亲的信带了给她呢?"

"这是一个原因,也还有别的原因,我不说。"

"什么原因?"

"我不说。"

"啊,我知道:您是很固执的。"

"我是这样。"

"并且会观察人。"

卡佳瞟了阿尔卡季一眼。

"也许是这样的;这叫您生气吗? 您在想什么?"

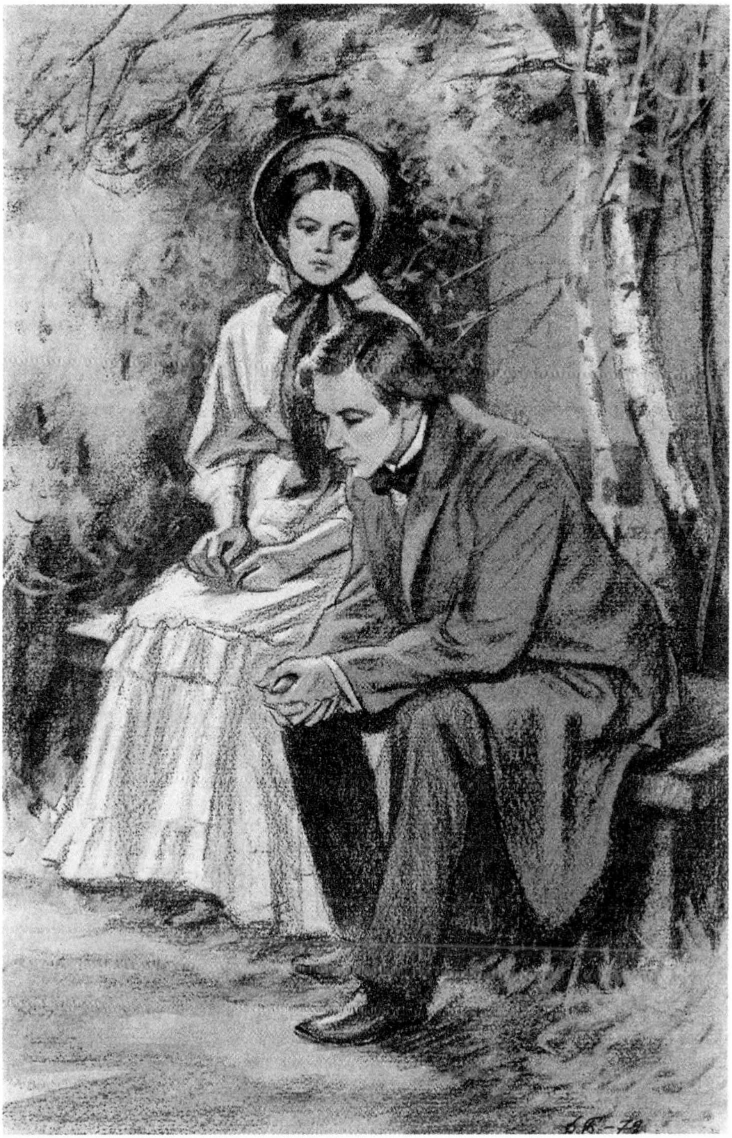

"我在想您从哪儿学会了这样观察人的。您这么怕羞,不相信人;您跟谁都不接近……"

"我一向都过着孤独的日子;这叫人不得不想得很多。可是我真的跟谁都不接近吗?"

阿尔卡季感激地望了卡佳一眼。

"这一切都很好,"他说,"可是处在您的地位的人,我是说,处在您的环境的人,很少有这种观察的能力;他们就跟帝王一样,不容易知道真理。"

"可是您知道,我并没有钱。"

阿尔卡季愣了一下,他没有马上懂得卡佳的意思。"不错,事实上财产都是她姊姊的!"他突然明白了;这个思想并没有使他不高兴。

"您说得多么好!"他说。

"什么?"

"您说得很好;简单明白,并没有不好意思,也没有做作。我说,我常常想,一个人知道并且说出来自己是个穷人,他的感情里头一定有一种特殊的东西,一种骄傲吧。"

"靠了我姊姊的好心,我倒从来不曾有过这样的体验。我刚才提到我的环境,也只是顺口讲出来的。"

"好的;不过您得承认您也有一点儿我刚才所说的骄傲的。"

"请您举一个例子吧?"

"例如,您——原谅我问您这句话——您不肯嫁一个有钱人吧,是不是?"

"要是我很爱他的话……不,我想就是那个时候我也不肯嫁给他。"

"啊!您瞧!"阿尔卡季大声说,停了一下又说:"您为什么不肯嫁给他呢?"

"因为歌子里面也唱过不平等的婚姻。"

"大概您喜欢支配人,不然……"

"啊,不!为什么我要这样呢?刚刚相反,我倒愿意顺从别人;只有不平等才是难受的。一个人尊重自己,顺从别人,那是我能够了解的;那是幸福;可是一种依赖的生活……不,我已经过够了。"

"过够了,"阿尔卡季跟着卡佳说了一句,"是的,是的,"他接着往下说:"难怪您是安娜·谢尔盖耶夫娜的妹妹;您跟她一样,是喜欢独立的;不过您不肯讲出来罢了。我相信,不管您的感情是多么强烈,多么神圣,您一定不肯先表示出来……"

"那么您以为应该怎样呢?"卡佳问道。

"你们是一样地聪明;您的性格纵使不比您姊姊的强,至少也是跟她一样……"

"请您不要拿我跟我姊姊相比,"卡佳连忙打岔道,"那是对我很不利的。您好像忘记了我姊姊又漂亮,又聪明,而且……尤其是您,阿尔卡季·尼古拉耶维奇,不应该说这种话,不应该做出这种正经的脸色。"

"您说'尤其是您',是什么意思,——您怎么会以为我是在开玩笑?"

"自然,您是在开玩笑。"

"您这样想吗?可是要是我真相信我说的话呢?要是我认为我还没有把我的意思充分表达出来呢?"

"我不懂您的话。"

"真的吗?好吧,我现在明白了:我一定把您的观察力估得太高了。"

"怎样呢?"

阿尔卡季不回答,却把脸掉开了,卡佳在篮子里找了几粒面包屑,向着麻雀抛去;可是她挥手的时候用劲太大,那群麻雀没有啄面包屑就飞走了。

"卡捷琳娜·谢尔盖耶夫娜!"阿尔卡季突然说道,"也许在您看来,都是一样的;可是让我告诉您,我看不但您姊姊不如您,世界上任何一个人都不如您。"

他站起来,很快地走开了,好像他脱口而出的话把他自己吓跑了似的。

卡佳让她的两只手同篮子都落在膝上,她垂下头,把阿尔卡季的背影望了许久。渐渐地一片红晕透出她的脸颊来了；可是她的嘴唇并没有笑，她的乌黑的眼睛露出一种惊惶的和一种没法说明的感情。

"你一个人在这儿？"她听见安娜·谢尔盖耶夫娜的声音在她的身旁说，"你好像是跟阿尔卡季一块儿到园子里来的。"

卡佳慢慢地抬起眼睛望她的姊姊（姊姊打扮得很雅致，甚至可以说是很讲究，她站在小径上，用她那撑开的阳伞的伞尖去搔非非的耳朵），慢慢地答道：

"是的，我一个人。"

"那我也看见的，"安娜·谢尔盖耶夫娜带笑说，"那么他回到他的屋子里去了。"

"是的。"

"你们在一块儿念书吗？"

"是的。"

安娜·谢尔盖耶夫娜托着卡佳的下巴把她的脸抬起来。

"我希望，你们没有吵嘴吧？"

"没有。"卡佳说，她轻轻地推开了她姊姊的手。

"你回答得多么正经！我以为可以在这儿找到他，打算约他出去散步。他说了好几次要我跟他出去散步。城里给你送来了皮鞋；你快去试试看；我昨天已经注意到你那双皮鞋实在太旧了。你对这些事情总不大留心，其实你倒有一双漂亮的小脚！你的手也不错……不过稍微大一点儿；所以你得特别注意你这双小脚。可是你又是一个不爱打扮的人。"

安娜·谢尔盖耶夫娜顺着小径走了，她那身漂亮的衣服一路上发出轻微的窸窣声；卡佳从凳子上站起来，拿起那本海涅诗集，也走了——可是并不去试她的皮鞋。

"漂亮的小脚！"她想道，一面慢慢地、轻轻地走上了被太阳晒得滚烫的露台的石级；"你说漂亮的小脚……唔，以后他要跪在这双脚跟前的。"

可是她马上不好意思起来，连忙跑上楼去了。

阿尔卡季经过走廊朝他的屋子走去；管事从后面追上来，通知他说,巴扎罗夫先生在他的屋子里等他。

"叶夫盖尼!"阿尔卡季差不多带着害怕的样子喃喃说。"他来了好久了吗?"

"刚刚到,他吩咐不用通知安娜·谢尔盖耶夫娜,一直领他到您的屋子里去。"

"难道家里出了什么不幸的事情吗?"阿尔卡季想着,急急忙忙跑上了楼梯,推开了房门。他看见巴扎罗夫的脸色,马上放了心,其实这位不速之客的脸上虽然是照常地精神饱满,但也已经消瘦些了,一个经验多一点儿的人是可以从那张脸上看出一种内心不安的表征来的。他的肩头披了一件满是尘土的大衣,头上戴了一顶便帽,他正坐在窗台前;就是在阿尔卡季大声欢呼着扑到他身上去的时候,他也没有站起来。

"真想不到!是哪阵风把你带来的?"阿尔卡季反复地说,在屋子里走来走去,就像那种自以为,而且也想让人看到自己是很高兴的人一样。"我想,我们家里一切都顺遂吧,人人都好吧?"

"你们家里一切都顺遂,可是并不是人人都好,"巴扎罗夫说,"不要多讲话,叫人给我倒一杯克瓦斯来,你坐下,听我用几句我想是直截了当的话把事情给你讲明白。"

阿尔卡季静了下来,巴扎罗夫便讲了他跟帕维尔·彼得罗维奇的决斗。阿尔卡季大吃一惊,而且很伤心,不过他觉得不必把这种感情表露出来;他只问他伯父的伤是不是真的不重;他听到巴扎罗夫这样回答:伤倒是很有趣的,不过不是从医学方面来说,他勉强笑了笑,可是他心里却很难过,又觉得惭愧。巴扎罗夫好像知道了他的这种心事。

"不错,兄弟,"他说,"你瞧,这就是跟封建的人物住在一块的结果。你自己也会变成一个封建人物,去参加他们的骑士的比武了。好吧,先生,所以我现在动身回'父亲们'那儿去了。"巴扎罗夫这样地结束了他的故事:"我顺路弯到这儿来……把这桩事情全部告诉你,我要说,要是我不把无用的谎话当作傻事的话。不,我弯到这儿来——鬼知道为了什么。你知道,一个人抓住自己的头发,把自己拔起来,就像从菜园地里拔起一根萝卜似的,有时候也是很好的事;这就是我最近做的事情……可是我又想再看一下我刚刚丢开的东西,看一下我在那儿生长的菜园。"

"我盼望这些话不是指我说的,"阿尔卡季发急地说,"我盼望你不是想丢开我吧?"

巴扎罗夫掉转眼睛注意地,而且差不多要看透对方的心似的望了阿尔卡季一眼。

"这会叫你这么难过吗?我觉得你早已把我丢开了。你看起来气色多好,多整齐漂亮……你跟安娜·谢尔盖耶夫娜的事情一定进行得很顺利了。"

"你说我同安娜·谢尔盖耶夫娜的什么事情?"

"怎么,你不是为了她才从城里到这儿来吗,小鸟儿?哦,那儿的星期学校活动得怎样了?难道你不爱她吗?或者你已经到了该说话审慎的时期了?"

"叶夫盖尼,你知道我一向对你是很坦白的;我可以对你明说,我可以对你发誓,你弄错了。"

"哼,从前倒是没有这样说过,"巴扎罗夫低声说。"可是你也不用着急,这事情跟我完全没有关系。一个浪漫派会说:'我觉得我们的路开始分岔了,'可是我只说我们彼此厌腻了。"

"叶夫盖尼……"

"好朋友,这不是什么不幸的事情。在这个世界上我们厌腻的东西不是很多吗?我想现在我们应该分手了,是不是?我自从到了这儿以后,我就觉得浑身都不舒服,就像我读了果戈理写给卡卢加省长夫人的信①似的。而且,我并没有吩咐他们把马解下来。"

"我敢说,这是不行的!"

"可是为什么?"

"我不讲我自己;可是这对安娜·谢尔盖耶夫娜未免太失礼了,她一定想看见你。"

---

① 这里指的是果戈理在一八四一年六月四日写给斯米尔诺娃的信。题目是《什么是省长夫人》。

"啊,那你就错了。"

"刚刚相反,我相信我并不错,"阿尔卡季答道,"你为什么要装假呢? 我们既然讲到这个,那么我问你,你自己不是为了她才到这儿来的吗?"

"那也许是的,可是你毕竟错了。"

可是阿尔卡季并没有错。安娜·谢尔盖耶夫娜想见见巴扎罗夫,差了管事来请他去。巴扎罗夫去见她之前还换了衣服:原来他预先就把新衣服放在箱子里容易拿到的地方。

奥金佐娃接待他的地方,不是在他那次突然表白他的爱情的屋子,却是在客厅里。她亲切地把她的指尖伸给他,可是她的脸上现出一种不由自主的局促的表情。

"安娜·谢尔盖耶夫娜,"巴扎罗夫连忙说,"我第一件事就得使您放心。现在站在您面前的,是一个早已恢复了他的理性、并且希望别人也忘记了他的傻事的人。这次我离开的时间要很长;您会承认,尽管我不是一个软弱的人,可是我想到您对我仍旧怀着厌恶的心思的时候,我就是走了,心里也会难过。"

安娜·谢尔盖耶夫娜深深地叹了一口气,好像一个人刚刚爬到了高山顶上似的,一个微笑使她的脸显得有生气。她第二次伸出手给巴扎罗夫,而且在巴扎罗夫握着她的手的时候,她也把他的手握了一下。

"过去的事不用提了,"她说,"我尤其不愿意提它,因为凭我的良心说,我那个时候也有错,倘使不算挑逗,至少也是别的东西。一句话说完,让我们还是像从前那样地做朋友吧。那是一场梦,不是吗? 谁记得梦里的事情呢?"

"谁记得它们? 而且,爱情……您知道,只是一种故意装出来的感情罢了。"

"真的吗? 我听了很高兴呢。"

安娜·谢尔盖耶夫娜是这样地说,巴扎罗夫也是这样地说;他们都以为自己说的是真话。他们的话果然是真的,完全真的吗? 他们自己也不知道,作者更不知道了。可是他们接着又谈下去,好像他们彼此完全信任似的。

安娜·谢尔盖耶夫娜问了巴扎罗夫一些话,也问起他在基尔萨诺夫家中做了些什么事情。他差一点儿就要讲出他跟帕维尔·彼得罗维奇决斗的事了,可是他想到她也许会疑心他是想显露显露自己,便忍住不说了,他只回答她说,他这些时候都在做他的研究工作。

"我呢,"安娜·谢尔盖耶夫娜说,"我起初很忧郁,也不知道是为了什么缘故;您想不到,我还准备到外国去呢!……后来又好了,您的朋友阿尔卡季·尼古拉伊奇来了,我又回到旧轨道上去,扮起我擅长的角色了。"

"什么角色呢,我可以问吗?"

"姨妈啦,女教师啦,母亲一类的角色——随便您怎么说都可以。哦,您不知道我从前总不大明白您怎么会跟阿尔卡季·尼古拉伊奇成了亲密的朋友;我觉得他相当平凡。可是现在我知道他比较清楚一点儿,也看出来他是一个聪明的人……主要的是他年轻,他年轻……不像您同我,叶夫盖尼·瓦西里伊奇。"

"他在您面前还是那么害羞吗?"

"他是那样吗?……"安娜·谢尔盖耶夫娜说,她想了一忽儿又说下去:"他现在跟我熟悉多了;他常常跟我谈话。他从前老是躲开我。其实我那个时候也不想找他谈话。他跟卡佳非常要好。"

巴扎罗夫觉得不耐烦了。"一个女人总免不掉要耍滑头的。"他想道。

"您说他老是躲开您,"他冷笑地说,"可是他爱着您,也许这对您已经不是秘密吧?"

"怎么!他也?"安娜·谢尔盖耶夫娜脱口说了出来。

"他也是的,"巴扎罗夫恭敬地鞠了一个躬,跟着她说,"难道您会不知道,难道我告诉您的还是新的消息?"

安娜·谢尔盖耶夫娜埋下她的眼睛。

"您错了,叶夫盖尼·瓦西里伊奇。"

"我不这样想。可是也许我不该提起这个。"随后他又暗暗地在自己心里说:"你以后不要再对我耍滑头吧。"

"为什么不该呢?可是我以为您这样一来未免把那个过眼即逝的

印象看得太重了。我现在开始疑心您是喜欢夸张的了。"

"我们最好还是不要谈它吧,安娜·谢尔盖耶夫娜。"

"为什么呢?"她回答道;可是她自己就把话题转了。她跟巴扎罗夫在一块儿仍然觉得有点儿拘束,虽然她已经对他说过,并且还叫她自己也相信,过去的一切事情全忘记了。她跟他谈着最简单的话的时候,甚至于在她跟他开玩笑的时候,她也还感到一阵轻微的恐惧。就好像航海的人无忧无虑地在轮船上谈笑,跟在陆地上完全一样;可是只要发生了一点儿最小的故障,只要有了一点儿不寻常的征象,他们每个人的脸上立刻会现出特别惊惶的表情,这证明出来:他们时时刻刻都感觉到那个随时都会发生的危险。

安娜·谢尔盖耶夫娜跟巴扎罗夫并没有谈多久的话。她开始露出沉思的样子来;她答话的时候也带着心不在焉的神气,后来她提议他们一块儿到大厅里去,他们在那儿看到公爵夫人同卡佳。"可是阿尔卡季·尼古拉伊奇到哪儿去了?"安娜·谢尔盖耶夫娜问道;她听说他已经有一个多小时没有出来了,便差人去请他来。人们找了好一忽儿才把他寻到;他藏在花园里树木繁茂的地方,两只手交叉地支着下巴,坐在那儿出神。他的思想是深邃的、严肃的,却并不是忧郁的。他知道安娜·谢尔盖耶夫娜跟巴扎罗夫单独在一块儿,并不像以前那样地感到妒嫉;相反的,他的脸上渐渐地发出光彩;他似乎又是惊奇,又是快乐,而且决定了一桩事情。

二十六

亡故的奥金佐夫生前并不喜欢新奇的东西,可是他也不反对"某种高尚趣味的活动",因此他在花园里面、温室和池塘的中间,用俄国砖修了一座类似希腊柱廊式样的建筑物。奥金佐夫在这个柱廊或者画廊的后山墙上,造了六个壁龛,预备安置他在外国定购的六座石像。这六座石像代表着孤独、沉默、沉思、忧郁、羞耻和敏感。其中的一个,就是把手指放在嘴唇上的沉默的女神,已经运到而且安置好了;可是当天便有几个农家孩子把她的鼻子打坏了;虽然附近一个泥水匠给她补上了一个"比先前的还要好过一倍的"新鼻子,奥金佐夫还是叫人把她搬开,她现在还立在打麦仓的角落里,已经放了好些年了,引起一般乡下女人对她的迷信的恐怖。柱廊的正面早已被繁茂的矮树掩盖了;只有那些圆柱顶还在浓密的绿叶丛中露出来。在这个柱廊里即便是在正午时候也是很凉爽的。安娜·谢尔盖耶夫娜自从在那地方看见一条蛇以后便不喜欢到那儿去了;可是卡佳还常常来坐在一个壁龛下面的宽石凳上。在这个地方,在树荫和清凉中,她不是念书,便是做别的事情,再不然便是沉浸在完全宁静的感觉里面,这种感觉我们每个人一定都知道,它的魅力就在于:半意识地静静听着生命的洪流在我们身外同在我们内心绵绵不息地泛滥。

巴扎罗夫来到以后的第二天,卡佳坐在她心爱的石凳上,阿尔卡季又坐在她的旁边。是他求她带他到"柱廊"这儿来的。

这个时候离早饭时间还有一小时的光景;带露的清晨已经变作炎热的白天了。阿尔卡季的脸上还保留着前一天的表情,卡佳好像有什么心事似的。她的姊姊刚刚用过早茶便把她叫到屋子里去,起先跟她亲热了一下,姊姊的这种举动常常叫卡佳害怕,接着姊姊就劝她待阿尔卡季要小心一点儿,尤其不要单独跟他谈话,因为她的姨妈同全宅子的人好像已经在注意了。而且在前一天晚上安娜·谢尔盖耶夫娜不高兴;卡佳也觉得心里不安,好像她承认自己做错了事情似的。她这次答应阿尔卡季的要求的时候,她对她自己说,这是最后的一次了。

"卡捷琳娜·谢尔盖耶夫娜,"他带一种不大好意思的随便的态度说,"自从我有幸跟您同住在一个宅子里以后,我跟您谈过许多事情;可是还有一个对我非常重要的……问题,我一直到现在还没有提过。您昨天说过我在这儿有了改变了,"他继续说下去,他一面去望卡佳的盯在他脸上的询问的眼光,一面又躲避这眼光,"我的确大大地改变了,您比任何人都知道得更清楚——我实在是靠了您才有这个改变的。"

"我……靠了我?……"卡佳说。

"我现在已经不是初来时候的那个自命不凡的孩子了,"阿尔卡季接着说,"我没有白活了二十三年;跟从前一样,我愿意做一个有用的人,我愿意把我所有的力量都献给真理;可是我不再到我从前寻觅理想的地方去寻找我的理想了;理想自己来找我了……就在我的身边。在今天以前,我并没有认识我自己;我要我自己去做一些我力不胜任的工作……我的眼睛最近才睁开了,这是靠了一种情感……我没有把话讲得十分清楚,不过我盼望您会了解我……"

卡佳不回答,可是她不再望着阿尔卡季了。

"我以为,"他用了更激动的声音接下去说,在他的头上有一只碛鹬藏在桦树叶中间无忧无虑地唱起歌来,"我以为每个正直的人都应当对那些……对那些……一句话说完,对那些跟他亲近的人讲真心话,所以我……我打算……"

可是说到这儿,阿尔卡季的雄辩就接不上来了;他不知道要怎样才好,他结结巴巴地说不出话来,终于不得不停止一忽儿。卡佳仍然不抬起眼睛。她好像不明白他说这些话的用意,仿佛还在等着什么似的。

"我料到我的话会叫您吃惊,"阿尔卡季鼓起勇气又说,"尤其因为这个情感多多少少……多多少少,请留心听着,——跟您有点儿关系。您还记得吧,您昨天责备我不够严肃认真,"阿尔卡季说,看他的神情,他好像是一个走进了沼地里的人,明知道自己每走一步就越陷越深,可是他仍然急急往前走去,总希望他能够尽快地跨过这块沼地;"那种责备的话是常常对付……常常落到……年轻人身上的,即使他们已经不应当受责备了;要是我的自信力大一点儿的话……('来帮助我,帮助我吧!'阿尔卡季十分着急地想道;可是卡佳仍然跟先前一样,不掉过头来。)要是我能够希望……"

"倘使我能够确实相信您所说的。"在这个时候他们听到了安娜·谢尔盖耶夫娜的清朗的声音。

阿尔卡季立刻不做声了,卡佳的脸变成了苍白。在这一丛遮住柱廊的矮树旁边有着一条小路。安娜·谢尔盖耶夫娜同巴扎罗夫一块儿正顺着这条小路走过来。卡佳同阿尔卡季不能够看见他们,却听见了每一句话、她的衣服的窸窣声,连呼吸也听见了。他们走了几步,好像故意地在柱廊前面站住了。

"您瞧,"安娜·谢尔盖耶夫娜继续往下说,"您同我都错了;我们两个人都不算太年轻了,尤其是我;我们都是生活过来的,我们都疲倦了;我们两个人——为什么还要客气呢?——都是聪明人;起先我们对彼此都感到了兴趣,打动了好奇心……可是后来……"

"后来我就变成枯燥乏味的了。"巴扎罗夫插嘴说。

"您知道这并不是我们分手的原因。不过无论如何,我们彼此都不需要,这是主要的一点;我们两个人……我怎么说好呢?……相同的地方太多了。我们起初还不曾明白这一点。反而,阿尔卡季……"

"您需要他么?"巴扎罗夫问道。

"不要讲啦,叶夫盖尼·瓦西里伊奇。您告诉我说,他对我不是没有好感的,我自己一向就觉得他是喜欢我的。我知道我可以做他的姨妈了,可是我不瞒您说,我近来也常常想他。在那种年轻的、新鲜的情感里面有一种特殊的吸引力……"

"在这种情形里通常是用'魅力'这个字眼的,"巴扎罗夫打岔道:在他那平静而低沉的声音里听得出一股怨气。"昨天阿尔卡季在我跟前好像隐藏着什么似的,他没有讲起您,也没有讲您的妹妹……那是一个重要的征候。"

"他像哥哥一样地待卡佳,"安娜·谢尔盖耶夫娜说,"我喜欢他的这种地方,不过我也许不该让他们这样地亲近。"

"您这话是从……做姊姊的心里发出来的吗?"巴扎罗夫把声音拉长地说。

"自然是的……可是为什么我们老是站住呢?我们走吧。我们谈得多奇怪,不是吗?我绝没有想到我会跟您谈这些话。您知道,我怕您……同时又信任您,因为您实在是一个好人。"

"第一,我一点儿也不好;第二,我对您已经是毫不重要了,您还对我说我是一个好人……这好比把一顶花冠戴在死人头上一样。"

"叶夫盖尼·瓦西里伊奇,我们并不是常常能够控制自己的……"安娜·谢尔盖耶夫娜说;可是一阵风吹过,吹得树叶沙沙地响起来,把她后面的话吹走了。

"您知道,您是自由的。"隔了一忽儿巴扎罗夫的声音说。

其余的话听不清楚了；脚步声远去了……这周围又没有声音了。

阿尔卡季掉头去望卡佳。她还是像先前那样地坐着，只是她的头埋得更低了。

"卡捷琳娜·谢尔盖耶夫娜，"他把两只手紧紧地捏在一块儿，声音打颤地说，"我永远爱您，不会改变，而且除了您我再也不爱别人。我想告诉您这个，想知道您对我的意见，而且向您求婚，因为我不是一个有钱的人，因为我准备为您牺牲一切……您不回答我？您不相信我？您以为我是随便说说的吗？可是请您回想最近这几天的情形吧！难道您这许久还不相信所有——请您听明白我的话，——所有其他的东西都早已不留痕迹地消灭了吗？望着我，对我说一个字也好……我爱……我爱您……相信我！"

卡佳用了一种又严肃又高兴的眼光望了阿尔卡季一眼，她迟疑了好一忽儿，才带了一点儿笑意地说一声："是。"

阿尔卡季从石凳上跳了起来。

"是！您说了'是'，卡捷琳娜·谢尔盖耶夫娜！这个字是什么意思？只是说我爱您，您相信我……或者……或者……我不敢说下去了……"

"是。"卡佳又说了一遍，这一次他明白她了。他抓起她那双大而美丽的手按在他的心上，他欢喜得快透不过气来。他差一点儿站不稳了，他只能够反复地叫着："卡佳，卡佳……"她却天真地哭起来，又暗暗地笑自己流了眼泪。谁要是没有见过自己所爱的人眼中这样的泪水，他就还不了解在这个世界上一个人在害羞和感激的陶醉中能够快乐到怎样的程度。

第二天大清早安娜·谢尔盖耶夫娜差人把巴扎罗夫请到她的书房里去，她勉强笑了笑，把一张折好的信笺递给他。这是阿尔卡季写的信：他在信里向她妹妹求婚。

巴扎罗夫把信匆匆地看了一遍，努力控制自己，不让他心里突然发生的幸灾乐祸的情感表露出来。

"原来是这么一回事，"他说，"好像您在昨天还以为他像哥哥似的爱着卡捷琳娜·谢尔盖耶夫娜呢。您现在打算怎么办？"

"您以为我该怎么办呢？"安娜·谢尔盖耶夫娜仍然带笑问道。

"我以为，"巴扎罗夫也带笑答道，其实他和安娜·谢尔盖耶夫娜一样，心里很不高兴，没有一点儿想笑的心思，"我以为您应该给这一对年轻人祝福。从各方面看来这是美满的婚姻；基尔萨诺夫的境况还不坏，他是他父亲的独养子，他的父亲又是个好人，不会反对他的。"

奥金佐娃在屋子里来回踱着。她的脸色一忽儿红一忽儿白。

"您这样想吗？"她说，"为什么不呢？我也觉得没有障碍……我替卡佳高兴……也替阿尔卡季·尼古拉耶维奇高兴。自然我要等他父亲的回信。我要差他自己去见他父亲。可是这桩事情就证明我昨天对您说我们两个人都老了的话是对的了……我怎么一点没有看出来呢？这倒怪了！"

安娜·谢尔盖耶夫娜又笑了起来，她连忙把头掉开了。

"现在的年轻人都变得很狡猾了。"巴扎罗夫说着，也笑了起来。"再见吧，"他停了一下又说，"我希望您把这桩事情解决得很圆满；我在远处也会高兴的。"

奥金佐娃连忙回过脸来向着他。

"难道您要走吗？为什么您现在不住下来呢？住下吧……跟您谈话是一桩愉快的事情……好像人就在悬崖的边上走着似的。起先觉得害怕，可是走下去胆子就大了。您住下吧。"

"谢谢您留我住下，安娜·谢尔盖耶夫娜，而且称赞我的谈话的本领。可是我觉得我已经在不是我自己的圈子里耽搁得太久了。飞鱼能够在空中支持一个时候，不过它们不久就得跳回水里去；请您也答应我回到我自己原来的环境里去吧。"

奥金佐娃望了望巴扎罗夫。他的苍白的脸上露出苦笑。"这个人爱过我的！"她想道，她可怜他，便带着同情伸出手给他。

可是他也了解她的意思。

"不！"他说，往后退了一步。"我是一个穷人，可是我到现在还没有受过别人的赒济。再见吧，太太，请您保重。"

"我相信我们这次并不是最后的见面。"安娜·谢尔盖耶夫娜带了一种无意的动作说。

"在这个世界上什么事情都可能发生的!"巴扎罗夫答道,他鞠了一个躬走出去了。

"那么你想给你自己筑一个窠了,"巴扎罗夫当天蹲在地板上收拾箱子的时候,对阿尔卡季说,"为什么不行呢,这是很好的事。可是你用不着装假。我还以为你打的是另一个主意呢。说不定连你自己也想不到吧。"

"我跟你分手的时候我的确没有料到这个,"阿尔卡季答道,"可是为什么你自己也装假,说这是'很好的事'呢,好像我不知道你对于婚姻的见解似的。"

"啊,好朋友,"巴扎罗夫说,"你怎么说这样的话! 你看见我在干什么:我的箱子里头有一个空的地方,我止在塞点儿干草进去;在我们的人生的箱子里头也是这样的;我们应该塞点儿东西进去,倒比让它空着好。请你不要动气:你一定还记得我一向对卡捷琳娜·谢尔盖耶夫娜的意见吧。有些年轻小姐得到了聪明的名声,只是因为她叹气叹得很聪明,可是你的那一位是会保卫自己的,的确她会保卫自己,因此她将来一定会把你抓在她的掌握中,不过这是应该的。"他砰的一声关上箱盖,从地板上站起来。"现在在临别的时候,让我再跟你说一遍……因为我们欺骗自己也是没有用的:我们这次是永别了,这你自己也觉得……你做得很聪明;你不宜于过我们这种痛苦的、清寒的、孤单的生活。你没有锐气,没有愤恨,不过你有的是青年的勇敢,青年的热情。你不宜于做我们的事。像你们这一类的贵族至多不过做一些高贵的顺从或者高贵的愤慨的举动,那是没有用处的。譬如说吧,你们不肯战斗——却以为自己是好汉——可是我们却要战斗。啊,好吧! 我们的灰尘会使你的眼睛不舒服,我们的污泥会把你的身上弄脏,可是你没有长到我们那样的高! 你不知不觉地在自我欣赏,你喜欢骂你自己;可是我们讨厌这些——我们要压倒别的人! 我们要去改变别的人的性格! 你是个很好的人;不过你毕竟是一个软软的、自由派的少爷——借一句我父亲常说的话:爱渥拉都①。"

---

① 这是用俄国腔念出来的法国话:et voilà tout(如是而已)。

"你是要跟我永别了吗,叶夫盖尼?"阿尔卡季忧郁地说,"你没有别的话跟我说吗?"

巴扎罗夫搔他的后脑勺。

"不错,阿尔卡季,不错,我还有别的话跟你说,不过我不说了,因为说起来又是浪漫气味——那是说,有点儿肉麻。你赶快结婚吧,筑好你的窠,多养几个孩子。他们一定是聪明的,因为他们生得正是时候,跟你我不一样。啊哈! 我看马已经预备好了。该走了! 我已经跟大家辞过行了……现在怎样? 喂,拥抱一下吗?"

阿尔卡季跑过去抱住他从前的导师和朋友的脖子,泪水从他的眼里涌了出来。

"这就是青春!"巴扎罗夫平静地说,"可是我把我的希望放在卡捷琳娜·谢尔盖耶夫娜的身上。你瞧吧,她会很快地把你安慰好的!"

"再见,老弟!"他坐上了大车以后,对阿尔卡季说,又指着一对并排蹲在马房屋顶上的寒鸦说道,"这是你的榜样! 照着办吧。"

"这是什么意思?"阿尔卡季问道。

"怎么? 你对博物学的知识就这么浅,还是你忘了寒鸦是一种最可尊敬的家禽呢? 这是你的榜样! ……再见,西鸟尔①。"

车子辘辘地响着走了。

巴扎罗夫说对了。这天晚上阿尔卡季跟卡佳谈话的时候,他就完全忘了他的导师。他已经开始服从卡佳了,卡佳也觉察到这个,并不惊奇。他得在第二天动身回马利因诺去见尼古拉·彼得罗维奇。安娜·谢尔盖耶夫娜并不去管束这一对年轻人,只是为了礼俗的关系才不让他们长久单独地在一块儿。她很大量地把公爵夫人跟他们隔开,老公爵夫人听见他们就要结婚的消息,只气得流着眼泪大发脾气。起初安娜·谢尔盖耶夫娜还担心自己看见他们的幸福会觉得有些难过,可是事实却完全相反,她看了不但不难过,反而感到兴趣,后来她居然感动了。这件事情叫安娜·谢尔盖耶夫娜又高兴,又不愉快。"巴扎罗夫果然说对了,"她想道,"那不过是好奇心,就只是好奇心,贪舒服,自私

---

① 用俄国腔念出来的意大利字 signor:先生。

自利……"

"孩子们！"她大声说，"爱情是一种故意装出来的情感吗？"

可是卡佳跟阿尔卡季连她的意思也不懂。他们常常躲开她；他们在无意中偷听到的谈话还时常萦绕他们的心。可是安娜·谢尔盖耶夫娜不久就使他们心安了；这在她并不是难事：她自己已经心安了。

二十七

巴扎岁夫的年老的双亲完全没有料到他们的儿子会回家来，因此他们看见他的时候更加欢喜得不得了。阿琳娜·弗拉西耶夫娜非常兴奋，在家里不停地来回跑着，惹得瓦西里·伊万诺维奇把她比做一只"母鹧鸪"；她那件短短的衫子后面拖着短短的下摆，使她的确有点儿像一只鸟。瓦西里·伊万诺维奇自己也只是唔唔地哼着，咬着他的长烟斗的琥珀嘴子，或者用手指抓住脖子，把脑袋往左右转动，好像他要试一下他的脑袋是不是装得很牢，随后他忽然又张开他的阔嘴，发出一阵没有声音的笑。

"我回来要在你这儿整整住六个星期，老爸爸，"巴扎罗夫对他说，"我要做我的工作，请你不要来打扰我。"

"你就是把我的面貌都忘记了，我也不会来打扰你！"瓦西里·伊万诺维奇答道。

他果然遵守诺言。他像上次那样把他儿子安顿在他的书房里以后，竭力躲开他儿子，并且还阻止他的妻子对儿子作不必要的慈爱的表示。"好妈妈，叶纽沙上次回来的时候，"他对她说，"我们吵得他有点儿厌烦了：这回我们应当聪明些。"阿琳娜·弗拉西耶夫娜同意丈夫的话，可是这对她并没有什么好处，因为她只有在吃饭的时候才看见儿子，而且现在她简直不敢跟他讲话了。"叶纽兴卡，"她有时会唤他，可是不等他回过头，她就玩弄着她的手提袋的绳带，低声说，"没有什么，没有什么，我这是……"随后她就去找瓦西里·伊万诺维奇，手支着脸颊,跟他商量说:"亲爱的,你知道不知道叶纽沙今天午饭高兴吃什么——白菜汤呢还是红菜汤?""为什么你自己不去问他呢?""他会讨厌我的!"然而过了几天巴扎罗夫便不再把自己关起来了;工作的热狂消退了,苦恼的厌倦和沉闷的烦躁抓住了他。他的一切举动里都显出来一种奇怪的疲倦;连他的脚步,那本来是坚定、快速、勇敢的,现在也改变了。他不再一个人散步了,他开始去找人谈话;他到客厅里喝茶,跟瓦西里·伊万诺维奇在菜园里来回走着,一声不响地跟他父亲一块儿抽烟;有一回他还问起阿历克赛神甫来。瓦西里·伊万诺维奇起先很高兴这种改变,可是他的快乐不久就没有了。"叶纽沙真叫人担心,"他偷偷地对他妻子诉苦道,"他并不是不满意或者生气,那倒还不要紧;他心里难过,他不快活——那是可怕的。他老是不讲话,哪怕他肯骂我们也好;他一天天地瘦起来,他的脸色也不好看。""主啊,主啊!"那个老妇人低声说,"我想在他的脖子上挂一道护身符,可是他自然不会答应的。"瓦西里·伊万诺维奇好几次极小心地转弯抹角向儿子打听他的工作、他的健康和阿尔卡季的近况……可是巴扎罗夫的回答却是勉强的,顺口说出来的;有一次他觉察到他父亲渐渐用话套他讲出什么来,他就生气地说:"为什么你讲话老是像踮起脚在我周围绕圈子?这个办法比从前的更坏。""啊,啊,我没有什么用意!"可怜的瓦西里·伊万诺维奇连忙答道。他又发挥政治的意见,这也得不到结果。有一天谈到就要实行的农奴解放,他便谈起进步来,希望用这个引起他儿子的共鸣;可是巴扎罗夫只是冷淡地答道:"昨天我走过院子篱笆那儿,我听见本地农民的小孩在唱歌,他们不唱从前的歌子,却哼着:'正当的时候来了,我的心里感到爱了。'……这就是你的进步。"

有时候巴扎罗夫走到村子里去,用他平日的揶揄的口吻跟随便一个农民谈起话来。"喂,"他对农民说,"老兄,把你们的人生观讲给我听听;你瞧,他们说,俄罗斯的全部力量和将来都是捏在你们手里的,历史上的一个新纪元也要由你们来开创——我们的真正的语言同我们的法律都是你们给我们的。"农民要么是不回答,要么就是断断续续地讲出几句这样的话来:"我们也能够……因为这是……要看我们的,譬如说,结果。""你给我讲讲你们的'米尔'是什么东西,"巴扎罗夫打岔说:

"是不是就是那个站在三条鱼背上的'米尔'①?"

"少爷,大地才是站在三条鱼背上的,"那个农民就用他那种家长式的慈祥的单调声音和气地答道,"可是在我们的那个,就是说'米尔'上面,老爷的意志是很有势力的,这是大家都知道的事;因为你们是我们的父亲。主人的规矩越严,农民越高兴。"

巴扎罗夫有一回听到了这样的回答,便轻蔑地耸了耸肩膀,转身走了。农民也慢慢地走回家去。

"他在讲些什么?"另一个脸色阴沉的中年农民问道,他一直站在自己的小屋门口,远远地望着巴扎罗夫跟这个农民谈话。"讲欠租的事情吗?"

"什么欠租的事,老兄,"头一个农民答道,现在他讲话没有一点儿家长式的单调声音了,却反而有一种毫不在乎的粗暴的调子,"啊,他这样那样地乱讲了一忽儿,他大约舌头发痒了。当然啦,他是一位少爷;他懂得什么呢?"

"他哪儿懂得!"另一个农民说,接着他们抖了抖帽子上的土,又拉了拉腰带,两个人就去商量他们自己的工作和需要去了。唉!这位轻蔑地耸了耸肩膀、自以为懂得怎样跟农民谈话的巴扎罗夫(他跟帕维尔·彼得罗维奇争论的时候这样夸过口),这位自信心很强的巴扎罗夫却从来没有怀疑过在他们的眼里他不过是一个逗人发笑的小丑……

巴扎罗夫后来终于给自己找到事情做。有一天瓦西里·伊力诺维奇在他面前给一个农民包扎受伤的腿,可是老人的手有些发颤,他不能够裹好绷带;儿子给他帮了忙,从此以后巴扎罗夫便时常帮父亲给人治病,虽然他同时又不断地嘲笑他自己向父亲推荐的治疗法,嘲笑马上采用这个治疗法的父亲。可是巴扎罗夫的讥笑并没有叫瓦西里·伊万诺维奇心里有一点儿不好意思,它们反而给了他安慰。他用两根手指把他那件染着油渍的便衣提起来,提到肚皮那儿,一面抽烟斗,一面高兴地听巴扎罗夫讲话;巴扎罗夫的俏皮话越刻毒,他那感到幸福的父亲就

---

① 俄文"米尔"(мир)这个字除了乡村自治组织外,还有一个意义是"世界",旧俄传说世界是放在三条鱼背上的。

笑得越痛快,把一口黑牙齿全露出来了。他甚至于把儿子的那些无味的或者毫无意义的俏皮话,常常重复地说来说去,譬如说,有好几天他不论对题不对题都说一句:"这是第九位的事!①"只因为他儿子听说他去做早礼拜,用了那一句话讲他。"谢谢上帝!他的郁闷已经过去了!"他悄悄地对妻子说:"他今天还这么挖苦过我,真是好极了!"而且,他想起自己有一个这样的助手,便喜欢得不得了,心里充满了骄傲。"是的,是的,"他把一瓶古拉药水或一罐白油膏拿给一个穿粗布男大衣、包着有角的头巾的乡下女人的时候,就对她说,"因为我儿子住在我家里,你应当时时刻刻感谢上帝,好女人,现在可以用最科学的、最新的方法来给你治病。你明白这是什么意思吗?就是法国皇帝拿破仑的御医也并不比他好。"那个乡下女人是来抱怨她"浑身刺痛"的(可是这句话的意思她自己也说不明白),她听了他的话,只是深深地鞠了一个躬,伸手在怀里掏出了包在一幅毛巾角上的四个鸡蛋。

巴扎罗夫有一次还给一个过路的卖布小贩拔了一颗牙;这虽是一颗很平常的牙齿,瓦西里·伊万诺维奇却把它当作古董似的保存起来,而且把牙齿拿给阿历克赛神甫看,口里不住地说:

"您瞧,多长的根!叶夫盖尼的力气真不小!那个卖布的差一点儿跳到半空中去了……我看,就是一棵橡树,也会跳起来的!……"

"很值得佩服!"阿历克赛神甫不知道应该怎样回答,也不知道应该怎样把这位高兴得不得了的老年人对付过去,末了只好这样说。

有一天附近一个村子的农民带了他的兄弟到瓦西里·伊万诺维奇家里来看病,病人害的是伤寒。这个可怜的人躺在一捆干草上面快要死了;他满身都是黑点子,早就失掉了知觉。瓦西里·伊万诺维奇惋惜地说,为什么早没有人想到来找医生看病,他表示现在已经没有希望了。果然这个农民还没有把他兄弟送回家,病人就在车子上死了。

三天以后巴扎罗夫走进他父亲的屋子,问他父亲有没有硝酸银。

"有的,你要来做什么用?"

"我得用它来……烧一个伤口。"

---

① 意为:毫不重要的事。

"谁的伤口?"

"我自己的。"

"什么,你自己的!为什么有伤口?是什么一种伤口?在什么地方?"

"这儿,在我手指上。我今天到那个村子里去,你知道,就是那个害伤寒的农民的村子。他们不知道为了什么缘故,正要解剖他的尸首,我已经很久没有动这种手术了。"

"后来?"

"后来,我请求县医让我来动手;我就割伤了。"

瓦西里·伊万诺维奇的脸色马上变成灰白,他连一句话也不说,就跑进书房里去,立刻拿了一块硝酸银回来了。巴扎罗夫正要拿起它就走。

"看在上帝的分上,"瓦西里·伊万诺维奇说,"让我给你弄吧。"

巴扎罗夫笑了笑。

"你真喜欢做医生!"

"不要开玩笑了,我求你。把手指拿给我看。伤口不大。我弄得痛不痛?"

"压紧一点儿,不要怕。"

瓦西里·伊万诺维奇停止了。

"叶夫盖尼,你以为怎样,是不是用烙铁来烧一下更好些?"

"那是应该早弄的;可是现在连硝酸银,其实也不中用了。倘使我受到传染,现在已经晚了。"

"怎么……晚了……"瓦西里·伊万诺维奇差不多讲不出话来了。

"那是没有疑问的!已经隔了四个多小时了。"

瓦西里·伊万诺维奇又把伤口烧了一忽儿。

"那个县医就没有硝酸银吗?"

"没有。"

"怎么能够呢,我的上帝!一个医生连这样一件万不可少的东西也没有!"

"你还没有看见他的柳叶刀呢。"巴扎罗夫说着便走开了。

这一天一直到晚上,第二天又一个整天,瓦西里·伊万诺维奇不断地找了种种的借口到他儿子的房里去;虽然他一点儿也不提起伤口,甚至于找了一些极不相干的话来谈,他却牢牢地望着他儿子的脸,他那么惊惶地望他的儿子,所以巴扎罗夫忍受不下去了,生气地嚷着要他走开。瓦西里·伊万诺维奇答应他的儿子,以后不再打扰他了,在他这方面,也得这样办,因为阿琳娜·弗拉西耶夫娜(他自然一切都瞒着她)开始钉着他问起来,问他为什么不睡觉,问他有什么心事。整整两天他都坚持下去了,虽然他还是偷偷地留心看他的儿子,觉得他儿子脸色很不好看……可是第三天吃午饭的时候,他再也忍不下去了。巴扎罗夫埋着头,什么都不吃。

"你为什么不吃呢,叶夫盖尼?"他装出很随便的样子问道,"我觉得今天菜做得很好。"

"我不想吃,所以我不吃。"

"你胃口不好吗?你的头怎样?"他胆怯地说,"痛不痛?"

"痛。为什么不头痛呢?"

阿琳娜·弗拉西耶夫娜坐直了身子,注意地听他们讲话。

"不要生气,叶夫盖尼,我求你,"瓦西里·伊万诺维奇继续说,"你肯让我给你按按脉吗?"

巴扎罗夫站起来。

"我用不着按脉,就可以告诉你;我发烧。"

"有没有发寒颤呢?"

"有点儿发寒颤。我去躺一忽儿,你给我送点儿菩提花茶来。我一定着凉了。"

"怪不得我昨晚上听见你咳嗽。"阿琳娜·弗拉西耶夫娜说。

"我着凉了。"巴扎罗夫又说了一遍,就出去了。

阿琳娜·弗拉西耶夫娜忙着预备菩提花茶,瓦西里·伊万诺维奇便走到隔壁屋子里去,不声不响地拉他自己的头发。

这天巴扎罗夫就没有再起床,他整夜都是处在一种沉重的、半昏迷的睡眠状态中。早晨一点钟光景他勉强睁开了眼睛,看见灯光底下父亲的苍白的脸正俯下来望他,他叫他父亲出去;他父亲说声请他原谅便走了,可是马上又踮起脚走回来;半个身子藏在柜门背后,不转眼地一直望着儿子。阿琳娜·弗拉西耶夫娜也没有睡,她让书房的门开着一点儿,她不停地到门口来听听"叶纽沙呼吸怎样",又来看看瓦西里·伊万诺维奇。她只能够望见他那一动也不动地俯着的背,可是就是这个也叫她松了一口气。第二天清早巴扎罗夫挣扎着起来了;他觉得一阵头晕,鼻子也出了血;他又躺了下去。瓦西里·伊万诺维奇默默地伺候他;阿琳娜·弗拉西耶夫娜进来看他,问他觉得怎样。他答道:"好些了。"便翻身向着墙壁。瓦西里·伊万诺维奇对他的妻子摇着双手,要她出去;她咬着嘴唇免得哭出声来,便走开了。整个宅子似乎一下子就变得暗淡无光了;每个人的脸上都带着愁容;四周静得出奇;院子里一只爱叫的公鸡让送到村子里去了,它好久都不明白为什么这样对待它。巴扎罗夫仍然躺在床上,脸向着墙壁。瓦西里·伊万诺维奇试着拿种种的问题去问他,可是巴扎罗夫厌烦了,老人便回到扶手椅上坐下,动也不动一动,只是间或拉拉自己的手指节发出响声。他到花园里去了几分钟,像一座石像那样地立在那儿,仿佛心中充满了说不出的惊惶(惊惶的表情始终没有离开他的脸),然后又回到他儿子的房里,竭力避开他妻子的询问。她最后抓住他的胳膊,痉挛地、几乎是威胁地问道:"他害什么病?"他连忙定一定神,勉强回答她一笑;可是叫他自己也害怕的是:他发出的不是微笑,却是一阵不知道从哪儿来的狂笑。他一早就差人去请医生。他觉得应该把这桩事情告诉他儿子,免得儿子生气。

巴扎罗夫突然在长沙发上翻过身来,用那对失神的眼睛呆呆地望他的父亲,要水喝。

瓦西里·伊万诺维奇拿了一点儿水给他,便趁势摸了一下他的前额。额头烧得跟火一样。

"老爸爸,"巴扎罗夫声音嘶哑地慢慢说,"我的情形很糟。我受到传染了,过几天你就得埋葬我。"

瓦西里·伊万诺维奇连脚都站不稳了,好像什么人在他的腿上打了一拳似的。

"叶夫盖尼!"他结结巴巴地说,"你这是什么意思!……上帝保佑你吧！你着凉了！……"

"得啦，"巴扎罗夫不慌不忙地打岔说，"医生是不可以这样说的。一切传染的征候都有了，你自己也知道的。"

"传染的征候……在哪儿，叶夫盖尼？……哪儿的话！"

"这是什么？"巴扎罗夫说，他挽起他衬衫的袖子，给他父亲看他的胳膊上发出来的那些显示着凶兆的红斑点。

瓦西里·伊万诺维奇吓得浑身打起寒颤来。

"我们假定，"他末了说，"我们假定即使……即使有点儿像……传染……"

"脓毒血症。"他的儿子提醒说。

"啊，是……一种……流行病……"

"脓毒血症，"巴扎罗夫声音清楚而严厉地说，"你难道忘了你的笔记本吗？"

"啊，是的，是的——随你怎样说好了……无论如何，我们要治好你的病！"

"得啦，这是胡说八道。可是我们也不必争论这个。我没有料到会死得这么早；老实说，这是一桩极不愉快的意外事情。你同母亲你们两位应当利用你们的坚定的宗教信仰了；现在是试验它的好机会了。"他又喝了一点儿水。"我想求你办一桩事……趁现在我的脑子还清醒的时候。明天或者后天，你知道，我的脑筋就要辞职了。就是现在我也没有十分把握我讲话是不是讲得很清楚。我躺在这儿，我老是觉得有些红狗在我周围跑，可是你暗中注意地望着我，好像望着一只山鸡似的。我好像喝醉了似的。你完全懂我的意思吗？"

"哪儿的话，叶夫盖尼，你说话非常清楚。"

"那就更好了。你跟我说过你已经差人去请了医生。你这样做是为了安慰你自己……你也安慰我一下吧：差一个送信人去……"

"到阿尔卡季·尼古拉伊奇那儿去吗？"老人插嘴道。

"阿尔卡季·尼古拉伊奇是谁？"巴扎罗夫说，他好像在思索似的。"啊，不错！那只小鸟儿！不，不要去动他；他现在成了一只寒鸦了。不要怕，这还不是说胡话呢！差一个人去见奥金佐娃，安娜·谢尔盖耶夫娜;她是这儿的一位地主太太……你知道吗?(瓦西里·伊万诺维奇点点头。)就说叶夫盖尼·巴扎罗夫差人来问候她,并且来告诉她:他要死了。你肯办吗?"

"我就去办……不过你真会死吗,叶夫盖尼?……你自己想一想!要是你死了,那么还有什么公道呢?"

"这个我倒不知道;不过请你差一个人去。"

"我马上就差人去,我自己给她写信。"

"不,为什么要你写呢? 只说我差人问候她;不用再讲别的。现在我又要回到我的红狗那儿去了。奇怪!我要集中思想去想死的事情,可是总没有用。我看见一个斑点一样的东西……再也没有别的。"

他又很吃力地翻过身去向着墙壁。瓦西里·伊万诺维奇走出了书房,勉强支持着走进妻子的睡房,立刻跪倒在神像面前。

"祷告吧,阿琳娜,祷告吧,"他呻吟地说,"我们的儿子快死了。"

医生,就是那个没有硝酸银的县医,来了,他给病人看了病,劝他们安心等待病情的变化,他还说了几句可望痊愈的话。

"您见过病得像我这样的人还不到极乐国土去的吗?"巴扎罗夫问道,他突然抓住长沙发旁边一张笨重桌子的腿,摇了摇桌子,就把它推开了。

"还有力气,还有力气,"他说,"力气全在,可是我就得死了!……一个老年人至少还有时间从容地跟生命分离,可是我……好的,去试一试否认死吧。死就来否认你,这就够了! 谁在这儿哭?"他停了一下又说。"母亲吗? 可怜的人! 她那出色的红菜汤以后又给谁吃呢? 你,瓦西里·伊万诺维奇,好像你也哭了。啊,要是基督教不能给你帮忙,你就做一个哲学家,一个斯多噶派①好了! 怎么,你不是夸口说你是一个哲学家吗?"

"我是个什么哲学家!"瓦西里·伊万诺维奇呜咽地说,眼泪顺着两颊直流下来。

巴扎罗夫的病势一小时比一小时地更沉重了;病情进展得非常快,

---

① 希腊哲学的一派,又称淡泊学派。转义为坚忍不拔、经得住考验的人。

外科的中毒往往是这样的。他还没有失掉知觉,还懂别人对他讲的话,他还要挣扎。"我不愿意说胡话,"他捏紧拳头,喃喃地说,"多无聊!"他马上又说:"唔,八减十,还剩多少呢?"瓦西里·伊万诺维奇像发了疯似的在屋子里走来走去,起先主张用这一种治法,然后又想用另一种,末了他只是不停地拉被子盖上儿子的脚。"得用冷布单包缠……呕吐药……肚皮上贴芥末膏……放血。"他紧张地说。那个让他挽留下来的县医赞成他的意见,给病人喝柠檬水,自己却一忽儿要烟斗来抽,一忽儿又要点儿"添暖加力的东西",那就是说伏特加。阿琳娜·弗拉西耶夫娜坐在门口一个矮凳上,只不时出去祷告一忽儿。几天以前,她梳妆用的小镜子从她手里滑下来打碎了,她一向把这种事情当作凶兆;就是安菲苏什卡也找不到话来安慰她。季莫费伊奇到奥金佐娃那儿去了。

夜里巴扎罗夫很不好……高烧使他非常痛苦。快到早晨的时候他稍微好了一点。他请阿琳娜·弗拉西耶夫娜给他梳梳头发,他亲了一下她的手,喝了两口茶。瓦西里·伊万诺维奇恢复了一点精神。

"谢谢上帝!"他不住地说,"转机来了,转机到了。"

"喂,现在就这样想吗?"巴扎罗夫说,"一个字眼有多大用处!他找到它了;他说'转机',就得到安慰了。真奇怪,一个人还相信一些字眼。譬如说,人家讲他是个傻瓜,虽然没有打他,他还是要难过;人家要是叫他聪明人,即使不给他一个钱,他也非常满意。"

巴扎罗夫的这篇小小的演说,大有他从前讲的"俏皮话"的味道,把瓦西里·伊万诺维奇大大地感动了。

"好啊,说得真好,真好!"他叫道,做出要拍手的样子。

巴扎罗夫悲哀地笑了笑。

"那么,据你看来,"巴扎罗夫说,"究竟是转机过了呢,还是它正来了?"

"你好些了,那是我看得出来的,这就使我高兴了。"瓦西里·伊万诺维奇答道。

"唔,很好;高兴总是不坏的。不过去她那儿,你还记得吗?你差人去了吗?"

"我当然差人去了。"

病人的这种好转的现象并没有继续多久。病又沉重起来了。瓦西里·伊万诺维奇坐在巴扎罗夫的身边。这个老人心里好像有什么不寻常的痛苦似的。他几次要讲话——却又讲不出来。

"叶夫盖尼!"他终于说出来了,"我的儿子,我的宝贝的,亲爱的儿子!"

这种不寻常的称呼在巴扎罗夫的心上发生了效力……他稍微转过头来,显然在挣扎着要把那个正压在他心上的昏迷的力量甩开,他终于吐出声音:

"我的父亲,什么事?"

"叶夫盖尼,"瓦西里·伊万诺维奇接着往下说,他在巴扎罗夫面前跪了下来,虽然巴扎罗夫已经闭上眼睛,看不见他了,"叶夫盖尼,你现在好些了;上帝保佑,你就要好的;可是利用现在这个时机,安慰安慰你母亲和我,尽一次基督徒的责任吧!我跟你讲这种话,是很可怕的;不过更可怕的是……永久,叶夫盖尼……想一想吧,怎样的……"

老人讲不下去了,他儿子虽然仍旧闭上眼睛躺着,可是他的脸上却现出一种奇怪的表情。

"要是这桩事情可以给你们安慰的话,我就不拒绝,"巴扎罗夫末了说,"不过我想不必这样着急。你自己还说我好些了。"

"好些了,叶夫盖尼,好些了;可是谁知道呢,一切都得看上帝的意思,你尽了这个责任……"

"不,我要等一忽儿,"巴扎罗夫打岔说,"我同意你的话,转机已经来了。要是我们两个人都弄错了的话,那也不要紧!你知道,失掉知觉的人也可以领圣餐的。"

"叶夫盖尼,我求你……"

"我要等一忽儿,现在我想睡了。不要打扰我。"

他把头放回在原地方。

老人站起身来,坐在扶手椅上,捏住下巴,咬起自己的手指来……

他突然听到一阵弹簧马车的声音①,这声音在乡下偏僻地方特别

---

① 当时乡下路坏,所以乡下的马车大都没有装弹簧。

容易引人注意。轻快的车轮越滚越近,现在连马的鼻息声也听得见了……瓦西里·伊万诺维奇跳起来,跑到窗口去。一辆用四匹马拉的两个座位的马车正跑进他这小小住宅的院子里来。他不明白这是什么一回事,只感到一种糊里糊涂的快乐,一口气跑到台阶上去了……一个穿号衣的听差打开车门;从车里走出一位穿黑大衣、戴黑面纱的太太来……

"我是奥金佐娃,"她说,"叶夫盖尼·瓦西里伊奇还活着吗?您是他的父亲吧?我请了一位大夫来了。"

"恩人!"瓦西里·伊万诺维奇大声说,他抓起她的手,战战兢兢地放在他的嘴唇上。这个时候安娜·谢尔盖耶夫娜请的医生,一个有德国脸型、戴眼镜的、矮小的人,不慌不忙地从车上走下来了。"还活着,我的叶夫盖尼还活着,现在他有救了!妻啊!妻啊!一位天使从天上下降到我们这儿来了……"

"这是什么一回事,我的上帝!"老妇人从客厅里跑出来,结结巴巴地说;她也没有弄清楚是什么事情,就在穿堂里跪在安娜·谢尔盖耶夫娜的脚跟前,像一个疯婆子似的亲起她的衣裾来。

"您这是做什么!您这是做什么!"安娜·谢尔盖耶夫娜接连地说;可是阿琳娜·弗拉西耶夫娜并不去理会她,而同时瓦西里·伊万诺维奇不住地说:"一位天使!一位天使!"

"Wo ist der Kranke?① 病人在哪儿?"末了医生有点儿生气地说。

瓦西里·伊万诺维奇醒悟过来了。"在这儿,这儿,请跟我来,威尔结斯结尔·黑尔·科列加②。"他记起了从前学过的东西,便加上这么一句。

"啊!"德国人带着苦笑说。

瓦西里·伊万诺维奇把他们引进了书房。

"安娜·谢尔盖耶夫娜·奥金佐娃请的大夫来了,"他弯下身子凑近他儿子的耳朵说,"她本人也在这儿。"

---

① 德语:病人在哪儿?
② 俄国腔的德语译音:最可尊敬的同事先生。

巴扎罗夫突然睁开眼睛。"你说什么?"

"我说安娜·谢尔盖耶夫娜·奥金佐娃在这儿,她带了一位大夫来看你。"

巴扎罗夫动动眼睛朝四处望。

"她在这儿……我要见她。"

"你就会看见她的,叶夫盖尼;可是我们得先跟大夫谈谈。现在既然西多尔·西多利奇(这是那个县医的名字)已经走了,我得把你的病史详细讲给他听,我们要稍微商量一下。"

巴扎罗夫看了这个德国人一眼。"好吧,就请快点儿谈,只是不要用拉丁语;你知道,我懂得 jam moritur① 的意思。"

"Der Herr scheint des Deutschen mächtig zusein.②"埃斯库拉皮乌斯③的这个新弟子转过脸对瓦西里·伊万诺维奇说。

"以黑……加伯④……我们还是讲俄国话吧。"老人说。

"啊,啊! 原来是这样,⑤……好吧……"

他们就商量起来。

半小时以后,安娜·谢尔盖耶夫娜由瓦西里·伊万诺维奇陪着,走进书房里来。医生已经悄悄地告诉她:病人没有好的希望了。

她望了巴扎罗夫一眼……就在房门口站住了,她看见那张发红的、同时又死气沉沉的脸同那对盯着她的失神的眼睛,不禁大吃一惊。她只觉得害怕,是一种冰冷的、难堪的害怕;她马上想道,要是她真的爱过他的话,她一定不会有这样的感觉。

"谢谢您,"巴扎罗夫用力地说,"我没有料到这个。这是慈善的行为。现在我们又见面了,正如您所答应的。"

"安娜·谢尔盖耶夫娜太好了……"瓦西里·伊万诺维奇说。

"父亲,请你出去一忽儿。安娜·谢尔盖耶夫娜,您允许吗? 好

---

① 拉丁语:已经要死了。
② 德语·这位先生似乎也精通德语。
③ 罗马神话中的医神。
④ 俄国腔的德语译音:我曾经。
⑤ 德国腔的俄语译音。

像,现在……"

他把头动一下,指点着他那睡倒的无力的身体。

瓦西里·伊万诺维奇走出去了。

"好,谢谢您,"巴扎罗夫又说了一遍,"这是皇上的派头。据说沙皇也要去看垂死的人。"

"叶夫盖尼·瓦西里伊奇,我希望……"

"啊,安娜·谢尔盖耶夫娜,让我们说实话吧。我是完结了。我掉在车轮下面了。所以显然也用不着想到将来了。死是一种古老的玩笑,可是它对每个人都是很新鲜的。一直到现在我还是不害怕……不过我就要失掉知觉了,那么一切都完了!(他没有力气地摇摇手。)啊,我应当对您讲什么呢?……说我爱过您吧!那句话以前就没有意思,现在更没有意思了。爱是一种形体,我自己的形体已经坏了。我不如说,您生得多么动人!您现在站在这儿,这么美……"

安娜·谢尔盖耶夫娜不由自主地打了一个哆嗦。

"不要紧,不用担心……在那儿坐下吧……不要靠近我:我的病是传染的。"

安娜·谢尔盖耶夫娜很快地穿过屋子走了过来,坐在靠近巴扎罗夫躺的长沙发的一把扶手椅上。

"高贵的心肠!"他低声说,"啊,多么近,又是多么年轻,鲜艳,纯洁……在这间不干净的屋子里!……好,永别了!祝您长寿,这是比什么都好的事情,趁着您还年轻的时候,好好地利用您的时间。您瞧,这是一个多么难看的景象,虫子给压得半死了,可是它还在蠕动。您瞧,我也想过:我还要办好那么多的事情,我不要死。为什么我要死呢?我还有使命,因为我是一个巨人!现在这个巨人的全部使命就是:怎样才死得体面,虽然在旁人看来这是没有关系的……不管怎样:我是不会摇尾乞怜的。"

巴扎罗夫闭了嘴,伸手去摸他的杯子。安娜·谢尔盖耶夫娜拿了一点儿水给他喝,却并不取下她的手套,而且胆怯地不敢多呼吸。

"您会忘掉我的,"他又说,"死人不是活人的朋友。我父亲会对您说,俄国要失掉一个怎样的人……那是胡说,不过请您不要打破老年人的幻想。您知道……无论用什么玩具哄小孩都行。① 还请您安慰安慰我母亲。像他们那样的人在你们的上流社会里就是白天点起火去找也找不到……俄国需要我……不,明明是不需要我。那么谁又是俄国需要的呢?鞋匠是需要的,裁缝是需要的,屠户……卖肉……屠户……等一下,我有点儿糊涂了……那儿有一座树林……"

巴扎罗夫把手按在额上。

安娜·谢尔盖耶夫娜俯下身去挨近他。

"叶夫盖尼·瓦西里伊奇,我在这儿……"

他马上拿开手,撑起半个身子来。

"永别了,"他突然用力说,他的眼睛射出最后的光,"永别了……请听着……我那个时候没有亲您……吹一下快尽了的灯,让它灭了吧……"

安娜·谢尔盖耶夫娜把嘴唇挨了挨他的前额。

"够了!"他说,头落回到枕上去了,"现在……黑暗……"

安娜·谢尔盖耶夫娜轻轻地走了出去。

"怎样?"瓦西里·伊万诺维奇低声问道。

"他睡着了。"她用几乎听不见的声音回答。

巴扎罗夫就没有再醒过。快到傍晚时候他完全失去了知觉,第二天他就死了。阿历克赛神甫给他举行了临终前的宗教仪式。在行最后涂油仪式的时候,圣油涂到他的胸上,他的一只眼睛睁开了,没有生气的脸上一瞬间现出一种类似恐怖的战栗,好像因为看见穿法衣的教士、烟雾缭绕的香炉和神像前的烛光的缘故。最后他的呼吸停止了,全家的人都放声哭起来,这个时候瓦西里·伊万诺维奇突然充满了愤怒。"我说过我要抗议,"他嘶声叫着,他的脸涨得通红,而且变了相,他捏紧拳头在空中挥舞,好像在威吓什么人似的:"我抗议,我抗议!"可是阿琳娜·弗拉西耶夫娜带着满脸的眼泪跑过去抱住他的脖子,两个人一齐跪倒在地上。安菲苏什卡后来在用人房里对人说:"他们并排地垂着他们的脑袋,就像正午时候的一对羔羊……"

---

① 俄谚:"只要小孩不哭,玩什么都好。"

可是中午的炎热过去了,接着来的是黄昏同黑夜,人又回到了那个静寂的安身处,在那儿,疲劳的、痛苦的人可以得到安适的睡眠……

二十八

六个月过去了。白色的冬天到了,它带来了:晴朗无云的严寒的冷寂,轧轧做声的积雪,树枝上浅红色的霜花,浅绿色的天空,烟囱上袅袅的浓烟,门突然打开时冲出来的一阵阵的热气,还有行人的好像让寒气冻伤了的通红的脸,和冻得打战的马的飞奔。正月里的某一天已经快过完了,傍晚的寒冷在静止的空气中更觉刺骨,血红的夕阳又匆匆地逝去。在马利因诺宅子的窗里正是灯烛辉煌,普罗科菲奇穿着黑礼服,戴着白手套,带着特别庄严的表情在餐桌上摆了七份餐具。一个星期以前在本地区的小礼拜堂里静悄悄地举行了两对夫妇的婚礼,几乎连证人也没有——这是阿尔卡季同卡佳,尼古拉·彼得罗维奇同费尼奇卡的婚礼。在这一天尼古拉·彼得罗维奇替他的哥哥饯行,他的哥哥有事情要到莫斯科去。安娜·谢尔盖耶夫娜在参加了婚礼、并且送了一份厚礼给这对年轻夫妇以后,马上也到莫斯科去了。

正是在三点钟的时候,大家围着餐桌坐下来。米佳也占了一个座位,旁边有一个包着锦缎头帕的奶妈照应他,帕维尔·彼得罗维奇坐在卡佳同费尼奇卡的中间;两位"新郎"便挨着自己的妻子坐下。我们这两位朋友近来都有点儿改变了,他们都长得更漂亮,而且更有男子气概了;只有帕维尔·彼得罗维奇比以前瘦了一点儿,这反而给他那富于表情的面貌添了优雅和大贵族气派……费尼奇卡也不同了。她穿了一件新绸衫,头发上扎了一条宽的天鹅绒带子,脖子上挂了一条金链子,她坐在那儿,恭恭敬敬地一动也不动,她对她自己,对她周围的一切,都很恭敬,她老是微笑,好像要说:"请你们原谅,我并没有错。"不只是她——所有其余的人也都在微笑,好像也都带着抱歉的样子;他们都觉得有一点儿拘束,有一点儿惋惜,其实都很高兴。他们带着近于滑稽的殷勤互相周旋,仿佛他们全同意来表演一出天真的喜剧似的。卡佳算是这些人里面最镇静的了:她安心地朝她的四周看;尼古拉·彼得罗维奇已经非常喜欢她了,这是看得出来的。午饭快吃完的时候,尼古拉·彼得罗维奇站起来,手里拿着酒杯,脸向着帕维尔·彼得罗维奇。

"你要离开我们了……你要离开我们了,亲爱的哥哥,"他说,"当然,不会久的;不过,我还是不能不对你说,我……我们……我多么……我们多么……唔,挺糟的是,我们不会演说!阿尔卡季,你说吧。"

"不,爸爸,我一点儿也没有准备。"

"好像我就准备得挺好似的!好吧,哥哥,只是让我们来拥抱你一下,祝你万事顺遂,盼你尽快地回到我们这儿来!"

帕维尔·彼得罗维奇跟每个人都亲过了,自然连米佳也在内;对费尼奇卡,他还亲了一下她的手,可是她还没有学会把手伸给别人去亲呢;他喝干了第二次斟满的酒,深深地叹了一口气,说道:"祝你们快乐,朋友们! Farewell!①"这最后一句英国话谁也没有注意到;②不过大家都很感动。

"巴扎罗夫的纪念。"卡佳在她丈夫的耳边轻轻地说,她跟他碰了碰杯。阿尔卡季用热烈的握手来回答她,可是他不敢高声提出祝饮的话。

这好像应该完结了吧?可是也许有一两位读者想知道我们在前面介绍过的那些人物现在——就是这个时候——在做些什么事情。我们愿意让他们满意。

安娜·谢尔盖耶夫娜最近嫁了人,她结婚不是为了爱情,却只是出于信念。她的丈夫是一个俄国未来的政治家,这是一个很聪明的人,一个处世常识丰富、意志坚强,而且有惊人辩才的法学家——年纪不大,脾气好,冷得像冰一样。他们处得极和睦,可能有一天会达到幸福吧……可能会产生爱情吧。X 公爵夫人死了,她一死,马上就让人忘记了。基尔萨诺夫父子一直住在马利因诺;他们的事业开始好转。阿尔

---

① 英语:别了。
② 帕维尔不说"再见",却说"别了",可见他不打算再回到他们中间来。这一点大家都没有注意到。

卡季现在对经营农庄的事非常热心,他们的"农场"如今每年可以有一笔相当大的收入。尼古拉·彼得罗维奇做了调解官①,他拿出全力来办事,他不停地在他那个区里奔走,发表长篇演说(他以为农民应当给"开导到明白事理",那就是说,应当对他们把同一套话反复地说许多遍,讲到他们听累了为止);可是说实话,不但一班有教养的乡绅对他并不十分满意,那班绅士讲起"解放"这个字眼来,时而讲得漂亮干脆,时而忧郁凄凉,故意把 эмансипация(解放)的第一个字母念掉了(而且念 ман 音的时候还带了很重的鼻音);还有一班没有受过教育的乡绅也不大喜欢他,那班人常常毫不客气地咒骂"那么个解放"。这两种乡绅都说他心肠太软了。卡捷琳娜·谢尔盖耶夫娜生了一个儿子,叫科里亚;米佳一天高兴地到处乱跑,话也讲得清楚流利了。费尼奇卡,费多西娅·尼古拉耶夫娜,除了她的丈夫和米佳外,就最崇拜她的媳妇,要是她的媳妇弹起钢琴来,她便高兴地整天坐在媳妇旁边。我们顺便讲一讲彼得。他越长越傻,也越是神气。他讲起话来把所有 e 的音都念成 ю,他把"现在"("杰别儿")念成了"久比忧儿",可是他也结了婚,并且得到一份相当可观的嫁妆,他的妻子是城里一家菜园主人的女儿,曾经拒绝了两个很好的求婚者,只因为他们没有表;彼得不但有表——他还有一双漆皮鞋。

在德累斯顿的布吕尔台地②上,每天下午两点到四点中间——那是最时髦的散步时间——您可以遇见一个五十岁光景的人。他的头发完全灰白了,他好像害着关节炎似的,可是他的相貌仍然很漂亮,衣服也很讲究,而且举止间还带了一种特别的风味,那是只有在高等社会里生活了很久的人才会有的。这就是帕维尔·彼得罗维奇。他从莫斯科到外国去休养,就在德累斯顿住了下来,在这儿他喜欢跟英俄两国的游客来往。他待英国人没有架子,差不多到了谦虚的地步,不过仍然保持着他的尊严,他们觉得他有点儿枯燥乏味,可是尊敬他是一位十足的绅

---

① 一八六一年农奴解放以后新设的一种官职,专门调解地主和农民中间关于土地的纠纷。
② 布吕尔台地:在易北河上德累斯顿旧要塞墙上;布吕尔(1700—1763)是波兰国王和萨克森选帝侯奥古斯图斯三世的首相。

士,用他们自己的话说,"a perfect gentle-man"①。他待俄国人比较自由,没有拘束,他随意发脾气,常常挖苦他自己,也挖苦他们,不过他始终保持着极和蔼的,而且随便的态度,没有一点儿失礼的地方。他抱着斯拉夫派的见解,谁都知道,在上流社会里这是被认为 très distingué!②他从来不阅读俄文书报,可是在他的写字台上有一个银质的烟灰碟,形状像一只俄国农民穿的树皮鞋。我们的游历家都喜欢去拜望他。马特维·伊里奇·科利亚津有一个时期处在暂时的反对派的地位出国,到波希米亚的温泉去的时候经过这儿,很隆重地拜访了他;他跟本地人很少来往,可是他们非常崇拜他。倘使要找宫廷乐队演奏会、戏院等等的门票,没有一个人能够比 der Herr Baron von Kirsanoff③ 更容易、更快的了。他尽力做一些好事,他还逐渐得到一点儿声名;以前他并没有白做大社交家啊;可是生活对他是一个负担……这个负担比他自己所料想的还重得多……我们只消看他在俄国教堂里面,靠在墙边,想着什么事情,许久都不动一动,只是痛苦地咬自己的嘴唇,随后忽然醒悟过来,差不多叫人看不见地用手在胸前画了一个十字……

库克什娜也到外国去了。她现在住在海得堡,已经不研究自然科学,却研究建筑学了,据她自己说,她在建筑学上已经发现了新的法则。她仍然跟一班大学生常常来往,特别是跟那些研究物理学和化学的俄国青年来往,在海得堡有的是这样的人,他们初到的时候,他们对事物的清醒的见解常常叫朴直的德国教授们吃惊,可是后来他们的完全无所作为与极端懒惰又叫这些教授惊奇了。西特尼科夫同两三个这一类的年轻化学家一块儿在彼得堡城里跑来跑去,那些化学家连氧气跟氮气也分不清楚,可是装满了一肚皮的否定和自尊心,还有那个伟大的叶利谢维奇也同他在一块儿,西特尼科夫现在准备自己也做一个大人物了,他在彼得堡闲逛,据他自己说,是在继续巴扎罗夫的"事业"。外面传说他新近让什么人打了一顿,可是他对那个人也报了仇:在一份没有

---

① 英语:一位十足的绅士。
② 法语:十分可敬的。
③ 德语:基尔萨诺夫男爵阁下。

名气的小报上一篇没有人注意的小文章里面,他露了一点意思说打他的人是一个胆小鬼。他把这个叫做讽刺。他的父亲还是像从前那样地虐待他,他的妻子当他是一个傻瓜……和一个文人。

在俄国一个偏僻的角落里有一个小小的乡村公墓。差不多跟所有我们的公墓一样,它的外表是很凄凉的;它四周的沟里早已长满了青草;灰色的木头十字架也倒下来了,在它们的曾经油漆过的顶盖下面慢慢地腐烂;墓石全移动过了,好像有什么人从下面把它们抬起来似的;两三棵光秃的树遮不了日光;羊群自由自在地在坟上面来来去去……可是这些坟中间有一座却没有让人碰过,也没有给畜类践踏过;只有黎明的时候有一些小鸟在坟上唱歌。坟的四周围绕着铁栏;它的两边种了两棵小枞树。叶夫盖尼·巴扎罗夫就埋在这座坟里面。从附近的小村子里常常有一对非常衰老的夫妇来上这座坟。他们互相搀扶着,慢慢地拖着脚步走来;他们走到铁栏跟前,就跪在地上,伤心地哭上好久,他们长久地注意地望着那块不会讲话的石头,他们的儿子就睡在它底下;他们谈了几句简短的话,揩去了石头上的尘土,整理一下枞树的枝子,便又祷告起来,他们不能够离开这个地方,在这儿他们好像跟他们的儿子离得更近,好像跟他们对儿子的回忆也离得更近……难道他们的祷告,他们的眼泪都是没有结果的吗?难道爱,神圣的、忠诚的爱不是万能的吗?啊,不!不管那颗藏在坟里的心是怎样热烈,怎样有罪,怎样反抗,坟上的花却用它们天真的眼睛宁静地望着我们:它们不仅对我们叙说永久的安息,那个"冷漠的"大自然的伟大的安息;它们还跟我们讲说永久的和解同无穷的生命呢……

"名著名译丛书"书目
（按著者生年排序）

第 一 辑

书　名	著　者	译　者
荷马史诗·伊利亚特	[古希腊]荷马	罗念生 王焕生
荷马史诗·奥德赛	[古希腊]荷马	王焕生
伊索寓言	[古希腊]伊索	王焕生
一千零一夜		纳　训
源氏物语	[日]紫式部	丰子恺
十日谈	[意大利]薄伽丘	王永年
堂吉诃德	[西班牙]塞万提斯	杨　绛
培根随笔集	[英]培根	曹明伦
罗密欧与朱丽叶	[英]莎士比亚	朱生豪
鲁滨孙飘流记	[英]笛福	徐霞村
格列佛游记	[英]斯威夫特	张　健
浮士德	[德]歌德	绿　原
少年维特的烦恼	[德]歌德	杨武能
傲慢与偏见	[英]简·奥斯丁	张　玲　张　扬
红与黑	[法]司汤达	张冠尧
格林童话全集	[德]格林兄弟	魏以新
希腊神话和传说	[德]施瓦布	楚图南

高老头 欧也妮·葛朗台	[法]巴尔扎克	张冠尧
普希金诗选	[俄]普希金	高莽 等
巴黎圣母院	[法]雨果	陈敬容
悲惨世界	[法]雨果	李丹 方于
基度山伯爵	[法]大仲马	蒋学模
三个火枪手	[法]大仲马	李玉民
安徒生童话故事集	[丹麦]安徒生	叶君健
爱伦·坡短篇小说集	[美]爱伦·坡	陈良廷 等
汤姆叔叔的小屋	[美]斯陀夫人	王家湘
大卫·科波菲尔	[英]查尔斯·狄更斯	庄绎传
双城记	[英]查尔斯·狄更斯	石永礼 赵文娟
雾都孤儿	[英]查尔斯·狄更斯	黄雨石
简·爱	[英]夏洛蒂·勃朗特	吴钧燮
瓦尔登湖	[美]亨利·戴维·梭罗	苏福忠
呼啸山庄	[英]爱米丽·勃朗特	张玲 张扬
猎人笔记	[俄]屠格涅夫	丰子恺
包法利夫人	[法]福楼拜	李健吾
昆虫记	[法]亨利·法布尔	陈筱卿
茶花女	[法]小仲马	王振孙
安娜·卡列宁娜	[俄]列夫·托尔斯泰	周扬 谢素台
复活	[俄]列夫·托尔斯泰	汝龙
战争与和平	[俄]列夫·托尔斯泰	刘辽逸
海底两万里	[法]儒勒·凡尔纳	赵克非
八十天环游地球	[法]儒勒·凡尔纳	赵克非
马克·吐温中短篇小说选	[美]马克·吐温	叶冬心
汤姆·索亚历险记	[美]马克·吐温	张友松
爱的教育	[意大利]埃·德·阿米琪斯	王干卿
莫泊桑短篇小说选	[法]莫泊桑	张英伦
契诃夫短篇小说选	[俄]契诃夫	汝龙
泰戈尔诗选	[印度]泰戈尔	冰心 等
欧·亨利短篇小说选	[美]欧·亨利	王永年

名人传	[法]罗曼·罗兰	张冠尧 艾珉
童年 在人间 我的大学	[苏联]高尔基	刘辽逸 等
绿山墙的安妮	[加拿大]露西·蒙哥马利	马爱农
杰克·伦敦小说选	[美]杰克·伦敦	万紫 等
卡夫卡中短篇小说全集	[奥地利]卡夫卡	叶廷芳 等
罗生门	[日]芥川龙之介	文洁若 等
了不起的盖茨比	[美]菲茨杰拉德	姚乃强
老人与海	[美]海明威	陈良廷 等
飘	[美]米切尔	戴侃 等
小王子	[法]圣埃克苏佩里	马振骋
钢铁是怎样炼成的	[苏联]尼·奥斯特洛夫斯基	梅益
静静的顿河	[苏联]肖洛霍夫	金人

第 二 辑

威尼斯商人	[英]莎士比亚	朱生豪
忏悔录	[法]卢梭	范希衡 等
罪与罚	[俄]陀思妥耶夫斯基	朱海观 王汶
哈克贝利·费恩历险记	[美]马克·吐温	张友松
漂亮朋友	[法]莫泊桑	张冠尧
斯·茨威格中短篇小说选	[奥地利]斯·茨威格	张玉书
海浪 达洛维太太	[英]弗吉尼亚·吴尔夫	吴钧燮 谷启楠
日瓦戈医生	[苏联]帕斯捷尔纳克	张秉衡
大师和玛格丽特	[苏联]布尔加科夫	钱诚
太阳照常升起	[美]海明威	周莉

第 三 辑

神曲	[意大利]但丁	田德望
吉尔·布拉斯	[法]勒萨日	杨绛
都兰趣话	[法]巴尔扎克	施康强

叶甫盖尼·奥涅金	[俄]普希金	智量
笑面人	[法]雨果	郑永慧
红字 七个尖角顶的宅第	[美]纳撒尼尔·霍桑	胡允桓
死魂灵	[俄]果戈理	满涛 许庆道
南方与北方	[英]盖斯凯尔夫人	主万
莱蒙托夫诗选 当代英雄	[俄]莱蒙托夫	余振 等
前夜 父与子	[俄]屠格涅夫	丽尼 巴金
白鲸	[美]赫尔曼·梅尔维尔	成时
米德尔马契	[英]乔治·爱略特	项星耀
小妇人	[美]路易莎·梅·奥尔科特	贾辉丰
娜娜	[法]左拉	郑永慧
一位女士的画像	[美]亨利·詹姆斯	项星耀
十字军骑士	[波兰]亨利克·显克维奇	林洪亮
樱桃园	[俄]契诃夫	汝龙
约翰-克利斯朵夫	[法]罗曼·罗兰	傅雷
我是猫	[日]夏目漱石	阎小妹
嘉莉妹妹	[美]德莱塞	潘庆舲
月亮与六便士	[英]毛姆	谷启楠
人性的枷锁	[英]毛姆	叶尊
人类群星闪耀时	[奥地利]斯·茨威格	张玉书
尤利西斯	[爱尔兰]詹姆斯·乔伊斯	金隄
好兵帅克历险记	[捷克]雅·哈谢克	星灿
城堡	[奥地利]卡夫卡	高年生
喧哗与骚动	[美]威廉·福克纳	李文俊
老妇还乡	[瑞士]迪伦马特	叶廷芳 韩瑞祥
金阁寺	[日]三岛由纪夫	陈德文
万延元年的Football	[日]大江健三郎	邱雅芬